大鱼

有爱的青春陪伴者

# 等风降临

周晚欲 著

天津出版传媒集团
天津人民出版社

图书在版编目（C I P）数据

等风降临 / 周晚欲著. -- 天津 ： 天津人民出版社,
2021.10
ISBN 978-7-201-17555-3

Ⅰ. ①等… Ⅱ. ①周… Ⅲ. ①中篇小说－中国－当代
Ⅳ. ①I247.5

中国版本图书馆CIP数据核字(2021)第164846号

**等风降临**
DENG FENG JIANGLIN
周晚欲　著

出　　版　天津人民出版社
出 版 人　刘　庆
地　　址　天津市和平区西康路35号康岳大厦
邮政编码　300051
邮购电话　(022) 23332469
电子信箱　reader@tjrmcbs.com

责任编辑　玮丽斯
特约编辑　雪　人
装帧设计　刘　艳　孙欣瑞
责任校对　彭　佳

制版印刷　长沙鸿发印务实业有限公司
经　　销　新华书店
开　　本　880毫米×1230毫米　1/32
印　　张　10
字　　数　360千字
版次印次　2021年10月第1版　2021年10月第1次印刷
定　　价　42.80元

# 目录

# 目录

# 第一章　/ 初见

## 你们学校是不是转来一个叫江为风的?

【1】

故事发生在 2009 年。

这一年青城的夏天很热，整个暑假都没有下雨，骄阳炙烤着这座钢筋水泥浇筑的城市。

雨是在 9 月 1 日下的，毫无预兆地就湿了整座城，然后淅淅沥沥地下了一个星期。

林绛记得很清楚，这场雨过后，秋天好像一下子就来了。

教室的窗户不知道被谁开了一半，这会儿，桌上的书页正被风吹得乱响。林绛盖着校服趴着眯了一会儿，有风从缝隙里蹿进来，凉凉的。

躺了好一会儿，林绛感觉肚子还是一阵阵地疼，没任何缓解，这才掏出手机偷偷上网。

她习惯性地先登录学校广播站的官方 QQ，一进去空间，最新的动态下边，一溜儿留言都在求昨天最后放的那首歌的歌名。

这是她听过就爱上的歌，一直没找到合适的机会播，直到昨天。

林绛统一回复是《外滩十八号》后，又记下了几首点播率高的歌曲，便退出去登录自己的 QQ。

对话栏没什么新消息，高三开学后，大家都不怎么上网了，空间也没什么新动态，主页第一条动态依旧还是王佳倩在暑假时晒的爱心早饭，下边有个人评了“一颗心”，不用猜就知道是顾翔。

林绛心思一动，在下边回复了一句。

就这么刷了会儿手机，觉得没什么意思，林绛临下线之前，想到学校贴吧转悠一圈，一进去就看到一则帖子——

【急求！刚才下课在超市门口偷拍到一个人，有没有人知道他是哪个班的？】

这帖子刚发没多久，就有人回复：

【一楼：这谁能看清脸啊？】

林绛点开照片，画面有重影，明显看得出是抓拍的，男生只露了一个模糊的侧脸，除了鼻梁高挺外，什么也看不出，但依着轮廓看，应该挺帅的。

嗯，很适合做头像。

林绛挑挑眉退了出来，还没把手机合上，门口就有脚步声响起。她抬头一看，就见何莱和李娜风风火火进了教室。

“林绛，我跟你说，你这大姨妈来得太不是时候了！”李娜激动地瞪着眼睛，三步并两步走到林绛跟前，“我今天才知道咱兄弟班新转来一人，刚刚体育课时瞅见了，那叫一个帅！”

三中一直都有兄弟班的说法，两个班除了班主任不同之外，其他任课老师都一样，一般需要搞协作的时候，比如运动会之类的，兄弟班都会结盟。

而林绛所在的15班和隔壁的16班就是兄弟班，好巧不巧，一周两节的体育课也是两个班在一起上的。

“能有多帅？”林绛显然不感兴趣。

“那个词儿怎么说来着……荷尔蒙！对，行走的荷尔蒙。”

林绛一脸蒙。

“怎么，不信啊？这次这个是真帅，你问何莱。”

“16班那帮女生真幸福。”何莱耸肩。

“那回头路上碰见了，你们可得给我指指，”林绛一笑，又问道，“你们不留在操场看帅哥，怎么提前回来了？”

林绛一问，何莱才“哦”了一声，忙从口袋里掏出三个粉色药包。

林绛拿起来一看：“益母草颗粒。”说着伸手就给了何莱一个熊抱。

何莱和林绛原本高二就是一个班的，那时候关系就好，谁知道高三又分到一起了，在陌生的新班级能互相有个照应，两人都为此高兴了好久。

何莱受不了林绛的亲昵，忙推开她：“可不是白给的啊，后天考试，今晚帮我补习数学。”

刚上高中那会儿就听人说过，一到高三，考试就扎堆。

这不，才开学三天就要摸底考试，搞得班里同学体育课上了不到一半，就跑回来复习。

班主任还偏偏一副体恤民情的模样，说本来往届学生都是开学第一天就要考试的，学校这次为了让同学们准备充分，才特意延后了三天。

“不就是想说给大家复习时间了，还考不好就自己看着办。”何莱忍不住吐槽。

这话惹得李娜轻哼：“没个十年八年当学生的经验还真听不懂。”

两个姑娘说相声似的，你一言我一语。

林绛又是一阵笑。

事实证明，考试是永远不可能有“准备充分”一说的。

最后一门考英语，听力刚开始，林绛就觉得没底，到阅读理解的时候，更是坐不住了。

明明老师说在原文就能找到答案，她翻来覆去看了好多遍原文，要么四个选项都能在原文找到，要么就都找不到。

好不容易考完，回到教室里，桌子还没归位，班长就把答案发下来了，惹得几个尖子生一进门就忙着对答案。

林绛本来就没想过对答案的事儿，谁知道旁边那几个尖子生太激动了，讨论得那叫一个热闹。她听着听着就没忍住去看答案，结果才扫了两眼完形填空的答案，就差点晕死过去。

正郁结于心呢，恰好沈宴在门口叫她。

林绛走过去，他递过来一杯奶茶：“放学等我会儿。”

“你干什么去？”

“刚才遇上高二那帮兄弟，约了半个小时篮球。”沈宴一笑，特阳光一大男孩。

“果然天下没有白吃的午餐。”林绛晃了晃手里的奶茶。

沈宴：“够疼你了，珍珠和布丁都加了。”

正说着，楼下有人喊了一嗓子：“班长，干什么呢？快下来。”

林绛扶着栏杆往下看的时候，三四个男生正往上看。抱球的那人一看见他俩，又不知道说了句什么，几个人都在笑。

林绛忙推沈宴下楼。

那天下午，林绛本来想在教室里等沈宴，结果还有两个人没走。

女生是本班的，男生她不认得，那俩人就坐在她斜前方靠墙的位置，窃窃私语。

林绛有点待不住了，她快速收拾了东西，仓皇出逃。

下楼之后，她才松了口气，可直到出了南校门她才想起来忘记跟沈宴说一声了。

算算时间，沈宴那边也差不多该结束了。篮球场在北门，她在南门，她实在懒得再折回去，就在小摊上买了串草莓糖葫芦，一边慢慢啃，一边等人。

学校后门外的这条小街静谧安闲，大多都是做吃食生意的小店铺，颇有人间烟火气。此时正是黄昏，远处晚霞暧昧，落日温柔。

林绛不知道怎么了，忽然就想起暑假在杂志上读到的一篇连载小说，女主的名字叫“落熏”。她第一次看见这名字的时候，想到的便是这样一幅温柔的黄昏景色。

她心头一动，掏出手机想拍下来，可惜像素太低，只能无奈地把手机收回去。刚拿开手机，她就看见不远处有个穿着一身黑的男生正坐在台阶上。

余晖下，他整个人懒懒的，头发被风吹得极乱，却很入眼，五官乍一看蛮凌厉的，双眸却极寡淡，整个人看不出情绪。不知道为什么，明明霞光洒了他满身，林绛却觉得他像一张黑白照片。

“江为风！”有一个声音响起。

林绛一晃神，看见有个女生从身后跑来，与自己擦身而过，飞扑过去。

“谢谢你等我。”女生道。

“下次再这么久，我直接去你班里逮你了。”他语气恶狠狠的，嘴角却勾着若有似无的笑。

女生甜甜一笑。

男生伸手去提女生的书包，两人一起走远了。

天色将暗，窄街烟火四起，行人三三两两，不远处的男女就像从漫画里走出来的主角。

林绛很难不多看两眼。

直到身后有电动车冲她按了两声喇叭，她才回神让路，却没想到按喇叭的正是沈宴。

林绛收回心思，把书包抱在胸前，抬腿坐上后座，和沈宴一路聊着天，回家去了。

一回到家，林绛就看见妈妈徐名娟正握着遥控器坐在沙发上笑得前俯后仰，连对她换鞋弄出的动静都没什么反应。

林绛好奇，忙凑过去看，电视恰好演到有梗的片段，就算林绛没看前面的剧情，也忍不住笑出了声。

徐名娟这才发现林绛："回了啊。"

"嗯，你看的什么？"

"一部新出的剧，叫《爱情公寓》，可有意思了。"徐名娟忍不住笑。

"今天没去店里？"

"这集快完了，看完就去。"

"哦，"林绛转身往卧室走，刚走到门口，想起来什么，"那请问徐女士做饭了吗？"

徐名娟的视线依旧黏在电视机上："没呢。"

"我爸刚出门你就虐待亲闺女啊？"

"你去李静家吃，一会儿我下楼给她说一声。"徐名娟一副别打扰她的样子。

林绛投降了，回屋换了身衣服，又和王佳倩打了会儿电话，一个小时后，磨磨蹭蹭去沈宴家觅食了。

【2】

林绛家住在10楼，沈宴家正好是在同一栋楼的8楼，两家住得近，关系又好，林绛没少来蹭饭。

沈宴家今天吃的火锅，林绛一进门就被味道勾得眼睛发直："静姨，是辣锅底啊！"

"就知道你喜欢。"李静从厨房出来。

沈宴一阵叫屈："我觉得你才是我妈亲生的。"

"不吃就滚。"李静一个眼刀丢过去。

"阿姨，你做饭可比我亲妈做的好吃多了。"林绛狗腿道。

"别看你妈开了个餐厅，做饭还真不如我，"李静递给林绛一碟蘸料，"你要是喜欢，认阿姨当干妈，或者以后干脆给阿姨当媳妇得了，天天都可以吃。"

林绛捞肉的手一顿，下意识去看对面沈宴的脸色，火锅雾气缭绕的，也没看清。

她刚想胡侃一句"沈宴可看不上我"，沈宴就开口了："那我替她选了，还是做你干闺女吧，祸害你一个人就得了，可别祸害我。"

林绛气得直瞪眼："沈宴，你是不是觉得阿姨在这儿我不敢揍你？"

话刚说完，李静就乐了，伸手朝沈宴后背拍了一下："不用你动手，阿姨先替你收拾他。"

沈宴夸张地嗷嗷叫。

林绛则在一旁笑问："叔叔怎么还不下班？"

“哦，我让他去超市买两块鸭血，应该也快回来了。”李静看了眼墙上的时钟。

林绛“哦”了一声，便又低头去吃饭了，完全不理会在一旁叫屈的沈宴。

这一顿饭吃得倒也热闹，最后也不知道是怎么结束的。

林绛带着一身火锅味回家，收拾了一番之后，都快晚上 10 点了。她的肚子又开始疼，果然来大姨妈还是不能贪吃辛辣。

第二天早晨，林绛还是不舒服，早功都没起来做，实在没法去上播音小课了，只好给成老师打电话请了假。

就这么在家躺了两天，周一，林绛精神抖擞地去上课，班主任早就等在教室了。何莱趁班主任去走廊的空当，转头对林绛说道：“一会儿升国旗，姐们给你指指 16 班那个帅哥。”

不过后来何莱扫了 16 班几圈都没找到人影，还因为老是乱动，默默承受了班主任好几个眼神杀。

最后帅哥没看到，林绛倒是看见前两天下午放学遇见的那个女生了，她扎着高马尾，明艳又有气质，正在主席台进行国旗下演讲。

周围的女生在小声讨论：“她是不是化妆了？”

另一个女生回道：“没有吧，今天她是主持，不怕被抓典型啊？”

先开口的女生又回了一句：“那可不一定，我可没有看走眼的时候。”

何莱转过头，悠悠说道：“真酸。”

林绛忙催她回头。

而主席台上女生恰好结束演讲，落款是——

高三 5 班赵思意。

林绛没想记住，但就是记下了。

周一这一整天，班里都在讨论成绩什么时候发，结果直到周三体育课前，成绩才下来。

林绛一行人磨蹭在教室后边看成绩，体委李凯一直在教室清人，喊了两嗓子“快下去上体育课了”，就往后边来了。

他个子高，一头扎进人堆里，很快挤到前头，扫了两眼成绩单：“哈，我这回第 40 名，进步了。”

“人家何莱第 11 名，林绛第 17 名，人家骄傲了吗？”

“不知道的还以为考这名次的是你呢，”李凯敲了一下李娜头顶，“来来来，我看看，哦——原来某人第 37 名啊。”

“你再说一句？”

“你叫我说我就说？多没面子啊。”

“是吗……”李娜露出一个凶笑。

“疼。”李凯被狠狠拧了一下。

何莱和林绛无奈地相视一笑，她俩早就看惯了这两个人打打闹闹的场面，也不劝，互挽着手臂说着悄悄话下楼去往操场。

“你英语成绩有点拖后腿吧？”何莱问道。

“这次比上次考得多呢。”林绛叹气。

“英语 77 分，语文数学都 110 分以上……我要是英语老师我吃了你。”

林绛脑补了一下英语老师那张动怒的脸，只觉得背后一股凉意。结果好巧不巧，后边忽然传来一声：“牛啊，兄弟，英语 145 分。”

林绛惊得差点一口气没提上来。

两个女生同时转头去看究竟是哪位大神考这么高，结果林绛只是一瞥，心跳就漏了半拍——

江为风。

林绛想起他名字的时候自己都怔了一秒。

三个男生并肩而行，中间的那位高瘦显眼，边走边漫不经心地看手机，或许是低头的缘故，发梢有点遮眼。

就是他。

何莱也只瞥了一眼，就一把攥住了林绛的手，压低声音说：“后边中间那个就是 16 班新转来的帅哥！”

林绛惊讶得愣了一下：“这么巧？”

“什么这么巧？”何莱抓住字眼。

林绛这才反应过来：“哦，没，我说我们一下楼就碰上了，真巧。”

何莱说：“可不是嘛！”她整个人激动得都快飞了，连前边老师喊站队时，都慢了两秒才反应过来。

这堂课老师先排了下队形。

林绛站在第三排，第四排是男生，江为风就站在林绛斜后方，几个男生正同他说话。他声音还是懒懒的，很随意，每次回话都不会说太多字，却没让人觉得不礼貌。

不过林绛倒没什么多余的心思一直去听他们说话，因为体育老师的声音更“吸引”人——

“今天咱们来测一个男子 1000 米，女子 800 米啊。”

下边顿时炸开锅了，遍地哀号。

“都啊什么啊？我看咱们两个班男生少，一会儿男生先跑。体委出列，带大家做准备活动。”

又是一阵唉声叹气。

林绛更是紧张得小肚子疼，她体育一直很差劲，又加上一个暑假没运动，等下不得跑瘫了。

她蔫了吧唧地刚刚开始做伸展运动，就听见后面的男生压着声音说话。

“江为风英语 145 分。”

“啊，抄的吧？”

“你以为我是你啊。”

“石头，你以为风哥是你啊？”

“风哥不可能抄，他数学 36 分，语文 54 分，要抄干吗不把这两科也抄了？”

“啊？合着你的数学连风哥的英语零头都没赶上啊……”

一群人听着就一阵笑。

“一会儿球场虐死你。”

身后响起石头咒骂的声音，听着是不想让大家继续侃下去，语气却不在意。

林绛忍不住一笑，又好像意识到什么，借着手上换动作掩饰过去了。

那天，林绛也不知道是有意还是无意，眼底总是能捕捉到这个叫江为风的人。

他旁边的男生叫石头，中等个子，很壮，看起来和他关系不错，旁人都叫他“风哥”，石头有时候叫他“疯子”。

石头说：“疯子，赵思意考得怎么样？”

“不知道。”江为风摸着鼻子回道。

过了会儿，要候场起跑了，石头又问：“你看小姑娘都往你这儿瞅。”

江为风转身就轻踢了石头一屁股：“这很意外吗？”

一句话，坦荡中带着傲气。

林绛忍不住暗暗做了个鬼脸。

这个年纪的男生大多好面子，一边又想吸引女生们的注意力，一边又对“某某是不是喜欢你”这种问题假谦虚。

江为风倒是诚恳。

不过，林绛随之便知道了为什么这人的气场和性格如此张扬。

与此同时，她也终于明白为什么李娜要用“荷尔蒙”形容江为风了——那1000米，他跑起来真就像一阵风，引得围观的女同学们眼冒红心，一小半的女生都在议论，看上去也很激动。

可无奈体育老师在场，她们想喊又不敢喊地憋了大半场，直到最后100米冲刺时，大家才借着给本班男同学加油的机会，朝最前边的那个人猛喊“加油”。

当他以第一名飞跃过终点，第二名还落后他半圈时，全场喝彩。

第二位越线的李凯喘着粗气说女孩子们都一样！李娜张牙舞爪跑上前骂他，再加……递水。

这回，江为风倒是真威风。

而林绛就狼狈了……

明明看着江为风跑得轻松，跑完还面色不改，可轮到自己怎么就越跑越迈不动步子？腿上像灌了铅，整个胸腔也都像给烟烫了似的，疼得要命。

最后跑是跑完了，倒数第三。

林绛跑完后就下意识去整理头发，边整理边看四周，却没看到那抹身影。

自由活动之后，李娜和一群女生叽叽喳喳跑去东墙角的涂鸦区玩。

林绛听沈宴说过，那片涂鸦区，一开始是有人在墙上留言表白，而学校也没有加以制止，久而久之，留言的人多了，竟成了三中最有名的一个新生打卡地。

十几岁的年纪，不就偏爱浓墨重彩的爱恨情仇吗，一份喜欢，就算是不被接受，也需要观众来安慰。

但林绛觉得没意思，喜欢一个人，要么就说给他听，求一个落子无悔；要么就谁也不让知道，往事终会被岁月的洪流冲散。

林绛拉着何莱在操场上歇了好一会儿后，才起身回教室。

班里有几个女生正围在一起讨论着什么，一听见门响，对话就停了。她们齐刷刷地看过去，一见进门的是何莱和林绛，又都松了口气。

林绛拿着杯子去饮水机边接水，那边女生的话争先恐后往耳朵里涌——

“听说5班的赵思意就是他最好的朋友。”

“谁是赵思意？”

“你不知道赵思意？学生会体育部蓝竟宇的女神啊！前两天升旗还演讲来着。”

“听说江为风转学过来就是因为她。”女生后半句压了压声音，更显得欲盖弥彰。

“我朋友高一和江为风同班，听说江为风和赵思意的关系一直都很好……”

身后的女声此起彼伏，林绛就这么端着水杯看窗外，也不知道在想些什么。

天正蓝，正巧有风吹散了一团云，几只鸟飞过天际。

【3】

那天，林绛回家就感冒了。

徐名娟一边在抽屉里给她找药，一边碎碎念：“你说你们老师也真是的，都高三了，还跑什么 800 米啊。”

“谁说不是呢。”林绛秒回。

“不过这也反映出你身体太差劲了啊。”

“你又不是不知道我，随你，不爱动弹，从小男同学捣蛋打我一下，人家不跑我还会还回去，要是人家一跑，我就乐意吃亏，绝对不追……”

林绛鼻子堵着，讲话瓮声瓮气。

“那是你傻，”徐名娟扔给林绛一板药丸，“一天三次，一次两粒。”

这场对话无疾而终。

第二天，林绛还是不大好受，总是昏昏欲睡，然而第一节课是英语。

英语老师是一个三十多岁的单身女性，衣着朴素，不苟言笑，上课没别的习惯，就是喜欢提问。

因此不难想象，她的课上大家有多紧张，喘气都不敢大声。

这节课，老师讲试卷，当林绛被第三次叫到名字的时候，周围同学都对她投来了怜悯的目光，唯一值得高兴的是，这题她恰好会。

万幸，逃过一劫。

一上英语课，时间就仿佛过得特别慢，林绛趁英语老师板书的时候，扭头看了后黑板上的挂钟一眼——还有五分钟下课。

她顿时放松下来，连坐姿都不那么端正了，弓着腰躲在一摞书后面偷懒，顺便缓解感冒药的副作用。

结果还没好受十秒钟，忽然，一段粉笔狠狠砸到卷子上，林绛被吓得猛抬头，英语老师正抱胸好整以暇看着她。

她直接定住。

这一趟办公室是没跑了。

课间操一结束，林绛就心情沉重地慢吞吞走到办公室门口，咬咬牙，开门进去：“老师好。”

“来了。”英语老师正戴着眼镜写东西，一见她来，停了下来。

“知道老师找你什么事吗？”

“我上课不该走神。”林绛揪着校服。

“不是。”

“我英语没考好？”

英语老师有一搭没一搭地摁着圆珠笔，摇了摇头。

“那您就直接告诉我吧，有错我就努力改。”林绛想，不猜了。

“我想让你当英语课代表。”

“啊？”听到这个消息的何莱一阵惊呼，两三秒后，又捂着肚子笑起来，“你英语瘸腿，老师是不是故意整你啊？”

“恭喜你答对了。”李娜也在旁边笑。

林绛一脸黑线。

“不对啊！”何莱笑着笑着忽然从椅子上猛地站起来，“兄弟班的英语课代表谁啊？”

林绛有点蒙：“谁啊？”

“刚换成了江为风。”何莱瞪大眼。

“真的假的？”李娜也站起来。

“我昨天放学和他们班学委一起走的，消息千真万确。”

“林绛，你可以啊，因祸得福啊。”李娜还是很惊喜。

拜托！

林绛脑海里打了一串惊叹号。

她英语考两回的分数加一起才能赶上人家一次的分数，这不是上赶着被虐吗？

林绛心里一阵异样，不知道该拿什么心情想这件事，神游了一天，下午去广播站播音还差点把稿子念串行。

也许是太不在状态，连平时不怎么和她说话的搭档程云川，趁着播音乐的空当也忍不住问了她两句，末了临走时，还提醒她记得吃药。林绛笑说谢谢，转身上楼。

没走几步，就看见两个女生并排下楼，林绛放缓了步子，听其中一个短发女生说道：“江为风给你买的什么啊？”

“喏。”长发女孩扬了扬手臂，校服滑下来，露出一截白皙的小臂，手腕上的星星手串很抢眼。

短发女生一阵羡慕：“好漂亮啊！”

“那蓝竟宇给你买了什么？”

“不知道，扔了。”女生理所当然道。

“哈哈，也是，他和江为风没法比……”

声音渐渐消失，林绛甩甩头赶快回教室。

回去后，林绛一边吃着李娜给她带的鸡蛋灌饼，一边整理各科老师留的作业，装进书包，这天晚自习她得去上播音课。

林绛上的这家培训机构在学校东边，坐公交车7站路，之前初三暑假报班的时候，她纯粹是觉得自己讲话有口音，想练练而已。后来高一开学，她去面试学校宣传部，却阴错阳差地被广播站的老师夸声音好听，就加入广播站了。

慢慢地，林绛有了艺考的心思，除了自身喜欢外，更重要的还是她英语不好，理综也不算太好，考心仪的大学有难度。

爸妈一向开明，倒是没人反对她的志愿，就是徐名娟偶尔念叨，嫌现在这家培训机构有点远，想给她转到学校附近上课，但她喜欢极了这家机构的名字——星星点灯，当时报班的时候也是因为名字吸引人，就没再挑。

晚上6点半上课，林绛几乎是踩着点儿进的教室，她上的是一对二小班授课，进门的时候，班里的另一位同学已经在做口部操了。

林绛因为感冒，这一晚上都不怎么在状态，放学和培训班的成老师一块下楼的时候，被叫住问话：“你怎么还是老毛病，说话压嗓子，声音出不来？”

林绛脸红：“就……可能是因为感冒吧。”

成老师摇头：“你是呼吸不正确，还得多注意体会胸腹式联合呼吸的要领。”

林绛点头：“好，我回去多练练。”

“这一开学你就退了集训，我也不好说什么，但是艺考也不是那么容易的，我以前好多学生都去北京集训了。我打算把你的课表再调调，周六全天上课，以后周日上午也上课。”成老师说完就看着她，等她的反应。

林绛一顿：“我没意见，回家和我爸妈说声就行。”路是她自己选的，辛苦与否她也早就想清楚了。

成老师一笑：“嗯，时间是有点紧，但这时候多付出一些，总是应该的。”

说话间已经来到门口，成老师又问：“你家长今天来接你吗，要不要我送你？”

林绛往外面看了看，自家车子就停在老地方：“不用了，成老师，我妈已经到了。”

成老师伸手看了下表：“行，晚上别忘吃药，回去以后早点睡。”

林绛点点头，一边往前跑，一边回头说：“老师再见。”

车上徐名娟等得有点不耐烦：“你跟你老师聊什么呢？”

林绛就把要加课的事给徐名娟说了一遍，徐名娟倒是没什么意见，就是担心她身体吃不消，唠叨着要她多运动，被林绛撒娇安慰了一阵儿才作罢。

成老师还站在门口，忽然被人拍了下左肩。她扭头看过去，对方却在右边冒出来。

“那谁啊？”男生冲女生纤瘦的背影抬抬下巴。

“还能是谁，我学生呗。”成老师把肩膀上的包往上提了提，往车位走。

“我知道！我是说叫什么。”

成老师打开车门，没进去，看着眼前的人：“成明昊，你又搞什么歪心思？”

成明昊笑得眼睛弯起：“我是那样的人吗？”

“你是。”成老师面无表情地躬身上车。

“我早改了！”男生一愣，立即抗议道。

此刻的街道上霓虹点点，秋意撩人。

课表一改，林绛周末过得跟打仗似的。一个周日下午难得忙里偷闲，王佳倩忙约了她去喝奶茶。

两个女生在初中建立起了友谊，后来都考上三中，不过王佳倩去了文科班多的东校，林绛则来了偏理科的西校。两人自从上了高三就没见过面，这回一见，亲得跟什么似的，说了半天悄悄话。

“我问你，在你心里谁第一？”王佳倩捧着林绛的脸问道。

“你神经病啊，又来？”林绛翻了个白眼。

“嗯？说，我、沈宴、何莱，谁排第一？”

“你你你。”林绛知道自己只能这样说，否则这丫头会缠她半天。

“哼，反正我必须是第一，听到没有？”王佳倩这才放过林绛。

林绛狡黠一笑：“那在你心里，我和顾翔谁排第一啊？”

王佳倩叉果盘的手顿了顿，不知道在想什么，又掏出手机来看了两眼，然后用胳膊碰了碰林绛：“瞧见没有，这人今天一条消息都没给我发。”

“你俩怎么了？”

王佳倩小声叹气：“阿绛。”又故作神秘地压低了声音，“其实今天吧，我有件事想让你帮忙。”

“嗯？”

“你们学校是不是转来一个叫江为风的男生？”

【4】

“你们学校是不是转来一个叫江为风的？”

王佳倩又问了一遍，林绛才回过神。

王佳倩继续说：“江为风是从我们学校转过去的，顾翔这星期往西校都跑两回了，我问他干什么去，他就说去找江为风。问他什么事吧，他又不说。我怀疑他压根就是在骗我，或者就是要和江为风一起干坏事。”

林绛的心一跳：江为风居然是从东校转来的？

她快速把王佳倩的话过滤了一遍，又问道：“干坏事？你为什么这么想？”

“你不知道，江为风以前在我们东校小有名气，长得帅，特我行我素一人，但不讨人厌。”

林绛咬着吸管：“看着是挺酷的。”

“你见过他？”

“隔壁班的。”

这回轮到王佳倩愣神，半天说不出话。几秒钟后，她迅速给了林绛一个大熊抱，又是大笑又是跺脚。

“这简直是上天助我啊，你可必须帮我打听一下他们要干吗，阿绛——”王佳倩本身就很可爱，又会撒娇，把林绛激得鸡皮疙瘩掉一地。发觉整个店的人都往她们这儿瞅，林绛这才求饶似的答应她。

那天下午，两个女生手牵着手聊了好多有的没的，出门的时候，正是四点多钟，阳光正好。

林绛和王佳倩告别后，又去西点店买了两块面包才坐上公交车去学校。

周日晚上，三中统一上晚自习，她上了两天培训课，作业一大半都没写，想着提前去补一会儿作业。

周末公交车上挺挤的，林绛没找到空位，就靠着扶杆听歌，因为怕坐过站，她只敢戴一只耳机。突然，另一只没有被堵住的耳朵就听到后边的一个男生问道：“你给赵思意送的什么生日礼物？”

“手链。”

她愣住了，是江为风没错。

“那么没创意？”

“别打扰我玩游戏。”

“就你那游戏水平，能打得过小学生吗？”对方说完还笑了一声。

紧接着，“GAME OVER（游戏结束）”的背景乐响起，男生一个叹气。

林绛在前边站得笔直，听见江为风气急败坏的声音，还是没忍住笑了笑。这时正好是一站经停，身后的男生说了句：“下车。”

十几秒过后，逼仄的车厢变得宽敞，林绛找了个靠窗的位子，坐定后才敢光明正大往车外看去。

江为风今天穿着牛仔外套，下面配黑裤匡威，阳光下轮廓分明，喉结漂亮。

这让林绛想起《泰坦尼克号》里，站在甲板上抽烟的杰克。

两个男生往一座叫“星光KTV”的建筑物走去，再后来发生了什么，林绛就不知道了。

公交车开走的那刻，耳机里陈奕迅正唱到“曾沿着雪路浪游，为何为好事泪流，谁能凭爱意要富士山私有”。

前方一路绿灯。

这天到学校后，林绛就忙着复盘之前的考试试卷，往笔记本上誊错题，用三种颜色的笔在本子上做标注。

晚自习数学老师占了一节课讲题，林绛在下晚自习后多待了十来分钟，才把作业都写完。

离开的时候，班里还有住校生在奋笔疾书，她收着动作，悄悄关门离开，一下楼就看到沈宴正等她。

只是，沈宴旁边还有一个男生。

她步履放缓，小心翼翼的。

“林绛，快点。”沈宴还是看见了她。

林绛的心一咯噔：“哦。”

旁边的男生也和沈宴一样盯着她看，直到她走到跟前，沈宴才说：“你可真是不经念，刚刚还说你怎么还没下来呢……”

沈宴笑着指了指旁边的人：“来看看，这是你们兄弟班刚转来的帅哥，江为风。”说完又朝林绛努努嘴，“这是林绛。”

江为风衣着打扮和白天无异，就是手上多了块滑板，目光淡淡地落在她身上，勾了勾唇：“你好。”

林绛只觉得脸颊热得慌，微微低了低头："你好。"

等他们颇为生硬地打过招呼，沈宴转头一笑："行吧，不耽误你了，赶紧上去拿钥匙吧，再晚怕学校关门了。"

江为风点点头，没说什么，往教学楼去了。

林绛真没想到居然一天碰见他两次，然而转念又想到，她好像今天该洗头了，就一阵心绞痛。

路上，林绛旁敲侧击，问沈宴什么时候有了江为风这号朋友。沈宴说是一起打过球，又有共同认识的同学。

林绛不觉有些飘飘然，难道这就是传说中的"缘分"？

她咬了咬唇，阻止自己再多想。

那天回家之后，林绛在洗手间磨蹭许久，对着镜子回想和江为风打招呼的一幕，回神之后又乐了半天，觉得自己怎么傻里傻气的。

从洗手间出去之后，徐名娟正给林伟煮面。林伟听见门响就给林绛使了个眼色。林绛一笑："老妈还生你气呢？"

林伟苦笑，双手一摊。

林绛拍了拍他的肩膀："谁叫你一出差就大半个月啊，我妈这不是想你了嘛。"

"你妈这是嫌我对你不上心，你上高三，我反而更忙了。"

"哈哈，谁说的，我老爸这是努力让我坐稳富二代宝座，就算考不上好学校，还能啃老。"

"整天胡想，你爸这个小公司能够你啃几年哪？"父女俩正笑着，林伟见徐名娟从厨房端着面出来，把碗放下，便问道，"你吃吗？"

"我减肥，"林绛忙说，又冲老爸挤眉弄眼，"你老婆还是疼你的吧。"

"还减肥，你瘦得跟排骨精似的，瞅瞅有 90 斤吗？"徐名娟去拿筷子。

林绛往卧室走："我都 94 斤啦。"

走到门口，林绛像是想起什么似的，问道："爸妈，你们说，我长得好看吗？"

"我闺女，当然好看啦。"林伟秒答。

徐名娟扯围裙的手一顿，探究地看着她："好端端的突然问这个干吗？"

林绛被看得心虚："这不是要艺考了吗，形象这关得过啊。"

"我天天看你看惯了，什么美呀丑呀的……"徐名娟说，"不过这么一瞧，我闺女还真有点随我，耐看。"

说完，屋子里的三个人都乐了。

林绛回房间后和几个朋友聊天，何莱和王佳倩都在线，沈宴的头像黑着，她又问了刚刚的问题。

王佳倩秒回：【放心吧，姐妹，你人美声甜，打扮起来能演偶像剧。】

何莱紧跟其后：【艺考的话，美女如云，不够出彩，放平时看还可以。】

林绛：【你也太实在了吧。】

何莱发了个微笑的表情：【反正在我眼里，特出彩的美女都高挑明艳，气质超群，在人群中特显眼，比如赵思意那样的。】

林绛一串省略号发过去，又问：【那我呢？】

何莱：【你也不差，无辜清纯小白花，让人有保护欲。但是吧……】

林绛：【？】

何莱：【没啥攻击性，人群里也不够显眼，要是和赵思意那类型的站一起，就比较吃亏。】

末了，何莱还补充一句：【不信你看那些女演员，平时也是各有特色，但一走红毯，艳压的还是浓颜系高挑美女。】

林绛默默下线。

又是新的一周，周一天色阴凉，晨读之前，大家去操场升国旗，这一回林绛倒是看见了江为风。

升国旗奏国歌，全体行注目礼的时候，有个人猫着腰从江为风身后蹿过去，小声问："怎么那么晚？"

江为风的声音像没睡醒似的："找校服呢。"

林绛不动声色地将这短暂的对话捕捉。

晨读下课，班里不少同学在补觉，她打着哈欠去英语老师办公室送作业，一进门就正对上一个宽阔的后背。

闻声，英语老师斜了斜身子，朝她看过来，那人却没动。

"老师，这是这周的作业，没交的名单我都写在便笺上了。"林绛先开口，走过去，站在男生旁边靠后一点的位置。

英语老师接过作业："林绛你来得正好，来认认人，这是16班的课代表江为风。"

林绛点点头，旁边的男生却没有动。

英语老师又开口："人家英语成绩比你好很多。"

林绛心一慌，果然，英语老师接着问："你上次考试多少分来着？"

"77。"林绛攥了攥拳头，难以启齿。

说完这话，林绛才明显感觉到旁边的人动了动，像是往她这边看了一眼。林绛把头埋了埋。

“你呢？”英语老师问他。

男生声音没波澜：“145。”

某人丢人地闭了闭眼。

林绛被虐得没了脾气，回去后跟何莱、李娜说了这事，两个女生乐得不行，到上课还在憋笑。

大课间，何莱拿着数学试卷问林绛倒数第三道大题的做法，林绛报复地只讲了一半，惹得何莱追着她问：“接下来怎么做辅助线啊？”

林绛偏不说。

看着何莱抓心挠肺那样，她心情好了大半。

枯燥无味的时间，在同学之间的小打小闹和对无数难题的冥思苦想中流淌着，不知道怎么了，周三之前的日子总是过得特别慢。

周二中午一放学，班里几个同学还和往常一样，赛跑似的往食堂冲刺。

李娜那天带了饭，何莱馋学校后门的黄花牛肉面了，便拉着林绛一起出去吃。

还没出教室，就听见李凯没心没肺的声音：“给我尝一口。”

两秒后，传来李娜的怒吼：“李凯，不能吃那么多！”

林绛和何莱相视一笑。

到面馆的时候，已经有不少人在排队了，往屋里一看，一个空位也没有，林绛便叫何莱先去楼上找位置，自己在下面排队点餐，两个女生都要了小碗的牛肉面。

林绛点好餐上楼，刚到二楼楼梯口，就看到这一层也满满都是人，还大多穿着白色校服，看得人一阵眼晕，还好何莱眼尖冲她摆手。

林绛想也没想，就朝何莱走过去，谁知道没走两步，就看到隔壁桌坐着两个熟悉的身影。

【5】

林绛故作大方地走过去。

“巧不巧？”何莱压低声音问道。

“你故意的？”林绛说话声更小。

何莱一笑：“还记得我怎么形容赵思意吗？她本来就特显眼，何况身边还有个更显眼的江为风，我腿不听使唤啊……”

林绛拿余光去瞥，赵思意和江为风都没穿校服，但因为都是白色系，所以刚刚林绛并没一眼看到这两个人。

这下有心去看，才发现江为风今天穿得很有少年感，白色薄卫衣，蓝色水洗牛仔裤。林绛想，如果沈宴穿这身肯定阳光值倍增，但江为风却夹着一丝淡漠的气质。

而赵思意……

林绛看到她的时候顿了一下，这两天降温，穿着长袖都还有凉意，她却穿着百褶短裙，露出两条修长紧致的腿。

林绛光看着就忍不住一哆嗦。

面很快被端上来，林绛收回目光，把面从服务员手上接过来。

当一红一白两种颜色的面放在桌子上的时候，何莱一阵惊呼："林绛，你作死啊，你那嗓子不要了是吧，还不戒辣？"

林绛正掰筷子："哎呀，他们家辣椒不辣。"

"什么不辣？"何莱痛心疾首。

"……"

那边，赵思意听到了隔壁桌的对话，小声说："那女孩吃辣和你有一拼。"

江为风漫不经心往隔壁扫了一眼："比我差点。"

赵思意嘁了一声，笑道："你都忙什么呢？"

江为风喝了口可乐："老样子。"

"上网，台球，滑板？"

"嗯。"

"没别的？"

"你还想有别的？"江为风靠在椅背上，抬眼看她。

赵思意被噎了一下，哼道："我妈收我手机之后，我都没法每天联系你，你可不许和其他女生走太近。"

江为风笑得意味深长："没和女生太近，和男生挺近。"

赵思意看着男生眼底的捉弄，夹面的动作停下来，故意问："哦？和男生一起做什么？"

江为风轻笑了一声："做男人该做的事儿呗。"

赵思意来兴致了："哎呀，你别闹了，是不是去鬼混了？"

江为风脸上本来挂着笑，但在听到"鬼混"二字的时候显然顿了一下，敛了敛眸，旋即又笑了："和蓝竟宇一块能鬼混得起来？他那胆小样……"

赵思意闻言手一抖，这下是真被噎着了，开始猛地咳嗽，脸也憋得通红，眼泪都咳出来："你们俩？你俩能有什么事儿啊……"

江为风无奈："算了，没意思。"

他说着，又想给赵思意递纸，发现桌上的没了，又下意识掏了掏兜，也没纸，正四处搜寻呢，视线忽然定在一处。

他起身走过去。

"同学，借点纸。"

声音在头顶响起的那一刻，林绛头皮一麻，一颗心就跟坐跳楼机似的，唰一下坠了十几米。再一看何莱，她正仰头看着江为风，迅速变红的耳朵出卖了她的紧张。

因为江为风的话，是对着何莱讲的。

何莱嘴巴张了张，却没说出一个字，但动作比脑子反应快，林绛眼看着她把左手边的一包纸递给了江为风。

江为风拿了纸，道了声谢，就返回座位上，取出两张给赵思意。

整个过程，他都没有往林绛这边看一眼。

林绛胸口闷闷的，像塞了一团棉花。

他把她忘了。

也是，那天夜色正浓，他和她只是匆匆打了个照面，去送英语作业那天，她就该了然，他早把她忘了，或压根没记住过她。

那碗剩下的面，林绛吃得很没胃口。

人走了，何莱却还是蒙的，不仅耳朵红，脸也红："林绛，你刚才知道他们那桌发生了什么吗？怎么就过来借纸了？"

林绛摇摇头。

那会儿她们两个人正好在聊今年热播的《仙剑奇侠传3》，何莱说剧里最好的女性角色是龙葵，而林绛最爱夕瑶，一时争论不休，谁也没注意旁边发生了什么。

何莱一阵叹气："早知道我就注意点形象了，刚刚吃得满嘴油。"

见林绛无心接话，何莱自顾自叹气，又忽然情绪激动地说近看江为风五官还真不赖。念念叨叨半天，两个人才下楼去结账，结果到前台一说座位号，却被告知账已经被隔壁桌结了。

何莱"哇"了一声，拿胳膊撞了下林绛："一会儿借我你手机用用，我去搜一下我今天是不是走桃花运。"

林绛满脸黑线，拔腿就走。

这事儿说大，也算不上大，但林绛还是一个下午都魂不守舍的。

最后一节课结束，她打起精神去广播站播稿子，到的时候，却并没看见搭档程云川。

程云川班上这天的最后一节课是体育课，平时林绛到的时候，程云川早就到了。

当然，虽然程云川到得早，但是还没做准备，而是拿着小镜子涂口红。那时候校园里总有些偷偷化妆的女生，程云川就是其中一个。

林绛正疑惑呢，有人恰好推门进来。女生留着娃娃头，看见林绛时眼睛一闪，叫了声“学姐”。

“你是来替班的吗？怎么之前没听说？”林绛问道。

那女生一笑：“那天我去办公室遇见程学姐，说她退出广播站了。正好我在，老师就把我安排给你啦，学姐可要多多指教。”

林绛正低头弄设备，闻言一顿：“怎么这么突然，有原因吗？”

“我出门的时候悄悄问学姐来着，学姐笑着说保密。”女生笑嘻嘻的。

林绛心底淌过一丝异样，虽然和程云川不熟，但好歹也做了半年搭档，这会儿忽然换人，一时之间有些难以接受。

不过林绛也没时间想太多，学校夏季的下课时间是下午 5 点 20 分，广播时间是在 5 点 40 分至 6 点，这会儿还差 5 分钟就要播了。今天这场广播很重要，她没心思分神。

今天的第一首歌恰好是《仙剑奇侠传 3》里的《此生不换》，说是一位男同学给某位女同学点的生日歌。

青城有三所重点高中，并称“一三八”铁三角，其中一中文科好，八中偏理科，而三中文理势头都挺猛的。

林绛一直觉得这和学校的管理不无关系。

三中虽课业繁重，纪律严明，但相比其他学校，还算比较开明。

就像，除了周一和重要场合外，学校并不强制穿校服；学校操场保留了那面涂鸦墙；广播站点歌，只要不是光明正大地表白都没大碍……

这天，林绛有私心。

她亲口念出稿子上的字：“今天的最后一首歌，来自一位 ID 为‘38.6℃’的同学，她说，这首歌要送给高三 16 班的江为风，希望他能永远像风一样自由。”

音乐适时响起，林绛拿稿子的手有一点抖——她瞒着全世界，给江为风点了一首歌。

这首歌的名字叫《孤单心事》。

每一个少女心里都会有一件孤单心事，林绛也不例外。

是什么时候开始的，她并不知情，只是忽然有一天，她在做数学题时出神，反应过来之后，发现草稿纸上密密麻麻写满了一个名字。发现这件事的那个瞬间，尽管没人看见，她还是兀自脸红了。

女声唱到“只能像一朵向日葵，在夜里默默地坚持”的时候，窗外大风正汹涌，树都被吹弯了。

那句诗怎么念来着？

南风知我意，吹梦到西洲。

林绛有片刻的矫情心思，如果可以，盼望风能把歌带给江为风。

# 第二章 / 心事

她避不开，但也要离远点。

【6】

这个傍晚，时光温柔。

下了广播，林绛没想到何莱拎着饭等在楼下。

何莱把一杯豆浆塞进林绛的手里：“刚刚我回教室，正上楼呢，听见有人给江为风点歌，你知道是谁吗？”

林绛下意识避开何莱的脸，往前走：“ID 是叫 38.6℃，真人不知道。”

何莱跟上去，轻轻叹气：“唉，这年头但凡是个帅哥，都那么多人惦记。”

林绛笑得淡淡的：“美女也很抢手啊。”

“你说赵思意啊？”何莱撇撇嘴，“不就一个蓝竟宇吗，质量也不算高。我听我以前东校的姐妹说，以前和江为风在一起玩的女生都不比赵思意差。”

林绛闻言，步子慢了慢：“你别忘了，大家都在传江为风是为了赵思意转的学。”

何莱想反驳，又想了想，把话硬生生憋了回去。

一路无话。

回到教室的时候，同学们正在移桌子，为了让最左最右两排的同学能看清楚黑板，班长提议班里隔一段时间就调一次座位。这是第一次换，左中右三大排往右依次平移，林绛本来靠窗，现在移到正中间。

换了座位，适应了一晚上都还是觉得别扭，林绛以前旁边是墙或是窗户，偶尔还能掏出手机看两眼，现在旁边是走廊，别说手机了，做题都没安全感。

那天晚上回去，林绛把剩下的作业做完，就掏出锁在抽屉里的本子抄歌词。沈宴前两天刚送她一款迪士尼的笔，出水很流畅。

打开本子的第一页，就是字迹清秀的《孤单心事》的歌词，林绛莫名勾了勾嘴角。她做了自己想做的事，心里到底是欢喜的。

那时候正流行歌词本，五块钱一本，班里传得最疯的要属暑假大火的《一起来看流星雨》。王佳倩是慕容云海的粉丝，海报、卡贴、歌词本每样都买，还整天拉着林绛聊剧情。

暑假的时候，林绛每天都在集训，整天琢磨怎么练声换气，压根没看过电视剧，对剧里的人和歌一概不知，被强行“安利”久了，倒也听了几首歌，别说，还真有喜欢的。

夜深人静时，笔尖摩挲纸张的声音，莫名有让人安心的味道。手机里魏晨唱到“看你为谁苦闷，我就集中精神”的时候，林绛正好翻页。

抄完这首歌，正好是 11 点半了，她收拾好一切，就和往常一样，去衣柜里挑明天要穿的衣服，站在镜子前比画了好几身，都不满意。忽然，她的视线定格在衣柜深处的百褶裙上，这才算挑完。

第二天，闹钟失灵。

林绛兵荒马乱跑下楼，一出单元门，被风吹得一激灵。沈宴看见她一愣，还没来得及反应，就被林绛一通催促，骑上车子又是一路狂奔，到学校时，她几乎要冻麻木了。

结果在教室门口，她又被拦下。

班主任用一根手指抬了抬眼镜，上下打量了她一通，半天才放人进去。林绛逃命似的小跑到座位，一抬眼，周围几个关系好的同学都在拿眼神戳她。

一上完晨读，她就被何莱跟李娜堵到了教室后边墙角跟。

“说，是不是有情况？”李娜坏笑。

何莱附和：“今天最高气温 21 度，还穿短裙，勾谁呢？”

林绛咽了口口水：“哎呀，这条裙子买了之后一直没穿，我想着 9 月都快过完了，再不穿没机会了。”

李娜听完，一脚踩到旁边的座椅上，手摆了个拿话筒的姿势：“所以，我想采访一下林绛小姐，今天的体育课要怎么办呢？”

林绛心里一惊。

完蛋。

那天的体育课，林绛赴死一样下楼，不出所料，果然被体育老师批评了几句，又被单独叫出列，和几个“肚子疼”的女生在旁边站着，看大家做准备活动。

林绛被“展览示众”，好在当天江为风不知道去哪儿了。

这个年纪的学生最崇尚朴素大方，女生们虽然向往打扮，却也羞于打扮，众人的议论会给她们安上个“坏女孩”的名号，而这也是青春里不能承受之重。

但也有例外。

林绛脑海里闪过赵思意清爽的裙摆和程云川明艳的唇色，不得不承认，有些人备受关注不是因为外貌如何，而是因为她们敢做大多数女生想做却不敢做的事。

林绛以为自己也行，可事实证明她不行。

因为她没有经验。

她就好像是一个在台下早已习惯淹没于人群深处的观众，有一天，忽然有一束光“啪”打在了身上，她左右四顾，不知所措。

议论和称赞都会让她慌乱。

就像自由活动的时候，何莱去买可乐，她坐在田径场通往篮球场的小路台阶上等，就听到有男生在说：“听说她叫林绛是吧？”

她心一沉。

有人问：“哪个字？”

“你管她哪个字呢，漂亮就行呗。”有人哈哈一笑。

林绛的脸悄悄红了，赶紧在听到其他有关她的句子前，起身逃跑。刚站起来，就听到又有人问了一句：“石头，江为风呢？”

她的心又一沉。

“楼上补觉呢。”那个叫石头的人回道。

“哦？昨天和女同学玩太晚啊。”有个男生笑道，“玩”字咬了重音，惹得起哄声四溢。

石头骂道：“玩什么啊，赵思意家教那么严，我就没见她跟风哥晚上见过面。”

又有人接话：“哟，那人家晚上见面也不能随便让你知道啊。”

话音一落，哄笑声更甚。

林绛默默离开，任由运球声夹杂话音此起彼伏。

处心积虑不如恰逢其会，那天，林绛连江为风的影子都没看见。

这一整天，林绛就像被霜打的茄子一样没有精神。

下午吃饭回来，何莱和她同桌要去门口的晨光文具店买笔，问林绛去不去。平时林绛最爱逛文具店和精品店，这会儿却没兴趣，摇头说困，想回去趴一会儿。

林绛慢吞吞上楼，从楼道刚往教室那边的走廊拐，就看见一个身穿运动服的高个子男生，眼睛贴着教室前门的窗户往里看。

林绛喊道："沈宴？"

男生闻声扭过头，露出特灿烂的微笑。

"你来干吗？"

"我车子没电了，晚上你自己坐公交车先走吧，别等我了。"

"那怎么行，我是那么没义气的人吗？晚上还是一起吧，走路也不远。"林绛话说得果断，也不等沈宴拒绝，就推他后背，赶他回教室学习。

沈宴一走，李娜就从不知道哪个角落蹿出来："我说林绛，你和沈班长真就是兄妹感情？"

林绛一咧嘴，皮笑肉不笑，道："错，我是10月生的，他11月，我俩是姐弟关系。"

李娜啧啧两声："真不像。"

林绛没吱声，回教室趴着睡觉去了。

晚上放学后，林绛在学校门口买了一包糖炒栗子，边吃边走。

沈宴在一旁问她："好吃吗？"

林绛不乐意说话，便剥了一个伸手给沈宴。沈宴低头去咬，正好身后有汽车在按喇叭，他想把电动车往路里边推，一不注意，林绛手上圆滚滚的栗子被撞飞出去。

这一幕，被车里的人借着路灯的光亮看得一清二楚。

"你认识？"郑萍开着车，注意到江为风一直在看窗外的两个人。

"男生是一起打球的。"江为风收回目光。

郑萍缓了缓，又小心开口："你班主任说，从开学到现在你已经逃了四五次课了。上周一，你干吗去了，升旗都逃？"

江为风皱着眉头去想，半天才记起来："网吧。"

那一天前一晚，他和昊子去了网吧，昊子技术比他好，越玩越嗨。后来，江为风没撑住就睡了，结果一觉睡到九点多。

"你班主任对你还上心吧？"郑萍关心道。

"上心，"江为风顿了顿，他像是想起来什么，哼笑道，"真不愧是我爸的老同学，一上来就给我弄了个英语课代表。"

郑萍笑了："那挺好的啊，你说想转学，你爸当初真的挺费心才把你转到这个班，不是想着你的成绩能多突飞猛进，就是想让你收收心。"

江为风受不了唠叨，咧咧嘴："你俩小日子好好过就成了，别操心我。"

郑萍从后视镜里看着男生，抿了抿嘴，最终还是没说什么。

人间此刻，华灯耀目，车水马龙。

沈宴望着掉落的栗子，目光一敛："不吃了，这栗子跟我作对，又掉。"

林绛乐得独享：“不吃拉倒。”

沈宴抗议：“你这回倒听话？”

林绛不置可否。

这时候正是下晚自习的点，身边接学生的车来往不断，说话间，前面忽然有辆车打了双闪。沈宴下意识偏头，正好望见林绛的侧脸，车灯一照，她长长的睫毛影子便从左脸颊移向右脸，再躲进头发里，女孩的皮肤白皙干净，五官玲珑。

然后，沈宴忍不住开口：“其实，你还不错。”

“什么？”林绛被沈宴这没来由的话搞得一蒙。

沈宴白了她一眼：“你那天不是问我你好不好看吗？”

林绛这才想起来，不好意思地耸了耸肩。

“你不问，以前我还真没想过你好不好看的事儿。”沈宴一乐。

林绛也笑了：“也是，从小看到大，还能看出什么花来啊。”

沈宴无声地点了点头，没再接话。

【7】

这天晚上，两个人边走边说话，一升高三，他们都忙了很多，虽然每天一起上下学，但很少这样闲聊了。

沈宴的成绩比林绛要好很多，以前初中他们是一个班的，沈宴次次考试都是班里前三名，而她却在十名左右晃荡。上了高中后，沈宴的成绩依旧排在前三名，她却怎么考都是十五名开外。

然而沈宴不仅比她成绩好，还比她努力，就比如今晚，他们回到家，静姨喊她过去吃夜宵。林绛边喝着汤，边拿着手机和王佳倩乱聊，而沈宴则在一边背英语单词。

林绛就说：“晚上记单词效果不好，早上再背。”

沈宴头也不抬，回嘴道：“懒人永远有借口。”

林绛吐了吐舌头。

后来，这晚睡觉之前，林绛背了二十个单词才去睡。第二天早晨一到教室，她就让同桌帮忙提问，二十个单词居然只错了两个，连同桌都惊了。

后来她跟同桌说了原因，同桌才了然地“哦”了一声，告诉她，之前好像是听某个博士说学习之后立即睡觉记忆效果会更好，尤其是在三十分钟内就睡着的。

同桌说完，又嘿嘿一笑：“对我可不管用，我晚上背书比吃安眠药睡得都快。”

惹得林绛一阵笑。

这两天，林绛过得按部就班，只是在做课间操的时候、放学去吃饭的时候和上厕所的时候，她的眼神总在悄无声息地搜寻某个身影。

周四那天下午，林绛去学校正门外的打印店复印资料，远远瞥见了江为风。

他和一群男生一起出校门，几个男生骑着变速车，他滑滑板，从学校门口往西下坡。他滑滑板速度比几个骑变速车的男生都要快，然后路口绿灯，其他人直走了，他拐了个弯。

那是林绛第一回见他玩滑板，心跳程度不亚于第一次在电脑上看见流川枫打球，目光久久不能移开。

第二天周五，最后一节课是自习，因为要过周末，班里人的心早收不住了。

林绛正和何莱拿着红笔对答案，为一道题选 A 还是 D，两个人争执许久。突然，桌洞里的手机接连振动，声音在安静的教室里显得无比刺耳。

林绛心虚地瞥了下四周，才偷偷拿出来看，是王佳倩发来的消息。

【放学等我。】

林绛便回：【你来干什么？】

信息还没发出去，同桌忽然小声说了一句："班主任在后门。"吓得林绛把手机往桌洞一塞，赶紧趴在桌子上，假装在用功。

班主任来教室里没别的事情，只是"友好"地通知下周周末之前又有考试，惹得班里一片哀号。

林绛早早就收拾好书包，一下课闪电似的跑没影了。

一出校门，她就看见了熟悉的背影，忙跑过去从后面拍了下女生的肩膀。王佳倩转过脸，一看是林绛，喜笑颜开。

"猜猜我来干吗？"王佳倩挽上林绛手臂。

林绛摇头："快说。"

王佳倩哼了一声，边走边说："前两天让你帮忙打听的事儿呢？"

林绛侧身，说话前先叹了口气："王佳倩，你放过我成吗？上次电话里就跟你说了，我和江为风实在没交集……"

王佳倩一听，也不怨她，反而爽朗地笑出来："哎呀，逗你呢，其实顾翔来这边干吗，他都跟我交代了。"

"干吗？"林绛好奇。

“真想知道？”

林绛翻了个白眼：“废话。”

王佳倩挑眉一笑：“行，那先陪我去个地儿。”

林绛无语，但没拒绝。

“你们学校有个人要找江为风麻烦。江为风的朋友大多还是我们东校的，顾翔也来帮他，但是怕我担心，顾翔就没敢告诉我。”王佳倩言简意赅一通解释。

“要打架吗？”林绛听到王佳倩说是什么事之后，惊得眼皮都跳了一下，脑子却转得快，莫名想到一个人，“找事的不会是蓝竟宇吧？”

王佳倩惊喜道：“对对对，就是他，你知道这个姓蓝的多垃圾吗？每次约好了时间，他却说没准备好。江为风就说要他定个准日子，他说这周五，结果昨天晚上他找人把江为风截了。”

林绛脱口而出：“江为风没事吧？”

王佳倩没多想：“没事。不过，江为风怎么咽得下这口气呀，今天蓝竟宇没敢去上课，江为风找了他一天了。刚刚顾翔跟我说，有人在新华书店看见了他，他们这会儿正往那边去呢。”

“为什么躲书店啊？”

“傻丫头，他要是去网吧，分分钟就会被找出来。”

林绛只觉得信息量太大，一时难以消化，又觉得哪里不对劲，问道：“那我们现在，不会就是去书店的吧？”

王佳倩不好意思地一笑：“还是你最懂我。”

正黄昏，秋意正浓。

王佳倩在车上看到顾翔在距离书店不远的一个巷子里，连忙拉着林绛提前下车。

刚走到巷口，巷子里的人就警惕地往她们这边看了过来。顾翔一见是王佳倩，三两步走过来，惊慌地问：“姑奶奶，你怎么来了？”

王佳倩笑得甜：“担心你呗。”

起哄声顿时炸开。

江为风也笑了。

他穿着干净的白色上衣，长袖被往上捋了一段，露出线条精致的手臂，指尖修长，慵懒又随意。但离远点看，他还是像一张风格特凌厉的黑白照片。

与他相比，趴在地上的蓝竟宇就好像被随意丢掉的一团废纸。

林绛眼色一暗，她毕竟第一次见这种事，有点害怕，也有点不忍心，握着书包带子的手不由得紧了紧。

“这儿没你事，快带你朋友走。”顾翔对王佳倩说。

人群里有人笑道：“还是翔子有福气，有个这么好的朋友，哪像咱们啊……”语气夸张。

话落，又是一阵哄笑。

“哎？你不是15班的林绛吗？”有个戴眼镜，长得高高壮壮的男生朝林绛走过来，看清人后，惊喜地问。

林绛寻声一看，觉得很眼熟。

男生笑道：“我是16班的石磊，大家都叫我石头，咱两个班一起上体育课的。”

林绛回道：“知道。”

旁边的男生们一听，都去调侃石头。林绛余光瞥见地上的人动了动。

林绛终是有些不忍心，看了看旁边的江为风，他正低头看手机，林绛低着头看着脚尖，鼓足勇气憋出一句：“不走吗？”

顿时一片安静。

林绛一阵心慌，说完也不敢抬头。

王佳倩过来拍了拍她的肩：“行啊，咱俩先回去。”

林绛这才慢慢抬头，却不是看王佳倩，而是正对上江为风的脸，他刘海有些遮眼，神色晦暗。

“你们不走吗？”林绛一开口，才发现不知道怎么，声音居然有点哑。

王佳倩手肘撞了撞她的胳膊。

江为风嗤笑了一下，嘴角始终勾着若有似无的笑。

林绛并不知道江为风是怎么想的，他整个人的气场，就像他身上衣服的颜色，墨色浓郁。

最终，他说道：“行啊。”

包括林绛在内的人，都一阵蒙。

“行吧，今天只是吓唬这小子一下，没想到他这么胆小，手指头都还没挨到他，他自己就吓瘫了，还在这儿装死呢。胆小鬼……今天先散了吧。”石头出来打圆场。

大家一听，也觉得今天算是结了，总之江为风没吃到亏，那小子也知道厉害了，毕竟大家都还是学生，知道打架是不对的，于是都乌泱泱作鸟兽散。

江为风走在这群人最后，林绛最后回头看了蓝竟宇一眼，谁知道正对上一双又是羞恼又是恨意的眼，吓得她一激灵，忙转回去。

还没走几步，林绛就觉得不对劲，果然，也不知道蓝竟宇是怎么那么迅速从地上爬起来的，只看见一个影子“啊”的一声要扑过来，林绛下意识去挡。

眼前一片黑。

【8】

“林绛！”是王佳倩焦急的声音。

林绛眨眨眼，发现自己侧摔在地上，她刚刚往前扑，下意识用手撑着自己，手腕都磨破了，膝盖也疼，忍不住“咝”的一声，倒抽一口凉气。

但她来不及去关注自己疼不疼，第一个念头就是去看江为风，刚刚他在千钧一发之际，猛力拽了她一下，不然她会伤得更重。

江为风也正站着看她，当时天色已暗，林绛看不清他的表情。

“林绛，你是不是憨啊！眼见一个大活人扑过来，你也去挡啊？”王佳倩气得红眼，“要不是江为风眼疾手快拽你一下，那一脚要是踹上来，你小命还要吗？你不用脑子想想，他要是能伤着江为风，昨天江为风就被他打趴了……”王佳倩说着，长喘了一口气，气得胸口一起一伏的。

林绛忙说：“对不起。”

她是真的挺不好意思的，没那个本事就冲动去救人，反而让人担心了。

几个男生已经摁住了蓝竟宇，大家正火气上头，恨不得狠狠揍他。

林绛觉得自己好心办了坏事，一时之间又害怕又气恼，不知道该怎么办。

江为风说话了：“行了，放他走吧。”

“你没看他刚刚那报复样，不给他打服气了，能行吗？”说话的是顾翔。

江为风声音很冷，带着不容置疑：“放他走吧，这事儿以后再算，先把女生送回家。”

林绛一听，心下一暖。其他人倒也没再坚持，就放蓝竟宇离开了。

蓝竟宇一走，其他几个人也都向江为风告辞，说有事随时电话联系，江为风连连点头。

一时之间，逼仄的巷子里，就剩王佳倩、顾翔、石头、江为风和林绛。

王佳倩打破宁静：“你们就先回吧，我陪我朋友去趟附近的诊所。”

顾翔连忙制止：“不行，我和你们一块儿去，一会儿打车送你们。”

林绛最怕麻烦别人，忙摆手：“不用，我没事，就是磕了一下。顾翔，你送倩倩回去，我自己打车回去就行。”

王佳倩一听，火气“噌”一下就上来了，刚想说什么，到嘴边的话却被硬生生堵住——

“我送她回去。”说话的是江为风。

林绛整个人怔住，心里一震，可第一个念头却是“绝对不行”。

事实上，念头一出，她也这样说了：“真不用，我真没事。”

王佳倩却笑了：“也是，刚刚我朋友帮你挡了一下，你也该还个人情。”

林绛听她这话都快急死了，一个劲攥王佳倩的手递眼色，却不管用。

王佳倩说完就赶顾翔和石头走。石头显然有点蒙，想说什么都没来得及，就被王佳倩和顾翔拽走了。

现在，就剩下林绛和江为风。

巷外行人络绎，巷内昏暗静谧。

林绛如临大敌，手臂上的伤有节奏地突突直跳，她整个人紧张别扭到极点。

江为风依旧没什么表情，淡淡地说：“走吧。”说完也不等她，大步走出去。

林绛赶紧跟上，谁知道一走路膝盖更痛。

她也不敢吭声，只尽力追上他，但好像还是太慢了。男生走了一段路，像是察觉到什么似的，停下来回头看了她一眼，再抬脚的时候，步子慢了很多。

他带她去附近的诊所，她不想矫情，也知道强撑没用，反倒惹人烦，便没推辞。在诊所简单擦了药水，医生还给她开了一些消炎药，出来的时候都晚上7点多了。江为风打车送她回家。

这整个过程江为风都没和林绛说一句话，林绛也不敢看江为风一眼。她上了车，下意识使劲往最里面缩，结果刚坐稳，车门却被“啪”一声关上，男生上了副驾驶。

林绛一阵脸热，连司机问去哪儿，都反应慢了半拍才说道：“香江城。”

车子没开多久，江为风的手机便响起。

林绛屏住呼吸，听他接起来：“没干吗，你今天怎么有空给我打电话了？你妈妈没有没收手机？”

不知道那边回了句什么，他听后一笑，散漫地说：“想，还能不想吗？”

林绛心一沉，立刻明白过来对方是谁。

那时候，车子正在等红灯，林绛摇下车窗吹风，转过头看车窗外，马路边的理发店正放杨千嬅的歌——“沿途红灯再红，无人可挡我路，望着是万马千军都直冲……”，她听得心底一片潮湿。

不知道为什么，林绛忽然记起自己曾想过，喜欢一个人要么就说出来，要么就谁也不让知道，她以前觉得自己会是前者，可真经历了，她才发现自己并没有开口的孤勇，只会退后，然后三缄其口。

这通电话打了两三分钟，后来好像女生有急事，所以匆忙挂了。

江为风挂了电话，停了会儿又问司机："还有多久能到？"

司机说堵车，说不准。林绛竖着耳朵听，联想到刚才的电话，以为他要去见赵思意，就说道："你要有事，我自己回去也行。"

江为风扭头看她一眼："送佛送到西。"

林绛不敢说话了。

谁知，江为风又问："你是哪个字？"

林绛一愣，嘴巴却比脑子反应快，回道："杨绛的绛。"

见对方不说话，顿了顿，她又补上一句："绞丝旁的那个绛，绛红色的意思。"

话音刚落，男生笑了："我语文没差到不知道杨绛。"

林绛慌忙解释："不是，是因为很多人都不知道杨绛是哪个绛……"话没说完，就觉得越描越黑，只差咬到舌头。

男生却不在意的样子，扯开话题："今天这事儿谢谢你了。但你朋友说得对，下次遇到这种事要多想想，先看看自己能不能承受后果，万一别人能应对，你冲出来伤着自己了多不好。"

他的声音没任何温度，和刚刚打电话时的声音判若两人。林绛整颗心都凉透了，他那意思再明显不过了。

他嫌她不自量力，惹麻烦添乱。

林绛只觉得喉咙发紧，直到下车前才找到自己的声音："今天给你们添麻烦了，我就是这臭毛病，换别人也会挡的，你别往心里去。"

说着，她又快速挪到车门旁，语速飞快道："今天谢谢你送我回来，你就别下车了，我先走了。"

林绛说完，逃也似的冲下了车。

江为风坐在车里，有点蒙。

停车时，他原本想跟女生讲"我就不送你下去了"的，结果还没来得及张嘴，她就已经跑走了。他循着女生的背影看过去，才发现小区门口站着一个熟悉的身影。

怪不得。

江为风收回目光，对司机说："清潭路绿岛。"

【9】

林绛还没走两步，就听到了汽车引擎发动的声音，眼皮有点热，眨眨眼，两颗泪珠砸了下来。

这时，正好听见一个焦急的声音：“林绛！”

她一抬头，只见沈宴跑过来，劈头盖脸就是一通骂：“你跑哪儿去了？放学后我在门口等你半天没看见人，去你班里找，你们班又锁门了，打你电话也打不通，你知道我多着急吗？”

林绛鼻子一酸，眼泪顿时像开了闸一样，她胡乱伸手去擦，却越擦越多。

沈宴一见她哭，一时间无措又焦急，想低头去看她的脸。

林绛躲开不让他瞧，他心里比刚才没见到她人影的时候还急：“怎么回事？谁欺负你了？”

林绛哭得抽噎。

沈宴这下急得手都不知道该往哪儿放了，小心翼翼地问：“是不是我刚才太凶了？”

林绛喘了口气，断断续续地说：“没有……就是……我没看清台阶，踏空磕了一下，现在膝盖好疼。”

沈宴“啊”了一声，赶忙低头去看。她的裤子膝盖那儿果然脏脏的，想是摔过留下的痕迹。

沈宴皱着眉头：“伤得重不重，去医院了吗？”

“去过了，没什么事儿。放学王佳倩喊我去买慕容云海的海报，我忘了跟你说了，手机还没电了。”林绛已经止住了哭泣，清了清嗓子，“对不起沈宴。”

沈宴忙扶住她，想了想又问：“要不要我背你？”

林绛一听，眼泪又要收不住：“不用。”

沈宴不坚持，扶着林绛往前走，神色黯黯的。

林绛这会儿借着理由哭过，感觉舒爽了不少，只觉得对不起沈宴，白白让他着急等了两个多小时，最后还编理由骗他。

“沈宴，你别担心，我现在好多了。”

“我能不担心吗？”沈宴回答得很快，明显在生气。

林绛不由得噤声。

沈宴话一出口，忽然意识到自己好像反应过头了，连忙放缓语速，解释补充：“我担心你是因为大人嘱咐我，要我带你上下学，可你现在受伤了，我怎么跟叔叔阿姨交代？又要被我妈骂了。”

“没事，我自己跟我爸妈说，你也不要让静姨和叔叔知道。”林绛想了想，安慰道。

沈宴舔了舔干燥的嘴唇："好。"

林绛这才露出一个笑，说道："谢谢你，沈宴。"

电梯在10楼停下。

另一边的"绿岛"，驻唱歌手正唱着一首不知名的外语歌。

石头笑着问对面窝在沙发上的人："你说，今天林绛冲出来护你那劲儿，赵思意有吗？"

江为风笑了："不知道。"

"说实话，我都后悔没心一狠逃了编导课，出来看看那场面了。"旁边有人搭话。

"得了吧，成明昊同学，你妈可不好惹。"石头也笑了。

成明昊旋即又叹气："江为风，你说你妈和我妈怎么做的闺密啊？这性格差别也太大了。你妈的性子多好啊，我妈却跟母老虎似的。"

江为风闻言，手里的动作顿了顿，睨着眼看成明昊。

成明昊很快察觉自己说错话，忙转移话题："那女孩干吗替你挡？喜欢你？"

"没，她应该就是下意识的，可能换个人也一样。"江为风没多想。

"也是，看她一副好学生样，估计是从小被教育要见义勇为，"石头接话，又想起什么似的，笑了起来，"不过林绛长得真不错，声音也甜。"

"啊？还是个美女？"成明昊来兴趣了。

见江为风不搭话，石头又说："我个人眼光而已啦。"

成明昊顿时没了兴趣。

石头顺手拿桌子上的骰子扔成明昊，两个人打闹了一会儿，石头又问江为风："你送她回去，说没说声谢谢啊？"

"说了。"

"怎么说的？"

"就说谢谢呗，让她下次遇到这种事先顾好自己。"

"行啊，风哥，会说话。"石头笑道。

江为风脑海里闪过女生的伤口，虽然伤得不重，但她细皮嫩肉的，显得更可怜了些。他想到这里，闷闷地说道："哥们是好心。"

成明昊问："那蓝竟宇怎么办？"

江为风声音没温度："等周一。"

周六是个阴天，早晨林绛有些赖床，闹钟响了三次才起来。穿裤子的时候，发现膝盖那块比昨天还青紫，她盯着出神，又多磨蹭了一会儿。

徐名娟在外面做好饭，见林绛那屋没动静，刚想去喊，林绛就正好推门出来。

徐名娟埋怨了一句，又问道："腿还疼吗？"

林绛说："好多了。"说完就下楼去公园出早功了。

这几年，她基本每天早晨都会早起半个小时，下楼到公园出早功，成老师每周上课也都会问一遍出早功的情况，她不敢懈怠。

出完早功，吃完饭，徐名娟开车送她上课，路上又叮嘱她："高三了，凡事小心点，身体最重要。"

林绛心底温暖，忙说："好。"

临下车时，徐名娟又问她晚餐想吃什么。她想了想，说道："排骨汤。"

"行，晚上把沈宴也叫到家里吃。我昨天看他好像挺愧疚的，你不小心摔了也不是他的错，不能让这孩子心里过不去。"

林绛笑着点头，说道："还是老妈想得周到。"

周六这一天的时间过得很快。下午，成老师带他们练即兴评述、时事政治的类型题，林绛完成得还行，不过在名言解读时，林绛一下子卡壳。

那道题的题目是"落霞与孤鹜齐飞，秋水共长天一色"，林绛一蒙，莫名想起初见江为风的那个黄昏，以及昨天傍晚赶到小巷时，天空的余晖。

她一不小心就走了神，一道题答得磕磕巴巴。

成老师素来严厉，张口就问她："你怎么搞的？要是这个状态干脆别考了。"

林绛被骂得不敢说话，忙打起精神去听老师分析题目。

下课之后，成老师又单独把她留下，苦口婆心说了很多。

正说着话，门口有人喊了一声："妈，我晚上去郑阿姨家吃饭成吗？"

林绛和成老师一齐回头，就看见门口的人猫着腰往教室里面看，一头栗色的头发特扎眼。

成老师没有表情，想都没想就回道："做梦。"

"为什么啊？"那人一听急了。

"你说为什么？昨晚疯到几点你自己心里没数？"

那人泄气了，挠着脑袋："哎呀，你学生还在这儿呢，能不能注意点为人师表的形象？"

他从一开始就没少朝林绛这儿瞥，这会儿把话锋一转，问道："你成老师是不是特凶？"

林绛"啊"了一声，没反应过来。

成老师倒是火了，迅速起身往门口走：“你是不是找揍？”

“杀人了啊！”那人一见情形不对，忙闪人。

成老师对着走廊喊：“不许跑，乖乖坐办公室里等我！”

说完，成老师又回到教室，对着林绛不好意思地说：“这是我儿子，在学编导课，高三了没一点高三的样子，贪玩，气人。”话虽如此，她眼角眉梢却温柔很多。

林绛一笑，想到之前听说成老师的丈夫在十几年前发生车祸去世了，这么多年她都还是一个人。想来，她虽然严厉，但对儿子还是宠溺的。

父母之爱子，则为之计深远。

林绛想，在这一点上，无论是成老师还是徐明娟，都一样。

放学之后，徐名娟接她稍微晚了会儿，说是店里今天下午对账，忙过头了，还又解释说，排骨早就让店里人去买了。

林绛一听，又是一阵感动。

林伟的旅游公司越做越大，什么导游、航班、住宿之类大大小小的事儿都要操心，忙起来不着家。徐名娟则是事业家庭两头顾，西餐厅虽说有店长，但大小事情还是要由她过目的，哪怕是晚上店里最忙的点，她基本都还是在家给林绛做饭。

晚上的排骨汤，点燃了林绛的小宇宙，她一口气复习到晚上11点。

临睡觉之前，王佳倩同她打电话，问道：“你伤没事了吧？昨天和江为风相处得怎么样？”

林绛翻个白眼：“我看你关心我的伤是小，八卦是真。”

王佳倩一阵笑：“哪能啊……”

林绛勾勾嘴角，却怎么也挤不出笑来。

一夜辗转反侧。

【10】

周末好像总是过得很快，星期一一到学校，林绛便在上楼的时候遇见石头了。他一看见她，就忙打招呼，问道：“伤好点了吗？”

林绛礼貌地笑了笑：“差不多了。”说完就赶紧跑回班里晨读。

前天和王佳倩打完电话后，林绛想了很多。

暗恋本来就像是一池看似平静，实则暗藏汹涌的湖水，而“江为风”三个字就像掷进湖里的石子，她避不开，但也要离远点，这样就能少受一些波澜。

不只是江为风，连他身边的人，林绛都要避开一些。

但很多事，总是事与愿违。

早晨升完国旗，她就被班长告知要去班主任办公室一趟。

她一进门就傻眼了。

一屋子全是人。

林绛第一眼就看见站在墙根的江为风和蓝竟宇。

旁边的沙发上还坐着三位家长，办公桌那边除了班主任外，江为风的班主任黄老师和另一位老师也在。

林绛心底一沉。

“林绛啊，今天叫你来，想必你也能猜出是因为什么事。听蓝竟宇说，上周五的晚上，江为风伙同一群人把他打了，是不是真的？”

问话的是班主任。

林绛顿时有点腿软，只听见自己声若蚊蚋：“我不知道。”

“你胡说！”沙发上一个留着短头发的女人疾言厉色，“我儿子都说了，他被打的时候你就在旁边。”

“老师，我真不知道。”林绛咬咬牙，坚持道。

谁知道话音刚落，忽然有人扯住她的手，往前一拉，伤口擦伤尤新。

蓝竟宇笑得讽刺：“那你这伤口怎么来的？”

“当然是自己不小心磕的，不然还能是你弄的？”林绛大着胆子，故意问他。

这下轮到蓝竟宇有口难辩。

“小姑娘，这件事原本和你没关系，你实话实说就好。”沙发上的一个男人开口。

他缓缓走到林绛跟前，审视道：“你说你的伤是自己弄的，那么蓝竟宇又怎么会知道你受伤，连位置都说得那么准呢？”

林绛心一沉。

这时，沙发上的另一个女人站起来，她气质从容大方，笑着走到林绛跟前：“同学你别怕，有什么说什么，如果是江为风的错，我们就道歉接受学校处分，但如果不是，我们做家长的，也得求个公正。”

林绛这才注意去看说话人的脸，女人四十岁左右，保养得宜，气质一流。一对视上，女人冲她笑，她一愣，有些惊喜。

林绛没来得及想太多，她咽了咽口水，继续说道：“老师，我想起来一些了。”

这话一出，屋子里的气氛都变了变，林绛接着开口：“被这位叔叔一问，我倒是想起来，我前些天去食堂吃饭碰见一群人，说要在上周四去截江为风，也不知道是不是真的？”

“你睁眼说瞎话！”蓝竟宇妈妈猛地站起来，“你去把你家长叫来，我们当着你家长的面说！”

林绛的心底闪过周五那天和王佳倩的一段对话，心思一动，缓步走到班主任面前，眼神诚实：“老师，我没说谎。如果江为风真的被截了，可以去调监控；如果蓝竟宇也没撒谎，那么也可以根据他的口述去调一下江为风打人的监控，到时候一看就知道了。”

黄老师听罢，眼神一亮，说道：“对啊，凡事都讲证据，这样吧，你们都来说说自己是什么时候、在哪里被截的，我去调监控。”

这样处理，几位家长和老师都同意。

江为风笑道：“是啊，林绛同学不说我都忘了，我也是个未成年啊，我被人威胁了。”

江为风看着蓝竟宇，笑得随意，但未及眼底：“来吧，蓝竟宇同学，把时间、地址写给老师。”

蓝竟宇嘴角一顿抽搐，脸色也变得铁青，只是一屋子人都在看着他，他最后只能咬咬牙，把地址写给老师了。

这样一来，就能发现蓝竟宇挑事在先。

问得差不多了，班主任就先让林绛回去，临走还不忘叮嘱：“这事先别外传。”

林绛应下后，淡定转身，却在刚出办公室门的时候，腿软到差点没站稳。最近这些事，实在都太偏离她的生活轨道了。

回到教室，英语老师刚好开始默单词，她写得一塌糊涂。下了课，何莱一直问她班主任找她什么事，为什么去了那么久，她也只是摇摇头。

下午大课间，林绛又被叫到办公室。

这回一进门，班主任没先问她话，而是让她先站旁边等一会儿。林绛以为是还有别的什么证人，也没多想，结果等那个所谓的“证人”一进来，林绛为之一颤。

江为风看见来人，双眸也一紧，他的眼神变化没逃过林绛的眼睛。

赵思意一进门，看见满屋子都是人，就低着头小心翼翼往前走，刚站到老师跟前，就被问道：“江为风和你什么关系？”

赵思意肩膀一颤，声音也颤：“老师，我不明白你的意思。”

“江为风和蓝竟宇的事儿，你知道吗？”

赵思意一听，肩膀颤抖得更厉害：“我不知道！老师，发生了什么事儿啊？”

旁边蓝竟宇的妈妈有些不耐烦：“老师，把这位女同学的家长也叫来，当面问问清楚不就行了？”

“不行！”赵思意一听，眼睛都红了，“老师，这事我真不知道，你不要叫我家长。”

蓝竟宇的班主任说话了：“那你和江为风到底什么关系？”

赵思意急得眼泪都掉下来了：“没……没什么关系……”

听到这话，林绛看了下江为风，对方没什么表情。

老师又简单问了几个问题，赵思意都说不知道。老师也没再为难她，让她先回教室上课。

赵思意不敢走：“那老师……你们还会叫我家长吗？”

“不会，没你什么事了，快回去上课吧。”

赵思意这才赶紧离开，路过江为风的时候余光瞥了他一眼，但脚步还是未停。

赵思意一出门，黄老师就问林绛：“老师最后问你一遍，周五放学之后，你真没看见江为风打人？”

【11】

黄老师的声音响在耳边。

四周静静的，不用看也知道所有人都在看她。

林绛用余光瞥了眼江为风，他松松垮垮站着，好像根本不在乎她的答案，但目光却是清澈的，好像又在等她的答案似的。

林绛没犹豫，点了点头。

她确实没有看到他们动手打人，蓝竟宇身上也没伤，她不算说谎。

黄老师点点头，就让林绛出去。

林绛看了看老师，又不动声色地看了看江为风，这才离开。

林绛回去之后，一颗心悬着放不下，她把这件事告诉了王佳倩，王佳倩气得不行，一直骂蓝竟宇是小人。

林绛没工夫去想蓝竟宇的好坏，一门心思让王佳倩跟顾翔打听一下，这事儿最后到底是怎么解决的。

答案很快被何莱带来——

这事最后双方和解，蓝竟宇没多久就转学了。

林绛一直不动声色地去留意江为风，为了路过他的教室，上厕所的频率都高了很多。

这天的广播站，“38.6℃”再次上线，这回她点的歌是南拳妈妈的《下雨天》。

其实林绛很想给自己找个点这首歌的理由，但事实却是，这背后连个感动自己的借口都没有。

选择这首歌的时候，是一个阳光明媚的大晴天。她有次上完播音课后回家，走在她前边的女生向另一个女生问道：“你说我唱《下雨天》给他听怎么样？”

另一个女生说：“不好，你又不是暗恋或失恋，这整首都在说爱而不得。不好不好。”

林绛却默默记下了。

结果这一天，一曲而终的时候还真的下雨了，她没带伞，用手遮住头顶，跑回教室。

楼道里静悄悄的，林绛刚走到二楼上三楼的楼梯拐弯处，就听到有哭泣声传过来，林绛倏地屏息在原地。

赵思意的哭腔在嘈乱的雨天里，显得断断续续的：“你别生我的气了好不好？”

对方并不回答，赵思意又说：“你也知道我家里管我特别严，我不能让老师叫家长。

“我妈让我出国我一直在拖，我就是因为舍不得离开你这个朋友。”

“这么说是我耽误你了？”江为风气笑了，“那你现在走吧。”

赵思意一直在哭着说“不”，又有一阵推搡拉扯的声音传来，然后便是一阵下楼声。林绛一愣，还来不及躲藏，江为风就正对上湿漉漉的她。

林绛和他对视的那个瞬间，忽然感到不会呼吸。

他看见她，也愣了一下，但很快又和她错身下楼了，从头到尾，他的目光可能在她身上停留不足两秒。

林绛上楼的时候，赵思意还蹲在原地哭，林绛不敢再多想，今晚有播音课，她赶紧回教室收拾书包了。

下楼的时候楼道已经没有人，走在雨里，林绛心里闷闷的，赵思意当初在国旗下演讲时意气风发的模样和刚刚痛哭的狼狈样子，都在她脑海里翻滚。

这一晚上，林绛打足了精神才保证课上得顺利，下课之后，她发现雨小了很多，就没打伞，冲着徐名娟的车一通小跑过去。上车之后，她理了理头发，再抬眼却看见不远处的马路边站着一个人。

他似乎在等人，因为穿着黑色衣服，整个人都融进黑夜里，像一只蛰伏的野兽。

林绛就这么看着他，有些贪婪，好像时间都停止了一会儿。

她忽然觉得赵思意没什么可怜的，她和江为风也好歹做过很好的朋友，指缝里流出的回忆都比她拥有的全部要多。

回家后，林绛在歌词本上抄杨千嬅的歌词，还抄了《下雨天》，写到“雨要多大，天要多黑，才能够有你的体贴”的时候，掌心一片湿润。

那晚雨夜黏稠，梦里也是如此。

# 第三章　/ 38.6℃

若能避开猛烈的欢喜，自然不会有悲痛来袭。

【12】

这一场雨，使林绛刚好没多久的感冒再次光顾。

第二天早晨，她爬起来出早功，眼皮热热的静不开，喉咙里也像落了把灰，说话都费劲。

因为下周四放国庆假，周末两天学校补课，一下子连着上十天的课，加上假期回来之后就是考试，各科老师都在占晚自习，学习强度直线上涨，把林绛整个人折腾得很疲惫。

于是，何莱这几天便自告奋勇地帮林绛送了两回英语作业，回来之后特扫兴地问林绛：“怎么也碰不见江为风去送作业啊？”

林绛摊手：“以前说遇不见你还不信，我这下‘沉冤昭雪’了吧？”

何莱一听，便鼓着腮发愣，过了好一会儿才问道：“你这‘沉冤昭雪’用得对吗？”

林绛拿笔丢她，两个人都一阵笑。

国庆假很快就来了，班里人放假之前都在讨论大阅兵。

林绛除此之外，对国庆假当然有更多的期待——

10 月 5 日，她 17 岁生日。

放假前的那天下午，何莱她们就给林绛送了礼物。

李娜给她买了一个特别可爱的马克杯，送给她的时候恰好被李凯看见。李凯特不好意思地挠头，说不知道林绛生日，还说等回头请林绛吃饭赔罪。

林绛本来也不在乎这个，就吐吐舌头说：“谢谢。”

林绛去年过生日的时候，何莱送了一个牛皮纸的手账本，今年送的是一本书——《一个陌生女人的来信》。林绛此前在自家书柜上看到过这本，徐名娟大体和她说过内容，她没想到何莱会送她一本感情如此浓烈的书。

结果，何莱特郑重地解释：“这书我都看哭了，保证你喜欢！”末了，还命令林绛必须赶紧看完，看完后聊读后感。

林绛倒是想抓紧看呢，奈何她这个假期比不放假还忙，播音课都是小意思。学校发了一本《国庆大礼包》，42 张卷子钉在一起，别说做了，光看一眼都催命。

刚放假，爷爷奶奶就打电话来说想林绛了。生日那天中午，林绛带着书包去爷爷奶奶家，写作业的时候还特意拿《国庆大礼包》给爷爷看，故意撒娇说学校虐待未成年，把老爷子搞得又是乐又是心疼，忙让奶奶加鸡腿。

这边《国庆大礼包》还没写完，下午王佳倩一个电话约她出门，说是要给她一份大礼。

在肯德基里，王佳倩笑容可掬，故作神秘：“你猜猜我送你什么？”

林绛说：“给个提示？”

王佳倩清清嗓子，说道：“每个人的青春里都会有两个少年，一个惊艳了时光，一个温柔了岁月。”

“你不会又要送我什么歌词本、贴画、海报吧？”林绛想到这里，大惊失色。

王佳倩是追星女孩，喜欢的“欧巴”一大堆，每次王佳倩送她这些追星周边之后，都会再强行“安利”。

王佳倩扶额：“瞧你那嫌弃的样子，这次你猜错了！”

说完，没等林绛反应，她就掏出东西来，往桌子上一拍。

林绛一看——

一本《王后雄》，一本《薛金星》。

“绝交！”林绛脸都黑了，作势要走。

王佳倩在那边还笑得花枝乱颤，也顾不上拦她。

林绛一气，真要提包走，转身的时候还在偷看王佳倩的反应，结果毫无预料地和一个人撞了个满怀。

林绛身子一震，空气都凝固了。

顾翔龇牙：“林绛，你看着没几两肉，怎么撞人还挺有劲。”

林绛嘴角一抽。

“你怎么过来了？”王佳倩一看见顾翔，特高兴。

“我和疯子隔着马路就看见你俩在这儿吃东西呢，就来打声招呼。”

“赶着来结账？”王佳倩笑道。

“是是是，你说的都对。”顾翔拿她没办法。

而林绛在一旁半天才稳住呼吸。

顾翔后面的男生今天穿着黑色圆领长袖，锁骨完美，他的头发好像剪短了一些，露出一双慵懒的眸子，就那么不经意地瞥着她，嘴角挂着淡淡的笑。

林绛觉得心里面好像有一头小鹿在朝她乱撞，顶得她生疼。

她心都提到了嗓子眼，想了又想，还是决定故作大方地先开口：“嗨。”

他点点头，漫不经心地说：“上次还没谢谢你。”

她一愣，明白过来后，笑道：“不用。”

眼神却不敢看他。

“谁说不用啊？”王佳倩在旁边插嘴，“今天林绛生日呢，风哥不表示表示？”

江为风双眸一闪，问林绛：“你生日？”

林绛只好点点头。

顾翔一听，拍了下手：“我和疯子刚刚散了个局，正说不想回家呢，要不我叫几个兄弟过来给你庆生？”

王佳倩说：“好啊。”转头又问林绛，“想去哪儿？”

林绛一阵脸热，蛮不好意思的，说道：“不用了。”又解释道，“我生日都是在家和我爸妈一起过的。”

江为风便点点头，没说什么。

王佳倩和顾翔也没再劝。

临走之前，王佳倩把“生日礼物”往林绛怀里一塞，嘱咐道：“里边有东西呢，别掉了哈。”

林绛这才注意书中间有点鼓，也没问是什么，笑了笑说：“再见。”

走出肯德基之后，林绛心里的小鹿才消停下来，她对着天空长舒了一口气，而后又莫名奇妙地笑了。

三个人目送林绛出门。

江为风望着旁边俩人，神色一暗：“我先走了。”

顾翔问道：“去哪儿？”

“要你管？”江为风笑，转身走得头也不回。

其实江为风也不知道自己要去哪里，正巧路上停了辆公交车，便想也没想就上去了，找了个最后靠窗的位子坐下，登录 QQ。

有一排消息没回，他点开最近那条。

石头问：【兄弟有空来光明广场教我玩滑板吗？】

他回：【行。】

刚回完消息，有个陌生电话打进来，他接通，对方刚“喂”了一声，他就立刻挂掉。

有点心累。

“赵思意还缠着你呢？”石头坐在马路牙子上，路面上滑板摔地的声音一阵阵。

江为风脚慢悠悠踢着滑板，不说话。

石头又问：“当初大家可都说你是为赵思意转的学。”

江为风眼皮都没抬：“你也信？”

石头“嘁”了一声：“不过，大家都说赵思意家里管得严，她害怕倒也情有可原。”

江为风的声音没什么温度：“与我无关了。”

石头见江为风真不愿意再聊这事了，忙扯开话题：“咱学校还有人默默给你点歌，你知道吗？还有啊，你说林绛会不会也想和你做朋友？要不怎么那么有勇气帮你呢？”

【13】

林绛一路听着歌回家。

进门后，她发现静姨也在家里，正和徐名娟坐在沙发上看电视剧，似乎是演到搞笑的地方，两人同时仰着脖子笑出声。

而林伟正在厨房忙活，沈宴则咬了根黄瓜在厨房门口和林伟聊天。

林伟第一个发现她回来了，出来嘻嘻一笑，说道：“生日快乐！”

林绛抱着王佳倩送的两本厚书，问道：“礼物呢？”

“少不了你的，在那边桌子上。”沈宴无语。

林绛一拿到礼物就迫不及待拆开，是一条银手链，上面坠着一颗月亮，林绛喜欢得很，朝沈宴就是一个眨眼，笑着说：“谢啦。”

沈宴装作被电眼击中的样子，捂着胸口装晕。林绛心情大好，笑着跑回房间。

她心里装着王佳倩送她的“惊艳时光和温柔岁月”，翻开《王后雄》，里面夹着一个信封，打开之后，全是两个人的大头贴，还有一封长信，林绛的眼眶瞬间就红了。

那一个晚上，林绛过得无比满足和幸福。

许愿的时候许了三个，一个给爸妈，一个给高考，剩下那个没念出声的，给了江为风。

祝他什么好呢，想了想，还是一句俗气但诚恳的——

万事胜意。

日子悄然而逝。

国庆放假回来后，就是接连两天的考试。

这次考试考完的第二天下午成绩就下来了。

下课时一个同学传话，要林绛去英语老师办公室拿卷子。

办公室的门虚掩着，林绛进门之前给自己做了诸多关于“英语老师不吃人”“考不好下次努力”的心理建设。

她推门进去，没想到对上的却是英语老师的一张笑脸。

林绛顿时脚底打滑——这抹笑，怎么看都比板着脸还阴冷。

“96 分，还不错。”直到英语老师把试卷拿给她看，她才舒了口气。

英语老师对林绛这次的成绩还是满意的：“你看，这就是做了课代表的效果，进步就是快。”

林绛嘴里说是，其实心里感激的是沈宴，都是看他晚上背单词，她才养成了晚上背英语单词的习惯，词组记得特顺。

英语老师给林绛两摞试卷：“叫江为风来拿试卷，他现在还没到，估计是知道自己没考好，心虚了。你辛苦一下，把 16 班的也送过去。”

林绛心里闪过一丝异样——

居然有点开心？

林绛抱着两摞试卷，走到楼梯口的时候，看四下没人，单腿顶着试卷偷翻。

忽然，“江为风”三个大字落进视线，他字迹有些潦草，却意外地力透纸背，和他一样飘逸恣意，然后林绛屏息把试卷往上一揭——

112。

红得真刺目。

晚上放学的时候，沈宴一边骑车，一边问林绛成绩，林绛说完之后，被他一通表扬：“英语成绩上来了就是不一样，一下子就跻身前十五名了。”

林绛耷拉着眼皮说：“革命尚未成功，同志仍需努力。”

沈宴笑着摆出一副家长的样子，说她懂事了，学习态度都变好了，被林绛在后边狠狠拧了一下背。

通过这次考试，林绛才后知后觉感受到高三的氛围。

以往考完试，班里同学都会松懈一阵子，这次不一样，下课围着老师问问题的人多了不少，尤其是数学，想问问题还得排队。

课间操是林绛唯一感到放松的时刻，趁着做体转运动的时候，她会往16班偷瞄几眼，江为风站在最后一排，如青松玉树。

做完操之后，林绛陪何莱去学校超市买零食，回教室的时候路过篮球场，一群男孩子正打得热火朝天，进球喝彩声起此彼伏。

忽然，传来特突兀的一声："林绛！"

是沈宴喊住她。

林绛正咬着一根烤肠，还没来得及回头，就听到旁边的男孩子一阵起哄。

她忍不住翻了个白眼。

沈宴从小到大都是班长，又仗义，男孩子混熟了又爱在一起胡侃玩笑，她以往去沈宴班里等他放学的时候，就没少被人起哄过。

初中她甚至被暗恋沈宴的小太妹堵在厕所里，那次还好她机灵，说自己是沈宴的亲表姐才躲过一劫。

当然，后来沈宴知道这事直接喷饭。

林绛想着，她和沈晏打记事儿起就认识，从小一起长大，两个人俨然已经是亲人了。就像前段时间沈宴说的那样，他都没想过她好不好看的事儿。林绛也一样，有不少人迷沈宴这种阳光型帅哥，她却无感。

所以，其实林绛心里也没把这些调侃当回事。

但这次不一样，因为林绛转过身的第一眼看到的不是沈宴，而是球场边拿着可乐站着不动的江为风。

江为风也和球场上其他人一样，正半眯着眼睛往她这里瞧。

不知道为什么，林绛感觉自己像做错了事一样，脸唰地红了。

这件事之后的很多个夜晚，林绛不知道在草稿纸上写了多少次江为风的名字，反应过来之后，忙揉成团，却又做贼心虚，不敢轻易丢在教室的纸篓里，而是带回家，折成一只船或别的什么形状，放进一个不用的纸箱子里。

林绛偶尔会遇见他，他要么是和一群人在球场上打球打得热火朝天，要么就是在校门口和三五个人一起聊天。

某天她上完播音课，下课后回徐名娟的餐厅，路过光明广场，看见他正和一群人玩滑板，他所在的区域女生总是格外多，把她隔离在热闹之外，她甩甩头，不去看那拥簇场面。

不得不说，林绛比起那些女孩，胆小太多。

他们因为是兄弟班，而且任课老师相同，所以建了一个QQ大群，便于下通知发作业，她无数次点开他的头像，甚至早已背熟他的 QQ 号，但就是没勇气加他。

每次真的有接触她就恨不得赶紧逃，连他无比随意的一瞥都承受不住，她可能只适合做个远远的旁观者。

但她也不是没有想过和他成为好朋友的可能性。

蓝竟宇那件事之后，怎么说他和她也算认识了。

可她又不敢深想。

书上说，若能避开猛烈的欢喜，自然不会有悲痛来袭。

时间就在她日复一日的沉默中慢慢流逝，直到故事掀页。

那天下午，何莱和林绛在外面吃完饭回来，趴在走廊的栏杆上往楼下看，有一搭没一搭地聊着天，然后李娜忽然蹿出来——

“有人在篮球场向江为风表白！”

刹那间，天地失声。

【14】

林绛也不知道自己是怎么被拉到篮球场上去的，好像是何莱提议要过去，到操场的时候，已经有不少人围在那里。

女生拿着一捧玫瑰花站在球场中间，江为风手里还抱着篮球，站在女生对面。

林绛莫名想起《大话西游》最后，夕阳武士和紫霞仙子在城楼上对望的情景。

女生扎着高马尾，笑得明媚桀骜，眼底却是一片化不开的温柔和羞涩，她底气十足地说：“江为风，那天我说喜欢你是真的。”

江为风捋了捋头发，眉头紧皱：“所以呢？”

“上次我太不正式了，这次我正式一点。我喜欢你，高考后你做我男朋友好不好？”

女生说完现场起哄声一片。

“无聊。”江为风却作势想走。

“你要走就走好了！我不会放弃的。”女生焦急地往前走了两步。

江为风无语：“同学，你不是我喜欢的类型。”

“可你是我喜欢的类型，而且……而且我会让你喜欢我的！”女生鼓足勇气大喊。

现场又一片叫好声，只差有人起头喊“答应她”了。

“随你。”

男生走得毫不留情，路过林绛身边时，林绛甚至还听他说了句：“扫兴。”

男主角走了，大家自然也就散了。

林绛被这场突袭搞得七荤八素，回教室的路上都还在出神。

直到有人问她：“这女生不是你们广播站的吗？”

林绛张张嘴，只觉得喉咙干涩，半天才挤出一个“嗯”字。

何莱又问：“她叫什么？”

林绛觉得声音都不是自己的了：“程云川。”

“和江为风名字还挺配。”李娜小声喃喃。

后面女生们说了什么，林绛没有听清了。

她心里有风呼啸而过。

风掠山川，心潮澎湃。

这件事在学校引起了小小的轰动，算是让平静如死水的高三生活泛起了片刻的涟漪。

而第二天，程云川就被通报批评了。

课间操时，教导主任在上面喊话，下面有女生缩着脖子在小声讨论“是赵思意漂亮，还是程云川好看”。

讨论的内容，林绛没听太多，只知道解散的时候，她们一致选择了赵思意。

晚上回家的时候，沈宴讲了白天打球的事儿，说程云川一直拿着可乐在旁边等江为风，导致江为风球没打完就回教室了。

林绛心血来潮问沈宴：“你觉得赵思意和程云川谁更好看？”

沈宴想了想：“那还是赵思意吧。”

林绛又问：“那我和程云川谁好看？”

沈宴想了半天，说道：“你俩不是一个类型的啊。”

林绛狠狠捶了沈宴一拳，沈宴一阵叫屈。

说起来，林绛已经很久没见赵思意了，可她那张明艳的脸已经清晰地印在了林绛的脑海里。

不知道江为风会作何选择。

这场表白事件过后，林绛经常见到程云川在16班附近出没，爱心早餐没少送。

连王佳倩都知道了。

那是一个周日的下午，王佳倩约林绛去给顾翔挑生日礼物。

两个女生在步行街转悠好久，王佳倩忽然问她：“你们学校是不是有个叫程云川的女士向江为风表白？”

林绛一惊：“连你都知道了？”

王佳倩挑着礼物，撇了撇嘴：“顾翔跟我说两三回了。你是不知道她为了追江为风下了多少功夫，什么篮球场、台球馆，哪哪儿都跟着，还特意去学了滑板呢。”

“我是真佩服她的魄力。”王佳倩补充道。

林绛“嗯”了一声：“这姑娘以前和我是一个广播站的，我俩还搭档了一段时间呢。”

“啊？这么巧？那她不会就是那个 38.6℃吧？”王佳倩惊讶。

林绛一听更惊讶，舌头都打了一下结：“你怎么什么都知道？”

“那天和他们去玩，听人提了一嘴。这么说，她真是那个 38.6℃？”

林绛忙摇头：“她应该不是，她高三开学没多久就退站了。”

王佳倩叹了口气：“我说也不能那么巧。”

“不过她退站挺突然的，现在看八成是因为江为风吧。”林绛叹气。

王佳倩乐了：“瞧你这幽怨的口气，不知道的还以为你暗恋江为风呢。”

林绛听她这么说，头皮都麻了，忙回道：“胡说。”

王佳倩挑了个礼物，正拿起来看：“哎呀，我就随口这么一说。不过你说江为风会喜欢程云川吗？”

林绛背过身，瘪瘪嘴：“我不知道。”

“我觉得男生应该都顶不住这么疯狂的攻势吧。”王佳倩笑了。

林绛舔了舔干涩的嘴唇：“可是之前还有人说江为风是为了赵思意转学来的西校呢。”

“是吗？这我倒没听说过。”王佳倩笑了，把挑好的礼物拿去前台付账。

林绛故作平静，在后面笑：“你把江为风说得像个花花公子似的。”

王佳倩听完，高深一笑：“他不花，对得起那张脸吗？”

这下把林绛也给逗乐了，直说王佳倩肤浅，两个人一路笑笑闹闹。

和王佳倩逛完街，林绛没回家，而是提前去学校上晚自习。公交车经过星光 KTV 的时候，林绛略微走了下神。

晚自习第二节课，林绛拿着化学书去楼梯间背公式，第二天老师要默写。

她垫了本草稿纸在阶梯上，坐下后把书放在腿上，捂着耳朵小声背诵，正背到化学反应速率，有个影子罩住她的视线。

她一抬头，有一瞬间恍惚。

“同学，你能帮我个忙吗？”

赵思意穿着校服，里面的卫衣和她还是同款。

林绛盯了盯她的脸，又移开去看她衣服上的三叶草：“什么事？”

赵思意往后退了两个台阶，这样更容易和林绛平视：“你能不能帮我去16班叫一下江为风？”

林绛不意外，却还是愣了愣，把书合上，说道：“你为什么不自己去？”

“我不方便，”赵思意回答得急，声音却低，“我知道你是他隔壁班的，上次在办公室……我见过你。”

林绛顿时明白过来她说的是哪次。

“可是现在都在上自习，有什么话不能下课说？”林绛站起来，俯身去拿地上的草稿纸。

赵思意上前两个台阶和林绛靠近了一些：“我是真的有事儿，你能不能帮我一下，就在后门喊他一声，把他带到这里来就行。”

离得近了，林绛才看清赵思意的皮肤，干净白皙，不染一丝粉黛，只是她的神情有点恹恹的。

“那好吧，我去看看。”林绛淡淡地说，还回避她的眼神，装作在整理校服拉链。

赵思意却激动地抓她的手：“感谢！感谢！”

林绛木讷地往16班走，他们班后门正好开着一条缝，林绛猫着身子往里看，大气不敢喘。

江为风不在自己的位子上，林绛左右扫了眼，还是没有看到江为风。

她正纳闷，却忽然觉得左肩一沉。

她瞪大了眼睛转过头，控制力再少哪怕零点一，就要大叫出声！

那人忙叫了她一声：“林绛，干吗呢？”

“石头？”林绛看清来人，心还扑通扑通跳着，面上却淡定，“你干吗去了？”

“上厕所呗。”石头笑着，语气里满是理所当然。

林绛忙“嘘”了一声：“那个，江为风呢？”

石头愣了：“你找他干吗？”

林绛又不好说，只好吞吞吐吐道：“反正……你告诉我就行了。”

“我帮你叫他。”石头的眼神里有点八卦意味。

不过林绛没注意这些。

石头的嗓门太大了，在寂静的走廊里，一个字抵得过一颗炮仗。

她干脆一口气说完：“你叫他去楼梯间，嗯……有人找。”

“谁啊？”

“反正去了就知道了，”林绛催他，“我先回教室了。”

“不是，你得给我说清楚啊！”

林绛背过身之后，觉得心里空空的。

她路过楼梯间，勉强地扯了扯嘴角，给赵思意比了个“OK”的手势后，就回教室了。

【15】

晚自习剩下的时间里，林绛都在想东想西，临下课了借口陪何莱去上厕所，路过16班的时候忍不住偷瞥了好几眼。

好不容易等到放学，同行的沈宴发现了她的不对劲，低头去看她的眼睛，被她皱着眉头躲过去。

沈宴骑上车子，想了想，问道：“你今天怎么心不在焉的？”

林绛反问：“有吗？”

沈宴说：“太有了。”

林绛没吱声，等过了一会儿，到红绿灯的时候，林绛又戳了戳沈宴的后背，问道：“沈宴，你们男生喜欢一个人是什么样的？”

沈宴坐在前座上，扭头看她：“问这个干吗？”

“哎呀，你就说嘛。”

“这不好说啊，每个人都不一样。”

林绛又问：“那你说你自己。”

沈宴身子明显僵了僵：“我……”

“等等，”林绛打断他，“你有喜欢的人吗？”

“我当然没有了。”沈宴说得很急，音调都高了几分。

林绛叹了口气：“那算了，问你也没什么用。”

沈宴手一抖，差点没掌住车把。他平复了情绪，声音稳而清：“那你有喜欢的人吗？”

林绛双眸一暗：“我……当然也没有。”

沈宴笑了：“没有就对了，现在不好好学习，小心我告诉你爸妈。”

说着，他加速前进，一路哼唱着歌。

可林绛没有他那样的好心情，这晚她熬夜看了《一个陌生女人的来信》，边看边哭，丢了一地卫生纸。

当她读到“这个世界上没有什么东西可以比得上一个孩子暗中怀有的不为人所察觉的爱情，因为这种爱情不抱希望，低声下气，曲意逢迎，热情奔放”

的时候，心里涩得难受。

第二天，林绛一大早就来到班里晨读。

她把桌角上有些泛黄的“不忘初心，方得始终”的贴纸揭下来扔掉，换上那句“若能避开猛烈的欢喜，自然不会有悲痛来袭”。

告诉自己要心如止水。

结果还没平静一个上午，何莱就带来了一个爆炸性的消息——

“什么？赵思意真要出国？”李娜满脸震惊。

林绛也是一震。

想起那夜楼灯昏黄，她走之后，楼道里应该还有故事没讲完，那是赵思意专门说给江为风听的。

可能是道歉，可能是道别。

林绛想着，心里没来由地哽了哽，思绪放空了片刻，又被拉回来。

“赵思意那班有我同学，消息千真万确，今天早晨她妈妈来学校把她的东西都搬走了。”何莱一脸坚定。

“啊？不是吧！”李娜整张脸都皱在一起，“我还等着看赵思意大战程云川呢。”

“别，我看江为风挺清醒的。”何莱说。

“唉，那岂不是便宜程云川了？”李娜感叹。

何莱说：“我看悬，江为风对她不也爱搭不理的吗？”

李娜故作高深：“唉，这你就不懂了吧，你没看电视里演的吗？男主刚开始一般都讨厌女主，但后面就爱得不行了，慕容云海对楚雨荨就这么回事。”

“……”

两个人讨论声不断。

林绛看着桌子上刚换上的便签出神。

赵思意出国的消息在小圈子里还是引起了不小的轰动，有人说她为情所困，但这些流言蜚语总是很快就被成堆的题海淹没，无人过问了。

高三毕竟是高三，时间分秒必争，就像黑板上面新挂上的标语“只要学不死，就往死里学”，大家的重心还是在学习上。

林绛也不例外。

她过着复制粘贴的生活；班主任还是喜欢在后门偷窥；英语老师上课仍然喜欢提问；语文老师总是出其不意地抽查背诵；生物老师最爱说的话还是“这道题按理应该是你们初中老师讲过的”。

有一次在播音课上，成老师说：“希望你能有一种自信，不要去追逐光芒，而是自己要成为光芒。”

她听着很受鼓舞，却每每在放学后的人潮中失神，觉得自己好渺小。

成老师问她：“你学播音的目的是什么？”

林绛说：“喜欢。”

成老师说：“光是喜欢还不够，更要有野心。”

林绛不明白。

成老师解释：“没有野心的喜欢，算不上真正的喜欢。就像你喜欢一部电影，你看到有人恶意给它打低分会愤怒。或者，像你以后喜欢一个人，肯定想和他在一起，看到他对别人好，或者别人对他好，心里都会难过。播音是这样，很多事也都是这样。”

林绛听完后想到的竟然是江为风，她瞬间醍醐灌顶，知道了自己不快乐的原因。

有喜欢，也有野心，但喜欢不能说，野心难实现。

成老师又问她：“你想好考哪里了吗？”

林绛说：“Z 传。”

成老师一听笑了：“全国排名前三的大学，你有野心啊。但是，你打算什么时候离校？”

林绛不知道该怎么回答。

成老师又帮她分析：“文化课等艺考过了之后还可以冲刺，12 月省统考，你再不专心攻专业，能行吗？”

林绛想了想，说道：“我打算期中考试之后就不回学校了，专心艺考。”

成老师这才放心，点点头说：“下午上课后，我带你见个人。”

林绛想着要见的这个人，可能会是能给她指点的高人，但真的见到对方的时候，林绛还是惊讶得张大了嘴巴。

“郑老师？”林绛站着像个木头人。

“咦？怎么是你？”女人看清林绛的脸后，惊喜地愣在原地。

但更愣的是成老师，她一脸蒙地问：“郑萍，你认识林绛？”

郑萍满脸都是惊喜和笑意，话是对着成老师说的，眼睛却一刻也没从林绛脸上移开：“之前为风学校有事我过去了一趟，和她见过一面。”

林绛见郑萍穿着一身干练的白色西装，从容大气，眉眼很是温柔。林绛心里莫名有暖意，也笑道：“那次在学校就认出郑老师了，可惜没来得及打招呼。”

郑萍拍拍她的肩膀说：“好孩子，上次的事阿姨还没感谢你呢。”

林绛抿抿嘴，笑得不好意思。

成老师忙出来打断她们：“你们别光顾着叙旧啊。既然都认识，那正好，林绛你让郑老师给你指导指导。”

“郑老师，您能来指点我，我太开心了，我从小就喜欢看您播的新闻。”林绛乖巧地说道。

“那我要谢谢你啊，毕竟新闻节目一般很少有人爱看的，”郑萍放下包，笑得大方，“那咱们就从新闻开始吧，我给你挑了一篇汶川地震的新闻，你播一下我听听。”

林绛不敢再分神，忙按照要求去备稿，播稿。

一段新闻结束，郑萍认真地分析：“口条不错，但说话的时候稍微有一点声音出不来，但好在你的问题不是太大，只要勤加练习，想弥补还是可以的。”

郑萍说着，停了停，对上林绛的眼睛：“但还有一点问题，你在播报的过程中情感稍过了一些，新闻播报中的情感投入是必须的，但也不是越多越好。因为毕竟新闻播报要以反映客观事实为目的，情感的投入要适度有控制，既要有感而发又要把握好分寸。”

林绛虚心地听着，把每一句话都好好记在心里。

接着，郑萍又让林绛再播报了一篇新闻，这次林绛把握得还可以。

后面郑萍又接连看了林绛的即兴评述和模拟主持，分别针对不同的点给她提了意见，一针见血。

林绛获益良多，下了课不忘感激地说一句：“谢谢郑老师的指导。”

郑萍倒是很喜欢林绛，说道：“要不你加阿姨一个 QQ 吧，回头播音上有什么不懂的，随时可以问我。”

林绛受宠若惊，连忙掏出手机来：“那太好了，郑老师，我加您吧。”

郑萍报出一串数，林绛输进好友添加栏。

郑萍收到提醒后问道：“收到了，是叫 38.6℃吧？”

林绛眼皮一跳，慢半拍地“啊”了一声。

郑萍便又问了一遍：“是 38.6℃吗？这名字有意思。”

林绛这才去看手机，昨天晚上登的小号，今天起床就匆匆来上课，居然忘记切号了。

林绛硬着头皮回答：“是。”

郑萍便点了添加，说道：“行，那你有什么不懂的尽管问我。还有啊，对上镜、化妆、形体也要上心，平时晚上放学回家也要在镜子面前多练练。”

林绛点头，认真记下了。

送郑萍离开后，林绛赶紧把 QQ 号切了回来，一登录上，发现有王佳倩的消息进来：【今天顾翔生日，我们现在在 KTV，你要不要过来？】

林绛刚想回复说不去，结果王佳倩又发来一条：【江为风他们也在，那个叫程云川的也跟来了，你过来没准有好戏看。】

半个小时后，星光 KTV 四楼大包，林绛一进去，整个人都被热闹贯穿。

不过林绛第一眼看到的，还是最靠里的沙发上坐着的江为风和程云川，两个人没有交流，男生慵懒地坐着。

王佳倩率先发现林绛，连忙拉她过去坐，朝她飞快地使了个眼色："看，程姑娘有种，走哪儿跟哪儿，谁顶得住？"

屋里音乐声太大，林绛很努力才听清王佳倩的话，故作平静地问："她是谁带来的？"

王佳倩左右看了眼周围的人，对着林绛的耳朵说："不太清楚，反正是江为风班里的一个，这姑娘够聪明，知道先从朋友下手，逐个攻破。"

林绛不动声色地"哦"了一声，用余光去瞥那边沙发上的人。对方好像察觉到她目光似的，倏地抬眼朝她看过来，那眼神在昏暗的灯光中亮得吓人。林绛一时间被镇住，忘记收回目光。

然后音乐停了。

接着，王佳倩和顾翔合唱了一首《小酒窝》。

林绛坐在一旁小口喝着可乐，有意无意听见旁边程云川讲："我一会儿唱首歌给你听好不好？"

没有回应。

终于，《小酒窝》唱完了。

程云川接过了话筒。

前奏刚响起来的瞬间，林绛心底便猛地一颤。

旁边的石头也听出来了，问道："这不是那个暗恋你的人给你点的歌吗？叫什么来着？"

王佳倩耳朵尖，不知道听到了哪个关键字，穿过几个人就坐到江为风旁边："你说点歌？那该问林绛啊，她是你们学校广播站的。"

石头一听，激动了："对啊，你不提醒我都忘了，前两回碰见林绛的时候我还想问一声呢。"又转头问林绛，"这歌叫什么啊？"

林绛不动声色地看了眼江为风，他就这么靠在沙发上波澜不惊地看她，等她回答，林绛便底气特不足地回答了一个名字："《孤单心事》。"

石头来兴致了，扯着嗓子问：“那你知道 38.6℃是谁吗？”

【16】

林绛笑着猛摇头，又喝了一大口可乐，却一个不注意，被呛得直咳嗽。

王佳倩赶紧来拍她的背，吐槽道：“慢点，没人跟你抢。你说你以前也不怎么爱喝可乐呀。”

林绛一听，咳嗽得更厉害了，急忙背过身大口呼吸。

世界上只有三种东西无法隐藏：咳嗽、贫穷和爱。心里有鬼的人，内心有一丝忧虑，也能夸张成恐惧。

“疯子，你有没有好奇过 38.6℃是谁啊？”石头仍然在一边聊着。

江为风正摆弄手机，眼都没抬，像没听到似的。

石头吃了瘪，就转过头对林绛说：“我觉得那人一定是丑八怪，连个真名都不敢留。”

林绛不自觉地抽了抽嘴角，也装作没听见的样子。

那边程云川正唱到高潮，一双亮晶晶的眼睛望着江为风的方向。

在即将唱完的时候，王佳倩偷偷和林绛说：“我觉得她唱得很一般啊，还没有你唱得一半好听呢。”

林绛笑着问道：“你哪来的结论？”

那边石头也来问：“林绛也唱一个？说，唱什么，小的去给你点。”

林绛咽了咽口水，有点尴尬，去看江为风，对方恰好收了手机，只是他视线再看过来时她忙偏头。

江为风问石头：“你们聊什么呢？”

“林绛要唱歌。”石头抢答。

林绛没想到这人会这么赶鸭子上架，一时之间组织不好语言，张张嘴，不知如何反驳。

江为风问她：“你唱什么？”

林绛哪里知道要唱什么，又窘又脸红，支支吾吾。

王佳倩灵机一动：“唱杨千嬅的吧，林绛粤语歌唱得可好啦。”说完故作高深地眨眨眼，“林绛出马，现在正唱着的这位，可要被秒杀了哈。”

旁边几个人听到一阵起哄。

林绛恼着叫她别乱说，谁知江为风却勾嘴笑着说：“洗耳恭听。”

包间迷离的灯光衬得他特妖孽，他还是那样漫不经心，就如同在说“今天吃什么”似的。

林绛心里却刮起飓风。

山峦颠倒，海川呼啸，吹皱了她灵魂的一角。

只是一首歌而已，但林绛紧张得手心微湿，比小学时第一次上台独唱还紧张。但尽管如此，她的内心深处还是不想拒绝，她知道其实王佳倩没有夸大，她确实唱得比程云川好，所以也想让江为风听一听。

林绛唱的是《少女的祈祷》。

她拿起话筒，闭起眼睛，等音乐慢慢进入心里。

江为风则在旋律响起的时候手机振动。

成明昊发消息说：【到了，你出来接一下。】

他一边起身出门去迎，一边回骂了句：【事儿真多。】

等再回到包间，江为风就发现屋里气氛全变，大家都窝在沙发上安静听歌，全场陶醉。

女生的声音略有些沙哑，和平时讲话时的温柔很不一样，他推门而入的时候，她正好唱到副歌，他脚步微顿——

祈求天父做十分钟好人，赐我他的吻，如怜悯罪人

我爱主，同时亦爱一位爱人

祈求，沿途未变心，请给我护荫

女生离他不远，从他的角度看过去，恰好对着她的侧颜，她双手拿着话筒，闭眼而唱，远远看去真的像在祷告，那个词是什么来着？盘旋在他脑海里，呼之欲出，却偏又想不起来。

哦，想起来了——

虔诚。

林夕的词总是深情，她唱得也动情，江为风很久不曾好好听完一首歌，这次是例外。

女生唱完的那瞬间，掌声雷动。

江为风就这么睨着眼，看她言笑晏晏的脸，他此前从来没有好好看过她，刚刚她唱歌的时候，他心里莫名淌过一阵异样，很轻，像羽毛拂过那样。

但这个情绪很快就化开了，快到他都没捕捉住。

林绛唱完后，缓缓地呼了一口气，借着放话筒的那两秒钟看向江为风。即便他神色不明，可她就是感受到了，他刚才在看她。

她心里的那只小鹿又冒出来，鹿角乱顶。

王佳倩一脸骄傲：“唱得真好听！我姐们真长脸。”然后笑嘻嘻拉着林

绛挤进沙发。

程云川看着林绛笑，只是笑意未达眼底，一讲话声音也别扭：“林绛，你也来了啊，刚刚我都没注意到你。”

林绛笑得拘谨：“顾翔是我闺密的朋友，所以我就来凑个热闹。”

林绛答完，程云川还想说什么，身后有人拍了拍林绛的肩膀。林绛转过头对上一双满含笑意的眼睛。

男生指着自己，很是激动的样子：“你还记得我吗？”

林绛一眼就被对方一头栗子色的头发吸引，也笑了，眼睛都弯起来：“当然记得。”

“太好了！我们真是有缘，”男生笑，“我叫成明昊，你呢？”

“林绛。”她回答。

她刚说完就被男生抓住肩膀，大力摇晃起来：“什么？你就是林绛？”

林绛蒙了：“怎么了？”

成明昊没理她的疑问，而是放开她，抻着脖子向她身后喊：“江为风，她就是林绛啊？之前蓝竟宇找事儿，见义勇为救你的林绛？”

江为风双腿交叠放在桌子上，好整以暇看着成明昊，他说出“是”的时候，旁边的程云川脸色很差。

成明昊彻底乐了：“林绛，咱俩太有缘了！我好后悔怎么之前没问我妈你叫什么，不过现在知道了也很好，感觉所有的事都在为咱俩今天相见做铺垫似的。”

这话一出，顾翔做呕吐状，还踢成明昊：“你小子说话还真够恶心的。”

林绛不好意思地一笑。

那晚时光缱绻。

一群人就这么玩着，笑着，有一搭没一搭地聊着，石头提议玩真心话大冒险，大家一边吐槽他无聊没创意，一边又兴致勃勃地准备开始。

规则很简单，一人转玻璃瓶，停了之后瓶口指到谁，谁就真心话大冒险二者选其一。

刚开始几轮被选中的人林绛都不认识或不熟，但思绪又不敢分散，怕万一被选中再来不及反应就不好了。

正如坐针毡呢，面前的玻璃瓶忽然停下，人群中一阵欢呼，有人兴奋地大喊：“可算逮到你了。”

林绛对着瓶口的方向看过去，江为风。

她屏气凝神。

“大冒险。”他说道。

“你选个现场的姑娘亲一口。”有人率先开口，说罢还特暧昧地看了眼程云川，露出一个用意明显的坏笑。

话音刚落，包厢里发出一片起哄声。

“这哪是冒险啊，这是给风哥发福利了吧。”

“这哪是给风哥发福利啊，这是给妹子们发福利呢。”

而这边，江为风竟然真的慢条斯理站起来，众人只见他看了眼程云川又看了眼林绛，脚步迟迟不抬。

大家都摸不准他。

顾翔一看就知道他在搞什么鬼，小声对身边的王佳倩说：“看着吧，又打算盘呢，蔫坏。”

果然，众人正凝神呢，下一秒只见他跨过一排人的腿，就这么越过程云川，往另一个姑娘那边去了。

林绛感受到一个身影在靠近，身体瞬间僵硬得像一块石头。

她不敢去看他。

其实是不敢去看任何一个人，她只觉得头晕晕的，像醉了一样。

然后男生声音淡淡，遥远而不真实——

“我自罚三杯。”

顿时“嘘”声一片。

王佳倩激动得冒泡，小声对林绛说：“江为风往你这儿走的时候，太偶像剧了，我差点没叫出声。你是没看见，程云川的脸都垮了。”

林绛当然没那个心思再去注意别人，她紧张得一后背都是汗。

后半场时，成明昊从包里掏出了一台数码相机，嚷嚷着纪念青春，拍了好多张照片。拍到林绛时，她都不会笑了，拍成什么样子，林绛也没敢去看。

这一晚笙歌不断，灯光打在年轻的面庞上，有着别样的欢愉。

散场的时候已经是晚上九点，在KTV门口，林绛对王佳倩说：“我有人来接。”

王佳倩才放心地跟顾翔离开了。

江为风散场后先去上了个厕所，出来一看人都走得差不多，只剩成明昊和林绛。

成明昊一个劲往林绛那儿贴，问道：“你朋友还来不来，要不我送你回去？”

江为风心想这小子的心思还真是昭然若揭，可这姑娘明显不领情。

江为风便走过去踢了下成明昊，明知故问道：“不走啊？”

成明昊说：“留一个女孩在这儿多不好，等会儿吧。”

林绛却很不承情，说道：“不用了，我朋友应该很快就到，你们快走吧。”

江为风眼色暗了暗。

林绛的眼睛突然亮起来，跳起来摆手，喊道：“沈宴，这儿呢！”

沈宴骑着电动车过来，在他们三个面前漂亮地转了一圈，车子停稳后，他摘掉口罩，笑得灿烂：“江为风，你也在啊。”

江为风点了点头。

林绛向沈宴解释：“他和倩倩朋友以前是一个班的。”

沈宴“哦”了一声，又兀自解释说：“我今天正好也在附近给同学过生日呢。”

江为风便问他玩得怎样，沈宴说就那样，又跟江为风说了几句约球之类的话，才让林绛上车。

四个人客气礼貌地道别。

成明昊眼见人走远，撇了撇嘴：“这人谁啊？”

江为风也盯着那抹背影看，说道：“沈宴，品学兼优的好学生。”

“他和林绛什么关系？”

江为风一听，笑了：“看上了？”

成明昊没想到他问得这么直接，愣了一秒后，回答得倒也坦荡：“何止。”

江为风挑眉，听成明昊继续说道：“我沦陷了。”

江为风不甚在意地笑了笑，又往刚刚林绛离开的方向看了一眼。

远处黑漆漆的，霓虹二三，连路灯都宁静，哪儿还有什么人影。

【17】

林绛等沈宴转过一个弯才敢回头看，她觉得今天这几个小时就像一场梦。沈宴越往前骑，她就离梦越远。

晚上刷手机的时候，她看到程云川访问了她的空间。

第二天一大早，她刚早功结束上楼，就接到了王佳倩的电话。

王佳倩说：“成明昊可是追着顾翔要你 QQ 呢，一大早就电话轰炸他，但顾翔没敢给，让我问你的意见。”

林绛不以为意地说：“我无所谓，给就给了呗。”

王佳倩无语：“姓成的摆明了不怀好意，你别告诉我你一点没发觉。”

林绛闻言皱了皱眉，还真的仔细想了想才问：“有吗？”

王佳倩在那头都快气吐血了：“我总算知道为什么你长得不赖，交朋友却不行了。”

林绛还是蒙：“这都哪儿跟哪儿啊？”

王佳倩叹了口气：“行吧，本来还想让你和江为风好好认识一下呢。”

林绛一惊：“啊？我？和他？你怎么想的？”

王佳倩打了个哈欠：“哎呀，不说了，就你这榆木脑袋，怎么跟程云川斗啊？QQ我让顾翔给成明昊了，我先睡回笼觉了，再见。”

一阵忙音。

林绛甩甩头，去吃早餐了。

当然，林绛虽然心大，但不是块木头，她很快就明白了王佳倩话里的意思。

一双无形的手把十月的最后一张日历撕去。

十一月份开始后，成明昊总是莫名其妙时不时出现在西校。

虽然他大多时候是去找江为风的，但每次见到林绛都会很招摇地喊她的名字，跟她打招呼。

有一回下午放学，林绛和何莱去后门面馆吃面，出来后远远就看到江为风单手拿着滑板和一群男生在路边，成明昊也在其中，栗色的头发特扎眼。

林绛本来想着，那么多人呢，赶紧避开回校就好了，谁知成明昊一眼就看见她，声音比旁边卖红薯的喇叭声都大：“林绛！”

何莱在林绛旁边都笑出声，跟林绛使眼色：“他铁定喜欢你。”

那群男生也在笑，江为风则神色不明地往这边看。

林绛都窘死了，成明昊却跑过来，掏出两块德芙，放进她手里：“给你……和你朋友一人一块。”

那么多双眼睛看着呢，林绛哪里肯要，推拒了半天，僵持不下，大家又都在看他们，倒更尴尬了，这才说了声“谢谢”，拿了巧克力走人。

何莱在一边早就憋不住了，一进校门就笑得前俯后仰：“林绛，其实他长得也不赖，是可爱型的。”

林绛把两块巧克力都塞给何莱，干笑了两声：“呵呵。”

“当然了，要比起来，还是沈宴好看。”何莱笑。

林绛一个白眼甩过去：“沈宴就是我异父异母的亲弟弟。”

何莱撇嘴：“我就不信他也拿你当亲姐姐。”

林绛双手一摊：“别说，我还真问过好几次他有没有喜欢的人。”

“他怎么说的？”

“沈班长当然说自己只爱学习了，甚至对我的问题非常不屑。”

何莱叹了口气，一副扫兴的样子，念叨着：“青梅竹马看来也不都是佳话。”

晚自习的时候是英语老师值班，她抽了第一节晚自习加课后十分钟小考，班里一片哀号。结果更丧心病狂的事情还在后面，英语老师居然只用了一节课，就把两个班一百多份试卷改完了。

第三节晚自习一上课，她就拿着试卷坐在讲台上，一个个叫名字，下面的同学跟受惊的兔子似的，大气也不敢出，害怕考不好被抓典型。

林绛也不例外，心里咚咚打鼓，偏偏班里一大半的人都上去了，英语老师还是没叫到她。

正紧张得小肚子疼，临下课还有十分钟的时候，英语老师单独叫了她出去。

林绛悲壮地出门。

英语老师停在门口等她：“本来想在你们班上半节课，下半节课去16班的呢，但时间没控制好。这样，你去16班叫一下江为风，和他一块来趟办公室。”

英语老师说完，就踩着高跟鞋，特有节奏地走了。

林绛直接在原地石化。

她硬着头皮一步步挪到16班。这样的境况，让她想起前不久她受人之托，帮人传话的样子。

“唉！”林绛想起来就忍不住暗自叹气。

江为风坐最后一排靠窗的位置，她本来想从后门叫一声就走，结果贴着后门，透过门缝往里一看，16班的班主任居然也在教室。

这样一来，从后门喊人就有点不礼貌了。

林绛只好走到前门，教室门没关，她清了清嗓子硬着头皮喊：“江为风，英语老师找。”

话音一响，全班的所有目光向她看来，特整齐划一。

然后，林绛就这么硬撑着装淡定，说完后还不忘对老师颔颔首，接着就看到男生慢慢悠悠从后排站起，走过来的时候，手上还光明正大拿着手机。

林绛不太敢一直盯着他看，察觉到他快走近的时候，便转身离开。在全班的注目礼中，两人一前一后消失在门口。

一出教室，江为风就越过林绛，走在了前头，林绛跟在他的背后，抬眼就能看见他挺拔宽阔的背脊。

山脊高耸，山峦巍峨。

有些风景，庆幸领略过。

这一路不算长，林绛也不知道怎么了，走着走着竟矫情起来，恨不得把时间暂停。

两人这一路没有什么交流，到办公室后，英语老师果然是说成绩。

两张试卷摆在桌子上，红笔写着硕大的数字，一个 74 分，一个 130 分。

林绛是前者，她心弦紧绷。

英语老师这回倒没唠叨，而是面无表情看着林绛，言简意赅：“虽然你走艺体，但想考个好学校，文化课也不能考成这样。别的不说，就说江为风，他一个数学考 22 分的人英语都有 130 分，你怎么就不行呢？”

话一落，江为风笑了：“老师，你这话我怎么听着那么不顺耳啊。”

这时，下课铃响起来，安静的校园顿时有了声响，老师自动忽略了江为风的话，还是看着林绛：“你怎么下降这么多？”

林绛动了动嘴，其实除了自身实力不强外，那天还真的有其他原因……可总不能真的实话实说是因为痛经吧！

“我马虎了。”她只好找个万能理由。

好在英语老师没接着为难她：“你平时多跟江为风取取经，他虽然其他科不怎么样，但英语还真不错。你也别不好意思，平时要是不方便，QQ 联系也行啊。总之，这回期中考试，我要看到你过百。”

林绛心态崩了。

“合着派我做免费苦力来着？”出了门，江为风特无语地笑道。

林绛怪不好意思的，抿了抿嘴：“那个……放心，我不会麻烦你的。”

江为风掏出手机，说道：“群里那个‘dusk’是你吧？”

“嗯？”她愣住了。

“加你了，通过一下。”江为风自顾自道。

林绛一僵，颤着嘴唇说不出话。

而那边他还在说话：“我不会教人，但你有什么问题问我就行。”

林绛特腼腆地笑：“还真有点好奇，你英语怎么那么好？”

林绛问这话的时候，两个人都正在走路，她话音一落，江为风便脚步一顿，转头正对上她。

林绛呼吸一滞。

只见他微微勾唇一笑，声音依旧散漫无比：“我爸我妈都教英语。”

林绛“啊”了一声，愣了两秒觉得有哪里不对，却没转过弯来，只喃喃回应他说：“原来如此。”

两个人正说着，走到教学楼，迎面下来一群男生。

林绛认得那是16班的一群人，就转头对江为风说："我先上去了。"

江为风说："行。"

后面断断续续传来对话，有人说要去玩电玩，问江为风去不去。

江为风说："废话。"

林绛笑了笑跑上楼，没看到身后男生的目光在她转身的时候落在她的身上，又在她即将消失于转弯处时才收回。

进教室之后，林绛就迫不及待通过了江为风的好友申请。

她的网名叫"dusk"，翻译过来是黄昏，寓意她初次见他时的景色，一想到他刚刚发音极好地念出来，她心里那密不透风的漆黑角落，就像有流星划过。

晚上回家之后，林绛一边在餐厅吃夜宵，一边看江为风的空间。

他空间里只有两条动态，一条是晒新买的滑板，一条是一年前发的一张自拍，侧脸黑白照，有点模糊。她莫名觉得这张照片好熟悉，便点了保存。

他的留言板应该是被清理过，只有一条他自己留的"私人禁地，误闯"。她吐了吐舌头退出来，又忙去翻自己的空间，确定没什么不能看的，才退出来。

晚上写完作业后，林绛又不自觉掏出手机来，登上空间一看到自己的空间被他访问了，便激动得脚指头都蜷缩在一起。

他的网名叫"想象"，头像全黑，她给他新换了备注，又小心翼翼给他单独设置了一个分组。

那一夜最后，林绛都不知道自己是怎么睡着的，总之梦里都在笑。

# 第四章 /安静

给你的爱一直很安静，也许是歌词，但更像是心情。

【18】

后来的几天都在忙碌的备考中度过，林绛每天学习到晚上十二点，第二天五点半就要爬起来出早功，虽然有些吃不消，但期中考试之后她就要离校攻艺考了，这次考试她不想有遗憾。

更何况，英语要过百。

考试结束之后，青城下了初雪，王佳倩约林绛看电影，沈宴听说后也要跟着去。

林绛在教学楼底下等沈宴下楼，正无聊地把弄着校服拉链，忽然有人拍了拍她的左肩。

她转头看过去却没见着人影，下一秒，那人从右边冒出来。

成明昊冲她笑笑，递给她一杯奶茶：“我把奶茶揣怀里的，还热着呢。”

林绛并没接，有点吃惊：“你怎么这个点来了？”

成明昊笑道：“最后一节课自习，我提前出来了。”

林绛哑然：“哦，我都忘了咱们不是一个学校的，你今天不考试。”

成明昊便挠头笑了笑：“那奶茶你……”

还没说完，他手上的奶茶就被劫了。

江为风笑得敷衍：“重色轻友的家伙。”江为风又看了眼林绛，颔了颔首，算是打了招呼。

成明昊便伸手要去夺，两个人一时忽略了林绛，而这个时候，正巧沈宴从楼上下来，林绛便叫了声：“那个，我朋友来了，我先走了。”

成明昊回神，只见沈宴不知道什么时候站到了林绛旁边，他们一个阳光帅气，一个清纯可人。

雪花簌簌落下，碍了成明昊的眼。

他问道：“你们去哪儿啊？”

沈宴接话：“我们去看电影。”

林绛点点头：“电影快开始了，那我们就先走了，回头再聊。”

沈宴冲江为风微微颔首，就和林绛一前一后往车棚的方向去了。

“你们看什么啊？一起啊？”成明昊望着两个人的背影，说话声音越来越小。

他正内心翻腾不是滋味，余光瞥见江为风居然插上吸管，自如地喝起奶茶来了。

他的火“腾”一下上来，二话不说就把奶茶夺过来，扔进了垃圾桶。

江为风被奶茶渍溅了一身，刚想骂人，就有人从后边递了一张湿纸巾过来。

是程云川。

江为风正腻得慌，就接了下来。

程云川缓缓开口，问成明昊：“你想和林绛做朋友？”

成明昊显然心情不佳：“和你有关系吗？”

程云川却也不恼：“我俩以前是一个广播站的，我劝你趁早别打她的主意了，她和沈宴青梅竹马，大家都知道。”

成明昊气笑了：“青梅竹马也不代表什么啊。”

程云川耸肩：“现在很多人都这样啊，为了同时拥有好几个好朋友，就一个也不确定，被问为什么时，就借口说是为了功课、为了学习，但其实就是不愿意付出真心。”

这话挺刺耳的，江为风眉头一皱。

成明昊冷笑：“你知道为什么江为风不想搭理你吗？”

程云川一愣，江为风则一副洗耳恭听的样子。

成明昊的声音没什么温度：“心术不正。”

言尽于此。

江为风和成明昊径直离开，程云川在原地一动不动望着两人的背影，有雪片遮眼，她狠狠吸了吸鼻子，自嘲地笑了。

看完电影后出来，天地便已经是银装素裹一片。王佳倩很久没见沈宴，趁他不注意，抓了一把雪就往他衣领子里灌，还偏要逼问林绛谁在她心里排第一。

三个人闹腾了好一会儿。

结果第二天一早，沈宴就有点发烧了，最后还是徐名娟开车送的林绛。

晚上下晚自习后，林绛打扫完卫生才出门，本以为徐名娟会等急，结果在大门口找半天也不见自家车，一打电话还没人接。

她正犹豫是打车走，还是再等等，那边有人叫了她的名字。

林绛一转头，惊喜不已："郑老师。"

郑萍走过来，先拍了拍她的肩膀，才开口说话："我刚才在车里，就觉得是你，没想到还真是。看你这样子，等你爸妈呢？怎么，他们没来接你？"

林绛乖巧看着郑萍："可能一会儿就到了吧。"

"要不我送你一程吧，刚下完雪最冷了，你打车也不好打。"郑萍说。

林绛四下望了望，放学有一会儿了，人都走得差不多了，天黑路滑的还有些冷。心里是想上车的，只是……

"郑老师，你是来接江为风的吗？"

"我来这边办事，正好赶上你们放学。他正坐车里呢，别犹豫了，赶紧上车吧。"郑萍笑着催她。

林绛攥了攥书包带子，说道："好吧，那谢谢老师了。"

上车后，林绛看到男生正在剥橘子，他眼也不抬，问道："磨磨蹭蹭半天，不冷啊？"

"林绛，你冷吗？"郑萍没搭话，而是扭头问林绛。

"不冷。"林绛其实真的不冷，但不知道为什么有些抖。

"那就好，你家在哪儿，我送你过去。"郑萍说。

林绛不自然地看了眼江为风，那天下午他送她回家，他也是坐副驾，她心有点热热的："香江城，你们顺路吗？"

郑萍把着方向盘："住得不远，顺路，我们正好在你小区前一个路口拐弯。"

林绛点了点头，便安静地坐在后头，给徐名娟发短信，叫她不用来接了。

对方秒回：【我把这事忘干净了。】

郑萍突然问道："上次加你QQ，后来也没怎么联系，你功课没偷懒吧？"

林绛听到QQ两个字，瞬间冷汗，心顿时沉坠得像灌满了冷铅，声音都弱了几分："没偷懒。"

后面郑萍再说什么，她都紧张得听不清，胡乱回答一通，手心攥得死死的，指甲都几乎嵌进肉里。

林绛好怕……

还好后面郑萍没再提QQ的事情，而是转移了目标——她笑着说江为风："吃那么多橘子也不怕上火，怎么不给人家林绛一个？"

江为风正戴着耳机，也不吭声。郑萍抿了抿嘴，收回笑意，没继续问他。

林绛还以为他没听见，结果到小区门口的时候，她要下车，他却塞给她两只黄澄澄的橘子。

“还剩四个，分你一半。”

林绛控制又控制，还是没忍住，嘴角扬起，接过来后说道：“谢谢。”

她转身下车的时候，男生目光微沉。

那晚的橘子，林绛剥得小心翼翼的，一口咬下去——

甜。

当然，不只是味觉。

后来吃完，林绛特意把橘皮留下，存在了玻璃瓶里，锁进抽屉。

【19】

沈宴身体好起来那天，正是发成绩的日子。

林绛坐在教室里，听到外头北风肆虐，窗户也不停晃动，而班主任的声音比北风都寒。

林绛在班上排第21名，英语考了81分，数学考了113分，都退步了。

英语老师上课的时候，当着全班同学的面批评了林绛。林绛眼睛涩涩的，这一整天都恹恹的，没精神。

晚自习的时候，林绛在教室里怎么都学不进，偏偏同桌还一直问她问题，于是她便拿了英语错题本，到楼道去背。

刚走到楼道，她抬头一看，差点尖叫出声——

江为风就坐在三楼通向四楼的一个台阶上，看上去有点不真实。

也不知道是怎么了，以前她在学校的每一个角落搜寻江为风的背影，为了去厕所的时候能从16班后门看他一眼，不知道多喝了多少水，虽然那时候好像总是见不着他人影。

可现在，也不知道是不是应了无心插柳柳成荫这句话，两个人打照面的频率多到让林绛害怕——怕幸运太快用完。

江为风眼神清朗，一动不动盯着她。

林绛拿着本子的手都不知道该往哪里放，率先问他：“你怎么跑这里来了？”

他一开口，还是那个熟悉的散漫的声音：“天台太远，也不想去厕所。”

说完，他双眸敛了敛，看着她手里拿的本子：“出来背英语？”

林绛看了看手里的本子，有点羞愧：“嗯，没考好。”

江为风一笑，起身：“那我不打扰你用功了。”

林绛说“嗯”，侧身为他让路。

他走了之后，林绛的心凉凉的。

事实上，所有人都不知道，她对这次考试失利为什么会如此伤心。

不完全是因为这次期中考试是她离校备战艺考前的最后一次大考，更重要的原因，是那天英语老师说“别的不说，你就照着江为风的成绩考”，可她失利了。

其实江为风这个人，除了英语好之外，其他成绩都一塌糊涂，但哪怕是这样，林绛都觉得他的光芒好耀眼。

电影里说“我的意中人是盖世英雄”，可是林绛觉得这句话，应该用关联词改写为“因为你是我的意中人，所以你是我的盖世英雄”。

很多年以后，《大话西游》复映，林绛看完电影，在回家的路上重温《一生所爱》。

那首歌的评论里有人这样写“他也不过是凡人，是你的喜欢为他镀上金身”，她的心一路潮湿。

成绩发下来之后，林绛确实难过得不行，但很快她个人的颓丧就被紧接而来的热闹给淹没了。

成绩下发后的第二天就是光棍节——一个也不知道是因为什么时兴起来的节日。从高一开始，这一天的热闹程度就堪比圣诞节，每到这时候，棒棒糖都会脱销，甚至连班里平时专心学习的尖子生都来凑热闹。

下午放学的时候，何莱也拉着林绛去超市买了几根阿尔卑斯。出来路过操场，看见沈宴在打球，何莱便问她：“不去给沈宴一根？”

林绛摇摇头：“我怕那帮人又乱开玩笑，晚上回家的时候给吧。”

谁知道怕什么来什么，正好是中场休息，沈宴眼尖看见了她，就往她这边跑：“买这么多棒棒糖，有我的吗？”

林绛骗他：“没有。”

沈宴撇嘴：“那么小气啊，那把你手上这瓶可乐给我也行啊。”

林绛余光瞥见球场上有好几个人正往这边看，就忙把手上的可乐塞给他：“我是服了你了，一点也不客气。”

沈宴笑了，露出一口白牙：“谢谢啊，晚上放学有好东西给你。”

何莱在一边笑着插话：“沈班长，我给你几根棒棒糖，那你有好东西给我吗？”

沈宴也不忸怩，看起来像刚赢了球，心情很好的样子，接过何莱的糖，说道：“有啊，晚上给林绛，明天让她给你。”

何莱装作受宠若惊的样子：“哎哟，谢谢打赏。”

沈宴被逗得笑得更欢：“行了，我先过去打球了哈，他们在等我呢。”

林绛一听，舒了口气，忙拉着何莱走。

沈宴摇头，扬着笑跑回球场。

球场上那帮人哪里还有心思打篮球啊，一门心思调侃沈宴：“赢了球又怎样啊，还是有青梅竹马疼好啊。”

沈宴拧开可乐，没喝先笑：“别乱说。”

这边，江为风和石头刚来到球场门口，就听见男生们正开沈宴玩笑。

“沈宴，林绛是你青梅竹马啊？”石头八卦道。

正喝可乐的沈宴闻言一笑：“别听他们瞎说。”

话虽如此，眼里却有着化不开的甜蜜，惹得旁边的男生吹起了口哨：“班长脸红喽。”

石头不解，问江为风：“那成明昊是不是没戏了？”

江为风双眸一沉。

这时，正巧程云川和另一个女生并肩朝球场走来。走到江为风身边的时候，程云川停下：“刚才在超市买东西，看你往这边来了，喏，给你买的。”

江为风看了看女生手里模样精巧的棒棒糖，没接。

程云川和江为风同班的几个人都玩得不错，石头看着场面尴尬，便出来打圆场：“我先帮他收着。”

程云川眼神微动，看了眼篮球场里正运球的人，说道：“沈宴也在啊。”

“是啊，林绛刚才也在，给他送水来着。”石头回答。

程云川“哦”了声，又瞥向江为风：“你那朋友这两天没来啊？”

江为风的脸色让人看不出情绪，并不理会程云川，下场打球去了。

程云川嘴角微不可见地抽了抽，看着男生的背影出神。

那晚，成明昊放学后又来找林绛，拿了一盒星空棒棒糖，只是来得稍晚，林绛早回家了。

一路上，成明昊都无比扫兴：“主要是我现在文化课紧，艺考这边也不松快，加上我妈看得紧，要不然早就到了。”

江为风的声音没有什么情绪：“我劝你别费劲了，她好像和沈宴真有点什么。”

“你听谁说的？程云川？她的话能信吗？”成明昊一串问号。

江为风却不知怎么了，突然想起那天送女孩回家，她下车时的那抹笑，半晌才说道：“不信算了。”

“沈宴也没比我优秀到哪儿去啊！我长得不比沈宴差吧，各方面哪里比不上他了？”成明昊倔强地笑，“这事要是真的我也不怕。”

江为风闻言乐了，眯着眼睛表示疑惑：“你难得这么上心啊？”

成明昊回答得倒是快：“风哥哪会懂啊……”

成明昊眼看着江为风脸色一点点变僵硬，在他翻脸之前，撒腿就跑了。

江为风站在原地，像有什么话憋心里说不出来似的，看着成明昊奔跑的背影愣了愣。

这边林绛回了家，放下沈宴送给她的棒棒糖礼盒，掏出手机来看。

空间里，王佳倩晒了顾翔送的比脸盆还大的棒棒糖，滑稽又搞笑。

林绛失笑，在下面跟风评论了一句。

刚发出去，下一秒王佳倩的 QQ 消息发过来了：【姐妹要被顾翔气死了。】

林绛问：【姑奶奶真难伺候，人家送你那么大棒棒糖，吃一年都吃不完，还生气？】

王佳倩发来一个“怒”的表情：【你也知道吃一年都吃不完？这棒棒糖大得都塞不进书包，我就这么拿着出校门，被人围观了一路。】

林绛敷衍地回了个：【哈哈。】

两个人接着又聊了些有的没的，退出对话框之后，林绛却不自觉地点开了江为风的 QQ 头像。

想了想，她还是跟他发了一句——【光棍节快乐。】

她打出这五个字的时候，手指头都在颤抖，想了又想，还是在后边又加了个括号写道“群发勿回”。

这才安心点了发送。

林绛这次考完试之后就要离校。

周四的广播，也是她最后一次上阵，这一天，“38.6℃”久违地上线，点了一首《一直很安静》给江为风。

给你的爱一直很安静，也许是歌词，但更像是心情。

这首歌唱完，林绛收拾东西出门，她深深地看了眼播音室，心里有股难以名状的不舍。

后面有人的声音响起来：“舍不得啊？”

楼道里恰有冷风吹起，一室清冷，林绛倏地一抖。

林绛转头正对上那双眼睛，看清来人后，也是一身寒凉：“程云川？”

【20】

程云川长得有点猫相，平时如果不笑就显得盛气凌人，这会儿眼神更是玩味：“也是啊，你走了就没有38.6℃给江为风点歌了。”

明知来者不善，但当对方话说出口的那刻，林绛还是慌了。

她强撑着，心却像灌了冷铅，狠狠坠下去。

程云川笑得轻蔑：“怎么，哑巴了？不敢承认？”

林绛只觉得四肢百骸都在发冷，张了张嘴想反驳，声音僵硬无比：“我听不懂你在说什么。”

“你不觉得巧吗？只有你播音的时候，38.6℃才会点歌。”程云川眯起眼睛。

她朝林绛走近：“当一见钟情发生的时候，人的体温会变成38.6℃。《孤单心事》《下雨天》《一直很安静》，全都是暗恋的歌，林绛你真是好心思。”

林绛站在原地，只觉得程云川的声音像一把刀子，每说一个字就像剜了她身上一块肉，全身的力气都被抽走。

也不知道过了多久，好像是一个世纪，又好像只有短短几秒钟，林绛面无表情地开口：“你什么时候知道的？”

程云川也面无表情：“KTV那天我就看出来了。”

“所以呢，你想怎样？”林绛故作淡然，其实心里的城池正一寸寸坍塌。

程云川笑了，但笑意未及眼底：“当然是希望永远帮你保守秘密。”她又向前一步，“反正江为风也不会喜欢你，不如就永远沉默下去，免得说出来还像我一样自讨没趣。”

林绛目光一沉，很用力才控制住肩膀不发抖，扯出一个很难看的笑：“你是在关心我？”

程云川眸光流转，声音极冷：“你不信？我既然能看出你喜欢他，也能看出他喜欢的是谁。”

程云川说着，竟有点落寞。

林绛更是觉得有人在抓着她的心，问道：“你是说赵思意？”

程云川笑了：“不然还能是谁？”

林绛不明白：“既然如此，我对你没有威胁。”

“谁能说得准以后啊？”程云川冷笑，“其实吧，我也不是高看你，我不懂什么大道理，是威胁就铲除。”

林绛苦笑：“滥杀无辜也无所谓吗？”

“无辜？”程云川像听到什么笑话，“林绛，你再说一遍，你无辜吗？

你离他还不够近啊？怀着什么心哪？”

林绛闻言浑身都在发抖，气极反而笑了：“如果我没记错，你没权利这样讲话吧？你又不是他的谁。”

林绛说着狠话，可不知是不是因为从未吵过架的缘故，语气没气势极了，反倒让程云川气焰更盛。

“是，我的确不是他的谁，”程云川先是怔了怔，旋即又挂上她标志性的笑，“所以我今天才会悄悄地来和你商量这件事儿，而没有大张旗鼓去你班里找你。”

林绛被她堵得说不出话。

程云川见状，话锋一转，又打起感情牌：“说真的，林绛，我要知道成为他的朋友这么难，就算再给我一次机会，也不一定有勇气说出来。但既然做了，我就不会后退，你不知道我为他做了多少。我呢，不大会考虑别人的心情，如果冒犯你，那多有得罪。你可以讨厌我甚至恨我，但是，我还是希望你能成全我。”

楼道里的风冷得林绛打了个冷战，程云川又问了一遍：“行吗，林绛？”

林绛就这么看着眼前的女生，忽然觉得程云川是真的很在意江为风，不然为什么会做到这个地步？

可是，程云川才是多虑了。

林绛哪有资格“成全”别人呢，她从未有过成为江为风好朋友的想法，能像现在这样偶尔见他一面，就已经是极好。

但是林绛还是舔了舔嘴唇，说道：“好。”

程云川微不可察地舒了一口气。

两个人一前一后，沉默着离开广播站。

冬日阴沉凛冽，满天是厚厚的、低低的浊云。

林绛走出门，抬头看天，忽然觉得时光遥远，而梦不可及。

而她就要暂时搁置一些事情，先去征服另一座山。

周五放学之前，她去跟班主任打招呼，拿了离校证明。班主任鼓励了她几句，便让她去英语老师办公室道声别。

英语老师还是不忘提醒她的学习，哪怕是暂时离校了，也要抽空温习文化课。

临走前，英语老师居然送给林绛一本厚厚的笔记，说是上届带过的英语尖子生整理的，她特意要过来给林绛看。

林绛感动得一塌糊涂，连连保证绝对会好好珍惜这本笔记，并且一定不会落下文化课。

那晚放学之后，班里一些要好的同学约好去 KTV 给林绛送行。

沈宴很阔绰地请了全场饮料，大家还给林绛准备了惊喜礼物——把不知道从哪里搜罗的林绛的照片剪辑成了视频，照片有偷拍的，有合影的，还有很少数的几张自拍。

林绛感动得连唱了好几首歌。

包厢里，大家从《童话》唱到《明天会更好》，李凯唱到“春风不解风情，吹动少年的心”的时候，林绛和何莱拉着手出去上厕所。

这家 KTV 的走廊很绕，两个人好不容易才找到厕所。出来后，何莱边洗手边问林绛：“你异父异母的亲弟弟今天可破费了。”

林绛笑了：“他不是快过生日了吗，到时候我送给他一个大礼。”

“能给我透露透露吗？”何莱正在烘手，声音被机器掩盖得很小。

林绛眼波一转，率先走出洗手间：“不说。”

何莱也走出来：“这么神秘，难不成把你自己送给他啊？”

林绛看何莱在坏笑，也学着她开玩笑：“哎？你猜对了。”

何莱知道林绛在开玩笑，顺着林绛的话接下去，笑嘻嘻的：“哎哟，那成明昊怎么办啊？”

林绛一脸认真地说：“两个我都收了。”

何莱满脸嫌弃地“咦”了一声：“你深藏不露啊。”

林绛学着电演里面的台词：“男人嘛，不就是那么回事儿？”

两个人互相调侃，活像是相声演员，一个逗哏一个捧哏，只是包袱抖得太老套，走回包厢之前两个人又开始互相指责对方无聊。

而在厕所门口的走廊，有人拍了下江为风的肩，问道：“看什么呢？那两人你认识？”

江为风眸色极暗，说话却极轻：“没什么。”

刚刚两个女生一出厕所，他恰好走到拐弯处，借着眼前硕大的绿植遮掩，听到了两个人的对话。

他发出一声冷笑，回包厢之后，偏偏程云川在唱《少女的祈祷》，他听得一阵厌烦，拿了外套就走。

程云川特意为江为风学的这首歌，没唱两句，却眼看着他离开，喉咙一哽，慢了半拍，曲不成调。

这边的包厢里，林绛一进门，就听大家正开玩笑让李凯和李娜合唱一首。

李凯和李娜斗嘴模式开启，两人拿着话筒吵吵闹闹。

林绛捂着耳朵，一阵皱眉。

这时，有人推门进来：“‘杀人’啊，这么大声？”

何莱就笑：“没杀人，是有人‘秀恩爱’呢。”

大家都笑了，那人也笑：“怎么今天秀恩爱的这么多？”

何莱便问：“还有谁啊？”

“我刚刚上厕所遇见一个熟人，他说他们包厢程云川正给江为风献唱呢。”

李娜来兴致了：“啊？不是说江为风不搭理程云川吗？”

那人“嗐”了一声：“程云川天天围着他转，‘良心发现’也不奇怪啊。”

李娜撇嘴，拿了雪碧来喝：“反正我站赵思意，程云川顶多倒贴罢了。”

那人想了想啧啧两声：“也是，赵思意那么一大美女。”

“哎呀，行了，咱们今天给林绛送行，说别人的八卦干吗，”何莱忙站起来去点歌台放歌，“来，唱歌唱歌。”

何莱一吆喝，大家很快翻篇，又玩作一团。

林绛坐在沙发上握着一罐啤酒，心乱成一团，面上却笑着看大家闹。

沈宴夺走她手上的啤酒：“你不准喝这个。”

林绛斜着脸睨他：“哎呀，今天高兴。”

沈宴的眼睛在包厢里闪着光，就这么看着她：“不行，你要是喝了酒，我没法跟你爸妈交代。”

林绛嘴唇动了动，看着沈宴认真的神色，终是没说话，起身和何莱合唱去了。

那是一首很欢快的歌，花儿乐队的《穷开心》，歌词特有意思。林绛唱到“为了不哭大声笑”这句的时候，努力把嘴角上扬。

那晚的日记里，林绛写了很多很多话。

她总结这个晚上好畅意，也好感动，很久没这么放肆地笑过了，只是在末尾，她画蛇添足地添上了一句话，打破了整篇的喜乐氛围。

她写：如果说有遗憾，可能是没来得及跟他道一声别。

写完这行字的时候，林绛关上灯，上床的时候，胃里像有酒气翻滚，可她一点都没有醉气。

窗外黑漆漆一片，过了十二点，就是一个全新的明天。

这个世界永远不缺少明天。

【21】

时光的洪流推着人不断向前。

再多的情绪，在“高考”二字面前都显得那么不值一提。

林绛没有时间过多消耗思绪，很快就投入到集训之中。

“星星点灯”是一家很大的艺考辅导机构，很多人从不同的城市来到这里封闭式集训。林绛每天早晨七点到集训点时，就已经有人在下面出早功了。

有一回，她因为模拟主持没准备好，被成老师留下来训话。晚上十点多下课，路过二楼画室，里面还是灯火通明，而一楼的舞蹈生也还在里面压腿。

林绛没选择封闭式集训，依旧是走读，时间安排和大家都一样，课表却是单独的一份，因为她上的一直是一对二的小课，和她一起上课的女同学专业很棒，成老师没少拿她俩做对比，不过正因如此，林绛反而因为有了比较而进步更快了。

成明昊也在这里上课，某次林绛在门口等徐名娟接她放学，成明昊正巧拿着书下来，两个人一聊，才知道他来这个辅导机构比她还早一点。

林绛问他：“编导专业的文化课分数要求也挺高的吧？”

成明昊笑道：“还好吧，文化课我倒不是很愁，就是之前没想到还得才艺展示，头都大了。”

林绛又问他：“那你文化课一般都能考多少分啊？”

成明昊坦荡自然：“总分600分左右吧。”

林绛差点没吐血：“你成绩原来这么好？学文还是学理？”

成明昊一见林绛眼神里有崇拜，顿时嘚瑟起来：“我学文科，成绩也就还说得过去吧，再说了，艺考回来之后还指不定怎么样呢。”

文科！600分！艺体生！

林绛瞪大了眼，经过这事之后，她觉得自己应该更努力才行了。

时间过得很快，进入十二月没多久，就是艺考省统考的日子。成老师再三叮嘱，考试的时候千万别有小动作，面对镜头一定要有“对象感”，千万别像一个人背书似的。

林绛准备得很足，虽然那天有些紧张，但还是顺利考完。

12月31日，成绩出来了，她考了314分，全省排第67名，功夫不负有心人。

晚上，林绛一家人和往年一样，在自家餐厅吃跨年饭。

每年的跨年，餐厅吃饭的人都会很多，徐名娟又是忙活了好一阵子才进包间。

徐名娟为了庆祝林绛考得不错，特意开了一瓶红酒。林绛在看到价格的时候惊叹不已：“老妈真是土豪。”

林伟喝得倒是滋润：“上回来餐厅吃饭我去后边转了一圈，就看上这瓶酒了，本想拿着送人谈笔大单子呢，你妈就是不同意。”

林绛有模有样地晃着酒杯，说道：“我喝着这酒，忽然觉得自己好像不用奋斗了，啃老就行了。”

徐名娟瞪她一眼：“吃饭都堵不上你的嘴，这酒你喝两口意思意思就行了啊。”

林绛吐吐舌头，在徐女士一通数落说出来之前，先溜去卫生间。

刚出门没走两步，对面那桌的女人忽然冲她招手，很小声地朝她喊了声：“林绛。”

话音刚落，坐在女人对面的两个男人转头看过来。

林绛脚步一顿，迎头对上江为风的眼睛。

江为风先是眼神一亮，而后很快暗下去，面无表情盯着她。这眼神切换得太快，以至于林绛分不清是不是自己眼花。

她缓步走上前，定了定神，笑道：“郑老师好。”

“好巧啊，你也在，”郑萍笑着点点头，“来，坐下聊。”

打过招呼，郑萍邀她入坐。林绛看了看周围优雅进餐的人，觉得自己站着确实有些不好，就在郑萍旁边坐了下来。

郑萍微笑着向对面的人介绍：“江河，这就是我之前跟你提过的林绛，为风的同学。”

江河听罢，推了推鼻梁上的眼镜，对林绛笑了笑：“之前就听郑萍提过你，今天也来这边吃跨年饭啊？”

林绛坐得拘谨，笑得却大方：“江叔叔好。其实这家餐厅是我妈开的，所以今天我们一家就来这边吃饭了。”

郑萍一听，有些意外：“原来是这样啊，我刚刚还说这家的菜品不错呢。”

林绛笑了：“郑老师喜欢就好。”

正说着话，江河用手肘碰了碰江为风：“怎么回事臭小子，也不给你同学打个招呼。”

林绛倏地抬头，和他的视线撞了个满怀，一个多月不见，他好像变了点，又好像没变。

林绛鼓足了勇气，先对他笑了笑，有点期待他的回应，谁知道他却冷笑了一声，说道：“不太熟。”然后又往前倾了倾身子，恶作剧似的，就这么挂着笑，问林绛，“您哪位啊？”

林绛瞬间僵住了，如同被雷击中，大脑中“嗡”的一声，头皮发麻，一片空白，只是直直坐在那儿。

郑萍像是察觉到旁边女孩的尴尬，忙说："那个……他说笑呢，林绛，你也是知道他脾气的，别跟他一般见识。"

江河也说了几句江为风，又转头对林绛说："这小子抽风呢，回头我收拾他。"

林绛紧紧攥着拳头，控制自己不要理会这种难堪，可指甲都嵌进肉里也无法抑制住肩膀越来越难自持的发抖，她特别努力才挤出一个笑："没关系的，你们慢慢吃，我爸妈还等着我呢，我就不打扰了。"

郑萍和江河没再留她。

在她离开之后，江河对着江为风嗔怪了一句："你说你这小子，多让人家姑娘下不来台，这性子随谁啊。"

江为风看着女生的背影，心里一阵烦躁，说话不经大脑，嗤笑出声："可能随我过世的妈吧，反正郑姨那么好性格的人，我是随不了。"

郑萍的脸色瞬间变了变，江河想说什么，却被她眼神制止。

林绛起身离开后，往卫生间走去，快到卫生间门口的时候她小跑两步，一进门便泪如雨下。

她急忙进了个隔间，压着声音不让自己哭出声，喉咙哽得难受，又不敢让爸妈等太久，所以忍了又忍，强压住满腔的难过，出来冲了冲脸，从另一侧过道走进包间。

进门之后，林绛忽然想起了什么，对徐名娟说有个很重要的老师过来吃饭了，问能不能送一份甜品过去。

徐名娟听林绛介绍完郑萍，按了铃，让人挑了主打的甜品送过去，还为郑萍那桌打了 6 折。

林绛忙起身给了徐名娟一个大熊抱，被林伟说偏心。

江为风的手机一直在响。

他把屏幕摁灭，再亮，摁灭，又亮，只好把对方加了黑名单。

这已经是他第三次把赵思意拉黑了。

江河还在数落他不懂礼貌，让他一定要找机会给林绛道歉。

他闻言喝了一大口红酒。

闷得慌。

与此同时，手机又振动了一下，又有陌生号码打进来。

他烦到极点，接通后语气不善："有病？"

郑萍和江河对视一眼，干咳着掩饰被围看的尴尬："又怎么了？不能小点声？”

江为风看了下四周，没说话，冷着脸起身就走。

郑萍见他要走，马上在背后叫他：“为风……”

江河倒没恼，摆手道：“孩子大了，随他去吧，咱们吃咱们的。”

江为风自然是没听到这段对话的。

那边赵思意的声音紧张又激动：“江为风！你千万别挂！我真的就是想说一句 Happy new year。”

出了餐厅的门，风从四面八方吹过来，钻进领子里，他冻得一激灵，思绪倒更清醒了：“说完了？挂了。”

“别别别！求求你了！”赵思意着急。

“还想说什么？一次性说完。”江为风语气淡淡的、凉凉的。

“其实你接我电话，我已经很开心了。”女生的语气透着甜。

江为风有点恼：“真挂了。”

“你等我回国，我一定会变得很优秀很优秀回去见你。”

江为风摸了摸下巴，笑了，很认真地说：“赵思意，怪我之前没说清楚。咱俩不可能再做朋友了，这是我最后一次接你电话，言尽于此。”

路上车水马龙。

远处红灯暗了又亮，他伸手拦了辆出租车，上车后打了个电话，然后对司机说：“去光明广场。”

挂了电话后，他把手机电池抠出来，拿出手机卡，掰成了两半。

这顿年夜饭，林绛一家人吃得其乐融融。

晚上回家的路上，徐名娟忽然提议去光明广场看烟花。

这一晚广场上聚满了人，林伟费了好大劲才把车停好，一家人也没往人群深处挤，就在边角处站着，感受着满场无处安放的热闹和烟花腾空的美好。

不一会儿，人群中忽然爆发出倒数的声音：“10、9……4、3、2、1！”

“新年快乐！”所有人都在笑着喊这句话。

“新年快乐。”林绛望着天空，小声喃喃。

她掏出手机，准确无误地找到那个叫“想象”的 ID，在对话框打出：【元旦快乐。（群发勿回）】她又叹了口气，终是没有勇气点发送，最后只是在空间的说说里，发了句——【新年快乐。】

合上手机，她忽然觉得惆怅，就像这片烟花，热闹戛然而止，唯余荒凉，倒不如从没有热闹过。

东风夜放花千树，更吹落，星如雨。

明明毫无察觉，可世事就是如此奇怪，21 世纪初在眨眼之间，便正式结束了。

接着，林绛挽上爸妈的手臂，分别朝他们看了一眼，很大声地盖过这铺天盖地的嘈杂与热闹：“爸妈，新年快乐！”

一家人对望着，笑祝彼此新年好。

过了十几分钟后，他们决定回家，林伟便去开车。徐名娟忽然扯住林绛的手臂，问道：“阿绛，新年你许愿望了吗？”

林绛的脸被路边的霓虹照得忽明忽暗：“许了，希望高考顺利。”

她刻意隐去两个字，原话应该再加上“我们”二字。她吸了吸鼻子，像是被冻的，又问徐名娟：“老妈的愿望是什么？”

问完之后，不等对方回答，她就自顾自猜测了起来：“嗯，你先别说，我想想……嗯，肯定也是祝我高考成功吧。”

林绛朝徐名娟粲然一笑。

徐名娟看着她摇头，又轻抚着她的头发，知道她素来性格急躁，很少这样温柔：“我希望你能发自内心地快乐，像今晚这种强颜欢笑的事情，以后都不要再发生。”

林绛愣在原地，深深看着徐名娟的眼睛，还没说话，眼泪就落下来：“妈……”

远处风雨交加，千言万语尽在不言中。

【22】

元旦一过，校考提上日程，林绛便更加忙碌了。

她出门在外，除了每天和爸妈打一个电话，还有沈宴和王佳倩经常和她打电话之外，其他人联系得渐渐少了。

沈宴还是万年不变督促她别落下文化课，还学着大人的口吻，让她注意身体。

林绛说他好絮叨，却忍不住心底一暖。

那时候，林绛虽然表面上很淡定，其实心里压抑得不行。

实在受不了，她就会给王佳倩打电话，那丫头能聊，无论说什么都能让林绛暂时忘记压力。

每次打电话，王佳倩总少不了提一件事——

“我的哥哥怎么就退队了呢？”

林绛不太了解这些动态，只是在 12 月份的某一天，都是深夜了，王佳倩突然哭着打电话给她。林绛当时吓得还以为出了什么大事，谁知道王佳倩一接口就是："我不活了，我喜欢的 CP 彻底完了。"

校考的日子过得苦又慢，但又不是所有情绪都可向父母朋友吐露，她将"长大"二字刻进心底，辗转各地，忍耐孤寂和压力，每隔一段时间就在崩溃边缘试探。

校考结束后，林绛整个人都累虚脱了，紧绷着的弦忽然放松下来，她心里却不是如释重负，反而是说不清道不明的难受。

和林绛同屋的一个女生有个关系很铁的男同学，那天回到酒店后，那女生又在煲电话粥。

林绛心里说不出的烦，同屋的另一个女生也受不了，两人出去透气。

两人聊着天，林绛笑着笑着就哭了，却也不是号啕大哭，而是眼泪不受控制地往下流，她懒得去擦，就这么坐在台阶上托着腮默默哭。

最后等泪流干了，她才起身再回屋。

艺考结束之后再回青城，三月已经过半。

当时，很多艺考生回来后，怕跟不上进度都去校外读小班了。徐名娟问林绛的意见，林绛几乎没有考虑，坚持回学校念书。

刚回到学校那几天，林绛挺迷茫的，虽然她平时也算得上努力，但不在学校上课还是不一样。她利用晚自习做了寒假期末考试试卷，做得一塌糊涂，加上三月末就是一模考试，她焦虑得脸上都冒了几颗痘痘。

晚上放学之后，她跑到楼下沈宴家，问他物理题。

一道力学题，她看得出来要用牛二定律列方程，但就是不知道从何下手，怎么突破。

但沈宴不教她，只是用笔敲了敲她的脑袋："你现在太着急了，不建议你一回来就搞题海战术。"

林绛虚心求教："那该怎么办啊？"

"你有错题本吧？"沈宴问道。

林绛点头："有。"

"把之前的错题找出来复习一遍，重点和难点分清，必要时舍弃一些难点，多看课本，把一些知识点吃透。不过，建议你别太看重一模，得失心太重未必是好事。"

林绛醍醐灌顶，忍不住对沈宴伸大拇指："沈老师教得好，小的记下了。"

沈宴得意地勾了勾嘴角："如果你想一模考得稍微好点，建议你多把精力放在语数英上，主科拉分厉害，尤其是你的语文和数学是强势学科，数学又是拉分学科，一定要上心。"

林绛连连点头，忙回家学习去了。

经过“沈老师”的悉心指导，一模考试还算顺利。

林绛在班级排第18名，全校排名500名以内，够Z传的文化课分数线。

她心情好，下午放学请何莱、李娜她们吃糖葫芦，正排队呢，看到一群人风风火火从校门出来。

林绛寻声看过去，只见一群男生在门口卖手抓饼的地方停了下来。

江为风站在他们最后面，他这天穿着最简单的白T恤和黑裤子，裤脚卷起，露出修长的脚踝，头发被风吹得有点乱。他伸手乱抓了一把，便抱胸站在那儿一动不动。

那一刻林绛不得不承认，有的人就是这样，只是站在那儿，你就能知道他的性格。

那么散漫张狂，那么不可一世。

林绛在心里叹气，怕会忍不住泄露情绪，甩甩脸不敢再去看。

自从回校之后，她一心扑在学习上，偶尔遇见他，他也是一副没看见她的样子。

林绛不知道自己哪里得罪了他，或者是自己一开始就犯了傻，还以为他们好歹算得上认识的人，现在想想，如果没有成明昊，可能他压根懒得跟她说上几句话。

林绛回校后就换了位子，之前桌子上贴着的“若能避开猛烈的欢喜，自然不会有悲痛来袭”早就不知道被丢哪里去了，她又重新写了一份贴上去。

时间匆忙又珍贵。

如沈宴所说的，跋山涉水走过许多年的路，不能在登顶的时候停下。林绛和其他同学一样，草稿纸用得很快，水笔换得很勤。

很快进入四月，燕子呢喃的月份，春暖花开。

成明昊在艺考后，第一次来三中找林绛。

他的头发不知道什么时候染成了黑色，卷发也换成了顺发，显得特别乖巧。他给林绛递来一盒糖的那刻，林绛都有些恍惚——眼前的人是不是个才上高一的学弟?

当然，林绛并不想收，她不是察觉不到成明昊对她有别样的好感，因而不愿意给他那些莫须有的误会。

成明昊气鼓鼓地说林绛不够意思：“就是朋友之间送个糖不行吗？我特意从上海带来的梨膏糖。”

林绛还是坚持，最后逼得成明昊实在是没办法了，没头没脑地对着她说:

“林绛，别说，我还就是喜欢你这倔脾气。”

林绛正巧瞥见江为风从远处往这边过来，赶紧告辞。

成明昊最后只好把糖塞给江为风。

江为风望着女生离开的背影冷哼：“你真大方，人家不领情，就搪塞给我？”

成明昊嘿嘿一笑：“你天天装酷，可不是需要甜一点嘛。”说完，赶紧在江为风发飙之前跑走。

江为风没工夫去追成明昊，他最近对学习上心很多，昨晚好不容易去玩了次滑板，一玩就玩疯了。今天早晨一起来觉得有点发烧，他原本并没在意，结果下午烧得更严重了。

他刚刚吞了颗退烧药，这会儿打算回家睡觉。

结果一进家门，他就闻见饭香味，再往里面看看，就江河一个人。

“你老婆去台里了？”江为风问道。

江河听见动静，有点蒙：“怎么没在学校？”

江为风走到厨房，拿了个碗盛饭吃，不以为意地说：“怎么，我第一次逃课？”

江河夹菜的手顿了顿：“说起来，咱爷俩好久没喝一杯了，要不要来杯？”

“以茶代酒行吗？”刚吃完退烧药，江为风有些疲倦，咳了声。

江河笑道：“也成。”然后伸手摸出了根烟给自己点上。

“怎么着，想给我上思想教育课啊？”江为风靠着椅子笑。

江河并不反驳，用手推了推眼镜，看着他：“我还记得当初给你取名的时候，你妈说希望你这一生能像风一样自由，所以后面我们对你也都是放养。现在看看你的性子，还真有点人如其名。”

江河抖了抖烟灰，看着眼前的男孩，不知道什么时候已经长得这么高，这么神采奕奕了，而自己却已经长了几根白发，逐渐走向迟暮。

江为风不说话，思绪有些飘远。

就这么守着饭桌和灯火，听江河回忆从前，又说到现在，聊到他过去的年岁，也说回他如今的状态，父子俩久违的长谈，灯火着实可亲。

城市里万家灯火，这一边温馨夜话，另一处也自有欢喜。

林绛一进门就被徐名娟拥抱住。

正疑惑呢，林伟便从身后掏出一张四四方方的纸。

林绛一看见就忍不住叫出了声：“是Z传的合格证吗？”

她激动得难以自持，得到肯定的回答后，狂喜得都落下了眼泪。

进入四月后，她陆续收来一些学校的合格证，但就是没有Z传的，她一颗心老是悬着，终于，功夫不负有心人，她还是得偿所愿了。

她迫不及待要给爷爷奶奶还有外公打电话，被徐名娟制止，说早就给老人们报过喜了。

她脑子都乱了，也是，大晚上的怎么好打扰老人家休息。

回屋之后，她又第一时间给成老师报告好消息。

成老师短信秒回：【恭喜。】

接着，她把合格证拍照发了空间，大家都在下面祝贺她。

成明昊找她私聊，说他也是今天刚收到A电的合格证，林绛更高兴了，赞扬他好厉害。

沈宴这天也破天荒地登录了QQ，给她留言：【得偿所愿是最好的事情之一。】

林绛回：【嗯。】后面加了一颗大红心。

这一夜都好梦。

# 第五章 / 再见

山高水长，不如在顶峰相见。

【23】

收到了Z传的合格证之后，林绛人逢喜事精神爽，专心备战文化课，劲头十足。

二模就定在4月15日和16日两天。

大家最近备战都很累，下课了也没多少人走动，基本都趴在课桌上休息。

考试前一天晚自习，一下课林绛就戴着耳机趴在桌子上假寐，自动切歌的空当，走廊里有个人大喊了江为风一声，把她吓得一激灵。

“江为风，你什么时候这么好学了？上完厕所就回去看书啊？”是石头很有辨识度的声音。

“滚。”江为风回道。

后来石头又说了什么，就听不清了。因为耳机里逐渐大起来的音乐悄无声息遮掩了男生们的对话。

忽然有人摘掉了她的一只耳机，她坐起，一看是何莱。

“听什么呢？”何莱问。

“许嵩刚出的专辑，你听吗？”林绛说着，心里却还在恍惚，不知道刚刚听到江为风的声音，是梦还是真。

“许嵩是谁啊？”何莱问。

林绛说道：“蛮有名气的一个网络歌手，王佳倩之前推给我他的歌，我蛮喜欢，就下了好多首。”

何莱听她说完，嗤之以鼻：“网络歌手的歌你也听？”

林绛耸肩。

何莱忽然靠近林绛，特神秘地说：“我刚刚去厕所，听见了江为风一个大秘密。”

林绛晃了晃神，故作平静："什么事儿啊？"

"你见过他妈妈吗，之前开家长会来过学校的，据说是省台新闻节目主持人。"

"嗯，听说过，怎么了？"林绛坐直了身子。

"那人好像是他后妈，听说江为风亲妈在他读初中时就去世了。"何莱压低声音。

林绛心"咯噔"一下，立即想起某日夜里，她问他为什么唯独英语成绩好，他说因为父母都是教英语的。

那时候她没来得及想太多，如今才明白真相。

林绛清了清嗓子，问道："怎么会……因为什么去世的？"

何莱撇撇嘴："这我就不知道了。"

林绛还在走神，何莱转移了话题："复习得怎么样了？"

正好上课铃响起，林绛掏出课本，说道："这不，铃响了，继续背书呗，语文还有几篇古诗没看呢。"

何莱说"加油"，忙跑回自己座位。

林绛心里想着郑萍，怎么看都不觉得她会和"后妈"两个字扯上关系。

第二天考试，正好考到辛弃疾的《永遇乐，京口北固亭怀古》中"想当年，金戈铁马，气吞万里如虎"这句，林绛卡壳了，脑海里全都是许嵩《半城烟沙》里"半城烟沙，兵临池下，金戈铁马，替谁争天下"的歌词。

幸亏在交卷的最后关头，林绛想起来了。

可何莱却没那么幸运了——

16 号下午考完试回教室，林绛把外面橱柜里的书往教室搬，何莱就屁颠屁颠跟在她后面，念叨着："林绛，我这次考不好就赖你。"

"赖我干吗，又不是我让你去听许嵩的，何况你当初不是还鄙视我听他的歌吗？"林绛笑道。

"主要是我那天回家之后失眠了，就想听会儿歌，这不就想到你说的许嵩了吗，他那个《清明雨上》，真的太好听了！"何莱感叹。

林绛笑："有品位，我最喜欢他这首歌。"

"不，我最喜欢的不是这首，是《灰色头像》，"何莱打开了话匣子，"我上网搜了这首歌的故事，里边有歌词是'你灰色头像不会再跳动'，意思就是他女朋友去世了，所以他才写了这首歌。"

林绛收拾书的动作停了停，看见何莱说这句话时换了好几个表情，搞得林绛一时之间不知道该笑还是该哭："这你也信？那还有人说《玫瑰花的葬礼》也是写给他女朋友的呢。”

何莱一听更激动了：“对对，还有人说他的英文名‘VAE’的意思是‘唯爱颖’，他好痴情，他女朋友是不是就叫颖啊？”

林绛听完差点吐血，看了这傻姑娘半天，最终还是摇摇头，任由她幻想下去。

晚上放学后，林绛和沈宴，还有王佳倩，约在一家新开的比萨店。

王佳倩掏出手机：“林绛，你有微博吗？”

林绛下意识就答：“有啊，怎么了？”

“来来来，互关一下。”王佳倩说道。

林绛一愣，恨自己刚才的不假思索。

微博是校考的时候，和她住一个屋的同学“安利”给她的，因为贴吧豆瓣都有好友互关，所以微博自然而然就成了她出门在外，不方便写日记时的记录。

林绛有些心虚，随便扯了个谎：“我卸载了，这不快高考了吗，贴吧都不怎么玩了。”

王佳倩说：“没劲。”

沈宴却问：“什么是微博？”

王佳倩白眼快翻上天：“就是最近蛮火的一个软件，哎呀，你真是两耳不闻窗外事。”

见沈宴和王佳倩胡侃，林绛莞尔一笑，一转头正巧看到街对面有抹熟悉的身影，半天没缓过神。等她揉了揉眼睛再看过去，人没了。

沈宴问她：“看什么呢？”

林绛迟缓地回答：“哦，没什么，可能看错了。”

周末一大早，林绛打车去外公家。

外公家住在一个老小区的一楼，家里有一个小院，红木门外有棵大梧桐，梧桐树下放着一张摇椅，摇椅上坐着一个老头，正端着茶杯，优哉游哉地听戏。

旁边的收音机里放的正是《武家坡》，刚唱到高潮，“啪”一声，戛然而止了。

小老头倏地惊坐起来。

“你这臭丫头。”看清楚人之后，老头嗔怪了一声，喜笑颜开。

“外公，是不是很想我啊？”林绛笑道。

外公站起来，去拉林绛的手：“想你，再不来我就要打你屁股了。”

祖孙俩一阵笑，林绛忙扶着外公进屋。进门后，林绛先去给外婆上香，转身看到外公在厨房转悠。

“吃啥啊？”老人有点犯愁，“你说你来也不提前说一声，我这儿没什么好菜啊。”

林绛拉着外公的胳膊：“哎呀，外公做什么都好吃。”

老人一听，笑得乱颤，忙说：“行，那你去看会儿电视，我简单做一点。”

林绛哪里肯：“我不，我要和小时候一样，给您打下手。”

老人只好同意，一老一少便在厨房忙活起来。

最后，他们做了一道酸辣土豆丝，一道尖椒炒肉片，一道香椿豆腐，为了凑足四个菜，最后又切了一盘火腿肠，加上香油拌葱丝。

林绛在厨房偷捏了块肉吃，入口后满足不已，边吃边夸奖：“外公做菜这么好，我妈怎么就没随你呢？”

外公正摆碗筷，摆了三副，一副留给过世的老伴，这三年向来如此。他呵呵笑了两声：“你妈随你外婆。”

林绛边把菜放桌子上，边笑着说：“我妈随妈妈，所以我也随妈妈，做菜都菜。”

外公又是笑，神色温柔。

林绛给外公夹菜，问道：“外公是不是想外婆啦？”

“想，哪能不想呢？”外公抬眼看了看不远处的遗像，恍惚片刻，才问林绛，“听说你收到不少合格证啊，外公还没恭喜你，不过啊，学习认真归认真，但也要注意身体，别累着。”

林绛点头：“知道了。”然后夹了一筷子香椿，好吃得整张脸都在绽放，“外公，这香椿真是鲜。”

外公看林绛喜欢，也高兴：“喜欢的话，一会儿走的时候拿点回家，这是我昨天登山的时候摘的。”

“登山？外公又发展新爱好了？”

“这不是刚退休，没事做，正好隔壁老张鼓捣摄影，也拉我一起，我们去南山采风呢。”

林绛笑道：“外公真时髦，找个事情做，没准开拓事业第二春。”

外公也笑了：“借你吉言。”

这边祖孙俩正闲话家常，快吃完饭的时候，徐名娟的电话打了进来。

林绛接起来，外公又跟徐名娟说了几句，才挂断。

“你妈又吩咐你什么事儿了？”知女莫若父。

“母亲大人想吃步行街东头的小金板栗。”林绛笑了。

"哎哟，这过去不顺路啊。"

林绛摆摆手："没事，我打车去。"

临走时，外公送林绛出门，从兜里掏出一百块钱，要给她打车。林绛连说不用，老人又拉着林绛的手叮嘱这叮嘱那，还要她常来。

老人这一送，送了十来分钟。

林绛拥抱外公，让他赶紧回屋歇着，结果走到快拐角处，她回过头一看，老人还静静地站在门口望着她，见她回头了，便摆摆手。

林绛鼻子一酸，咬咬牙忙转身离开。

从外公家到步行街，打车要30分钟。

徐名娟喜欢的这家店，开了二十年了，一直很有名，四季都有很多人光顾，隔了老远她就看见那家店门口排了一条长队。

林绛掏出手机拍了张照给徐名娟发过去：【排队真难，给小费吗？】

手机还没放进兜呢，一抹明媚的颜色进入眼帘。

【24】

女生穿着粉色的毛衣，与春天很搭，灿若桃花。

林绛一激灵——昨晚竟然不是错觉。

女生应该在等人，眼睛一直盯着二楼的网吧。没一会儿，有个男生从楼上走下来，他的格子衫搭在肩上，步子散漫。

男生刚下来，还没站稳，女生就哭了。

女生今天穿得像一只饱满的水蜜桃似的，嫩得仿佛可以掐出水，这一哭更显得我见犹怜，隔了老远，连林绛都心头一颤。

然后不知道女生对着男生说了些什么，男生不是在无所谓地笑，就是不耐烦地皱眉，没等女生说几句，就转身要走。

女生大着胆子扯住男生的手，男生回过头，要挣开。

谁知女生忽然大着胆子朝男生扑过去。

林绛猛地倒吸一口气。

男生推了两下，但好像没使劲似的，终是没推开。

林绛的心莫名抽疼，不敢再看，却像被施了定身咒一样，怎么都移不开眼。

这时，老板忽然催问她要多少钱的栗子，她随便说了个数，拿了栗子，再去看他们那边，两个人竟还没分开。

她这下是真不敢再看下去了，拨开人群就想逃，临走前还听排队的大妈窃窃私语说："哦哟，现在的小娃娃不得了。"

她一刻也待不下去，拦了路边的一辆车就坐了上去。

没理由哭的。

但车开的那瞬间，她还是泪如泉涌。

江为风原本正和一帮兄弟在开黑，成明昊很久不摸键盘了，特起劲，带得江为风也嗨了起来。

正兴起呢，外头有人给江为风传话，说下面有人找。

他不情愿地起身下楼。

看清来人之后，他有点错愕。

他想着，行吧，说清楚彻底了断，结果刚站定，还没说话，面前的人就开始哭。他烦躁得很，转身便想走，谁知道女生忽然扯住他的手，他想甩开她，下一秒却被抱住了。

他自然想挣开，可就是这么巧，挣脱时无意一瞥，竟看到不远处的栗子店门口有一抹熟悉的身影。那人也往他这边看，他忽然就忘记动作了，任由面前的女生抱着。

不过那人似乎只是一瞥，很快便买了栗子，走得头也不回。

江为风这才回神，推开了眼前的女生。

他好看的眉头皱在一起，顿了顿才开口："赵思意，你烦不烦？"

赵思意眼睛红红的，声音可怜："今天你生日，我瞒着我妈借钱从英国飞回来的……我们和好吧，好不好？"

江为风像听到了什么笑话一样，嗤笑一声："别了，咱俩不适合做朋友。"

赵思意肩膀一下子垮了："怎么样你才能原谅我？"

"没什么原谅不原谅的，"江为风一脸平静，"你我不是一路人。"

"我真的把所有的尊严都丢给你了。"赵思意有些发抖。

"你还是把尊严收好吧，"江为风转身，侧着脸说，"这是我最后一次见你。"

女孩眼底的光瞬间灭得一点不剩，攥了攥拳头还是不死心："我只问你最后一个问题，你究竟把我当过朋友吗？"

男生上楼的步子微顿，心里空空的，不知道在想什么，开口坦荡却又很淡漠："反正以后不会是朋友了。"

女生一下子笑出了声，眼泪也同时涌出来。

江为风不再管身后的人，径直上楼。网咖里几个人正打到高潮，估计是遇到猪队友了，成明昊正杀得眼红，对着麦一通乱骂，差点把键盘砸了。

江为风的游戏打得并不是很好，纯粹图个放松，刚刚下楼和赵思意闹了这么一出，更是一点打游戏的劲头也没有了，拿了桌上的钥匙想要走。

有人叫住他：“去哪儿啊？晚上不过生日了？”

他头也不抬：“没劲，回家了。”

成明昊拦住他：“别啊，好歹18岁生日。你要是不想热闹，咱俩出去喝一杯也成啊。”

“那你还不滚过来。”他闻声微微偏头。

江为风率先下楼，路过栗子店的时候脚步有一秒的停顿，还是抬脚走了。

晚上，江为风和成明昊找了一家门面不大的苍蝇馆子，炒了几个菜。中途，成明昊出去，再进来的时候拎了个蛋糕。

江为风不爱吃甜的，又不好拂了他的好意，便用勺子舀了一口，结果……

“栗子味的？”江为风好看的眉头挑了挑。

成明昊有些得意：“随便挑的，怎么了，你不爱吃啊？”

江为风哼笑两声，不动声色地将蛋糕推了推：“太甜。”

“那你是不打算吃了？买这个花了我200块私房钱呢！”成明昊气结。

“那你全吃光吧。”江为风眼也不抬。

成明昊双眸一闪：“咦？林绛？！”

江为风眼皮一跳，下意识扭头去看。

“啪！”

一块蛋糕准确无误地拍在了江为风脸上。

江为风满脸奶油，顿时石化在原地。

再看罪魁祸首，成明昊掏出了手机，对着他一通狂拍：“哈哈哈，生日快乐，兄弟！”

一个小时后，成明昊被某人锁喉，鬼泣求饶无果。

而同一时间，林绛肿着眼睛，在空间里看到成明昊发的动态：兄弟18岁生日快乐！

配了一张男生被抹奶油的照片，图中男生目露凶光，却有莫名的萌态。

林绛扑哧一声笑出来，紧接着眼泪又像开了阀门一样，止不住地流。

她忍不住想，和他一起吃饭的还有赵思意吧，赵思意跨过好几个时区飞来找他，这样的举动，冰块也会融化的吧。

他们应该是很好的朋友，不然当初江为风为什么转学来西校呢？

林绛无声地问自己：不在意他了好不好？

可是一想到不再在意他，心里某处，好像比看到他和赵思意拥抱还要更疼。

其实，林绛压根不在乎江为风是不是冷漠。

她怕的是他表面冷漠，其实情深。

可她又自相矛盾，如果他真的是这样的人，情衷反而没错付，她会更欣赏他。

林绛的手在手机按键上来回摸索，在空间的说说里打出了几个字，又一个一个删除。

她觉得自己好卑微，磨蹭到夜里十二点，最终还是点开了微博。

【生日快乐。愿少年，乘风破浪，他日毋忘化雨功。】

林绛二模考得很好，英语破天荒地破百，数学 130 分，全班最高，名次升至班级第 12 名。

班会上，班主任在前面吐沫横飞，表扬名单里就有林绛。林绛坐在下面写考试总结，一片柳絮落在本子上，又被她轻轻拂开。

春暖花开了，她不敢掉以轻心。

这段时间，林绛学习几乎到了没日没夜的地步，晚上也很少和沈宴一起走了，她下了自习还要去补一个小时的英语课。

她努力让自己忙起来，心里塞满了各种各样的习题和公式，才能不去想其他乱糟糟的事情。

有时候会碰见江为风，她自认为表现得还算过关。

就像某节体育课后自由活动，她和一帮女同学站在一在聊天，他恰好拿着篮球路过，她原本兴致缺缺的脸上瞬间扬起欢快的笑，就好像没看见他一样。当然，他离开之后，她脸色骤变为平淡。

从小到大学过不少形容时间过得快的词，比如：光阴似箭、流光易逝、日月如梭。

现在想来古人真是有智慧，命运的齿轮不停转动，高三这样艰苦的日子在整个生命长河中来说也不过如白驹过隙而已。

高考的前几天，班里便开始互传同学录，大家有时候下课去上个厕所，回来就会发现课桌上摆放着样式各不相同的纸张，上面还特有心地用铅笔写了名字，以免搞混。

同学录上要填的内容大体是一样的，姓名、生日、星座、爱好，还有寄语。

林绛每一份都规规矩矩地认真写，李凯这群爱玩的男生通常会写一些搞笑的内容。

班里有些同学心思灵巧，会在寄语后面写艺术字，最常被写到的是“一帆风顺”，“一”字拉得好长，四个字像是被挂在一根绳子上似的。

6月5日这一天，是高三学生最后在校的日子。

早晨一到教室，班长就站在讲台上说：“大家都别撕书啊，给保洁阿姨们省点心。再说了……万一没考上，都撕了，复读该怎么办……”话还没说完，他就被李凯拿着拖把轰下台。

其实早在进入6月份之前，班里就有人讨论过“要不要撕书”这件事。当然，真的到这一天的时候，大家反而没有之前想象的那么激动，全都安静地坐着复习。

快到中午的时候，有老师组织高一高二同学“喊班”，这是三中历年的习惯，低年级学生站得板板正正，对着高三楼狂喊“金榜题名”这类的话，听着特震撼，就像开战之前的战鼓声。

从下午开始，各科老师轮番来讲考试注意事项，但每位老师的最后一句话都是千篇一律的“别紧张”和“加油”。这一天老师们都变得亲切温柔起来，连素有“巫婆”之称的英语老师都有些哽咽。

早晨的宣誓是由班长带领的，其他老师都来过了，班主任依旧没出现。

到最后一节课的时候，他总算出现了。

他和平日一样不苟言笑，一进教室就站在讲台上讲高考的注意事项，当他说到“绝对不能迟到”的时候，班里不知道是谁打断了他：“老师，最后一天了，您不煽情点啊？”

惹得全班哄堂大笑。

这笑声太熟悉，很像以前上课有调皮的学生乱接话茬，惹得全班狂笑的声音，只是以后都听不到了。

终于，班主任开口了：“听说你们给后门的窗户起了个名字叫‘好望角’，挺有创意。虽然，我以后不能趴在‘好望角’偷偷监视大家了，但是未来前路漫长，老师会目送大家抵达新的彼岸。”

话未说完，已有人小声啜泣。

那天下午放学后，班里不少关系好的同学都互相送了礼物。何莱和一群女生提议去操场的涂鸦墙写“高考心愿”。

林绛则在教室里收拾书包，也不知道是怎么了，平时听见下课铃恨不得立马跑走，这一天却磨磨蹭蹭了好久。

最后沈宴来教室里找她，他手上抱着书，背后的书包里全是他班里同学送他的礼物。

林绛边走边和他聊天：“你这班长没白当。”

沈宴嘿嘿一笑：“今天放学之前，我在黑板上写了张请假条，班主任盯着看了很久，才签下自己的名字，班里女生哭成一片。”

“可以啊，你什么时候学会这么煽情了？”林绛笑着问。

沈宴勾了勾嘴角：“男人就该有细腻的一面。”

林绛被他的臭屁惹得又是一阵笑，结果笑意还没到达眼角眉梢，迎面就走来一个人。

林绛的笑意瞬间凝固了。

【25】

江为风是正对着光而来的，夏季的阳光在傍晚依旧有些刺目，他被照得眯起眼睛。

沈宴先迎上去：“不走啊？”

江为风一笑，始终没看她：“等石头。”

“那我们先走了，车子停门口没锁呢。”沈宴笑着说。

沈宴说完这话的时候，江为风终于看了林绛一眼。她感觉到了，也将目光迎上去，谁知道男生只是玩味地看着她笑，眼底一片冰凉。

林绛莫名想起《一个陌生女人的来信》里的那句话——那个时候我忽然发现，我对你的心灵来说，无论是相隔无数的山川峡谷，还是在我们的目光只有一线之隔，其实，都是同样的遥远。

林绛因这眼神而顿了一秒，旋即却冲他笑了。

像是丝毫没有察觉到他的故意那样，她把曾经艺考时，对着镜子练了无数次的、她认为自己最美丽的笑容挂在脸上，对他说道：“加油。”

说完后，她径直离去。

背对着他，林绛使劲眨了眨眼。

再见，再也不见。

她没什么遗憾了。

而江为风站在原地没动，风吹动了他的衣角和碎发，除此之外，他整个人都是静默的，像一张胶片相机拍出的相片。

夕阳把他高瘦的影子照得很长很长。

江为风莫名觉得无聊透了。

他临时取消了和石头约饭，早早就回了家。

郑萍这个点还在电视台工作，江河炒了两个菜，给自己倒了杯酒，坐着和江为风聊天。

“祝儿子高考顺利，老爸先干了。”江河一口闷。

江为风以茶代酒，意思了一下。

父子俩开始闲扯，但大多是江河在说，聊答题经验，也聊心态，边喝边说。

没多久，江河就有些微醺了，却不忘嘱咐江为风：“不过，就算考不好也别灰心，重要的是，你一定要找到自己想走的路，坚定大胆地走下去。”

江为风勾唇，又给江河满上一杯，问出了他一直想问的话：“爸，你不觉得我浑吗？”

“人各有命，人各有志，”江河笑着摇头，又喝了口酒，“说实在的，你最近比以前好学多了，这就是进步。”

江为风嗤笑：“您客气。”

二模前，江为风和几个同班同学打球，上半场结束后，沈宴也过来了。

沈宴一进球场，大家都在吹口哨起哄，他实在太久没来了，几个同学一个劲讹他饮料喝。

江为风流着汗坐在旁边喝冰镇可乐，余光一直往沈宴那边瞥。

下半场结束的时候，沈宴请大家喝水，还拿了一瓶给江为风。

江为风随口问了两句沈宴的近况。

沈宴叹了口气，笑道：“不拼命不行啊，大家都太拼了，尤其是林绛。以前我带她搞学习，她要么和我聊天，要么就在我身后哼歌，现在全改成背书了，搞得我压力很大的。”

江为风附和着笑了两声。

后来两个人还说了什么江为风忘记了。

他只记得，那晚的夜很长。

月亮出来没有？他也忘记了。

他只记得，数学真的难！

江为风也曾认真学习过一段时间，可二模成绩实在恶心，之前排名多少他不知道，那回是第 37 名。

偏生石头不会看眼色，笑呵呵地夸他：“哎哟，我风哥可以啊，进步这么大。”

是吗？

石头至今也不明白自个儿当时为什么又被揍了。

江河端着酒杯晃悠了下，又喝一口，凑近江为风，压低了声音："儿子，说真的……"

"嗯？"

"你紧张吗？"

江为风一愣："有什么可紧张的？"

"好！"江河一拍桌子，吓了江为风一跳。

江河中气十足地说："我儿子虽然看着散漫叛逆，但是勇敢、大方，没有颓废气。"

江为风拿筷子的手一顿。

大概过了三五秒的样子，江河举着酒杯，没喝先挑眉笑了："这话不是我说的，是你郑姨说的。"

江河醉了。

江为风笑了。

那晚他看清月亮原来是古铜色的。

就像打火机打出来的火。

寒窗苦读的十多年，好像眨眼之间就过去了。

考试那天，徐名娟和李静一人买了件旗袍，说什么"旗开得胜"，把沈宴和林绛乐得不行，最后千说万说，才打消了两位老母亲穿旗袍送考的想法。

考完试之后，林绛没有睡得昏天暗地，甚至在第二天，因为生物钟而没能睡个懒觉。

这个暑假很长，沈宴去丽江了，王佳倩和一群追星女孩约着出国追星。

林伟的旅游公司和航空公司一直有合作，机票特便宜，便宜不赚白不赚，林绛一个人去了日本旅游。

在新宿坐富士急行巴士前往富士山、河口湖，林绛耳朵里一直塞着耳机，陈奕迅的声音让她觉得心底空空的。

没见过富士山之前，恨自己不能将其私有。

见过富士山之后，幸无人可将其私有。

临走那天，她去给几位朋友挑礼物，逛到一家手作店，看中了一套木质书签，刚想拿起来细看的时候，有人捷足先登。

"好漂亮，"那人笑着，扬了扬高挑的马尾辫，"让给我吧，我真的很喜欢。"

不是程云川又会是谁。

林绛想起一句诗：宁期此地忽相遇，惊喜茫如堕烟雾。

半个小时后，隔壁星巴克，两人面对面而坐。

“感觉艺考回校之后，就没怎么再见你。”林绛双手撑在下巴上。

程云川把玩着刚买的书签，笑道：“那会儿被拒绝得太惨，想着先收心学习，高考后再说。不过停了一段时间后，好像也没那么喜欢了。”

“你和谁一起来玩的？”林绛不知道该怎么回她，索性转移话题。

“和一帮同学报了个团来的，没想到除了我们以外，其他都是老年人，但没办法，为了省钱嘛，”程云川笑，又把话题扯回来，“你现在对他……嗯，还想和他成为朋友吗？”

林绛没想到程云川这么直接，一时不知道怎么回答，她只好微笑，是那种自己都能感受到不自然的微笑。

程云川一看她的脸色就明白过来，抿了抿嘴说：“那次在广播站，真是对不起啊。”

林绛愣了愣才想起那事，旋即笑笑，说道：“没事，反正以后可能也不会和他再有什么交集了。”

程云川的眸色暗了暗：“说实话，我有点好奇，你是什么时候注意到他的？”

这问题还真有点难，林绛思绪拉远，眼睛也不由得眯了起来。也许是第一眼就注意到他了，也许是第二眼、第三眼，总之就是注意到了。

她说：“不太清楚，你呢？”

程云川一笑，掏出手机给林绛看：“你看，我第一次见他是在超市，当时就被他帅到了，那时候还不知道他是谁，就在贴吧上用小号发帖子找他。找到了之后，还生怕别人跟我抢，又赶紧删帖。”

林绛一听，脑子里有什么炸开，心跳都漏了半拍。

她记得那张照片——

画面有重影，明显看出是抓拍，男生只露了一个模糊的侧脸，鼻梁高挺，不仔细分辨，并不能看清是谁。

透过玻璃窗，正看到风把窗外人们的衣裳吹得舞动，形形色色的行人路过，一片安闲的模样。

林绛盯着外头瞧，像是被人间安乐吸引了，久久没回过神。

草灰蛇线，伏脉千里。

她暗笑这世事荒唐。

【26】

高考确实有一定的残酷性。

顾翔去了长沙的一所二本学校，王佳倩则留在青城本地，两个人一南一北，相隔甚远。

不过也有好事，李凯一毕业就向李娜表了白，两个人填了同一个学校，往东北去了。

剩下的人里，何莱去了武汉。沈宴考得好，如愿上了西南政法大学。

而林绛也如愿以偿考上Z传。

他们这群人就像天上的星星，散落在南北东西。

去大学之前，班里组织谢师宴，酒过三巡，何莱拉着林绛出去透气。

何莱这天喝了点酒，眼睛里像有水雾，把下巴搭在林绛的肩膀上说："林绛，我好难过。"

林绛沉默地拍拍她的肩膀。

何莱的眼泪啪嗒啪嗒落在林绛后背上，声音轻轻的："我可能再也见不到他了。"

林绛心一紧，旋即明白过来。

何莱继续说："其实我有个喜欢的人。"

林绛稳了稳神："嗯。"

何莱起身，对上林绛的眼睛，有点疑惑："你知道？"

林绛低着头，缓缓扯出笑容："你不想说，我就不知道啊。"

两个女生对望着，看着看着，两人都一下子笑了。

何莱抱着林绛不肯撒手，问道："林绛，你说我们以后还会再见面吗？"

林绛拍她的后背，无比笃定："当然会。"

其实最后一次走出教室的那一刻，班里的人就注定零落，有些人是真的不会再见了，但有些人不管会不会再见，都会天涯若比邻。

谢师宴结束之后，班里一行人要去KTV，林绛没有一起去，成明昊约了她吃饭，她想了想，没有拒绝。

那晚，林绛看见成明昊的时候眼前一亮。

他又染了头发，金色的，还烫了小卷，和他可爱稚嫩的脸庞特别不搭，但又好像显得他更可爱了。

他还是很爱笑："上周你们家请我妈吃饭，我想跟着去来着，我妈死活不同意，差点打我一顿。"

林绛失笑："上次和成老师吃饭还问你好呢。"

“还没恭喜你考上了Z传。”成明昊真诚地说。

“我更要恭喜你考上A电，太厉害了你。”林绛真心佩服。

成明昊揉了揉脑袋：“一般一般。”

两个人又闲扯了几句。

聊着聊着，成明昊开始讲他打游戏的趣事。

林绛拿着可乐走神，愣了两秒，漫不经心似的道出了此行的目的：“对了，江为风考哪儿去了啊？”

其实这个暑假，林绛和郑萍也聊过几次天，但都没有提江为风。

今天终于问出想问的话，林绛心虚得肩膀都抖了一下。

还好成明昊没发觉：“唉，怎么说呢，其实他最后那段时间还挺努力的，但之前荒废太久，没考上一本，去了成都一所二本学校。”

林绛眼神晃了晃，没接话。

剩下的饭吃得食之无味。

临走了，成明昊问她：“林绛，上了大学，我们还能联系吗？”

“当然了，”林绛笑了，想了想又补充，“咱们是朋友嘛。”

成明昊听完后半句，眼神忽然由亮转暗。

他还是选择问个明白：“你有喜欢的人吧？”

林绛一愣。

“但不是沈宴，对吧？”男生露出少有的认真。

林绛呼了口气，没否认。

“我能冒昧问句是谁吗？”

林绛抿了抿唇，沉默即是答案。

成明昊对着天空笑了笑，随后从包里掏出一张照片放进林绛掌心。

林绛拿起一看，是那天顾翔生日，成明昊在KTV里拍的她，她表情呆呆的，像个木头人。

成明昊问道：“以后咱们就是好朋友了，作为朋友可以拥抱一下吗？”

林绛没拒绝，也没理由拒绝。

拥抱过后，各奔前程，祝彼此安好。

这一天，她坐公交车回家，靠着车窗听许巍的歌。

没有什么能够阻挡，你对自由的向往。

路边的行人树木匆匆而过，林绛想不明白究竟是她在路过风景，还是风景路过了她。

林绛定于9月7日启程去往浙江，那天她上车之后，在“38.6℃”这个

QQ 号的空间里写了高考后的第一条动态：

【你看山高水长，不如在顶峰相见；你看星辰辽阔，不如努力发光。】

她意有所指。

成明昊那晚和林绛告别之后，便去了江为风家。

他到门口的时候，江为风正好刚从外面滑滑板回来。

成明昊耷拉着脑袋，一语惊人："我失恋了。"

江为风去冰箱拿了两罐啤酒出来，成明昊接过其中一瓶，二话不说灌了一半。

"你疯了？喝那么猛？"江为风拿脚踢他。

成明昊仰在江为风的床上生无可恋："今天本来想跟林绛表白来着，但她一直强调我们是朋友，我就没敢说出口。"

江为风不以为意："她要是真想和你做朋友，就应该早告诉你，何必拖到现在。"

"不是啊，我之前又没表白，她怎么说做不做朋友啊。"成明昊一听，从床上坐起来。

江为风轻哼："你还不够明显？你简直成了当代司马昭了。"

成明昊撇嘴："我看你就是信了程云川的鬼话，对林绛有偏见，人家今天还问起你了呢。"

"问我什么？"江为风双眸一转。

"问你考哪儿去了。"成明昊说完，再次痛饮苦酒。

江为风听完有些恍惚，盯着某一处发呆。

那晚，江为风翻了林绛的空间，随后又把访问记录删除，半夜无眠。

江为风去成都定在 9 月 11 日。

临走前一天，郑萍忙里忙外给他收拾东西，问江为风："滑板还带吗？"

江为风在一旁正整理衣服，听到之后，想也没想："带。"

郑萍又说："防晒霜也给你装上了，别看你白，军训过后保准会晒成另一个样。"

江为风答道："知道了。"

"本来我还想给你装一包卫生棉呢，网上都说军训时用那个垫脚不错，但我觉得你肯定不会用，就没给你买。"

郑萍低头笑，有碎发落下来，她顺手拨到耳后，从窗户透进来的光洒在她身上，把她照得温暖无比，江为风也低头一笑。

郑萍一直在嘀咕："防晒霜，板蓝根……想想还缺点什么。"

突然，她拍拍额头："我这脑子真是不管用了，为风，你去把我的手机拿过来吧，就在客厅茶几上。"

江为风不说话，起身去拿，进屋之后递给她。

郑萍却不接："你打开 QQ 找林绛，我记得她给我发过一份开学必带清单，你找出来念一下，我对对数。"

江为风手指顿了顿，打开 QQ 时心里有些异样情绪作祟。

他赤着脚，特随意地坐在地毯上，在搜索栏里输入"林绛"。

她的 QQ 很快跳出来。

江为风呼吸一滞，愣在原地。

只见"林绛"二字的备注后面还跟着一个括号，那是她真正的 ID。

她取名简短，里面却有着他读不懂的时光与深海，足以让他一生疑惑。

他蹙着眉头，怔怔盯着手机屏幕——

"38.6℃。"

他轻声喃喃。

【27】

上大学之前，江河不止一次告诉江为风，要找好自己想走的路。

江为风不知道自己运气好还是不好，在大一下学期的时候，他找到了那条路。

之前填高考志愿，他随便填了个商务英语。大一开学没几天，他就觉得厌了，老实规矩地上了没两个星期课，随后就整天踩着块滑板满校园蹿，要不就是和一帮新认识的朋友到处疯玩。大一的上半个学期，江为风过得醉生梦死。

辅导员看他缺课多，说过他不止一回，但第二天他该逃还是逃。

在很多人眼里，他是浑球一个，可只有江为风自己知道，他浑浑噩噩并非是真的不上道，而是因为清楚地明白自己不想要什么，却不知道自己想要什么，迷茫得不行。

直到大一放寒假，成明昊要拍片子，拉着江为风出去帮忙，江为风便跟着胡乱鼓捣，顺手玩了几回相机，帮着拍分镜也拍花絮。

当时也没觉得怎么着，就是上手挺快，拍的东西成明昊也满意。

后来大一下学期开学，住对铺的佟辉淘了个二手相机回来，一群人对着乱调，结果拍出来的照片暗到连五官都看不清。

佟辉正说被骗了，买了个烂相机回来的时候，江为风正好从外头回来，走过去三两下摆弄好了，还给他们几个拍了好几张照片。

就是这五分钟不到的事儿，让佟辉佩服坏了，又是说江为风拿相机帅，又是说江为风拍得好。江为风不知道这小子哪句话入他的耳了，就像雷劈似的，轰然被击中。

他从此走上了摄影的路。

大一的暑假，江为风没回青城。

和江为风一起玩滑板的学长张益嘉介绍他去一家叫“四季歌”的工作室实习。这家工作室在成都很有名气，帮一些明星拍过片，与一家全国知名的少女影像杂志有合作，老板既拍照又做封面模特，人气很高。

江为风自然珍惜这个机会。

这一个暑假就这么在拍片修片的轮回中度过，结果有一天他去给杂志拍封面的时候，不注意被当期的封面模特偷拍了下来，发到了微博上，偏偏还不知道她是怎么找到了他的微博号，艾特了他之后，他的粉丝瞬间暴涨。

但也因此，很多人来工作室，指名道姓就要江为风拍，他也多了不少工作的机会。

大二国庆放假之前，江为风的微博粉丝破十万。佟辉一直关注着江为风的微博，便嚷嚷着叫江为风请客。

江为风也没推辞。

那天宿舍聚会，佟辉喝得有点多，就问江为风：“风哥，你是不是那个？”

“哪个？”江为风边点烟，边瞥佟辉。

“就……就那啥，懂吗？”佟辉鼓足了勇气问出口。

此话一出，一片起哄声。

江为风漫不经心地笑着问：“我哪儿像啊？”

“说真的，风哥，你给哥们透个底，不然这么多美女找你拍片，你又是一血气方刚的帅哥，就没看上的？”马志斌在旁边插了一嘴。

江为风沉默不语。

徐文博在一边打圆场：“瞧你们，坐怀不乱是多么高风亮节。”

“这么一说，风哥也可能是心有所属！”舍长插话进来。

佟辉听完哈哈一笑，直拍桌子道：“你见过他和女的有接触吗？情有独钟也得先出现个女主角啊。我不信他能为谁守身如玉。”

旁边几个舍友又是一阵附和。

江为风始终不语，抽完了一根烟后，又点上一根。大家看江为风神色不明，也不说话，还以为他是有些恼了，都有心扯开话题。

结果当抽完第二根烟的时候，江为风哂笑一声：“我就不能心有所属？”

这话一出，全桌都蒙了，几秒之后大家跟商量好似的，全都炸开了，七嘴八舌地问这问那，他一概不回答。

越是这样，大家越是心痒痒，最后逼得江为风没办法了，只好说：“你们就当哥们禁欲吧。”

全桌大呼扫兴。

醉了一夜。

第二天就是国庆假。

江为风原本已经排了档期，谁知突然接到江河打来的电话，于是改签机票回家。

江为风风尘仆仆下机，这边江河早就来接了。大半年没见江河，他憔悴极了，头发也白了大半，看起来一下子老了十岁不止。

江为风问道：“郑姨没事吧？”

江河一愣，看着他的眼睛又是一声叹气：“先去医院。”

江为风到医院的时候，郑萍正躺在床上睡觉，鼻子上还插着氧气管，肉眼可见的虚弱。大概是听见门响，她醒了，一双眼里都是深不见底的空洞，满脸写着生如死灰。

她面无表情地愣了几秒，才看到江为风来了，想起身，忙被江河和江为风劝下。

江为风喉结滚动了一下，忍住不去看床上的女人，淡淡喊了声：“郑姨。”

郑萍费力勾出一抹笑：“来了。”

江为风实在不懂得怎样去讲关心的话，只问道：“身体怎么样了？”

“我没事。”郑萍语气淡淡的，看起来有些乏。

于是，江河替她掖了掖被子，转头对江为风说：“行了，你先回去吧，回来一趟也挺累的。”

江为风点点头。

郑萍便说：“回去吧，这边有你爸在呢。”

江为风站在床边，舔了舔干燥的唇：“知道了，你好好静养，想吃什么就让我爸买。”

郑萍笑了笑，有一颗泪顺着眼角滑落：“好，知道了。”

江为风目光深深。

退出病房后，江为风深呼一口气，对江河说：“我看她情绪不高，你小心看护。”

“她也是太伤心了，其实之前你郑姨怀过一回，但考虑到你还小，就说等到你高考后再说……”江河话到此处，哽咽了，“就是没想到，这都40岁了，好不容易怀上一个，八个多月了，居然没留住。”

江为风抿了抿唇，忙去拍江河的肩，扶他到病房门口的椅子上坐下：“你们俩都别太伤心，孩子还会再有的。”

“不能够了，”江河肩膀颤抖，讲话也颤，“她的身体哪还经得起折腾，要说也怨我，知道她之前有心律不齐，我也没注意，医生说是孕周增加，血容量变化，心脏负担加重，这才突发的心脏病。她那天可吓人了，还大出血，手术室进去了也没动静，都下病危通知书了。”

江河眼眶通红：“老爸虽然是个男人，是一家之主，但签字的时候眼泪都糊了眼睛，满脑子想的都是你妈之前在医院走了的样子……”

江河深吸一口气：“不过现在说这些倒也没必要了，她能活下来就很好了……”

江为风心一抽，沉默着。

这些话，江河许是憋在心底久了，终于能说出口，泪眼婆娑地继续说道：“这孩子，名字都取好了，叫江为屿，你是长风，他是大地……”

江为风只觉得身体里的力气在一点点流失，但他还是缓缓拍着父亲的肩膀，试图给眼前男人力量。

江河静默，江为风亦不语。

接着江河擦擦泪，说不早了，要进去照顾郑萍，江为风才起身离开。

走出医院的时候天很阴沉。

大风汹涌，乌云翻滚，应该很快就会有一场雨。

他抬头看天，停在路边，把兜里最后一根烟掏出来抽。

稍晚一些，江为风回家放下行李和相机，转身去绿岛。

石头和顾翔一帮人早就在等，见他来了，纷纷起身，激动又夸张地叫：“风哥。”惹得其他桌的人都往这儿瞧。

江为风知道这帮小子故意的，眼神都没给一个，便说道：“滚。”

他心底不舒坦，装着郑萍的事，这场酒喝得满醉。

临走的时候，他晃着步子跟在顾翔后面。

顾翔拐过走廊，绕过绿岛西墙角的鱼缸，走了几步却忽然在一桌旁停下。走在他后面的江为风没注意，没刹住脚，撞上他的背。

江为风烦躁地甩了甩头，还没来得及骂人，顾翔却转了个身，朝旁边那桌的人一笑：“好久不见啊。”

江为风皱眉看过去——

目光一沉。

酒吧里灯红酒绿，人们推杯换盏，歌手音色靡靡，恰好唱到——“你会不会忽然地出现，在街角的咖啡店”。

这句刚唱完，便有人近身，说了句：“好久不见。”

林绛闻声后下意识抬头，呼吸一滞——

就这样撞上他的眼睛，错愕迷茫撞上幽深晦暗。

她想起那四个字——久别重逢，却又觉得不大对味儿，哪里就隔了那么多时光呢，根本就从来没开始过。

她就这么看着他，他变化并不大，还是爱穿黑色衣服，她有点恍惚，他明明离她很近，可又像是很远，就像烟里雾里飘出个人，一呼气就消失不见了。

顾翔和王佳倩在一旁寒暄，林绛想挤出个笑容，也大大方方地说一句“好久不见”，可就是做不出任何表情，木讷得如同木偶。

这边，江为风目光深深，表情却是淡淡的，率先对她说了一句：“你好。”

礼貌又疏远。

林绛打起精神，也笑笑说：“你好。”

这边顾翔和王佳倩聊了没几句，起身向林绛点了点头，又对着江为风说：“走吧。”

江为风没有多余的表示，转身就走，高瘦的背影消失在灯影里。

林绛眼里有雾气，许是酒吧烟气太大的缘故。

还是王佳倩的一声呼唤将“那抹雾”吹散：“林绛，你看我的脸红不红？”

林绛抬眼看过去，笑了：“红，不过红得好看，像打了腮红。”

王佳倩捂着脸，“哎呀”一声：“好丢人啊，没想到能碰见他，我都傻了，也不知道都和他说了什么。”

林绛低头抿酒，笑而不语。

再见到他，林绛可以错愕，却不可以脸红，想到这里，林绛暗笑自己没有长进。

其实不是没想过忘记他。

但每次放假回青城，林绛逛街的时候都会忍不住东看西看，偶尔有抽着烟的高瘦少年路过，她也会多看几眼。

从家里去徐名娟餐厅乘公交车会路过光明广场，每回都能见到一群人在那边玩滑板，林绛幻想他也在其中，回过神来之后，她觉得自己彻底栽在他身上了。

冬来春去，已经大二了，时间这东西，最是人间留不住。

【28】

这晚，林绛带着些酒气回家。

她一进门就发现气氛不太对劲，平时这个点正是徐名娟窝在沙发上看电视的时候，可她没有听见电视声。

往屋里喊了两声，也没有人应。她去卧室看，也没人，就边回屋换衣服边打免提电话。

电话瞬间被接通，她还没来得及说话，徐名娟的哭声就钻进耳朵：“林绛，来市立医院，你奶奶出事了。”

林绛眼前一黑，几乎是狂奔着出门，赶到市立医院的时候，腿还在发抖，牙齿也在打战。

在电梯走廊，她看见林伟搂着爷爷坐在一旁，而徐名娟正站在林伟身后，用手抚着林伟的肩膀，三个人都泪眼婆娑。

“怎么样了？”林绛声音哑得厉害。

徐名娟走上前扶住她，没说话，忍泪摇了摇头。

林绛顿时泪如雨下。

后来，林绛从徐名娟那里得知奶奶是失足落水。

在林绛上大学后不久，奶奶就被确诊为老年痴呆，家里一直小心又小心。可谁知道一个没看住，她跑出去，就再也回不来了。

这个十一假期，青城一直下着雨，葬礼那日，仍然缠绵不绝。

林伟担心爷爷受不住，爷爷苍白着脸却反过来安慰林伟，父子俩的双手紧握着给彼此支撑，就这么完成了整场祭奠。

林绛的这个生日，自然没有过好。

10 月 5 日那天晚上，沈宴在屋里安慰林绛，徐名娟端来一碗面，说道：“这是你爸让我给你做的。”

林绛眼眶红红的，等着徐名娟出去后才敢掉泪，这碗面就这么就着眼泪吃完。

沈宴便在旁边看着她吃，这次小长假他原本没回家，后来听说了这件事，特意赶来参加葬礼。

林绛吃完面，他又把碗端出去，再进屋的时候，手里拿着一个盒子。

“送给你的生日礼物。”沈宴说。

林绛被沈宴高大的影子笼罩住，一时看不清他的脸色，闻言接了过来，打开之后，看到是一块墨绿色的手表。

“好漂亮。”林绛吸吸鼻子，笑了笑。

沈宴一听就知道她喜欢，也发自内心地笑了：“你喜欢就成，这个可是我做兼职赚钱买的，人生的第一份工资。”

林绛很感动，取出来戴在手腕上，把手伸出去欣赏了两秒，问道：“可是为什么要送这个？”

“就知道你会问，”沈宴往前走了两步，坐在她身边，“这可不是什么‘送终’的谐音梗。”

林绛笑了：“哎呀，我知道。”

“嗯……”沈宴浅浅低笑，“其实也没什么特别的，手表当然是寓意时间了。”

林绛一动不动，听着沈宴说完。

“你听过三毛的一句话吗？‘岁月极美，在于它必然的流逝’，老人会老去，孩童会新生，都是自然规律。就拿奶奶这事说吧，我希望你怀念，但别太悲伤，既然时间不会为谁停留，那我们不如珍惜当下。”

屋里屋外都静悄悄的，沈宴讲了好长一段话，林绛静静听着，就像听了一段不长不短的故事。

“准律师就是不一样，口才真好。”林绛不动声色地抹去眼角的泪花，微笑着看向他。

沈宴听完，特受用地一笑：“谢林大小姐夸奖。”

林绛羞于露怯，却还是在他跟前露了不少怯，这会子有点别扭，眨眨眼特小声地说：“谢了啊。”

沈宴就这么看着林绛，觉得女孩眼里有雾气，怕她再哭了，忙逗她：“别谢，我这人就这样，没办法，好男人嘛。”

说着，他故意挑挑眉，惹得林绛扑哧一声笑了出来：“是是是，好男人就是你，你就是曾小贤，行了吧？”

沈宴愣了，问道：“这都哪儿扯出的词儿啊？谁是曾小贤？”

林绛一边扶额，一边学着王佳倩吐槽的口吻说：“你好土啊，著名电台节目主持人你都不知道。”然后笑着把他推出卧室。

关上门的那刻，林绛看着手上发着幽幽绿光的手表，缓缓扯出了一个笑。

上大学之前，有高中老师说“现在别想着玩，到大学有玩的时候”，还有人说，艺体生的生活会比普通大学生更丰富多彩。

林绛如果能穿越，只想冲着那时傻乎乎的自己大喊：别信！

作为播音系的学生，早起出早功已经是一种折磨，偏偏每天的课还都排得满满的，哪还有时间玩。

大二的暑假，林绛高中同学聚会，聊起大学生活的时候，都在问林绛诸如“艺术院校帅哥美女多不多”“你们学校管得轻松吗”之类的问题。

林绛对这种问题头痛不已，其实学这行，反而更需要吃苦耐练。

林绛的同班同学里，很多人的努力程度不亚于对待高考，在大二大三的时候，班里就已经有同学找门路去电视台实习。

到大四上学期，林绛一回学校就发现整个气氛都不一样了，找实习的找实习，秋招的秋招，考研的考研。

整个宿舍也就周婉和她最闲。

林绛在大四的时候去电视台实习过两个多月，说来也是巧，当时在台里还遇到程云川了，她考了一所专科的传媒学校的播音系，比林绛早一年出来实习，托了关系在台里做一个夜间时段的节目。

可后来林绛没等拿到实习证明就主动不干了，下学期回校之后，没有太明确的打算。

舍友周婉也没有目标，她大一的时候进了外联部，学生会忙得很，每天疯了一样，现在好不容易清闲一会儿，整天泡在宿舍追剧。

当时正巧出了个韩剧叫《继承者们》，火得一塌糊涂，周婉在宿舍里贴满了李敏镐的照片，每天“欧巴欧巴”地叫着。

林绛就吐槽她：“你和我一个朋友有一拼，追起星来不要命。”

周婉咬着苹果，特八卦地笑：“谁啊？不会是你那个帅哥表弟沈宴吧？”

林绛一个抱枕丢过去：“不是帅哥表弟，是美女闺密，我给你说过的，叫王佳倩。”

周婉皱着眉头恍然想起：“哦，就是那个隔壁老王啊。”

林绛摇摇头，说道：“改天一定要让你俩见一面。”

这句话等到实现的那天，已经是次年 5 月份。

林绛那段时间白天忙着毕业会演的事儿，晚上还得回宿舍写论文，忙得昏天黑地。

王佳倩就是在这个时段来 Z 传找林绛的。

王佳倩在大四下学期，突然宣布要和一个叫秦照的学长合伙创业，开网店卖女装，之前本来想请林绛做模特呢，林绛不太想做，王佳倩也不强人所难，便说让林绛找找身边有没有女生能推荐给她。

林绛灵光一闪，给她发了张照片过去，问道：“你看看我舍友成吗？”

“可以啊，等我这边忙完了，我想见见她。”

王佳倩打点好一系列事情，忙完就是五月份了，她这趟来得匆忙，中午到，下午就走，只为了见周婉一面。

周婉不是传统型美女，却有着时下流行的长相。除了当模特，她还会摄影和后期。

周婉和王佳倩两个人一见如故，当即就定了要合作的事情。

那个下午时光匆匆，感觉还没说上几句话，王佳倩就忙着去赶火车了。

事实上，流光易逝，又何止体现在那个下午。

毕业的日子好像忽然就到来了，从毕业会演到毕业答辩的过程中，谁都在辛苦的时候说过“赶紧毕业吧”，但当毕业真的来临时，才发现大家都没做好准备。

毕业前夕宿舍聚会，吃完饭之后，六个女生买了些零食和饮料，躺在操场上闲聊，说起毕业前两个月的辛苦，也说了这四年来的改变。

睡林绛斜对床的宋雅婷和男朋友打算一毕业就订婚，大家一开始都在聊宋雅婷的事情，结果不知道怎么了，话锋一转就扯到林绛身上了。

“林绛，四年来，宿舍就你一个人连个暧昧对象都没有，别人给你表白你也不理，是不是心里藏人了？”宋雅婷躺着，用手绕着林绛的长发玩。

林绛哑然，半躺着看星星，想起一个少年的脸。

这边舍长在笑：“是不是去年来学校找过你的那人？”

“你们说沈宴啊？”周婉打开一罐汽水来喝，撇撇嘴说，“沈宴是林绛亲表弟啊，你们不知道吗？”

“啊？真的假的？”舍长有些惊讶。

林绛点点头，又笑了笑，之前周婉八卦，她确实是这么解释的。

几个女生七嘴八舌，周婉还问道：“你表弟比你小多少？回头介绍给我行不行？”

林绛看着天上的星星，心情莫名的好，说道：“再说吧。”

周婉便作势要去挠林绛的痒，还撒娇地念着：“行不行嘛。”

林绛最怕痒，打着滚边笑边躲。

忽然有人喊了一句：“林绛。”

她凝神，周婉也停下动作。

两个人狼狈地坐好，借着灯光一看，是摄影班的李怀克。

舍长调侃林绛说：“追债的来了。”

惹得宋雅婷没忍住，差点笑出声。

只听李怀克开口：“林绛，我有事跟你说，你过来一下行吗？”

舍友们暧昧的眼光齐刷刷看向林绛。

林绛有点犹豫："有什么事，就在这儿说吧。"

李怀克又坚持地问了一遍，林绛还是拒绝。

他攥了攥拳头，像下了很大决心一样，说道："林绛，我毕业之后也去青城。"

林绛一愣："那很好啊，青城虽然比不上北京上海，但也是一线大城市。"

李怀克抿抿唇："所以，你愿意和我在一起吗？"

这话一出，旁边的几个姑娘都偷笑，还故意对着林绛咳嗽。

林绛没有迟疑，笑了笑："我不愿意。"

"我会对你好的。"李怀克的拳头攥得更紧。

林绛很坦然地直视他，笑着说："我不喜欢你。"

"我会努力让你喜欢上我的。"李怀克并不气馁。

"有些事不是靠努力就能行的。"林绛淡淡地勾勾嘴角，声音温柔，气场却拒人千里。

周婉一看这尴尬场面，不找个台阶下是不成了，忙起身，干笑了两声："那个……李怀克，我也去青城发展，回头到那边我约你哈。"

男生还是不走，周婉咽了咽口水，硬着头皮说："那个，我到时候叫上林绛一起约你。"

男生还是站着不走。

林绛左手在右臂上摩挲了两下，看向四周，又对上李怀克的眼，却没说话。

李怀克苦笑着问道："你心里有人？"

虽是问句，却是肯定语气。

四周一片安静，旁边的音响声都像在幻境中。

林绛笑而不语，依旧一副拒人千里的样子。

李怀克笑了："我懂了，珍重。"

林绛说："好。"目送他离开。

这边李怀克前脚刚走，几个姑娘便逼供似的，把林绛围起来审讯。

"什么叫心里有人了？"问话的是宋雅婷。

"谁啊？有沈宴帅吗？"周婉马上问道。

"编的。"林绛统一回答。

说罢，也不管她们调侃，林绛忙闭上眼睛，继续平躺在操场。

夏夜的暑气一波波涌来，有点点闷，林绛的心不知道为什么跳得有点快。

林绛摸了摸自己的鼻子，又顺便抬手看了看手腕上墨绿色的表，明天的这个时候，她应该正在青城的家里吃饭。

这晚是和舍友们最后的相处时光，异常珍贵。第二天，床铺一个接着一个被清空，她和周婉是最后走的，锁上门去宿管阿姨那边登记交了钥匙，拎着行李出来的时候，阳光正灼热。

她心里默念：

“再见。”

# 第六章　/重逢

林绛，可以相见了。

【29】

那天回青城之后，林绛先帮周婉拎着大包小包，去王佳倩下了血本租的工作室，其实也就是一个居民楼里的三居室。

进去的时候，除了王佳倩，里面还有三个人正在办公，屋里满满当当都是堆积的货，几乎没个落脚的地儿。

林绛也是第一次见到王佳倩的合伙人秦照，男生理平头，长相中等，个子很高。秦照一见她们来了，很热情，忙叫王佳倩去给她们倒水，临下楼的时候，又叫王佳倩送客。

后来林绛对王佳倩直言不讳，说秦照看着还没顾翔靠谱。

王佳倩一听“顾翔”二字就奓毛，特别扭地抽了抽嘴角，义正词严地反驳林绛：“你糊涂了，顾翔怎么能和秦照比？”

林绛耸耸肩，没说话。

各有渡口，各有归舟。

爱情是如此，事业也是。

说实在的，林绛完全没有资格替王佳倩操心。

她自己的归舟都还未找到。

林绛大四寒假的时候，在青城找了个省台的实习，她当初以为台柱子张俊涛一眼相中她，带她实习，是自己运气好，只是后来发生一些事情，让她没满三个月就辞职了。

毕业之后，她不是不想投身职场，可是去地方台面试，拿起话筒，就是张不了嘴。

她这才知道自己有了心理障碍。

明白这件事的时候，她脑子一片空白，要说伤心，可她并没有遗憾的感觉，可要说不遗憾，她为什么竟还有些胸闷的憋屈感。

她想不通的时候，正巧成明昊问她要不要去找他。

林绛便有了出去走走的打算。

没有归期的那种。

徐名娟知道她的打算，什么也没问。

徐名娟说："你外柔内刚，如果不是下定决心的事情，是不会轻易说出口的。"

林绛心想知女莫若母。

临走那天，林绛好说歹说没让徐名娟开车送。

徐名娟不放心，便让沈宴送她。

沈宴在车上问道："这么任性，说走就走？"

林绛声音轻轻的："沈宴，如果我说我是逃避现实，你会不会看不起我？"

沈宴目光骤然深邃。

林绛笑笑，眼底有化不开的情绪："你也知道，那件事我只和你一个人说过。"

沈宴知道她在说什么，双眸暗了暗："这事交给我。"

林绛笑着问："你信不信举头三尺有神明？"

沈宴说："我更信法律。"

林绛不语，没什么表情地勾了勾嘴角。

沈宴腾出一只手去扶她的肩膀："你信我。"

林绛笑了，努力逼回眼眶的热泪，说道："好啊。"

她转头去看风景，外面雨淅淅沥沥地下着，她在车窗上描绘着雨滴落下的痕迹。

就是这样一个下雨天，林绛踏上了去大洋彼岸的飞机。

自由女神像，成明昊说没什么看头，但林绛还是想亲眼去看看。

飞机落地之后，机场有人举着大红色的牌子来接。

林绛笑着走过去，那人给了她一个大大的拥抱。

成明昊在半年前就申请去了美国，攻读导演专业。林绛和他没断过联系，这四年来，他的头发换了许多种颜色，最终长久定格在黑色上，还特艺术地留长，扎了个小揪在后面。

"哥的小辫子帅不帅？"成明昊臭屁兮兮地问。

“一般一般，世界第三啦。”林绛学他的腔调回道。

然后两个人笑着去酒店放行李。

成明昊那几天领着林绛到处闲逛，临走那天除了“再见”，两个人都没再说别的话。

只是即将登机之前，他们互发消息。

成明昊：【你相信梦想吗？】

林绛：【信。】

成明昊：【要平安喜乐。】

林绛：【珍重。】

林绛在回完这句话之后，盯着手机默然许久。

没人知道，她在退出和他的聊天界面之后，又盯着另一个叫“想象”的QQ号出神，直到被催促登机。

她合上手机，随后飞往大洋彼岸。

那是2014年的夏天，中国很热，国外也是，暑气蒸发了眼泪，也蒸发了少年们身上的轻狂。

他们都长大了。

成明昊出国，何莱从武汉飞去了更南的香港，沈宴和王佳倩一样选择回家乡，大家都陆陆续续给彼此传来消息。

唯独那个人，林绛不知道他在做什么。

这几年，她也搜索过他，在贴吧豆瓣微博上，还有新出的微信上都输过他的网名，也输过他的QQ号，但什么都没有找到。

QQ成了他们两个人相识的唯一证明。除了过节的时候，她给他发上一句欲盖弥彰的“群发”祝福外，二人再无交集。

不过让人稍感安慰的是，她后来发送的祝福，他都会礼貌性地回应一句。

回复大多简短，于她却已经足够。

林绛不知道他是怎么想的，又觉得自己不能想太多，但还是把那些聊天记录都截图保存在空间的私密相册里。

手机屏幕在暗夜里发出微弱的光，盯着手机的人一动不动。

直到有人喊：“江为风，还没睡啊？”

江为风回过神，下床拿起桌子上的打火机和烟到阳台。

手机屏幕暗下去，江为风点上烟之后，又把屏幕按亮，一张合影映入眼帘。

成明昊写：时光不老，我们不散。

江为风默念一遍，目光沉沉。

这夜数羊到天明。

毕业之期已至，江为风手上还有一些工作室的工作没结束，便一直留在成都。

七月底的时候，他才把手上的活忙完，去“四季歌”工作室面见老板，一聊就是三个小时。

等他再出工作室的时候已经月上梢头，门口有辆车子一直在鸣笛。

他抬眼一看，是张益嘉。

江为风走近叫了声：“哥。”

张益嘉叫他上车，他犹豫了两秒，抬脚上车。

“还记得我第一次带你来工作室那天，也是这种大热天，现在想想，感觉这事像昨天才发生似的，其实满打满算都三年了。”张益嘉递给江为风一根烟，自顾自说道。

江为风笑了笑，没有过多表示。

张益嘉转头看到他在笑，问道：“怎么着，续约了吗？”

“没。”江为风吐出烟圈，回答得风轻云淡。

张益嘉一笑：“就知道你不会续约，怎么着，找好下家了？还是单干？”

“单干。”江为风没打算瞒着。

张益嘉敛了敛眸，再抬头又是一笑，也不再绕圈子：“咱俩合伙吧？”

江为风闻言，扭头瞥向张益嘉，烟气缭绕下的张益嘉神色不明。

张益嘉把烟熄灭，直了直身子：“当初玩滑板，我就觉得和你投缘，咱俩又都是青城人，回青城一起做，你看行吗？”

江为风不说话。

“当然了，你要是想去北上广闯，就当我白说。要是回青城，我这边手底下还有几个兄弟，咱们可以一块做。就是他们几个技术比起你来差一点，所以我想拉你入伙，咱俩平起平坐。”张益嘉见江为风不说话，忙解释。

江为风也把烟熄灭：“可以是可以，但这事，得细说。”

张益嘉笑了：“那是当然了，咱俩认识这几年，也不是邀功哈，哥们够不够义气，做事靠不靠谱，你心里知道。”

江为风笑。

张益嘉看江为风算是答应了，不禁喜上眉梢：“去喝几杯？”

江为风摇头：“不了。”

“怎么着，家里有媳妇管着啊？”张益嘉调侃。

“没，就是不想去。”江为风用舌头顶了顶脸颊，笑得散漫。

“行吧，那就送你回学校，”张益嘉发动车子，却不忘记调侃他，“不是，你怎么回事啊？从认识你就是孤家寡人。”

江为风嗤笑。

张益嘉啧啧两声：“你说你性子也不死板啊，怎么还心里住着个唐三藏呢？”

江为风收回笑容，闭目假寐，不接话。

江为风不是没有听人说过自己是百花丛中过，片叶不沾身的典型。

连毕业前最后聚餐那天，几个舍友都还在调侃他。

他和往常一样，充耳不闻。

直到一场饭局散场，他们几个回到学校，他和往常一样点了根烟来抽，走在最后的佟辉神秘兮兮凑过来：“风哥，你是不是心有所属？”

江为风冷眼睨着他，不打算回答。

“其实吧，我知道是真的。”佟辉又说。

这次江为风眼神闪了闪，饶有兴趣地看着佟辉，示意他把话讲完。

佟辉挑眉，高深莫测地笑：“你还记得去年五一你朋友来找你吗？”

江为风愣了片刻，想起好像是昊子放假，过来找他拍东西。

“晚上你俩在阳台抽烟，我去晒衣服，听到你们提到一个女生……

“那天就短短几分钟，可你说的话，比我任何时候听到的都多。”

江为风有点愣怔。

直到烟星烫了手。

他定了定神，“嗯”了一声。声音没有什么波澜，却像从很遥远的地方传来似的。

佟辉笑了：“就知道是这样。”

男生像挖掘到了什么大秘密，有些得意，却没有再继续问太多。

江为风笑而不语，又点起一根烟。一股风过来，吹亮了烟星，吹皱了眉眼。

人生最怕“太迟了”，最幸运是“刚刚好”。

这世界人潮汹涌，谁能预料下一秒谁和谁会被人群冲散，谁和谁又会久别重逢呢。

他其实有很多问题，尘封心底四年，想亲口问问她。

【30】

2016 年的平安夜，林绛从挪威飞到中国香港，又从香港转机飞往青城，奔波 20 多个小时才到。

下了飞机后，她一路狂奔至医院。

充斥着消毒水味道的长廊尽头，林伟站在电梯门口等她。

“爷爷怎么样了？”林绛顾不得喘气。

林伟拉住她：“你慢点，你爷爷做完手术，刚醒，你等下注意情绪。”

林绛边点头边往病房走。

只见病床上躺着的老人，形如槁木，还戴着氧气罩，看到她来了，激动地伸出手。

林绛忍不住眼眶微红，忙上去拉住老人的手：“爷爷，阿绛回来了。”

爷爷眼眶也有点红，眼睛瞪得大大的，说话很是费力：“还以为，见不到你了。”

“说什么呢，爷爷还要长命百岁呢。”林绛握着爷爷的手。

“那，你还走吗？”爷爷虚弱地问。

林绛抬头逼回眼泪，笑着说：“不走啦，阿绛哪儿都不去，就留在家里陪爷爷。”

老人这才露出一个心满意足的笑。

徐名娟从外面买饭回来，看到林绛大包小包都堆在地上，忙说这边没什么事了，打发她回家。

林绛走出病房，出了住院部，发现外面下着雪，有雪屑吹到她的眼睛里，激得她一颤。她这才回过神，再也控制不住，靠在门口的小花坛上，旁若无人地哭了起来。

住院部门口虽然人来人往，但大家大概看惯了这种悲欢离合，并没有人理会她。

她不管不顾地哭了好久，在即将收住的时候，忽然有人坐在她旁边，给她递了一张纸巾。

林绛一愣，赶紧接过来，先擦了鼻涕和泪，才好意思去向旁边的人道谢。

只是一转头，一个“谢”字只说了一半，声音就哽在喉咙里。

那人抽着烟，就这么目光深深地看着她，半天才吐出一个烟圈。

“林绛，原来是你？”他先开口，明明是疑问句，却没有一丝疑问语气。

林绛又是一愣，张张嘴，半天才找到自己的声音：“江为风，好久不见。”

“嗯，的确好久。”江为风笑了，眼角眉梢都是林绛熟悉的散漫意味。

许多年不见，他好像变了很多，肩背更宽阔，五官更立体，又好像一点也没变，眼角眉梢都是不可一世的慵懒，好像没人能入他的心。

“你怎么到这里来了？”林绛对上他的目光，只一秒又赶紧移到别处。

江为风熄灭了手里的烟：“郑姨她身体不太好。”

林绛心一沉：“郑老师没事吧？”

“没事。”江为风说道，然后又问，“你怎么也在这儿？”

林绛低头：“我爷爷心脏不太好，做了个手术……”

江为风淡淡“嗯”了一声，沉默了两三秒。

林绛又说：“不过现在已经脱离危险了。”

江为风又淡淡“嗯”了一声，说道：“那就好。”

林绛想问她的近况，话未说出口，他的电话响起来。

他皱了皱眉：“抱歉，我接个电话。”

林绛不敢继续打扰他，忙起身，说道：“那我先走了。”说完，起身拎起东西便离开了。

江为风看着女生背着的相机出神，那边江河的话传过来：“你怎么还没到啊？刚刚不是说到门口了吗？”

江为风随口回了两句，挂了电话。

林绛回来以后，并没有先找工作。

林绛这两年在国外到处游走，却也不好意思总花家里的钱，因为记得林伟公司旗下的旅行社和几家杂志社一直有合作，林绛便问林伟要了邮箱来，试着投了几次稿，没想到结果还算好。

这两年，她陆续给几家杂志社供稿，去年还和一家杂志社签约，稿费不菲。

这一回青城，很多工作的事情需要交接。

林绛这边忙着，王佳倩那边也忙得热火朝天。元旦那天她们约了饭，林绛先去王佳倩的工作室等她和周婉，还没进去就看屋外面也都是货，进去更是没处落脚。

晚上，她们约在步行街新开的川菜馆，聊天聊地。

林绛说了许多旅途的见闻，让周婉一脸羡慕，直说有机会一定要去欧洲转转。

王佳倩却明显胃口不好：“林绛，这要是在电视剧里，你就是那种让人羡慕的女主，而作为你朋友的我，就会是嫉妒你并且想夺走你一切的恶毒女配。”

林绛关心地问：“怎么了，网店不好做吗？”

周婉被辣得直冒汗，还不忘加入群聊：“钱是赚的，但就是太忙了，看别人开网店挺容易，怎么到自己就那么难呢？”

“一个月 30 天，秦照光出差就 20 天，很多事需要谈，不只是运营一个网店这么容易。”王佳倩烦得吃不下饭。

周婉不动声色地看了眼林绛，然后又一声不吭地低头吃饭。

过了一会儿，王佳倩去洗手间了，林绛才敲敲桌子："怎么了你，心里有事儿啊？"

周婉放下筷子，神色凝重地看着林绛："我不知道该怎么说。"

"怎么了？"林绛闻言，坐直身子。

周婉身子往前凑了凑："秦照好像和王佳倩好上了。"

"什么？"林绛忍不住提高了嗓门，又在意识到不妥后，压低了声音问，"这事她怎么没和我说啊？"

周婉说："谁知道呢，反正要是真在一起了，早晚得公开。"

这顿饭吃得各怀心事。

快吃完的时候，秦照给王佳倩打电话，问她在哪儿。王佳倩捂着听筒，不自然地瞥了林绛和周婉一眼，才报了餐厅的名字。

林绛和周婉都以为秦照要来接王佳倩，谁知道王佳倩挂完电话，有些不好意思地说："秦照说想吃小金板栗。"

林绛跟着她们往步行街东边去。

还是很熟悉的街道，不过五分钟就步行到了那家店，因为是周日，排队的人不少。

旁边的网吧门口，站着一群高中生，其中有两个还穿着校服，共吃一杯冰激凌。

王佳倩艳羡地看着他们感叹："唉，虽说咱们才二十多岁，可到底和十七八岁时是不一样了，这大冷天，怎么吃得下这么冰的东西呢？"

周婉听她这么说，便笑道："是啊，少年就是少年，青春的保质期比冰激凌融化的时间还短。"

林绛只笑，不说话。

好像时空一转换，她就能看到几年前那个洒满阳光的午后，男生和女生相拥的身影。

这天，林绛也买了些板栗回家。

到了门口，她才发现忘记带家里的钥匙，敲了好久的门都没人应，只好转身下楼去沈宴家。

李静给她开门，一进去，看到徐名娟正在李静家的沙发上坐着，电视机里放着《甄嬛传》。

"我说怎么敲了半天门也没人理呢。"林绛进门，把栗子放在茶几上。

徐名娟抬头看表，"哎哟"了一声，按了按眉心："你说说，这两天每天往医院跑，今天好不容易清闲一会儿和你静姨说说话，倒把时间都忘了。"

林绛笑道：“这都十点多了，还不赶快回家，一会儿沈叔叔回来了不得撵你啊。”

“他敢，”李静去厨房端了个果盘回来，“他要是敢撵你妈妈，我看他是不想在这个家待了。”

徐名娟连忙从沙发上坐起来，瞥了下电视，又再次坐下：“你等我十分钟啊，我得把甄嬛跳舞这点看完。”

“您都看了十遍了。”林绛摇头笑，却也不阻止。

李静在一旁跟林绛闲聊：“怎么样，你回来这几天时差倒过来了吧？”

林绛点点头：“嗯，睡得挺好的，在家安心嘛。”

李静说：“那就行，反正这回回来不走了，你一个小姑娘在外面，别说你妈了，静姨也不放心。”

林绛点头，又剥开栗子吃：“沈宴出差什么时候回？”

“可能还得两三天吧，我也没问。”李静笑道。

“听说前两天老沈给沈宴介绍对象，怎么样了，见了吗？”徐名娟眼睛盯着电视问李静。

“沈宴相亲了？”林绛吃惊。

“别提了，你说他都二十四岁，哦不，这过了年都二十五岁了，还没谈个女朋友，天天就是工作工作的，我和他爸着急啊，就想着给他介绍一个。他可倒好，死活不见，我念叨两句啊，就出差去了。”李静叹气。

“你着急啊？林绛比沈宴还大一个月呢，我找谁说去？”徐名娟站起来，看看林绛，语气嗔怪。

李静突然想起什么，笑着问道：“哎，娟子，咱俩二十多年前定的娃娃亲还算数吗？”

徐名娟看了看林绛，又看了看李静，也笑了：“我看行，两个孩子从小一块长大，还知根知底的呢。”

说着，徐名娟又转头对林绛说：“父母之命，媒妁之言，你俩要是再不考虑考虑终身大事，我们做父母的可真替你俩做主了哈。”

林绛脸一红，如临大敌：“我说你俩得了哈，这话在我面前说说也就算了，我是没什么，回头别在沈宴面前提，我怕吓着我沈宴弟弟。”

李静笑道：“哎哟，你瞧瞧，这就拿沈宴挡枪了，那以后嫁过来，沈宴更没地位了呀。哎哟，那阿姨得重新好好考虑考虑了……”

徐名娟一听，忍不住偷笑。

林绛大窘，忙去拿了外套，逃之夭夭。

后来，林绛把这事讲给沈宴听，沈宴也笑，末了，还不忘开玩笑说：“你听过那个桥段吗，三十五岁的时候你未娶我未嫁，就在一起。”

林绛笑得喝咖啡都差点被烫到：“这个主意好。”

【31】

二十五岁的沈宴，已经是青城最有名的律师事务所里的金牌律师。

他一直都是优秀的，林绛从未怀疑过这一点，只是当林绛坐在他商务气息满满的办公室里时，还是忍不住感叹。

“你说这要是十年前，我怎么会想到每天穿运动服的你，现在天天西装革履呢？更不会想到，曾经房间里全是动漫和篮球的你，有一天办公室里是清一色的黑白灰。”林绛站在落地窗前感怀人生。

身后的沈宴又给她煮了一杯咖啡：“你大概也不会想到，当初困死都不喝一口咖啡的我，今天会给你煮猫屎吧？”

林绛眼波一转，表示岁月匆匆。

她这一瞥，着实晃了一下沈宴的眼。

这天两个人久违地闲聊了一下午。

春节之前，紧赶慢赶，林绛算是把稿子的事情都处理好了，合同上倒没有什么大问题，当初她也不知道自己会在外面漂多久，就签的短约。

这次春节，爷爷和外公都在林绛家里过，林绛在除夕那天上午，被徐名娟拉去买菜。

事实证明，林绛不该因一时胆怯而屈服在徐名娟的威逼之下。

偌大的菜市场里，徐名娟穿着一身名牌穿梭其中，宛若富太走入基层与民同乐，而跟在后面的林绛，活像富太身边的保姆，拎着花花绿绿的塑料袋怅然若失。

徐名娟说：“今天多买点，年后没人出摊了。”

林绛努力挤出一个微笑。

只见徐名娟站在鱼摊前，挑了一袋肥蛤后，又选了一条罗非鱼和一条黄花鱼。老板干脆利落地把鱼装进袋子里，称完重拿给林绛。

那鱼在袋子里活蹦乱跳，林绛鼓足了勇气才接过来，双手往前伸着，几近僵尸。

忽然，有人喊她：“林绛？”

林绛转过身：“成老师，郑老师。”

徐名娟认出了成老师，忙和她们点头问好。

“老师，你们也来买菜啊？”林绛笑着问。

成老师手上拎着一个红色的布袋子，闻声扬了扬：“哦，这不是你郑老师身体不太好，我领她来拿点中药，顺便买点菜回去。”

林绛看着郑老师，刚刚成老师叫她，她转身第一眼看过去，竟差点没认出来，郑老师憔悴了许多，瘦得脱相，看得人心疼。

“郑老师，好久不见，你还好吗？”林绛关心地问。

郑萍强撑着笑：“我挺好的，之前听你成老师说你回青城了，我一直没来得及联系你。”

“是我该主动跟您问好才对。”林绛内心直翻腾。

郑萍点点头，像是有些乏，说道：“那就好，那我们就不打扰你们了，先去买菜了。”

林绛忙说：“好，那你们买完快点回家，这会儿应该堵车。”

徐名娟也笑：“我刚刚在市场东区买了条鱼，那边海鲜也都不错，你们可以去瞧瞧。”

郑萍点头说好。林绛忙叫她注意身体，便道别了。

郑萍和成老师一走远，徐名娟就转身对林绛说：“我看你郑老师的精神不大好。”

“可能是身子一直没调理过来吧，”林绛叹了口气，又想起那天在医院和江为风的匆匆一瞥，“之前听成明昊……就是成老师儿子说，郑老师之前流过产。”

“真的假的？”徐名娟一愣，转过身又朝着郑萍离开的方向看了两眼，“唉，要不怎么说女人不易呢，我看你老师身体好不好倒是次要，主要是心理上，刚刚看她眼神都无光。”

林绛却也只能叹气，手上提着的鱼早不蹦跶了，她心里却不踏实。

两个人聊了一路回家。

一进门，满满的饭香味袭来，林绛心里的那丝忧愁暂时消散。

这个年家里很热闹，尽管林绛已经老大不小了，两位长辈还是给她包了大红包。

爷爷从奶奶去世之后身体就不好，年前还做了手术，林绛一直小心照看着，陪他说话。外公闲不住，在厨房和林伟做饭，徐名娟想帮忙，却是越帮越忙，被外公嫌弃地轰了出来。

吃完饭之后，爷爷和爸妈一起看春节联欢晚会，外公便缠着林绛看照片。

这几年在外面锻炼，林绛不仅写稿，还拍照，摄影技术也练出来了。林绛把自己拍到的极光发给外公看，惹得外公一阵羡慕，又说年后要和一群老伙计去大草原，惹得徐名娟担心地念叨半天。

外面鞭炮声阵阵，屋里一家人欢笑声不断，林绛被暖气烘得脸红红的，不厌其烦地听着大人们讲过去的故事，像是回到了小时候。

过了元宵节没几天，外公果然就拎包去草原了，林绛便开始着手找工作。

王佳倩给她发了个微信，说城南有家叫“J&J”的摄影工作室正在招人，要她去试试。

林绛本来没想好究竟是再去试试老本行，还是去做编辑或摄影，但听完王佳倩的介绍，她去官方微博搜了搜这家工作室的作品，看完后就决定投简历。

面试通知很快下来，定在3月1日。

“这是我们的张总。”有助理端来一杯水，介绍完面试官后，悄然出门。

“林绛你好。”张益嘉扫了两眼简历。

林绛笑着说：“您好，张总。”

“你不是专业摄影出身？”张益嘉手指摸着下巴，看着她问。

林绛抿抿唇：“我不是，但我的作品您也看了，我……”

“但我们主要拍人像，你作品里人像不多啊。”张益嘉背靠椅子，皱了皱眉。

林绛心一紧，不知道该怎么接话。

“这样吧，我们工作室管摄影师的江总出差了，回头我把你的作品和简历拿给他，你等复试吧，行吗？”张益嘉问道。

林绛点点头，礼貌道别后出门。

这边助理敲敲门进来：“张总，林绛是今天上午最后一位来面试的了。”

张益嘉捏了捏眉心，说道：“知道了。”

助理又问：“那林绛的面试结果是？”

“Pass吧，以后这种不懂人像摄影的，就别约面试了。”张益嘉说。

回到办公室后，张益嘉掏出手机拨出一个电话：“怎么着？大草原景色如何啊？”

江为风此刻人在旅舍，面前的新人演员正在化妆，七八个人围着她忙活。他出去接电话：“怎么，有事吗？”

“这不是摄影师招新吗，你不回来，人我不好定啊。”

江为风皱了皱眉：“现在定几个了？”

“目前就定了一个。”

“行吧，我这边顶多两天结束，约复试吧。”

江为风挂断电话，正要回屋收拾设备，准备下午开工，有位戴着黄色鸭舌帽的老人叫住他："小伙子，能不能帮我们拍几张合影啊？"

江为风顺着老人的肩膀往后一看，有四个年纪相仿的老爷子也正乐呵呵地看着自己。

他点头说没问题，几个老人便站到旅舍的招牌前，站得整整齐齐，说道："好了，小伙子拍吧。"

他拍一张，几个老人便换一个动作，又是比心，又是比耶，像群老少年一样。等他拍好了拿照片给他们看，一群人都乐得不行，连连说感谢。

江为风只觉得那位戴着黄色鸭舌帽的老人长得亲切，多看了两眼就进屋了。没想到临走那天，在多伦湖拍完最后一个景，江为风又遇见他。

老人对江为风说："小伙子，你拍得好，能不能替我和我老伴拍一张？"

江为风点头说行，可是调好相机后，左右看了一圈，也不见有他老伴的身影。

这时，老人从包里拿出一个黑白照相框，不好意思地笑着说："她生前就想来次大草原，所以我这回出来，也带她来看看风景。"

远处是大片的绿地和大片的蓝天相连，这一处有最干净纯粹的风景，也有最干净纯粹的感情。

江为风明白过来后，心头一热。

江为风从呼伦贝尔回青城之后，就忙着团队扩建的事儿，光摄影师就新招进 5 名。

人员备齐之后，团队聚餐。

"江为风微博粉丝年前破了一百万，这个粉丝量很可以了，我觉得今年夏天可以开线上授课班。"张益嘉在讨论摄影班授课的事儿。

顾翔摆摆手："上个月刚刚敲定和几家明星工作室的合作，新人刚来还需要老人带，除了风哥，其他几个人手上都有活，线下授课班也才刚开，我建议到秋天再说线上摄影班的事。"

顾翔从毕业之后就跟着江为风干，做江为风的经纪人，主管商务合作和宣发等各种事项。

江为风玩着酒起子，在一旁听他们说。

张益嘉不乐意了："现在竞争越来越大，赶早不赶晚，时机就是时间，你懂不懂？"

"技术才是我们最大的核心竞争力，求快不出活。现在突然插一个线上课进去，虽说底下还有人能授课，但说句不好听的，江为风不教学，几个人来买？但是江为风的档期已经排到十一假期了，你想累死他啊？”顾翔面无表情。

两个人争吵了一番，饭桌上的气氛越来越不对，一时间火药味十足。

江为风烦躁不已，拿了外套起身：“我有点累，先回了。”

顾翔一看江为风要走，也觉得这顿饭吃得没劲，便拿了外套跟着江为风出门。

看着一前一后两个背影消失在门口，张益嘉双眸一黯。

顾翔叫住江为风：“走那么快干吗？”

江为风顿足等他：“不在里边吵架，出来干吗？”

顾翔瘪瘪嘴：“你走了，我在里面可待不住，你等我会儿，我去上个厕所。”

江为风抬脚就走：“车里等你。”

顾翔说：“得嘞。”

江为风自顾自走去停车场，坐进车里后，就伸手掏烟。

这边还没找到打火机，那头就有一个熟悉的身影走过来，在他车旁停下。他心下一动，把车窗摇下一条小缝。

“我还能和谁一起啊，沈宴赢了场大官司，请客呗。”

女生声音清甜。

【32】

林绛这天扎着低马尾，穿着简单的黑色牛仔裤，上身是一件紧身的黑色毛衣，勾勒出曼妙的曲线，胸型和臀线都恰到好处，江为风双眸一紧。

“行了，不跟你说了，沈宴的车开过来了。”

女生说了没两句就挂了电话。

远处有一辆白色的大奔开过来，到她身边的时候停了下来，她开门俯身进去。

车很快开走，尾灯一闪，晃了江为风的眼。

没一会儿，顾翔也回来了，问道：“时间还早，去绿岛吗？”

江为风狠狠吸了口烟，双颊都凹进去。

烟色缭绕下，他神色晦暗，没回应。

几秒钟之后，顾翔胆战心惊地抓紧了安全带，车子一路疾驰。

这晚，江为风喝得不少。

期间有女人过去给他敬酒，顾翔调侃他艳福不浅。

江为风对着那张浓妆艳抹的脸一阵厌烦，笑着拒绝。

女人说他不解风情。

他半夜酒醒，凌晨四点，窗外的城市尚在酣睡，远远望去一片清冷，天空是暗沉的蓝。

他想——

林绛，可以相见了。

林绛在一周之后收到通知：Offer（通知书）泡汤。

说来也是巧，就在同一天，成老师打电话来问她愿不愿意带课，带初中班，就一三五的晚上和周六周日的上午有课。

林绛踌躇了一会儿，还是沈宴点醒了她——

“你当初也是没日没夜学的播音，不能废，带课不太费时，闲下来的时间不如自己做，现在平台太多了，你自己写稿子，自己播音剪辑，没准柳暗花明又一村。”

林绛醍醐灌顶。

说实在的，论喜欢，她还是更喜欢播音，如果不是当时那件事，她现在没准手握话筒，在舞台上闪闪发光。

林绛甩甩头不去想，忙着收拾行李。

那是三月中旬，草长莺飞，她选择从家里搬了出去。

周婉和王佳倩来帮她收拾东西，一个劲问为什么，她只回了两个字：独立。

其实是因为受不了徐名娟的唠叨和催婚。

距离到底是能产生美。

她租的公寓在繁华地段，出了公寓楼就是一条小吃街，正好解了她不会做饭的愁。

晚上，她一个人在屋子里收拾，几个大纸箱堆在一起，她去搬离自己最近的那个，沉得腰都直不起来，铆足了劲儿去搬第二个，一拿，差点闪着腰。

太轻了。

林绛有一秒钟怀疑，这箱子里究竟有没有东西？

她盘腿坐在地上，举着箱子晃了晃，里面像是有纸张翻滚的声音。她好奇心一下子上来了，却想不起来是什么东西，于是忙用美工刀打开封口。

一看，呆住了。

箱子里面都是折纸，有玫瑰、小船、飞机……林绛暗叹自己的动手能力。

想起那时候念书，她喜欢在草稿纸上写一个人的名字，怕被别人看到就揉成团，又不敢随便丢在教室的纸篓里，而是带回家，折成乱七八糟的东西，然后放进一个不用的纸箱子里。

那时候纸短情长，已经很多年，她都不曾在纸上写过他的名字了。

她把他的名字留在伊斯坦布尔的教堂，留在尼罗河两岸，留在站台，留在挪威的雪和冰岛的极光里，唯独不敢带回家乡。

微博，是她漂泊日子里对于他的唯一记录，像是一个狭小空间，她躲进去，偶尔发呆，偶尔欢快，里面出现的所有风景都与他有关。

林绛把这个箱子放在书桌旁的地上。

这天，她在微博写了一句歌词：情深说话未曾讲。

还没退出微博界面，QQ 闪动起来——

郑老师：【林绛，在吗？】

林绛：【在的。】

郑老师发来一个微笑的表情：【也没别的事，就想问问你什么时候有空，阿姨想和你见一面，聊聊天。】

林绛想了想：【要不明天下午？】

郑老师：【好啊。】

第二天下午，小雨润如酥，某家咖啡馆内，林绛姗姗来迟。

“真不好意思啊郑老师，下雨司机接单慢，刚刚还走错路了。”林绛连连抱歉。

郑萍今天看起来精神不错，还化了淡妆，见林绛身上有雨渍，忙递了张纸巾给她：“我也才到了没有五分钟，这不，还没点单呢。”

林绛接过纸巾：“谢谢。”

郑萍因为吃中药不喝咖啡，点了杯果汁，待东西点好之后，郑萍看着林绛笑。

林绛一阵不好意思，拂了拂头发：“老师，是我妆花了吗？您老是看我干吗？”

“我是看啊，当初见你时你还是个孩子，现在都是大人了，不过还是那么漂亮。”

林绛低头又是腼腆一笑，只听郑萍又说：“听你成老师说，你现在去她那边工作了？”

“嗯，成老师信任我，我也就大胆试试。”林绛点点头。

正巧有服务员把点单的东西送上桌，郑萍顿了顿，等服务员走了才说：“我记得之前你是去了省台实习，还是张俊涛带的你，机会那么好，怎么不继续做了？”

林绛神色微动，端起咖啡抿了两口后才继续说：“我觉得电视台不太适合我，现在正打算做自媒体电台呢。”

说着，林绛想把话题扯开，便问道：“上次见您，看您去拿中药，现在身体调理得怎么样了？”

郑萍点了点头：“不是什么大事，就是之前身体不好，辞了工作，整天闲在家白吃饭，觉得自己没用。”

“郑老师你可别这么说……”

林绛想起之前郑萍指导自己艺考的情景，那时候的她干练从容，意气风发，与现在完全两个样子，又想到之前她的丧子之痛，一时间对她心疼不已。

林绛安慰了郑萍一小会儿，两个人又闲聊了一阵子，才起身离开。

走到咖啡馆门口，郑萍拉住林绛的手：“我啊，就是整天闲得无聊，今天找你来聊天，心情好多了。”

“郑老师以后觉得无聊就跟我联系，我一般都有空的。”林绛笑道。

“还没聊够呢？”忽然有人走近，打断了一段话别。

林绛转头正好对上他的下巴。

好近。

他身上的雨气混着烟味铺天盖地向她涌来，令她怔住。

江为风也意识到自己离女生太近了，眼前的女生明显被他这个不速之客惊得瑟缩了一下。他后退了半步，抖了抖身上的雨，神色淡淡的：“这会儿雨下大了。”

江为风穿着黑色匡威鞋，套了件灰色卫衣，配工装裤，风格还是那么少年气。

林绛打量之中，又听旁边郑萍笑道：“我刚想说这雨不停歇，林绛打车困难呢。我啊，正好和你成老师约了去看中医，忘了对你说了。不过为风你也不算白跑一趟，送林绛回去吧。”

林绛缓了缓呼吸，才说：“没关系的，我不急，不用送。”

“什么时候和成姨约的，怎么昨天没说？”江为风问道。

郑萍掏出手机，翻开聊天记录给江为风看：“你看看，就是中午吃饭的时候说的，我忘记知会你了。”

她三两步错过林绛，走到江为风面前，偷偷给江为风使了个眼神：“正好你送林绛回去吧。”

江为风眼皮不自然地跳了一下。

林绛在一旁有些尴尬，怕江为风有事不好拒绝，又说了一遍："真不用了……"

"那走吧。"江为风打断她。

十分钟后，目送郑萍坐上成老师的车，林绛跟在江为风后面，走到一辆黑色的保时捷前停下。

江为风先给她开门，林绛顿了顿，才弯身上车。

江为风从另一侧进来，他一进到车里，那股雨气又浮上来，林绛不敢呼吸。

"去哪儿？"他抽出一根烟咬上，顿了顿又放下。

"芙蓉街过了大润发那个路口，往前有个幸福公寓，在门口把我放下就行。"她轻轻开口。

他没马上应她，过了大约一分钟才笑道："你怎么像怕我一样？说话声音那么小。"

林绛一愣："没啊。"

江为风看着她侧脸有一滴水珠流到下巴上，头发胡乱散在肩膀像泼墨一样，白白的耳朵隐匿其中，像一只月亮在黑夜中升起。

他不动声色地笑了笑，一路上抓紧了方向盘。

"我看郑姨挺喜欢你的。"等绿灯的时候，他说道。

她抿嘴笑了笑："很久没见了，我也挺想郑老师的。"

"这几年去哪儿了？"他笑笑，手指有一下没一下敲着方向盘。

她讶异，沉默地看了眼他的右脸，又低了低头："就满世界乱跑呗。"

"你会拍照？"他想到那天在医院见她背着相机。

林绛诧异，顿了顿才点点头："会一点皮毛。"

"还出去吗？"红灯变绿灯，他驱动车子。

"不了。"她扯了扯嘴角，如实回答。

江为风眼底闪过一丝情绪，他目视前方，像是在认真开车的样子。

林绛以为这轮谈话结束了，谁知他在快到她公寓的时候又问道："舍不得沈宴？"

林绛心一沉，心里慌乱的情绪争先恐后涌上心头。

不知怎么，她想起高考前夕离校那天，他看向沈宴和她的眼神，那么讽刺，那么不屑，她一直忘不了。

原来他到底还是误会了。

她心里苦涩得难受，不知道该怎么开口，有些泄气地说了一句："我和沈宴是朋友。”

没头没脑的一句解释……

谁知江为风竟轻轻笑出了声：“我知道。”

【33】

林绛一惊，脸顿时烫起来，抬眼去看他，无意识地做出了羞恼的样子，像只被惹怒的小猫。

他把车子稳稳停在路边，转头欣赏完她的表情，轻描淡写地问道：“你干吗这样盯着我？”

一句话让林绛的猫爪收了回去。

林绛窘得厉害，忙低下头：“我没有。”

江为风听罢就淡淡地笑，饶有兴致地看着眼前的女孩。林绛觉得有道目光在盯着自己，只好迟疑地抬眼去看他。

与此同时，男人却忽然倾身朝她身上歪过来。

他身上的气味就像一张网，就这么把她网住。林绛吓得一惊，手都僵住在胸前，大气也不敢喘一下。

然后，“啪嗒”一声——

他解开了她的安全带。

林绛错愕着没有回过神来。

江为风又把车窗打开，外面的理发厅在放邓紫棋的《喜欢你》，他的声音被歌声冲淡：“忘说了，你坐的位置安全带不好解。”

林绛的脸如火在烧，她不敢看他，推开车门，连忙说道：“嗯，今天麻烦你了，谢谢啊。”

话还没说完，她便急着下了车，车门堵住了她后半句话。

她几乎是跑着离开的，江为风透过车窗看她刷卡进了幸福公寓的门，像一只惊慌逃窜的兔子。

等她彻底消失在视野里，他目光又一动不动盯着“幸福公寓”四个字看。

他坐在车里，点燃一根烟，又掏出手机，拨打电话。

“把她送回去了？”郑萍的声音传过来。

江为风“嗯”了一声，问道：“昨天不是说我去接你，然后和她打个照面就行了吗？怎么今天变成了你临时有事，我送她回家？”

郑萍笑道：“我不临时有事，怎么给你们创造机会？”

江为风沉默。

“你对林绛有意思？”郑萍又问。

江为风吐出烟圈，笑了：“嗯。”

“这么多年了，你还是第一次有事情求我，我一猜你就是看上人家了。什么时候开始的？”

“不知道。”车里有她留下的淡淡香气，他勾了勾嘴角。

郑萍长舒了一口气：“我啊，精神头不好，你和林绛这事要是成了，我也高兴。”

江为风笑着说：“还有一件事……想请你帮忙。”

旁边的理发厅换了首英文歌，江为风目光深深，缓缓说出自己的请求，电话那头一阵低笑。

林绛实在是不知道自己怎么上楼的，只知道进门的那一刻依旧喘得厉害，腿还有点发软。

她靠着门蹲下来，去摸了摸自己的脸，并不烫，她捂着脸，眉头紧皱，回想刚才的一幕幕，不知道自己该哭还是该笑。

他好像变了。

林绛甩甩头，更愿意相信，是她自己想多了。

于是，她就维持一个姿势，坐在门口久久不动，直到一个电话打断了她的发呆。

“林绛，我想死你了！”

三天后的中午，林绛刚走进一家川菜馆，就被早已等候在那儿的女人狠狠抱住。

林绛笑得整张脸都皱在一起：“娜娜，我也好想你啊。”

大学毕业后，李娜和李凯就留在了大连，林绛则出去游历，几次回青城都和他们俩回来的时间错开了，算了算三年多没见了。

这次他们突然回来，给了一帮老朋友一个大惊喜。

“这就领证了？”林绛看着李娜手里的结婚证怔住，忍不住欢喜，“你们这都谈了好几年了吧，真是从校服到婚纱了。”

闻言，李凯温柔地看了眼李娜。

李娜像是心有灵犀似的，也抬头看他，那瞬间时光都慢了几分。

林绛咳了一声：“一桌菜还没吃，狗粮就快吃饱了。”

李娜哪里还有以前假小子的模样，她浅笑着问林绛：“我们打算办完婚礼再走，你愿意来做我的伴娘吗？”

林绛又是小小的一惊："我当然愿意了。不过，你们这也太快了，择吉日了吗？"

"我们其实是早就定好了日子，只是工作忙，没领证，正好这次回来一块领了。"李凯解释。

"是啊，来之前我给何莱也打过电话，她人在香港，实在抽不开身，不然我就又多一个伴娘。"李娜笑道。

林绛也笑了："她啊，女强人一个，我见她一面都难。"

一顿饭吃得很开心，三个人回忆了一会儿青春，却也没太让思绪深陷。

大日子近了，李凯和李娜两个人忙活的事情不少，没多久两人就走了。

林绛开始着手准备电台的事儿，回家忙了一个下午。

晚上，林绛和王佳倩、周婉小聚。

王佳倩一进门就神秘兮兮地问："猜我刚才见谁了？"

"谁啊？"林绛问。

"你猜？"王佳倩的表情活像狗仔拍到八卦。

"顾翔？"林绛狡黠一笑，目光和周婉对视上。

周婉知道王佳倩这段往事，一副吃瓜的表情。

王佳倩瘪瘪嘴，愁眉苦脸地扶额："我的姐姐啊，能别开玩笑吗？我看见的是程云川！"

林绛微愣。

王佳倩以为林绛是想不起来这号人了，直皱眉："你把你曾经的老搭档都忘了？"

"没，"记忆像开了闸，一股脑地往林绛脑海里涌，很久没听见这个名字，林绛乍一听，有些微怔，"你在哪里见的她？"

"就前个路口，我等绿灯，她和一个男人过马路，男人看着眼熟，但是离得太远了我没看清。"王佳倩说。

林绛的眼皮不知为什么突突跳起来，她"哦"了一声，没什么情绪。

王佳倩倾了倾身子低声说："看着那男人比她年龄大好多呢。"

周婉有些疑惑："你们说的这人也是你们老同学？"

"可不是，当年她还和林绛兄弟班的风云人物有一段故事呢。"王佳倩挑眉笑。

周婉撇嘴："那我还是对和你有故事的顾翔更感兴趣。"

林绛没说话，去看王佳倩。

果然，王佳倩一听"顾翔"两个字就脸色不对，恹恹地不说话了。

林绛忙清空思绪，看周婉笑嘻嘻调侃着王佳倩。

没一会儿，林绛就笑得幸灾乐祸，和周婉一起拿话酸她，不过大多数是周婉在讲了，林绛乐得做捧哏。

“婉婉，你口红换色了？这涂的啥色啊？”

王佳倩的心思一下子被周婉的唇色吸引过去。

周婉一笑，说是某家的新款。

王佳倩便忙让她拿出来给自己试试色，乐呵呵地涂上之后，说这颜色真喜庆。

“喜庆”二字让林绛忽然记起李凯和李娜的喜事，便和两个朋友聊起来。

周婉不认识李凯和李娜，王佳倩却是有点印象的，忙说“羡慕”。

这一聊，便又开始没完没了地回忆少女时代。

林绛一直在听，周婉不想放过任何可以八卦的机会，便一直缠着王佳倩讲往事。

王佳倩便特恨铁不成钢地说林绛压根不开窍，和任何少女之恋都不沾边。

林绛听罢也笑。

也是，少女的恋爱之于她，就像那部电影的名字——

《不能说的秘密》。

这晚，林绛回香江城去住。

到家后大约是晚上十点多钟，静姨在家里和徐名娟一起看剧，老爸则去楼下找沈叔叔看球赛。

林绛说了同学要结婚的事情，没想到打开了徐名娟和李静的话茬。林绛在李静说要给沈宴相亲的时候，正巧有微信语音电话进来，她趁机忙不迭溜回卧室。

第二天，徐名娟早起去餐厅，林绛蹭她的车，惹得徐名娟念叨：“昨天晚上那么晚了，你那个郑老师怎么突然给你打电话？还说要去你租房子的地方吃饭，你又不会做饭。”

上车后，林绛系好安全带，笑道：“你一会儿在香港街把我放下，我炒几个菜带回去。”

“你和你那位郑老师走得比我都近。”徐名娟轻哼。

林绛无奈笑笑。

林绛与郑萍最近确实是走得有点近，林绛想，郑萍大概是真和她投缘，又是约咖啡馆，又是要去她租的房子认认门。约外面倒也罢了，要去家里做客，还真是让林绛有些毫无防备。

不过林绛知道她精神不好，倒也愿意多陪着她。

谁知道做完客第二天，林绛正去看爷爷的路上呢，郑萍一个电话打过来，让林绛去她家里吃饭。

林绛有些吃惊，又不好意思直接说不去，只说最近有同学结婚，抽不开身，过段时间再说。

这才把这件事压住了。

# 第七章 / 捧花

自从见你手拿可乐，从此之后我只喝可乐。

【34】

李凯和李娜的婚礼定在城郊的一处农家乐举行。

这家农家乐很有名，林绛小时候跟着外公来过一次，记得院后有温泉，不远处还有一座小水库，水库周围的树很繁茂，往里再走则是一片竹林。除了来这附近游玩的，还有不少人来这边拍写真。

这次来参加婚礼，她见了不少的老同学，大家围在一桌聊天聊地，很像从前下了课间操在教室外的走廊围成一团说八卦的场景。

婚礼的时候，主持人问李凯，是怎么追到新娘子的。

李凯脸红红的，说道："其实当初我暗恋她很久了，只是一直憋在心里没说，又不会表达，只知道欺负她。后来在操场上，我记得特别清楚，她说'我终于可以摆脱你的欺负了'，我急啊，我就说'你休想，我看上你了，要欺负你一辈子'。"

说到这里，全场都在笑。李凯激动地顿了顿，又接着说："然后她就拧我的耳朵，问'你再说一遍，谁欺负谁'。我疼得嗷嗷叫，说'你欺负我总行了吧，只要能在一起，谁欺负谁我都没意见'，然后她拧着我的耳朵，把我的头拉得低了下来，就亲了我一口。"

话一说完，李娜忙吐槽道："哎呀，你怎么什么都往外讲啊！多丢人啊……"虽是这样说，却哪里有半分埋怨的意思，因为她早已经是满脸泪水。

现场的来宾都在为他们俩鼓掌，林绛在一旁站着，也眼眶红红的。

后来李娜抛捧花，倒数"3、2、1"后，却迟迟不动，最终在全场的期待里，把花交到了林绛手里。

李娜笑意温婉，早就没有半分从前风风火火的样子："林绛，要是何莱今天来了，你俩还能争一争，但她没来，这束花就是你的。"

那是一大捧鲜艳的玫瑰，林绛小心接过，花的颜色照红了她的脸，也照红了她的眼，泪水在眼眶打转：“好漂亮，谢谢你。”

李娜拥抱她，在她耳边小声说：“要幸福。”

林绛回道：“你也是。”

随后，林绛拿着沉甸甸的捧花，悄悄离席。

是何莱打来了视频电话。

何莱在香港也谈了个对象，生活甜蜜，看着林绛抱着的花朵，忍不住劝林绛赶紧找个对象。

林绛忙把电话挂了，坐在一角，看着花束发呆。

她对着花，露出少有的娇憨样子，小声喃喃：“你要是真那么灵验，现在就把江为风送到我眼前来。”

她话音一落，还当真四下望了望四周。

没什么动静。

她暗笑自己无聊至极，于是对着那束花哼笑：“一点也不灵啊，小骗子。”

“说谁是小骗子呢？”

身后冷不丁响起一道男声，吓得林绛一激灵。

像上课忽然被老师点了名一样，她慌乱地站了起来，瞪着眼睛看了看眼前的人，又看了看抱着的花，不确定地问：“江为风？”

“你怎么在这儿？”江为风眯着眼睛问。

“我朋友结婚，”林绛定定神，“你呢？”

江为风扬了扬手里的烟盒：“出外景刚结束，出来抽根烟。”

林绛点点头，盯着脚尖不知道该说什么。

江为风自顾自点燃一根烟，神色隐匿在烟雾里。

“你不冷吗？”他悠悠看向她。

林绛下意识看了看自己穿的雾蓝色的连衣裙，他不说还好，一说她还真是有些冷：“有点……那我先进去了。”

他点点头，却堵在她面前没有要让路的意思：“一会儿怎么回去？”

林绛讶异：“什么？”

“怎么回去？”他又问了一遍，语气没有波澜。

“就……可能随便跟着谁的车回去吧。”林绛手指了指楼上，有点不知所措。

江为风淡淡“嗯”了一声：“我送你吧，顺路。”

林绛彻底呆了：“啊？”

好几秒钟后，她反应过来，客气道：“不用麻烦的。”

“都说了顺路了。”他看着女生的脸，看似漫不经心。

没等她回，江为风又云淡风轻问她：“几点结束？”

“哦……大概不到两个小时。”林绛不再忸怩，却回得磕巴。

江为风蹙了蹙眉，掏出手机看了眼时间：“那你可能要等我一会儿，不介意吧？”

“嗯，没关系。”她手指绕着捧花的包装带子。

他却不说话了，盯着她的眼睛看。

那眼神她看不明白，更不敢直视太久，只好问道：“你看我干吗？”

问完，江为风就笑了。

林绛不明所以，有点脸热。

“没，我只是忽然想到一句老套的话。”

林绛好学生样的乖乖听他说下去。

“你要是没看我，怎么知道我在看你？”

他不动声色打了个太极，把问题又丢到她这里。

这着实让林绛的脸更红了。

江为风没再逗她，侧身放她进屋。

林绛觉得江为风变了，但具体是哪里变了，她又讲不上来。也有可能，他之前就是这样的人，只是他们距离太远，她从来不曾知道过。

接下来的几个小时，林绛都是蒙的。

喜宴散后，她躲在更衣室迟迟没下楼。等人都走了，她才出门，却迎头撞上了送宾客的李娜和李凯。李凯被人叫进屋，李娜则走到林绛身边。

她心底叹气，还是没逃过一阵审问。

“怎么没走？”

“有人来接了。”林绛手里还抱着花，特心虚地回了一句。

“哦——”李娜意味深长地拉了个长腔，“男朋友？”

林绛忙说：“不是，你别乱想。”

“林绛。”她话刚落音，门外有人跨步往屋里来，喊她的名字。

林绛被这声音激得心一麻，心底升起怪异的感觉，就像偷情被曝光一样。

此念一出，她暗惊了一下，忙甩甩头。

李娜则瞪大了双眼：“我没看错吧？”

“我这边提前结束了。”江为风走近，带来一股凉风。

林绛看他一眼，只见他对着穿大红色中式礼服的李娜说：“恭喜啊。”

李娜眼珠都快瞪出来了，看了看江为风，又看了看林绛，最后视线定在林绛身上：“我的捧花没白送。”

林绛忙用手肘碰了下李娜，又怕江为风误会，赶紧扯开话题：“那个，江为风正好顺道，就送我一下，我们先走了。”

说完，她也不看李娜的脸色，忙用手去扯江为风的衣服。江为风就这么被她半推半搡带出了大厅。

到了门口，林绛才意识到自己一直抓着他的衣裳，忙松开手，不好意思极了：“我朋友她……”

“你这样把我拉出来，她更会误会的。”江为风理了理衣服，目光悠悠。

“对不起。”林绛沮丧道。

“没事，扯平了。”江为风余光瞥向右手边，嘴角微不可见勾着笑意，语气却是淡淡的。

林绛没搞懂他的意思。

他慢条斯理地侧身，对着旁边一群看热闹的人说：“看什么呢？把设备装好赶紧回去。”

林绛这才发现旁边这群人一直在盯着他们瞧，表情一个比一个意味深长。她这才明白过来他说的“扯平”是什么意思。

这群人都是江为风的同事，林绛定神望去，只见其中一个人穿着黑 T 恤，上面居然印着“J&J”的字样。

林绛多看了好几眼。

“你在这儿工作吗？”上车后，林绛盯着江为风车上那盆摇头的花出神，想了想还是问出口。

江为风掏出一根烟，先是咬在嘴上，又问她：“介意吗？”

她摇摇头，见他点了根烟夹在修长的手指上，没忍住说：“你烟瘾好大。”

江为风笑了，又打开车窗，顿时有风灌进来，他的声音和风声一起传来：“你知道 J&J？”

她点点头：“嗯，我之前去那儿面试过。”

话一落，他忽然转头看向她。

“怎么了？”林绛下意识移开了眼。

他却转回头去了，把烟熄灭，声音有一丝哑：“没什么，我是这家工作室的创始人之一。”

他声音淡淡的，毫无波澜，林绛却暗自深呼吸，她刚刚见他对那群人说话的语气就猜到七八分，因此意外的也不是他的身份，而是她和他的这场不期而遇。

林绛笑了笑，说道：“好巧。”

“我记得你以前是学播音的，怎么去旅拍了？”沉默了一会儿，江为风问。

“就是想趁年轻，多走走。”

他“哦”了一声，手指在方向盘上有一搭没一搭地轻敲着，又不知道从哪里掏出一瓶可乐打开，“呲——”的一声，泡沫一下子涌上来。

江为风没收住，可乐溅到了衣襟和裤子上。

男人恼了。

林绛忙扯车前的纸巾给他擦着，眼看着白纸变咖啡色，她想都没想，又扯了更多的纸帮他擦，手碰到他大腿的时候，她还没反应过来。几秒钟后，她一下子愣住。

收手，抬眼，只见男人眸色渐深。

林绛忙坐正偏头，轻咳了声，生硬扯开话题：“你还是喜欢喝可乐啊？”

话一出，自己先愣了。

还好眼前的男人没发现什么，“嗯”了一声，听来漫不经心。她攥了攥此刻略黏腻的手，定了定神。

这边男人收回目光，他心思一直在转，过了会儿又继续刚才的话题：“之前听昊子说你考的 Z 传播音，后来没去做主持人吗？”

“做过，发现自己不太适合。”林绛不想多说。

他不动声色看她一眼：“记得你之前还是学校广播站的。”

她看了他一眼，又移开目光，说道：“是。”

他噙着笑：“那你记不记得一个 QQ 昵称叫 38.6℃的人？”

【35】

38.6℃？

闻言，林绛着实差点呛了一口气，强迫自己快速平复心情后，转头去看他，只见他专注地开着车，似乎不过是顺口说起的话题。

林绛装作认真思考的样子，顿了顿，扯出一个笑：“不记得。”

江为风也不应，没有转头，却瞟了她一眼。于是，林绛又掩耳盗铃地问了声：“你同学吗？”

江为风这才转头盯她，双眸漆黑，嘴唇却勾着淡淡的笑：“不认识，我以为你知道。”

林绛愣了，这会儿手上沾的可乐有点过于黏腻，她忍不住搓磨，以至于手指都有些麻，再从胳膊沿着脉络传到心里，一直扩散到全身。

她偏头去看窗外的风景：“我怎么会知道。”

江为风的目光追着她的动作，视线却只落在她的脖颈处，阳光透过她侧脸上散乱的“黑色森林”，里面藏着的那只月亮更白了。

他又伸手去拿可乐喝，没错，他还是喜欢喝可乐：“也是，好学生心里都是学习，怎么会专门记这些呢。”

林绛没接话。

于是一路无话。

林绛看着路边林立的高楼和人来人往的街道，就像电影里的快镜头，人生百态忽闪而过，没多久就到了公寓。

车子停下的时候，林绛才偏过头。而下一秒，江为风又侧身过来，林绛心跳加速，呼吸一滞。

和上次一样，他帮她解开了安全带。

“把你手机号和微信给我吧。”在她准备推开车门的时候，他开口了。

没等她有反应，他兀自解释起来：“郑姨常找你，她身体不好，万一有什么突发事件，好联系。”

林绛不疑有他，把自己的手机号报给他：“微信也是这个号。”

他加完她，她又道了声谢，说路上小心，才推门离开。

江为风看着她的背影，打通了一个电话：“有件事需要你尽快办一下。”

他说着，突然闻见一股香味，余光瞥向后视镜，一束大红色的玫瑰正静静盛开在后座。

他顿了顿，驱车离开。

三月末来了一场倒春寒。

林绛的爷爷和外公年龄相仿，身子骨却是大不相同。

这不，外公刚从草原回来，没几天又精神头十足地跑去北京玩了。而爷爷呢，本来身子就弱，天乍一冷，他得了场病，高烧不退，又住院了。

林绛这天下了课后去看爷爷，正巧碰见沈宴也在，在病房待了一会儿后，两人一块出门。

等电梯时，走廊的小电视里正在放巧克力广告。

林绛盯着沈宴的眼睛看，问道：“最近很忙吗？你看你的黑眼圈比黑巧克力都黑。”

“别提了，所里的事儿就够烦的了，我妈还张罗要给我介绍对象。”沈宴哼笑。

林绛也笑了：“我搬出来是不是很明智？”

沈宴点点头：“我最近也考虑搬出来这事儿呢。”

林绛又想说什么，电梯恰好开门，与此同时，那小电视里传出一个熟悉的声音，洪亮有力却锥心。

林绛眸色一暗，拉着沈宴就要进电梯。

沈宴却不肯动弹。

林绛眼看着电梯门又合上，电视机里的广告也换了下一个。她眼睛涩涩的，拉了拉沈宴的胳膊，清了清嗓子，说道："走吧。"

沈宴站定不动，片刻之后才低头看向她。

让林绛意外的是，他竟露出一个特阳光的笑容："刚刚还没说完呢，我有事需要你帮忙。"

林绛没想到他忽然扯出这么一句，看着沈宴的脸，不知道怎么了。他这抹笑着实有着'宁为玉碎，不为瓦全'的意味。

"什么事？"林绛想让沈宴继续说下去。

沈宴敛去表情："反正只有你能帮。"

说着，沈宴往前站了站，去按电梯："到时候打扮得漂亮点。"

林绛只觉得他话题转移得快，又问了一遍："什么事儿啊？"

沈宴却不再搭话。

林绛只觉得太阳穴直跳。

这天下午和沈宴分开之后，林绛回家鼓捣电台，才录了两篇稿子，窗外的天色便已经黑透。

林绛伸了个懒腰去厨房觅食，拿了罐酸奶来喝，刚打开，奶盖都还没舔呢，王佳倩的视频通话就打过来，要她帮忙挑见客户穿的衣服。

没讲几句，那头便传来男人讲话的声音，王佳倩脸色一变，神色闪躲起来。

"秦照吗？"林绛没装没听见。

"你听出来了？"王佳倩挠挠头，换了个拿手机的姿势，叹了口气。

但没打算继续说下去。

林绛便不再多问了，认真帮她挑了款韩版的米色套装，便挂了电话。

放下手机，林绛靠在料理台上，慢悠悠喝着酸奶，不知道在想什么，却又好像什么都在想。

这晚听着陈小春的《独家记忆》入睡。

第二天，林绛早起去上课，下了课之后，一出门迎来一场突如其来的雨。

班里有位女同学和她一起站在檐下，林绛问女生："你也没带伞？"

谁知道女生低头笑笑，没说话。

过了大约五分钟，雨中忽然有个清瘦的男孩子打伞跑过来。女孩雀跃地钻进男生的伞下，特羞涩地看了眼林绛：“老师，我们先走啦。”

林绛顿时觉得生无可恋。

她再点开打车软件，还是没人接单。

她咬咬牙冲进雨里。

跑了没几步，一辆车在她旁边停了下来。

江为风也没想到会遇见林绛，刚刚他去公司，助理把林绛的简历找出来拿给他看，他沉默片刻后，开车回家。

常走的那条路堵了，他改道走另一边，谁知道才过了个绿灯，隔着雨雾，就看到她跑在雨里，像一片树叶似的飘摇。

车窗摇下来，露出熟悉的脸，他声音淡淡的：“上来。”

林绛看着自己浑身湿得不成样子，连忙摆手：“我身上挺湿的，不上去了吧，我到前面坐地铁就行。”

他不说话，就这么看着她。

后面的车一个劲按喇叭，林绛咬咬唇，开门坐进去。

她这天穿的白色的上衣，被雨打湿后里面的白色吊带清晰可见，她的头发成了一绺绺的，还滴着水，从发梢到锁骨，再浸到衣服里。

林绛别扭地抱着胳膊，偷偷去看江为风，见他专注地开着车，像是她这个人不存在似的，她这才暗暗长舒一口气。

他今天穿了西装，和平时穿便装的感觉完全不一样，有种莫名的清贵，若是这样静默，在他身上就寻不到半分人间烟火味。

就这么开了一会儿，他们并无交流，几分钟后他拐了个弯，在一间花店门口停下，对她说：“稍等一下。”

林绛点点头。趁他出去，她忙掏出气垫来补妆，把自己简单收拾了一番后，他还没来。

林绛打量着江为风的车，很干净，除了面前这盆摇头的花之外再没有其他装饰，更没有女人的痕迹。

她暗自想到这一层，忽然觉得有东西在扎她。

她微微起身，在坐垫上摸了半天，摸到一个硬硬的东西，掏出来一看，是一枚蓝色耳钉——她之前在微博上见女演员戴过这款。

林绛的心倏地落到谷底，拿着那枚耳钉的手颤颤的，想了想，把它放在了那盆摇头的花旁边。

这时，江为风恰好回来。

他人还没完全跨进车里，一束烈焰玫瑰却飘着幽香先到了。

林绛看了眼那枚耳钉，又看了看这束花，心里一阵酸涩，连坐姿都僵硬了不少。

“给你的。”

江为风进了车里，把花束往林绛怀里一塞，旋即坐正，一手懒懒抓了抓被淋湿的头发，一手解开了衬衫上的一粒纽扣。

林绛心跳如擂鼓，那一刻，她想收回之前形容他的“清贵”一词，明明是风流雅痞。

“为什么给我？”恍惚了几秒，她还是想不明白。

“那天你的捧花落车上了。”他斜看着她，声音不咸不淡。

林绛“哦”了一声：“谢谢。”

她本来还想说些什么，但又怕万一表现得太过欢喜，反而让他误会自己想歪，便静静抱着花朵不讲话。

沉默之间，她数了数有二十一朵，一路繁花盛开。

林绛让江为风在医院停下。

“我爷爷前两天又病了，所以我来看看他。”林绛下车之前解释道。

江为风听了，又让林绛等一会儿，拿了手机下车。

林绛不知道他要干吗，却也没去细想，便在车上坐着，乖乖等他回来。

不过十分钟而已，他回来了，却没上车，而是打开她那侧的车门，帮她解开安全带。

林绛忙下车，站稳后一看，他手上拎着一个漂亮的果篮和一个透明雨衣。

她微愣，他把果篮塞给她：“一点心意。”

“这太不好意思了，让你送我，还让你破费。”林绛诚心道。

江为风眸光有些闪，玩味地看着她，嗤笑一声：“林绛，有没有人说过，你太端着？”

她一蒙，不明所以地看着他。

他又笑了，散漫至极：“别这么客气。”

林绛低着头，玫瑰衬得她脸更红了，一时不知道该说什么才好。

他又看了她一眼，把雨衣也塞给她，语气温柔不少：“上去吧，这会儿雨停了，不知道什么时候还会下。”

他买的是雨衣，不是伞。

外面的雨停了，心里的雨却轰轰烈烈落下来，把她浇了个透。

她接过雨衣，还是语塞，只会呆呆傻傻看着他，她在他面前永远能轻易丧失语言功能。

江为风双眸深幽，语气却很平淡：“是不是拿的东西太多了？我送你上去？”

林绛心里的雨忽然就停了，那股矫情劲儿也像变魔法一样消失了。

“不用！”她脱口而出后又解释，“我是说今天已经很麻烦你了。”

江为风挑眉。

林绛泄气，恨自己又“端”起来，几乎是逃着离开。

江为风目送女生的背影。

她的黑发随着走路的频率，在肩膀上一跳一颤，白色的上衣被风吹得有些鼓，透出里面的吊带。他在车上就看到了，她的腰很细，背影渐行渐远，一副随时会随风而飘的样子。

江为风见她没影了才进车里，只觉得心里阵阵发痒。

他打开车窗，刚想掏烟来抽，一个熟悉的身影正好映入眼帘。

“除了果篮，还买什么？”沈宴站在车前。

“你看着办吧。”里面的女人答道。

“得嘞。”

沈宴迈开长腿，往水果店去。

江为风一根烟没点上火，却没兴致再抽了，愣愣出神不知道在想什么。只见不一会儿，沈宴空手回来，对着车窗问：“林绛说她买了果篮了，咱还买吗？”

车里的女人有点不耐烦：“林绛买是林绛的，咱们买是咱们的……”

江为风冷冷哼笑一声，驱车离开。

【36】

这天下午，江为风和顾翔在光明广场久违地玩了两个小时滑板，下场之后，两个男人坐在不远处廊下的台阶上，看空地上的男男女女把板子摔得直响，溅得地上的雨渍乱飞。

顾翔喘着粗气骂了句脏话，踢了踢脚下的板子笑道：“虽说咱才二十多岁，但和这群十来岁的比，到底还是不行了，刚才内转都差点没转成。”

“不行的只有你。”江为风掏了根烟点上。

“是是是，你宝刀未老，场上不少小姑娘夸你帅呢，啧啧……”顾翔瞥他一眼，“但你要再这么抽烟，估计离不行也不远了哈。”

江为风吐了个烟圈：“你什么时候废话那么多？”

“我这是关心你知道吗？你要是身体出啥毛病，公司还有哥们的活路吗？”顾翔苦着脸，等着眼前的男人搭话。

江为风又不紧不慢吐出一个漂亮烟圈，不给回应。

顾翔张张嘴，又闭上，一副踌躇的样子。

他正纠结呢，冷不丁挨了一脚。

“咝——”顾翔疼得五官拧巴，“你抽风啊！”

“说。”江为风吐出一个字。

顾翔咽了咽口水，坐直了身子：“还能怎么，张益嘉呗。”

“哥们真拿你当兄弟才说这话，你也别嫌我直……”

江为风盯着他：“嗯？”

“他倒没什么大毛病，人也不坏，但就是和我们……呸，是和我不是一路人。人家都说道不同，不相为谋，我是和他走不到一起，三观不同啊，”顾翔还举了个例子，“就拿给你排工作这事儿说吧，我是你经纪人，他凭什么插手你的通告啊？看看给你的工作表，他现在就把你当摇钱树了，啥活都接，前两天去水库拍的那个活，要我说，真不用你干。”

顾翔一开口就停不下来。

江为风眼神晦暗，想起上午刚到公司，张益嘉对着他也是忽然来了一通话。

这俩，一个刀刀致命，一个暗藏杀机。

“水库是我自己要去的。”江为风开口。

“不是吧？真的假的啊？不会是为了粉饰太平唬兄弟我呢吧？”顾翔怎么都想不明白，“不是，你也不是什么圣母啊？”

“滚。”江为风抬脚又给了顾翔一下。

这一脚踢过来，搁平时顾翔早装得嗷嗷叫了，不过这会儿他没闲工夫管这个，又问道：“我不是那意思，你想想啊，之前你休息，钟慧的片约你都没接……”

钟慧好歹也算85后二线流量小花了，那回损失了不小一单子，把张益嘉和顾翔气得吹胡子瞪眼。

江为风听罢，喉结动了动。

有些故事，注定没法有观众。

沉默中，身后有人拍了拍他的背——

“帅哥，可以认识一下吗？”

江为风眯眼向后看到一个看着眼熟的大波浪艳妆女人，正噙着笑看他。

他以为是拍过的哪个网红，并不打算搭理。

顾翔却一激动，倏地站起来：“程云川？！”

江为风微愣，迟钝了几秒才想起来眼前的人是谁。

“果然不记得我了，”程云川的笑意未达眼底，“看来当初死缠烂打也没用啊，你不想记住的还是记不住。”

顾翔一副看戏的样子。

江为风对程云川点点头，言语淡淡的：“记得。”

程云川脸色微动，眸光里的情绪像烟圈一样聚拢，又很快散了：“荣幸之至。”

江为风沉默。

程云川觉得气氛尴尬，作势要走：“嗐，光顾着聊了，我还得回台里呢。”

“你在电视台工作？”顾翔一听来精神了。

程云川似乎是不愿意讲太多：“就是做个晚间小节目。”她说着又停顿了一两秒，见江为风没有反应，便又笑笑，“快赶不上打卡了，先走了。”

江为风一颔首。

顾翔看着女人离开的背影，早忘记工作上的琐事，感叹道：“唉，感觉程云川变了好多，漂亮是漂亮，但不知道为什么，觉得她现在像戴着个面具，没有之前追你时那股劲儿了。”

话音刚落，某人吃了一闷拳。

江为风被思绪填满，一首粤语歌始终萦绕在耳边。

那是一个普通的午后，程云川和石头串通，在顾翔的生日会上突然出现，后来又一路跟到 KTV。

他兴致缺缺，本打算在成明昊来了之后就去打游戏，结果下去接完成明昊再上来，就听见林绛在昏暗的包厢里安静地唱歌，于是他也安静听完，后来一直待到散场。

就是那一刻，他第一次认真记住了林绛的脸。

春风乍起，吹乱记忆。

一晃好多年。

林绛这晚回家，开始在云音乐等几个平台上传自己录的电台。

一连几天没断更。

或许是因为她走的是情感方向，竞争力不小，前几期都反响平平。

第五期是一篇暗恋稿，名字叫《自从见你手拿可乐，从此之后只喝可乐》。不知道怎么了，两个小时后林绛再打开主页看，评论 999+，点赞和关注也像潮水一样淹没了她。

林绛手握着一罐冰可乐，慢慢浏览评论，暗恋的故事各不相同，但感情却都如出一辙，有眼泪的咸，也有心动的甜。

林绛的目光落在衣架挂着的雨衣上，音箱里放着苏打绿的歌，她若有所思，想起从前。

这一夜早早入睡，居然神奇地梦见了江为风，但是梦的内容怎么都回忆不起来，她只是惊讶，因为她原本很少梦到他。

次日，她起了个大早梳妆打扮，眼影涂到一半的时候，沈宴打微信语音电话来，问道："我到你家楼下了，你好了吗？"

"换个衣服就下去，也就五分钟吧。"林绛边涂眼影边说。

半小时后，她刚把头发卷好，正要去换衣服，门铃响了，她趿拉着拖鞋去开门。

沈宴抱胸靠在门框上，看了眼表，面无表情地说："五分钟？"

林绛结巴："嗯……这次真是五分钟！"

说着，"啪"一声把门关上，再出来时换了一身黑色紧身吊带裙。

她踩着细高跟，手拿米色西装，对着沈宴撩了一下鬈发："怎么样？没让你白等吧？"

沈宴不自然地勾了勾嘴角，视线把她扫了个遍，眼神漆黑："嘴巴涂得像刚吃完小孩似的。"

说着转身就往电梯走。

林绛跟上去，抗议道："我今天可是破天荒化了次全妆，这都是为了你，能不能给点面子？"

沈宴勾勾唇，又看了她一眼，眼神闪躲开。

林绛撇嘴，笑得狡黠："等着吧，小孩没吃饱，等会儿把你相亲对象吃了。"

沈宴从家里搬出去了，但还是没逃脱被安排相亲的命运。

李静不知道用了什么方法，终于逼迫沈宴同意相亲。

于是那天在医院，沈宴找到林绛帮忙。

半个小时后，林绛在一面墙后潜伏，静静观察不远处坐着的女人，据说她是教师，比沈宴大一岁，长得很温柔，气质宜室宜家，但说不出和沈宴配不配。

打量之中，沈宴的微信发过来：【开始行动。】

林绛对着手机看了看自己的妆，确保无误后，踩着高跟鞋走出去，扭得像条蛇。

她到沈宴面前坐下，沈宴惊慌失措，浮夸地问："你……你怎么在这儿？"

她故作原配架势，看了看面前的女人，又看了看沈宴，捏着嗓子问："老公，她是谁？”

眼前的女人明显有点蒙，问沈宴：“这位是？”

沈宴结结巴巴，很是为难的样子。

林绛抱着胸，挑眉勾唇，审视地问：“我是他女朋友，你谁啊？”

女人皱了皱眉，还是问沈宴：“你有女朋友？”

林绛一听，装模作样地哭了起来，用手捶沈宴，声音又尖又细，惹得餐厅不少人都往这边看：“什么叫你有女朋友？你现在还瞒着咱俩的事儿？你说咱俩什么关系？你对得起我吗？”

对面的女人顿时僵了，脸色骤然阴郁，端起水杯朝沈宴脸上就是一泼，骂了句“渣男”后拎包离开。

林绛想到过这女人会这么做，却还是被这杯水吓得一愣，看了看正慢条斯理擦水的沈宴，有点怵：“我可是照着你给的剧本演的，刚才，是不是有点过分啊？”

沈宴一笑：“正合我意，这样以后就不用对付这些事儿了。”

“其实吧，你也老大不小了，确实可以……”林绛认真地说。

“菜都还没上，吃了饭再走吧。”沈宴打断她。

林绛不死心：“你告诉我，为什么这么多年不谈恋爱啊？”

“那你为什么这么多年也不谈恋爱啊？”沈宴反问。

林绛一愣：“我这不是还没遇到吗？”

“我也是还没遇到。”

“哼。学人精。”林绛喃喃。

“什么？”沈宴没听清。

“没什么，饿了。”

林绛低头吃饭，丝毫不知道，在刚刚她躲避的墙面背后，站着一个男人。

【37】

江为风刚去东京出了几天外景，回来后被江河叫去陪几个亲戚吃饭，吃到一半出来接电话，谁知道迎头撞上一出好戏，而他居然还看完了。

江为风冷眼沉默，看着女人红唇鬈发，明艳妖孽，紧身吊带裙下的皮肤白得晃眼，哪里还有她平时小白花的样子。

他气急反而笑了。

回到包厢，长辈们正七嘴八舌聊得热闹。

见江为风进来，江河说：“刚才正聊到你呢。”

江为风落座，漫不经心地问：“说我什么？”

“还不是说你没媳妇。”一位伯父看着他笑。

江为风笑笑，没心思回话。

这边伯父又开始说：“你爸说你工作忙，那也可以从以前的同学里找啊，正好也免了认识的过程。”

“就是啊，我家小丽现在这个未婚夫，就是之前的同学，两个人一直是好朋友，顺其自然就好上了。”这群中年男人八卦起来不输女人。

“要说这谈对象，还是青梅竹马的好。”

“……”

江为风眼底闪过一抹黑，突然扯出一个笑：“其实我有女朋友。”

热闹的场子顿时静了下来。

江河端着酒杯，愣了片刻，问道：“什么时候的事儿？”

“就最近，不信你问郑姨。”江为风还是笑，眼神里的情绪让人捉摸不透。

“我先回去了，你等会儿回去的时候叫个代驾。”江为风拿了外套，对江河说道。

他又对几位长辈颔首笑了笑：“我家那位要我去接她，先失陪了。”

说完，他便退出包厢。

出门的瞬间，他勾起的嘴角瞬间变为一条直线。

他往大厅看去，刚才的位子上只剩服务员在收拾，看来他们是刚出去不久。

他满腹心事地驱车回家。

郑萍正在家看电视，江为风扭头瞅了一眼，没走两步，被人叫住。

“回来了。”

“嗯。”

“前两天我想请林绛来家里吃饭呢，她说忙，一会儿你打电话问问？”

“……”

“怎么不说话？”

“听见了。”江为风一笑。

晚上洗完澡，江为风趿拉着拖鞋，咬着烟，坐在椅子上点开林绛的微信，先是拨通了语音电话，没人接，又拨了电话号码，还是无人接听。

江为风摁灭了烟，起身踱了两步，又泄气似的把自己摔进床里，他仰面躺了许久，黑眸沉静，不知道在想些什么。

掏出手机去看，QQ 里只保留了一个对话框，对话的最后日期停留在 2 月 11 日。

林绛：【元宵节快乐。（群发勿回）】

江为风：【多谢。】

再往上划，几乎都是这类似的节日祝福。

可早在七年前，他就看过成明昊和顾翔的手机，根本没有什么“群发”。

他原本心里就想到了这一层，可知道确切答案的那一刻还是耐不住，好似一间密不透光的暗室，有人“啪”一下打开电灯，刺眼的光把满室的飞蛾都照得扑棱起来。

林绛就是那盏灯，他恨不得立刻撞上去。

是不是撞得血肉模糊，支离破碎，就能看见灯芯？

“林绛。”

夜正浓，他轻声喃喃，没有回音。

林绛在第二天才看到江为风的未接电话，一阵迷惘，揉了揉眼睛，才发现没看花眼。

她的心便不争气地乱跳起来——

他居然主动给自己打电话了……

林绛像忽然绕进一座迷宫。

她若有所思。

指尖摩挲着手机壳，想了好一会儿，她才给他回拨过去。

早上七点多的时候，手机振动打破了一室宁静，江为风烦躁地翻了个身，迷糊着在枕头下一通乱摸，闭着眼睛接起来：“喂？”

声音又哑又懒，一听就没睡醒。

“抱歉，我是不是打得太早了？”林绛轻轻问他。

江为风闭着眼收住呼吸愣了两秒，又倏地睁开眼，困倦一扫而光。

“我昨天手机没电了，早晨才发现，这会儿刚充上……”

她解释着，像是怕打搅到他，声音又小了几分。

她的声音像羽毛一样刮着他的耳郭，每一次呼吸都像是在往他耳边吹气，惹得他一阵战栗燥热。

“没别的，郑姨想请你来家里吃顿饭。”他眼底清朗一片，只是嗓子还是暗哑。

她在那头沉默了许久，他也不急，等她的回答。

几秒静默过后，听筒里传来一声——

“好。”

江为风一笑：“你什么时候有空？”

“今天上午有课，其余时间都有空。”

“这样啊……”他声音懒懒，“那我晚上去接你吧。”

林绛听他说要来接她，不知道为什么有些安心，扬扬嘴角笑了笑。

“你笑什么？”他问道。

“我没有。”她一愣，有种上课做小动作被抓到的窘迫。

这话一出，反而脸红了。

谁都知道，她是口是心非。

江为风心头一颤，这三个字太像撒娇。

他心情好得不行：“晚上去接你？”

她说：“好。”

挂了电话，她软糯的声音还在耳根绕着，惹得他整个右耳都酥酥麻麻的，像点燃了一个引子，倏地爆破。

大火顷刻之间燎原。

江为风起身去厕所，自嘲自己像个毛小子似的。

这一天过得实在慢。

下午五点左右，江为风开车从公司去往幸福公寓。

FM87.7在放歌，他不自觉跟着哼了两句，切歌的时候才暗叹自己居然会唱。

刚拐了没几个路口，江为风忽然看见前面的人行道上有个戴着黄色鸭舌帽的老人。他觉得熟悉，擦肩的时候又看了一眼。

谁知道，那老人却忽然被一辆拐弯的电动车刮了一下，整个人狠狠摔在地上。

他紧急踩了刹车。

半个小时后，江为风坐在急诊室，看着老人挂着水，正愁眉苦脸。

“给我女儿打电话没打通，可能在忙。”老人说。

江为风不好催促，说道：“没事，您先去检查，我等您家人来了再走。”

老人感动不已：“上回在呼伦贝尔见到你，就觉得你是好人，今天太麻烦你了，我给我外孙女打个电话让她来吧，你要有事儿再给耽搁了，我心里更过意不去。”

江为风说：“好。”然后便去楼道抽烟。

一根烟燃尽后，他掏出手机看表，5点47分，想了想，他给林绛发消息：

【可能晚点到。】

消息刚发出去，林绛的微信电话就打来了。

“江为风。”

她叫他的名字，声音有点不稳。

“怎么了？”

“我这边临时有点事，要不改天再约成吗？”

江为风略顿了一下，说道：“好。”

她匆匆挂上电话。

江为风看着屏幕还亮着的手机，沉默了几秒。

他转身回急诊室，走到门口，护士正推着老人过去拍 CT 片。

老人把自己的手机交给他：“我外孙女到了会打电话，麻烦你下去迎一下她，等她来了你就先走，别耽误了自己的事儿，不用等我出来。”

江为风握着手机，点点头：“您放心进去。”

天际最后几抹霞色红得好像烟上刚刚点燃的花。

手机屏幕一直亮着，微信里他打了几个字，又删去。

迟疑之中，另一个电话振动起来。

他掏出来，目光一凛。

“外公，我现在到急诊室了，怎么没人啊？你到哪儿去了？”

听到声音后，江为风把听筒从耳朵上拿开，又确认了一遍——备注是“绛绛”，没错。

“林绛？”

远处最后一丝霞光散了。

烟上的花忽然亮起来。

起风了。

两个小时后，江为风的车子停在香江城外。

徐名娟和林伟早早就站在大门口等着，一见林绛和江为风扶着老人从车里下来，两个人着急忙慌地跑过去。

“爸，您没事儿吧？”林伟上前扶住。

外公摆摆手：“没事没事，就是摔破了点皮，多亏了小江把我送到医院，还跑前跑后的。”

徐名娟从一开始就注意到了江为风，这会儿又多看了一眼：“谢谢你啊。”

江为风笑了笑：“客气。”

林伟扶着外公，问江为风：“今天多谢你，要不要上去坐坐？”

“天色已晚，外公需要休息，就不打扰了。”

外公笑着点点头：“好，今天确实太晚了，改天外公请你吃饭。”

江为风说：“好。”

林伟和徐名娟又说了几句客气话，便扶着外公要上楼。

林绛在旁边一直没说话，徐名娟问她：“你今天是在这儿住还是回去？”

“明早有课，得回去。”林绛答道。

“那我送你。”徐名娟和江为风同时开口。

【38】

林绛暗暗倒抽一口气。

徐名娟抬头又看了江为风一眼，江为风毫不闪躲地把目光迎上去。

徐名娟又去瞧林绛。

外公瞧这情景，忙去拉徐名娟的袖子：“走走，上去我给你说。”

徐名娟看了看江为风，又看了看林绛，林伟朝她使眼色示意上楼。

于是，徐名娟笑笑，对江为风说：“那拜托你了。”说完又去盯林绛，“到家说一声。”

林绛点头：“好。”

江为风颔首：“保证把她安全送回家。”

坐上车，两个人有好一阵都没开口讲话，最后还是林绛先开口：“今天谢谢你啊。”

江为风转动方向盘，像是心情不错，问道：“怎么谢？”

林绛一愣，想了想才回：“要不改天我请你吃饭？”

“好啊。”江为风不客气。

林绛又是一愣。

江为风偏头睨她，明知故问：“怎么愣住了？”

“没，”林绛忙说，“到时候有空你告诉我一声，我随时可以。”

“行。”

江为风嘴角噙着笑，单手把着方向盘，车子一路疾驰。

半路上，林绛回忆这几次的偶遇，不知道为什么想起一句台词，“世界上所有的相遇，都是久别重逢”，嘴角不自觉弯了弯。

却被他捕捉到：“笑什么？”

林绛抿抿嘴唇：“感觉你都快成我的专用司机了。”

江为风闻言低笑，转头朝她看去，林绛这才发现他笑得深时，左脸上居然有一个酒窝。

发现这件事的时候，林绛心底长叹气——

到底是凡夫俗子，逃不过见色起意。

不知为何，就那一个瞬间，林绛想起十七岁晚夏的黄昏。

夏末时分的黄昏，天边有霞光散开，是粉红色的，就像彼时少年时的日子。

那么浓那么深的温柔，铺天盖地，每一寸都无处可躲。

直到忽然一阵铃声没礼貌地响起，打破平静。

林绛回神，忙偏头。

余光瞥见江为风神色轻松，还慢条斯理地戴上蓝牙耳机。

那边的人说了什么他好像没听清，问了一句："莉莉安？"

似乎是得了肯定的回答，他勾了勾嘴角，又问道："你声音怎么哑了？"

林绛便屏息，盯着他车前那朵摇头晃脑的花出神，旁边那枚蓝色的耳钉已经不见了。

又听他问道："下周能搬？"

挂了电话后，他心情更好了。

江为风见林绛在一旁低头玩手指头，眸光闪了闪，忽然解释道："这是我助理。"

林绛心一跳，抬头应了声："哦。"

听不出什么情绪。

江为风定定看了旁边的女生两三秒，不声不响地笑了。

很快到达目的地。

林绛手攥着安全带，看向男人："你一会儿路上小心。"

江为风点点头："你欠我顿饭。"

林绛抬眸，看眼前的人似乎没有玩笑的意思，便回道："知道了。"

江为风听罢，满意地点了点头。

林绛低头把包往肩上提了提，再伸手去按安全带上的按扣。

一下，两下……没弹开。

她极小声"咦"了一声，朝右侧扭了扭身子，又加了两成力气按了两下，还是没反应。

林绛正想扭头去问他，刚一抬脸，谁知他忽然欺身过来，他的唇擦过她的眉心上。

温热的触感犹如电击，惹得林绛浑身战栗，就像她高考结束那年在日本看过的夏日祭烟花礼，嘭嘭嘭，到处都炸满了烟花。

离得这样近，连他身上的烟味都蔓延过来，他却好像没什么反应，停顿了两秒钟的样子，起身移开。

那动作漫不经心，平淡无奇。

“这个安全带坏了。”江为风提醒她。

“我忘记了，”林绛干笑，攥着安全带的手有薄汗，双眼闪躲了会儿，最后才落到他的衣角上，“那个，你能帮我解开吗？”

江为风没说话。

这密闭的无处可躲的宁静，让林绛眉心直跳，直到她下决心抬眼看他时，他才忽然俯身过来。她深吸了一口气，一动不动任他轻巧地解开她的桎梏。

然后，她再没勇气多待一秒，说了声“谢谢”，又加了句“再见”，以最快速度推门而去。

江为风看着女孩落荒而逃的背影，双眸闪烁。

直到她离去的地方早已空无一人，他才驱车离开。

林绛稳着心神，不紧不慢走到公寓门口，掏出卡刷开进入公寓大门，拐弯进公寓楼的时候余光瞥了眼远处空地，车子刚起动。

一阵风吹过，吹走了脸上残存的温热痕迹，林绛第一次感受到“贤者时间”。

电梯来了，她慢悠悠进去，正巧徐名娟电话打过来，问道：“到了没？”

她“嗯”了一声，满腹心事。

徐名娟那边热闹，林伟好像要帮外公洗澡，问徐名娟该换哪件睡衣。

徐名娟没空理会林伟，所有的心思都在林绛这边：“他……你什么时候认识的？”

“高中同学。”林绛眼一跳。

“长得倒是蛮帅的，个子也高……”徐名娟喃喃道。

林绛笑了：“您啊，就别关心别人了，关心我还不够啊？”

“我哪是关心别人啊，我就是关心你。”

听到徐名娟叹了口气，林绛的笑缓缓定在嘴角，好在那边林伟又在说话，徐名娟这才暂停话题：“行了，你快回家歇着吧，我去看看你爸叫我什么事。”

林绛正好拿卡开了房门，回了句“好”，然后三两步走到卧室，把自己狠狠丢进床里。

窗外华灯点点，此刻天色已经黑透了。

夜深处，自有灯红酒绿的风月场。

江为风就躲在这片热闹里，灌了自己三杯酒。

顾翔琢磨了一番才开口：“什么情况？”

江为风不咸不淡扫了他一眼，没说话。

“不是，因为什么啊？平时都是我拉你出来耍，今儿咋了？大晚上忽然翻哥们牌子？”顾翔往江为风身边凑了凑，手拍在江为风肩上。

“你还记得 38.6℃吗？”江为风又灌了口酒，沉思了会儿，才开口。

这下轮到顾翔迟疑了，仔细回忆了一番，才瞪大眼睛“哦”了一声：“怎么了，你这是回忆青春了？”

江为风眯起眼：“我好像找到她了。”

顾翔咽了口唾沫，又惊讶地说：“这么多年了，够曲折离奇啊。”

江为风哼笑：“算不上。”

“不是，这人谁啊？漂亮吗？”顾翔来劲了。

江为风不愿搭理，顾翔却不依不饶：“看你这熊样，怎么？是不是够好看的，让你春情萌动了？”

江为风听罢，想起刚刚车里那幕，这会子心上痒痒的。

原来星星之火，真的可以燎原。

他从桌上拿了根烟和打火机，打上火之后，冲着顾翔没心没肺地扯了个灿烂无比的笑。

接下来的几天，林绛都很忙。

外公摔了之后行动不便，加上爷爷身体一直不好，也需要照顾。偏偏这时候林伟公司有急事出差，只剩下徐名娟一边要顾着老人，一边还要往餐厅跑，实在分身乏术。

餐厅的事儿林绛都不太懂，照顾老人的活，就自然落到她头上。

这几天，她除了上课和学生们在一起外，见过最多的人便是家里的两个老头儿。

这天中午，林绛剪辑完电台稿，胡乱扎着头发从卧室出来。

客厅里，外公正不知和谁通着电话，笑得红光满面，爷爷则躺在摇椅上听新闻广播。

林绛走近敲了敲餐桌，问道：“今天老妈没留饭，咱们点外卖？”

话说完，一排乌鸦飞过。

这俩人，没一个理她的。

她正扶额，门口响起铃声，林绛三步并两步过去开门：“谁啊？”

“我。”一个熟悉的男声。

“大中午的，你怎么来了？”林绛侧身让沈宴进屋。

沈宴一笑，伸着双手在林绛眼前晃了晃：“我不换鞋了哈。”

“不是，你这是未卜先知，还是有内应啊？知道我家没饭，还自己带了午饭？”林绛歪歪头，去接沈宴手上的东西，拎起来一看，荤素齐全。

“哎？你怎么来得这么快？”爷爷不知什么时候从摇椅上坐了起来，看到沈宴还有点没反应过来，愣愣的。

“正好我所里没事，这不就直接过来了，多陪陪爷爷和外公。”沈宴熟门熟路去厨房拿盘子。

外公这边也收了线，手机还没放下，转头看到沈宴，一愣：“哎？你怎么来了？”

爷爷忙回道：“什么叫他怎么来了？当然是我叫来的。”

“外公，我给你们送点吃的。”沈宴一边把菜倒进盘子，一边笑着回答。

林绛没搞清楚状况，在一旁抱胸看戏。

爷爷朝外公摆手：“上午阿宴给我发短信问我身体怎么样了，我多和他聊了两句，阿宴这不是知道小娟没给咱们留饭，便特意跑一趟。”爷爷特认真地冲沈宴点了点头，又问外公，“阿宴是多好的孩子啊，你说是不是啊，他外公？”

林绛扯了扯嘴角，没笑起来。

外公皱了皱眉，一句话哽在嘴里没说出来。

“爷爷夸得我都不好意思了，这不是举手之劳嘛，林绛不会做饭，你们身体又还没好利索，吃外卖对身体不好。”沈宴一边说着，一边倒出最后一碟菜。

林绛去厨房拿碗筷，路过沈宴的时候做了个鬼脸，做完后又忽然想起什么，忙问道：“你说吃外卖不好，那你这饭菜怎么来的？”

沈宴挠挠头：“我打电话让我妈做的。”

林绛忍不住张大了嘴：“啊？”

她小声嘟囔了一句：“那你大老远跑来干吗呀？直接让静姨给我们送不就成了？”

这边爷爷又激动了起来：“啊？你说两个老头子吃一顿饭，还让你妈费心了……”说着，不好意思地叹起气来。

“阿宴，你说你费这事干吗，这楼上楼下的，你还特意跑一趟……”外公慢悠悠从沙发上坐起来，往餐桌边挪。

林绛忙去扶他。

外公说话有些吞吞吐吐：“你说，也不知道你提前来，一会儿吧，我还请了个客人。”

“什么客人？”话一落，爷爷和林绛均是一愣。

# 第八章　/ 小鹿

可今天，那头鹿出来了，拿角一个劲地顶她，撞她——

【39】

外公有点急，“哎呀”了一声：“就是那个小江啊，刚刚还和他打电话呢……”

声音越说越小。

“不是我说你啊，他外公，这时候你叫人来家做什么？咱们两个糟老头子，林绛还不会做饭，咋招待他嘛。”爷爷一听，直皱眉头。

“不是啊，小江不在意这些的……”

两个老头掰扯上了。

林绛却觉得脑子“嗡”的一声炸开了。

等他的时间里，她紧张得脑子放空、面无表情。十几分钟后，江为风风尘仆仆地进了门，林绛的内心翻涌起来。

江为风也带了餐食，用保温盒装过来的，色香味俱全。

“你说咱是不是心有灵犀啊？”沈宴抱胸看了眼饭菜，笑了，“这菜品能撞的都撞了，简直一模一样。”

江为风勾唇：“适合老人吃的就那几样。”

“好多年不见，有空约个球？”沈宴笑道。

“行啊，”江为风懒懒的，“好久没打了。”

两个人聊得还算热络。

剩下两个老头面面相觑，插不上话：“你俩认识啊？”

沈宴和江为风闻言对望了一眼，然后不约而同看向林绛。

林绛吞了口米饭，没来得及嚼，讲话含混不清：“我们以前一个高中的。”

“还有这么巧的事？真是缘分哪。”两个老头叹息，乐呵起来。

一段饭吃得各怀心事。

末了，林绛收拾碗筷，外公拉着江为风去阳台上看盆景，爷爷则拿着手机对着沈宴问东问西。

随后，沈宴有事要回所里，林绛把他丢在茶几上的车钥匙拿过去递给他："路上慢点开。"

沈宴笑得明朗，说道："知道了。"

在转身的那一秒，他往里看了眼阳台上的江为风。他看过去的那一刹那，江为风也正巧看过来，两个人眼神交汇在一处。

下一秒，两人又不约而同不动声色地移开。

林绛没有看到这些，关上门，看着外公旁边的江为风，有点不自在。

想了想，她问道："你一会儿没事吗？"

江为风迟疑了一秒，看向她："你问我啊？"

他皱了皱眉，像在思考什么，过了一会儿才说："我今天正好有一天假。"

他向她走近，解释道："我今天搬家，本来以为要搬一天呢，谁知道半天就搞定了。"

林绛抿抿唇，正欲开口，外公先她一步："你搬家了？刚刚打电话怎么没听你说啊？你说你搬家那么累，我该让林绛去给你帮个忙的，哪能让你再跑一趟过来看我这个老头子啊。"

"就是啊，小江，你之前帮了林绛她外公一回，早知道你搬家，我就不让沈宴过来了。你们是同学，让沈宴带着林绛一起去帮你拾掇拾掇多好。"爷爷一本正经地说。

江为风眸子暗了暗。

林绛感受到了他的目光。

"那个，你要是忙就先回去吧。"在两个老头的你一言我一语里，她找到时机插话。

江为风眼神更暗了，只是这回她没看到。

林绛只听江为风声音里带笑地说："行啊，你送我。"

五分钟后，电梯里，林绛与江为风沉默而立。

电梯下到五楼的时候，有人推了一个推车进来，上面堆满了货箱。林绛被挤到电梯一角，江为风紧挨着站在她旁边。

他身上有一股淡淡烟草混合着雨露的味道，像一张密不透风的网，让她无处可逃。

江为风侧过身，恰好注意到眼前这姑娘乌黑的头发，她随意绾的一个鬏，比那些出镜的女模特费时做的造型更有味道。

他故意往她那边又挪了挪步子。他进一步，她便退一步，不过两个回合，已然退无可退。

林绛的耳朵也从白变粉又变红。

像月亮落下，再升起太阳。

江为风的心情比刚才好了那么一点。

电梯很快到达一楼。

江为风先林绛一步出来。

“我后天有空。”江为风站定在电梯口。

林绛了然：“你选地方？”

“你选吧，你妈妈不是开餐厅吗？谁能比你更懂吃。”

林绛点点头：“那，再联系。”

江为风点头，扬了扬手里的车钥匙：“行，你上去吧，我走了。”

林绛背着手站直，乖乖说了声：“再见。”

江为风从鼻腔里哼出“嗯”字，旋即转身离开。

林绛站在原地看着他的身影一点点消失在眼前，那张圈住她的网，随着消失的烟草与雨露气味，一起不见了。

或许……这世上的确有鱼儿渴望渔网。

那是五月的下旬。

燕子呢喃，蔷薇招展。

二十个小时过去了，林绛依旧拿不定主意。

不是餐厅，而是——

穿着。

踌躇之下，林绛和王佳倩通了电话，王佳倩忙着店铺上新，因为工作的事和秦照正吵架，林绛也不便多打扰，仓促挂了电话后又开始纠结。

傍晚的时候，她才决定出门去购物。

商场里人不少，林绛一家一家店去逛，试了几件却并没有满意的。

衣服看到眼花缭乱，她便去看包。奢侈品店的店员一个个都是人精，估量人的功夫无师自通，打眼一瞧林绛的穿着，便知道她能消费多少，铆着劲跟她介绍新款。

最终，林绛相中了一个白色的手提包。

店员笑得合不拢嘴，不停地夸林绛眼光真好，又顺嘴提了一句：“小姐，您的这款包和我们店里一款连衣裙蛮配的。”

林绛兴致上来了，跟着店员去看衣服。

是一款象牙色水晶花朵长裙，远看着样式的确好，林绛便叫人拿下来试试。

店员拿裙子的时候，林绛打量店内的其他裙装，正巧玻璃门外面有个穿紫色套装的女人钥匙掉了，她俯身去拾的时候，林绛的目光恰好对上她的脸。

然后，林绛暗暗失了神。

那个女人并没有看到林绛，拾起地上的钥匙，一边往包里放，一边走。

店员在旁边叫她："小姐，可以去试了。"

林绛却瞬间没了兴致。

她说："抱歉，忽然有事。"忙刷卡付了包包钱。

再出门时，那人已经消失不见了。

她盯着女人消失的方向暗暗出神，随后又逛了会儿才回家。

第二天，林绛早早就醒了。

她一边拿着手机刷前天更新的电台评论，一边在衣橱里找能配她新买的包包的衣服。评论刷到差不多的时候，她看到一条有意思的——"如今我早已经变成厚脸皮随意听荤段子的女生，可是想起你的时候，还是想穿一次白裙子给你看"。

寥寥数语，说者有意，听者有心。

林绛穿的是一条法式复古的白色连衣裙，前面的方领能露出锁骨，后背设计了一个蝴蝶结，正好垂在蝴蝶骨下面，背部其余的地方都是裸的。

她这次是真的用心，还特意用卷发棒弄了鬈发。

临出门前，她照镜子，又觉得太特意，便又给弄直了。

来来回回耗了点时间。

最后，竟然是他等她。

她到的时候他已经在包间，背对着她正翻看菜单。

她暗暗舒了口气，走过去，扯出了一个笑："我来晚了。"

江为风收起目光，看向面前的人。

她衣角带风，江为风闻出她用的是什么香水，他在前不久给杂志拍香水内页时了解过。

如果记得不错，这香里有橙花、麝香和晚香玉。

香甜过蛋糕。

而她本人精心打扮过的样子，比香气更醉人。

"只要来了就不晚。"江为风含笑。

林绛抬眸看了他一眼，又装作无意地低下头。

这话听着隐隐觉得舒服，但她没来得及细想，他在对面又开口了：“准备请我吃什么？”

林绛闻言叫服务生递来菜单。

拿过菜单，她潦草地看了几眼，又看向他：“不知道你喜欢什么口味。”

“我都可以。”江为风伸了个懒腰，视线掠过她，胳膊伸下来的时候落在桌子上撑起来，一手托着腮，一手去把玩桌上的纸巾。

他这样子，让林绛想起少年时代，有一次元旦，她在自家餐厅碰到他们一家去吃饭。

那时候他也是这个样子的，懒散至极，欲语还休，像个谜。

彼时，她忽然遇到风，以为春水初盛，殊不知他从来都是飓风，海浪滔天。

她的欢喜被浇灭，就像火遇到水。

无人知晓。

她不许自己再想下去。

“这款酒还不错，来点吗？”她顺手把一绺碎发捋到耳后，找到自己的声音。

江为风换了个姿势托腮，点了点头说：“我不懂红酒，你选就好。”

林绛抿抿嘴，眼睛在菜单上打转，喃喃自语：“那天你来我家吃饭，看着口味是偏淡的样子。”

她声音实在是有些小，就像有人对着耳根柔柔吹了一口风，以至于他反应过来的瞬间，狠狠战栗了一下。

江为风目光沉沉地盯着她，明知故问：“你说什么？”

林绛很快速地回了句：“没什么。”

她正认认真真点餐，嘟着嘴，轻皱眉头，思考着菜品，来不及观察他的反应。

江为风下意识无声地笑了。

“嗡——”他笑眼正弯的时候，有振动声响起。

林绛这时正好抬眼，只见他拿起电话笑得眉目舒展。她不动声色地放下了菜单，看他起身望向她，说道：“我接个电话。”

她没说话，只勾着笑点头。

他即将消失在门口的时候，她还是听到他喊了一声：“莉莉安。”

她知道的，他助理。

嗯，他助理嘛。

【40】

“小姐，您点好了吗？”

许是点餐时间太久，服务员过来低声问询。

她愣了愣，报出菜名。

服务员专注记录，等她说完了，才开口问道：“您还需要甜品吗”

“嗯……”她几乎没多想，“慕斯蛋糕吧。”

服务员走了之后，江为风进来了。

正是午后，阳光张狂地泼洒进了屋内，透过窗帘繁密的花纹，投掷于桌前和地板上，这光与屋顶的吊灯交缠着，每到一处，便泛起一处精致的光。

他就是镀着这层光，款款进屋。

林绛在那一秒，想到了神明。

可这实在有些荒唐，他甚至都没有穿一身合适的西装。

白色的短袖，黑色的长裤，上衣扎进裤子里，一双干净的运动鞋，和他的打扮比起来，她精致得有点显老气。

她想想就觉得恼，问他：“干吗去了？”开口是她自己都未发觉的娇嗔。

江为风心情大好的样子：“有个很重要的事儿。”

“什么事？”

他看了她一眼，依旧笑着：“吃完饭再讲。”

林绛低头，用他听不见的声音“嘁”了一声。

见他坐下，她忽然想起什么：“不知道你要吃什么，我刚刚自作主张，点了……”

手机屏幕亮了起来。

“抱歉，我也……接个电话。”

林绛顿了顿，“喂”了一声，脸色一分一分阴郁下去。

挂了电话，没等江为风问，她便咬着唇，极抱歉地开口：“那个，这顿饭可能是吃不成了……”

可不是吃不成了吗。

江为风几乎是用最快的速度拉着林绛到了幸福公寓，二人停好车，又用最快速度上了楼。

林绛一进走廊就惊了，踮着脚走到门口，开了门。

她倒抽了一口凉气。

林宥嘉有一首歌里的歌词是——

我一直都在流浪，可我从未见过海洋。

林绛不知道为什么会突然想起这首歌，可能是因为眼前她分明见到了“海洋”。

在还没流浪的时候。

林绛的出租屋被淹了。

“你先站着别动，拍个视频给房东，我先进去看看里面什么情况。”江为风没有过多迟疑，他伸手摘了腕表，连同手机一并给林绛，接着便蹚水进屋了。

林绛在原地小声地喊：“哎，你慢点啊，小心地滑。”

江为风闻言，回头冲她挑眉笑着，比了个“好”。

林绛被他的笑颜晃得失了神，缓过来暗骂自己花痴犯得不是时候。

林绛在屋外打电话，眼看着江为风进了厨房和卧室。

他对她喊道：“是厨房水管坏了，这边都是水，客厅也有不少水，没过脚踝了。不过还好，你卧室除了门口，其他地方都没进水。”

没一会儿，他又出来问她：“你家的电闸在哪儿？”

“在屋外面，我去关吧。”

江为风点了头，又环顾了下四周。

这屋子构造简单，一室一厅一卫一厨，地方不算大，和他那间比起来小了许多，但胜在温馨别致，屋里的装修明显刚换过，以暖色为主，还摆了许多女孩子喜欢的挂件。

然后，他一偏头，看到餐桌上的花瓶，愣了愣。

走过去再仔细看，花朵已经枯得不成样子，但系在花枝上的丝带颜色未褪，丝带上的花纹别致，也是当时他选择的原因。

不错，是他送她的那束。

“江为风。”有人在他身后喊了他名字，他心痒痒的。

转过身，女孩果然进了屋，近在咫尺。

“那花，我没来得及扔。”女孩瞥了瞥桌上的花束，解释道。

江为风说：“知道了。”

他什么都知道了。

“刚刚房东给物业打电话了，物业这就上来，要不你现在先回去吧？”林绛看着他，表情认真。

“怎么着？我都湿了，这时候想起来赶我？”江为风头发遮挡了眼睛，神色晦暗。

“合着我今天饭也没吃成，白当了回司机，还蹚了水，结果还没落好，要被人赶走啊？”他声音懒懒的，说不清是埋怨还是……撒娇。

这话落在林绛耳朵里，她便不知道如何是好了。

她低着头，呆呆的。

江为风低头正好看到她的背，光滑白皙，像一块玉，不知道会不会触手生温。

“有没有人说过，你低头的样子很好看？”江为风低声问她。

林绛恍然抬起头，伸手抚了抚后颈：“有吗？”

“有，”江为风笑了笑，撑着手靠在餐桌上，“不仅如此，你发呆的样子也好看。”

林绛不敢看他的眼睛，想低头，又忽然记起他对她的夸奖，一时局促起来，只是表面上还要装淡然：“你也看张爱玲？”

谁知，他回道：“谁？”

“张爱玲写的小说里面，男主角也这样夸奖女主角来着。”

“是吗？”江为风点点头，不太感兴趣的样子，“那男主角为什么对女主角讲这些话？”

林绛听他这样问，放松了不少：“不过是一句情话罢了，男主角那时候对女主角有意思，就……”

林绛说着，后半句话咬在嘴里，硬生生咽下去。

察觉不太对劲的时候，她大着胆子和江为风对视了一眼，只那一瞬间，她便觉得天旋地转。

面前的男人，眼睛黑得吓人，情绪深不见底。

像肆虐的黄沙，像密不透风的森林，像涌动的深海，像一切宏大且神秘的事物。

林绛下意识抬脚往后挪了两步，从重遇到现在，很多事都堆在一起涌向她的脑海。

巧合？可从没人规定过，巧合不能是安排。

像看悬疑片，到最后一集的最后一个镜头时，忽然来了反转，前面每个细节每个铺垫都顺理成章瞬间进入脑海，观众恍然捂住嘴，知道了答案。

她居然想逃。

“那个，我去看看物业上来没……”她转身欲离去，却偏偏不知道哪一步没走对，整个人滑了一下，紧接着便被人一抓，可下一秒水花四溅，她还是狠狠跌了下去——

以一种奇怪的、荒唐的姿势，跌在了一个怀抱里。

江为风闷哼了一声，林绛瞬间反应过来，忙挣扎着起身：“你摔得重不重？”

江为风痛得蹙眉：“你别乱动。”

可林绛哪里肯：“我先起来，压你身上太沉了。”

闻言，江为风顿了一秒，他忽然攥住她的手臂，用了巧力把她一拉，翻转着把她压在身下。

这个动作，不过一眨眼。

江为风用左手手臂撑着她的背，努力不让她沾到水，右手则把她脸上的乱发拨开。

林绛眼看着他做着这一切，身体僵硬，无力反抗。

江为风身上一直在滴水。

他刚刚拉她那一把，她察觉到了，正因如此，她怕拖累他，于是躲闪了一下。不躲或许还好，这一躲，导致两个人都摔了下来，她还好，倒是他……

林绛努力不看他，却用力推着他的胳膊：“你快起来。”

江为风舔了舔嘴唇：“林绛？”

他话音刚落的时候，他发梢上的一滴水落到她的右脸上，凉凉的，她一激灵。

“嗯？”她慌了。

“我以前没发现，原来你这么坏。”江为风拿他那双风流眼勾她，呼吸喷在她下巴上，他离她很近很近。

林绛只敢看他的下巴：“我怎么了？”

江为风轻笑了一声，拿手去扳她的脸，强迫她与他对视。

“明明看出来我看上你了，还成天装得没事儿人一样。”

林绛脑子轰一声炸了，但还是欲盖弥彰地问了句：“什么？”

忽然而至的雨、破损的安全带、娇艳欲滴的玫瑰、色香味俱全的吃食。

到底是什么时候开始的？

她是什么时候萌生出“万一他心里也有我呢”这种念头的？

她心涩涩的。

江为风哪里看不出她的心思，一字一句地说：“我说，我看上你了，我暗恋你，我喜欢你。”

以前从未有，今后也再没说过这样肉麻的话。

她看着他，心里五味杂陈。

好多年未见了。

她和心里的那只小鹿，好久未见。

可今天，那头鹿出来了，拿角一个劲地顶她，撞她——

她的心真疼啊。

“你岂不是更坏？”

沉默了一会儿，她低声反问他。

江为风沉眸，几欲吻上去，闻言又抬了抬脸：“怎么？”

“你知道那束花根本不是我忘记拿的。”她声音越来越低。

他反应过来，笑得爽朗：“所以，你也看上我了？”

林绛抿唇，不说话。

不过江为风像是并不打算真的听到她什么回答。

她存在于眼前，已胜过一切话语。

“我可以吻你吗？”江为风说着，已经贴上她的唇。

好无赖。

这股子不讲道理的样子，才像她脑海里的那个少年江为风——乖戾淡漠，不讲道理，不修边幅……却不堕落。

而之前，他的礼貌十有八九是装出来的。

想到这里，她脸红了，朝后瑟缩了一下。

他又问她一遍：“我可以吻你吗？”铁了心要她的回答。

虽是这样说着，他却没有半点放过她的迹象，一边喃喃着“可以吗”，一边去寻她的唇。

与其说是询问，不如说是诱哄。

林绛没了思绪。

准确地说，她没了思考的能力。

【41】

忽然，有人敲门，就在她几乎要任由他吻上来的时候。

江为风狠狠蹙了下眉头，咬牙骂了句。

林绛便在这时推开他起身，她浑身湿漉漉的，抱胸站着，狼狈不堪，他也没好到哪里去，浑身没一处是干的。

他的衣服贴在皮肤上勾出好看的线条，浑身透着欲气。他微微凌乱的样子，在她眼里，比任何时候都诱人。

林绛不知道，他看她也是如此。

她头发贴在脖颈处，衬得那块皮肤白得刺眼，胸脯随着她的呼吸而荡漾，让他想到夏初的午后，微风吹拂的芦苇荡。

“你们这是摔倒了吗？”有人打断了二人的对视。

物业师傅提着小包站在一边：“刚刚敲了半天门也没人理，又看门没锁，还以为出什么事儿了呢，就进来了，你们别介意啊。”

林绛尴尬地咳了一声，定定神后，笑着说：“没关系的。师傅您快去看看厨房，是厨房漏的水。”

“对，您检查仔细些，不仅厨房，卫生间也是，暖气片也麻烦检查一下，如果需要另外收费，也是可以的，”江为风接过她的话，顿了顿又说，“对了，这地上很滑，您注意一下，别像我俩似的，一前一后都摔了。”

林绛听他说完，有些心虚地拨了拨头发。

师傅进去忙了，检查得差不多的时候，房东才赶到。

房东一进门直道歉，又去问师傅什么情况。

师傅说：“水管当初没装好，又是塑料的接口，也真是心大。我刚刚把管子缠了胶带，但只是暂时的，还是得换管子。”

林绛一听，皱眉了：“师傅，换个管子要多久啊？”

“今天肯定是来不及了，前天这边有人预约了检查电路，一会儿还得过去看看。”师傅摆手。

房东忙问：“我记得上回我家检查电路，也没用多久吧，结束之后再来修呢？”

师傅看了看手表，回道：“这都三点多了，我们五点换班。这管子，买来再装上，起码得俩小时。”

话一落，林绛和房东面面相觑。

言外之意，林绛懂了。

房东也懂了：“师傅，话不能这么说，我们是给物业交了钱的。这干工作，哪有不加班的？您说是不是？您看这满屋子的水，小姑娘收拾还得费工夫呢，要是等换班的来修，晚上人家怎么休息啊？”

师傅有些不以为意：“瞧您说的，工作加班是正常的，但有事加不了班不也正常吗？这样吧，要不您打电话问问物业其他人谁得空，我今天啊是真有事，管子今天是装不了了。”

林绛一听，知道这事儿八成没戏了，也没再坚持下去，只好说道：“那您明天上午能来修吗？”

“可以啊，”师傅答得爽快，“明天一上班就先给你修管子。”

房东又给物业师傅交代了两句，师傅才提起包，出门了。

这边师傅背影还未消失，房东便拉着林绛的手，满脸歉意：“真对不住了姑娘，这边修管子的钱我出。”

林绛说：“没关系。”

房东拉着林绛的手，上下打量她，啧啧叹气：“那你晚上怎么住啊？我看你浑身都湿了，今晚就别在这儿将就了。”

林绛显然对这种亲昵有点不自在，不动声色地抽出手：“我……”

“我知道了，”房东一副了然的样子，看了眼旁边一直沉默的江为风，又双眸含笑地看着林绛，“你男朋友家离这儿远吗？明天早晨师傅过来，我怕你起不来。”

林绛一听，直窘得双眸失神。

“不远。”一直没讲话的江为风替她答了。

他往她那边靠了靠，搂住她的肩膀，笑得特真诚：“我就在楼上。”

林绛抬头，不可置信地看向他。

他似乎看出她的想法，俯身极小声地说了一句：“我刚搬的。”

一个小时后。

林绛吹完头发，板板正正地坐在陌生的沙发上，思绪乱飞。

许是刚搬进来，屋子里很空，却不单调，装修是简单的现代风格，黑白灰基调，墙上挂着现代艺术家的画和摄影作品。她艺术修为不够，有些她叫得出名字，有些则不能。

而墙根边，静静躺着一块滑板。

他家里有淡淡的橙花香气，这是他沐浴露的味道，以往在他身上没闻到过，他一直都是烟草气混合淡淡雨露或草木的清冽味道。

耳边的卫生间有哗哗的水声。

她觉得恍惚，就在这恍惚之中，水声停了。

随之响起的是窸窸窣窣的穿衣声。

他头发还滴着水，就这么走出来，走到她身后时忽然停住了，林绛不知道该不该回头看他。

他却先开口：“那个，帮我吹下头发行吗？”

林绛这才转头：“啊？”她怀疑自己是不是听错了。

他又重复了一遍，解释道：“刚刚在你家，摔了一下，胳膊有点疼。”

“好。”

林绛乖乖去拿吹风机。

手在他发间穿梭，他的头发又硬又黑，像是某种蓬勃生长的植物，让她想到荆棘，然后她忽然嗅到他身上的味道——橙花味的。

头发吹到七八分干的时候，林绛停下了，她走到他面前解释：“头发吹太过容易发干，现在这个程度你觉得行吗？”

江为风没说话，而是一把拉过她。

从刚刚，他就在忍。当然，或许更久，时间长到他已经不会计算。

他让她轻巧地落进他怀里，女人挣扎了两下，而后顺从了，眼巴巴看着他。她洗完澡，换上了一件棉布睡衣，上面印着可爱的小熊，可没有什么比这更诱惑他的了。

他心里发紧，开口前先狠狠喘了口气，嗅到了她身上的味道。

他低声说："咱俩一个味儿。"

林绛彻底慌了。

她身下触到他的那一块儿，有只小兽正缓缓复苏，狠狠顶着她，似乎在叫嚣着叫主人把它放出来，好就此向她宣战。

她知道这意味着什么。

可慌到极点后，她反而更平静了："江为风……"

叫完他的名字，才发现自己并没有想好接下来该讲什么。

"嗯？"江为风看着她，欲望不掩。

"我想下来。"她硬着头皮说道。

"这样啊……"江为风点点头，似乎在考虑她这句话。

可下一秒，林绛就知道她想多了，他扳着她的身子好像没用一点力，就把她放倒在了沙发上，而他则欺身压上来，勾了勾唇，用讲故事那样的语气说着："可我是男人，男人可都是下半身动物。"

一句话没几个字，可他说着说着，林绛就羞红了脸。

她虽是播音专业毕业的，可素来不伶牙俐齿，更何况还是面对他……她既尴尬又茫然，只好又低低唤了声："江为风……"

这声音像是从嗓子眼儿发出来的，又软又弱，却莫名带着娇和嗔，着实令江为风心痒难耐。

这可苦了江为风。

他不敢再闹下去，他对自己的自制力第一次这样不确定，怕真的伤到她，于是笑了，说道："罢了，逗你呢。"便起身去掏烟，桌子上没有打火机，他又走两步到右边的置物架上去拿。

再回来时，她已然正襟危坐。

他咬着烟，走到她旁边坐下，行云流水吐着烟圈。她不说话，他便陪着她，一根烟快抽尽了，两个人还是沉默着。

最后，还是她先开口："什么时候的事儿？"

他有点晃神："什么什么时候？"

林绛顿了一下，旋即咬了咬唇："喜欢我这件事，什么时候……"她说得没骨气极了。

江为风把烟熄灭："我要说上学那会儿，你信吗？"

时光仿佛有片刻的凝固，风不动了，呼吸也是。

天地间唯有一颗心，扑通扑通直跳，停不下来。

林绛没掩饰："不信。"

江为风眼睫微动，说实话，这问题他想过无数次。

当年清新的校服和她素净的脸，直到现在都清晰可见，但更明晰的是她和沈宴并肩而立的样子。

他当时来不及深想，待回过神来，已然不可能找到答案。

"是什么时候开始的，我也不知道。我只知道，从开始之后，我就没想过别人。"

江为风说得很认真。

他的认真，着实令林绛小愣了一下。

一时之间，又恢复沉默。

"你还有没有什么想问的？"江为风眯眼看了下窗外的月亮。

林绛淡淡地笑了："没了。"

"真的？"他显然觉得意外了。

"嗯，"林绛点头换了个坐姿面向他，笑得极腼腆，"这已经不可思议了。"

林绛没有夸张。

江为风居然真的喜欢自己，这于她而言已经是不可思议了。

就像年少时仲夏夜的梦，被泪水浇灌着，被酸涩的情话滋养着，被年深月久的等待吹打着。谁都以为梦的种子会就此死去，可谁知道，在意想不到的时间里，它开花了。

在夏天刚刚到来的时候，它忽然鼓出了花苞。

"哗"的一下绽放了。

这就够了。

江为风神色温柔，没有接她的话。

林绛歪歪头，问道："那你呢？有没有什么想问我的？"

江为风闻言，向她身边走过去，蹲下来，手放在她膝上："很多。"

林绛认真听他讲下去：

"以后的日子咱们慢慢说。"

林绛低了低头，头发披散下来，遮住了她嘴角的笑。

她很快抬头，说道："好。"

窗外月色很美。

江为风依旧伏在林绛身边，两个人缓慢而轻松地说着话，聊从前，也聊现在，大都是些无关痛痒的废话，可没什么比这更和谐的了。

月光透着窗子洒进来，静悄悄的。

橙花在夜里盛开。

【42】

第二天早晨，林绛醒了好几次，第一次拿出手机看到时候是 5 点 17 分，她强迫自己继续睡下去，可他的枕头上全都是他的味道，于是又这样醒了又睡，睡了又醒，折腾两三次，到 6 点半的时候才磨蹭着从床上坐起来。

她半坐在床上看着陌生的家具，江为风的床头灯是酒红色的，很复古，整个房间的风格很港式，和客厅的简约风很不一样。

她赤着脚推开房门走出去，外面静悄悄的，沙发上没人。

她站在原地喊了两声“江为风”，没人应。

她没多想，便又进屋去换衣洗漱，再出来的时候，客厅已飘满饭香。

江为风一如既往穿着休闲的衣裳，趿拉着拖鞋在厨房忙活。林绛在原地看着，她有瞬间恍惚，觉得面前的事儿好像和她一点关系都没有，就像在看一出独幕剧，她不忍走过去破坏这画面。

还是江为风发现了她：“怎么这么早就起了？”

林绛忙回神，走过去拿他手上的粥：“睡饱了。”

“那正好，我买了包子和米粥，趁热吃。”

林绛笑了：“闻着挺香……”

话未说完，手机响了。

林绛掏出来看了一眼，犹豫着起了身，对江为风使了个眼神，便抱着手机进了卧室。江为风没什么表情，看着她进了房间，小口喝着粥等她。

过了两分钟左右的样子，林绛出来了，江为风碗里的粥还剩大半。

“谁啊？”江为风顺口拿了个包子咬在嘴里。

林绛走近，拉着椅子坐下来：“没谁，就沈宴。”

江为风咀嚼的动作顿住了：“这么早。”

林绛也学他拿了个包子啃：“他上次来我家，把一部办公手机留在我这儿了……”

江为风“哦”了一声，没再说话。

林绛放下包子抬眼看他：“江为风。”

“嗯？”江为风与她对视。

林绛笑了：“没什么，就是想叫你一声。”

江为风愣了一秒，然后也笑了。

吃过早饭，林绛抢着刷了碗，然后简单收拾了一下准备下楼。

江为风站在门口堵她，她无奈地说沈宴快到了。可越是这样，江为风偏不肯让。

林绛看着他耍无赖，不知是该笑还是该哭。好在他很快便不和她耗了，靠近她扬了扬脸，说道："先亲一下。"却是变本加厉……

林绛哪里放得开，窘得整个人都呆了，巧在沈宴的电话适时打过来，她回过神，转过身去接电话。

才"喂"了一声，只听身后男人的声音慢慢悠悠地传来："一大早的谁打来的啊？"

她差点一口气没提上来，拿着电话定在了那里。

那边沈宴显然听到了："谁在讲话？"

她慌得没办法思考，即刻挂了电话，闭着眼深吸了口气。她只用一秒就下定了决心，转身捧着江为风的脸吻了上去。

嘴唇碰上的那刻，她颤了一下。许是没想到她会真的吻过来，他也僵了一下。

这个吻不过蜻蜓点水，两个人的气味儿还来不及缠绕一番，她就落荒而逃。

林绛几乎是跑着进了电梯。

她跑得太快，完全没看到愣在原地的男人一动不动的样子。

江为风好一会儿才回过味来。

其实刚才他是故意在她讲电话时发出声音，不是没想过她会生气，毕竟，这实在是不太礼貌的行为。

可谁知他点了一把火，没能炸出地雷，反而引燃了烟花。

林绛呆呆站在空无一人的电梯里，不自觉摸了下唇。

那一吻，何止天雷勾地火？

她的脸光明正大地红了。

很快出了电梯，她呆呆地往走廊拐，刚到门口，沈宴就在身后叫住了她："你没在家啊？"

林绛转眼看向沈宴，他手里拎着饭。

"嗯，是啊，"林绛心虚地去开门，"我刚刚下去吃早点了。"

沈宴走近她，林绛没敢抬头看，但也知道对方正用审视的目光盯着她。

"你一个人？"

林绛打开门："不然呢？"

"我怎么听着刚才还有个男人的声音？"沈宴问道。

"有吗？"林绛抬头对上他的眼，"你听错了吧？或者，就是早点铺里不知道谁说的，让你碰巧听到了。"

沈宴"嘁"了一声："昨天在家里和爷爷下棋，听说我今天要来找你，爷爷还特意让我买窄巷子口的那家李家早点给你吃。"

沈宴说着，跟着她进了屋，没走两步就觉得不对劲："你家地板怎么起花了？"

"哦，昨天家里漏水了，"林绛不甚在意，绕过他去厨房拿餐具，为了让他相信昨晚她真的在家，又补充道，"我晚上拖地拖了好久呢，但没怎么拖干净，今天师傅过来换管子再说吧。"

林绛把碗筷摆好："来坐着吃吧，桌子椅子都干净，碗筷也干净着呢。"

她正说着话，沈宴便已坐下，把包放在另一个椅子上，又去解早点袋子："你倒是心大。"沈宴说着，咬了一口油条。

林绛进卧室给他拿上次落下的手机。

他嚼着东西含混地问她："师傅说了几点来吗？修完你还得收拾屋子，自己一个人能行吗？"

林绛拿着东西走出来，把手机放在沈宴面前的桌子上，也拿了根油条咬："哎呀，我又不是三岁小孩，怎么不行。"

她咬着油条，嘴巴鼓鼓的，沈宴看着莫名舒坦，但嘴上还是说："你不是吃完了吗，还吃？"

"怎么，刚才没吃饱不行啊？你大老远带来不就是给我吃的？"林绛理直气壮地回他，实际上是刚才在江为风面前想法太多，没好意思吃饱。

"得得得，吃你的吧，"沈宴叹气，又想起什么，"你真不需要帮忙？"

"不需要！"林绛秒回。

"那行吧，正好我下午还有事，就不坚持了哈，你忙不过来就叫我。"沈宴喝了口粥。

"有案子啊？"林绛问道。

沈宴顿了顿："不是。"

然后就不再继续答了，空气中有片刻寂静。

林绛咽下最后一口油条，盯着沈宴："不是？那你去干吗？"

沈宴擦了擦嘴，有些不情愿的样子，终究还是说了："相亲。"

林绛一听乐了："怎么，这回还要我充当你冒牌女友吗？"

沈宴白她一眼没说话，往桌子上伸手想拿什么，却扑了空："你家纸巾呢？”

林绛听罢也丢了个白眼过去，却还是起身去给他拿。

“我这回相亲的女孩，叫张骄骄，”沈宴看着林绛的背影，顿了顿，又在她走过来递给他纸巾的时候，继续说道，“照片我看过了，挺漂亮的。”

林绛坏笑：“哦——原来沈律师看脸啊，漂亮的就不需要我帮忙打发。”

沈宴擦了嘴，拿了公文包，听她讲着话，敛眸笑了笑：“这姑娘不是我妈介绍的，而是我一个认识的同行大哥介绍的，我当然不能拂了人家面子。”

“哎呀，解释什么，”林绛歪歪头，“也好，你也该脱单了。”

沈宴嘴角动了动，没说什么。

二人没闲聊多久，沈宴还要工作，就先走了。

林绛这天没课，却也没闲着，不一会儿师傅就过来修管子，师傅手艺不错，不到一个小时就忙活完了，林绛顺便让他把浴室的水管也检查了一遍。人走了之后，她又开始干活，一直忙到 11 点多。

她再掏出手机，一看没电了，忙拿数据线充电，刚开机，傻眼了。

12 个未接来电，微信消息 17 条。

都来自江为风。

可能是有急事，她这样想着，也没看微信内容，立刻拨电话给他。

那边秒接通。

“怎么了？”她问道。

江为风舒了一口气：“没什么，这不是你家漏水，我问问你处理得怎么样了。”

林绛心底划过一股暖流，整个人都轻飘飘的，抱着电话倒在床上：“嗯，已经都收拾好了。”

“那就好，我给你找了阿姨，她刚刚过去的时候敲门你没开，我以为怎么了。”江为风解释。

林绛愣了一秒，从床上坐起来，敲了敲自己的脑袋：“啊，我真是笨死了，刚刚干活拿音响放了音乐来着，就什么都没听见。”

江为风低声笑起来：“没事就好，我先不说了，赶飞机呢。”

“啊？”林绛有些蒙。

“突然的行程，推不掉。刚刚沈宴在你家，我没下去知会你，但给你发了微信。”江为风解释得极有耐心。

林绛忙说：“那你快忙，我这边没什么事了。”

江为风确实赶时间，于是说：“好。”

顾翔看着这一切，和坐在旁边的莉莉安面面相觑，半天了一句话都说不出来。

【43】

这次江为风过去是为一个流量小生拍国内一线杂志的封面，原先定好的摄影师突然摔了手，可明星的行程只有这一天，没办法调档，杂志社必须马上找人补位。

江为风和这个杂志社合作过，他业务能力在圈里有名的强，杂志社几乎是第一个想到他。他的第一本一线杂志便是拍的这家，加上人际关系在，没有拒绝的理由。

这天他赶到北京已经是下午，艺人的经纪人等得没了耐心，对他讲话也带着怒气，不怎么礼貌。艺人倒是还好，没什么架子，硬照表现力也不错，一下午的拍摄倒顺利。

林绛中午先回了趟家，和外公、爷爷吃完饭时，徐名娟恰好从餐厅回来，说下午没什么事，让她忙她的去。

林绛回来之后就静心在家里写稿子、录音。

忙到傍晚的时候，有一则私信进来：

【林绛小姐，我是“听见”App的小编，注意到您的电台内容做得很棒，数据也在一路攀升，想跟您谈一下合作。如有意向，可否给我您的联系方式，我的微信是×××。】

林绛简直不敢相信自己的眼睛。

“听见”这个平台实在太火了，国内首屈一指的电台App，她迟疑着加了对方的微信。

那边几乎是秒通过。

林绛和她聊了几句，对方很专业，态度也很好，大意是想同她签约，再打造一款栏目来邀请她入驻。

有些合同问题，她搞不懂，便打电话问沈宴。他好像在忙，听着话音，大抵是还和相亲对象在一起，林绛并非不识趣，忙说了句晚上聊就挂了电话。

挂了电话之后，她暗自把这事复盘了一下，又给编辑回复【我考虑一下】才起身去洗澡。

洗完澡换了衣裳化了妆，她出门去赴王佳倩的约。

这天周婉出去拍摄了，两个女生不约而同想吃火锅，于是定了海底捞。

王佳倩爱吃番茄锅，林绛天生嗜辣。

林绛往锅里倒羊肉，王佳倩则在一边手指飞快地按着手机。

“再玩手机，肉全倒辣锅里了哈。”林绛威胁道。

王佳倩没抬眼，飞快发了个语音后才回神：“给我留点。”

“怎么了？”林绛问。

王佳倩咬了口小酥肉才开口：“那个，我和秦照的事儿你和周婉都看出来了吧。”

林绛放下筷子，点点头：“你俩在一块，怎么还瞒着？”

“也没想瞒，就是觉得还不到时候说罢了。”王佳倩神情恹恹的。

“那你今天怎么主动提了？看你脸色，你们吵架了？”林绛问道。

“也不是，就是我中午去见客户，倒车进车库的时候，好像看到他和一个女生在一块有说有笑的，”王佳倩皱着眉，“哎呀，不过倒也没看到什么，就是直觉上不太好……”

林绛听完叹了口气：“你呀，就是太在乎他了。不过，恋爱里的女生可能都这样。”

“你也这样吗？”王佳倩嘟着嘴。

“我？”林绛却愣了。

想起江为风，却想不起自己别扭吃醋的样子，从前眼看着他和赵思意在学校里隔三岔五地招摇过市，她再怎么酸自己，面上还是事不关己的样子，连同何莱一起八卦时都鲜少发表意见。

“这我可没经验……”她一时不知道怎么回，说着又伸手去捞肉，“这肉都快煮烂了，快点吃。”

“唉，”王佳倩夹了块肉，吃之前先叹了口气，“就知道问你等于白问。不过我这个性格实在是藏不住话，我直接拿这事问秦照了，刚刚他一直跟我解释呢，可能真是我多想了吧。”

林绛听罢，“啊”了一声：“你还真直接。”

王佳倩烦躁地叹了口气：“哎呀，随他去吧。”不想再继续这个话题。

秦照这个人，林绛潜意识里对他没有什么好感，也正因如此，她与他接触不多，谈起他来，倒也无法置评。更何况爱如饮水，冷暖自知，她身为朋友，可以做树洞垃圾桶，可以适当发表看法，但其他的，并没有权利去干涉。

亲密关系，更是一种清醒的旁观者迷，既要包容也要疏离。她从来都这样认为。

林绛看着王佳倩有些烦躁了，忙扯开话题，聊起自己电台签约的事，问她的看法。

王佳倩听着，眼睛都亮了，一个劲夸她：“哎呀阿绛，我就知道你行，你以前去旅行就写得一手好文章，拍照也好看，看得我都想去旅游。现在的电台也做得那么好，可惜我太忙了，没有来得及每期都听，但我真是佩服你的！”

林绛知道她的话都是发自真心的，心里也开心：“你这么夸我，那我等下多分点虾滑给你吃。”

王佳倩又问：“不过我听着几期，感觉内容好像都和暗恋有关，你这是真实创作还是……”

“哎呀，创作总是有真有假吧，”林绛没想掩饰，却也不愿多说，“以后有机会我讲给你听。”

王佳倩哪肯放过她：“我就知道有情况！我说呢，这么多年你身边追求者那么多，就没一个看上的？快说，到底是谁上辈子拯救银河系了？”

林绛笑了一下，讳莫如深：“吃你的饭吧。”

“哎呀，你就说吧，真是急死我了，我哪儿吃得下啊？快说快说，我保密！”

王佳倩直抓狂。

这一顿饭王佳倩没怎么吃，林绛胃口却很好。

吃完结了账，从海底捞出去，林绛拉着王佳倩往直梯走。

王佳倩还在不厌其烦地刨根问底，在去直梯的拐角处，林绛先王佳倩一步拐过去，无奈地笑着说：“我投降好了吧……”

话还没说完，眼底却闯入一抹身影，林绛呼吸倏地顿住了，笑意骤停。好在她反应还是快的，忙转身退回拐角另一面。

王佳倩差点撞过来，嗔怪道：“做什么这样莽莽撞撞的……”

可林绛只听到这一句，就什么也听不到了，冷汗如暴雨，她马上扶墙蹲下来。

王佳倩说：“我刚刚好像看到张俊涛了，他好像也看见你来着……”

林绛猛然抬头，脸色惨白：“什么？他看见我了？”

【44】

王佳倩被林绛的脸色吓得不轻，哪管得了什么张俊涛李俊涛的，忙扶住她的肩膀：“林绛，你别吓我，脸色怎么这么差？”

林绛恍若未闻，又问一次：“他真看见我了？”

“可能是我看错了，不然他怎么没来跟你打招呼。”

林绛听完像紧绷的弦忽然松了一般，心底有什么“嘣”一声断了，整个人坐到地上，如一摊死水。

“要不要打电话叫医生？”

林绛摆手：“没事，可能是我刚刚吃得太急，胃忽然好疼。”

王佳倩还是不放心：“那你现在能走吗？咱们还是去看看，再不济去买点药也行。”

林绛不想王佳倩着急，却又怕现在下楼会遇到张俊涛，于是指了指不远处的座椅：“你扶我去椅子上坐会儿吧，我现在不想动。”

“行，那我再去给你要杯热水去。”王佳倩扶起她。

林绛心里淌过一阵暖流，说道：“谢谢。”

王佳倩说：“再这么客气不管你了。”

林绛便心安理得看着王佳倩去忙活。

折腾了一番，晚上回家之后，她心情还是很压抑，本想打给沈宴，又觉得他今天相亲估摸着还算满意，这么晚再叨扰他，实在说不过去。

正坐在床头发呆，江为风的电话打进来。

她调整了一下自己，才接起来。

“喂？”

他问道：“吃完饭了没？”

“吃了，你呢？”

江为风闻言看了眼腕表，时针指向10，说道：“早吃完了。”

林绛“哦”了一声。

两个人就这么你问我答地讲着电话，内容半点都不浪漫，语气也谈不上兴致勃勃，就像流水账。可就这样，愣是足足聊了半个多小时。

好像人类天生就会虚度时光似的，好像人类天生就爱讲废话。

他与她更是无师自通。

窗户纸才刚戳破，夏日屋外的灼热日光便铺天盖地涌进来，照亮了心底里那处隐秘的角落，谁都无处可躲。

要挂电话的时候，江为风叫住她：“林绛。”他很爱叫她的全名。

林绛轻声问：“嗯？”

“今天，第一天。”他的声音有些遥远。

林绛顿了顿，“嗯”了一声。

没什么好犹豫的。

她不知道是不是所有女孩都和她一样。

从喜欢上那个人的那一刻起，就每天都失望至极地认为“不会有可能了”，但也每天都生出希望想“万一呢”。

无论是“信者得爱”，还是“无疾而终”，暗恋永远有资格和普通的恋爱一样，拥有一个结局。

这一夜林绛失眠到深夜。

短短两天时间，发生的事都太戏剧性，有些事绕在脑子里，感觉很像晕船。

她之前有次在泰国晕得很严重，就发誓再也不要坐船，结果当时写稿子，非要写一段欧洲轮船游不可，那时候她是匆匆上了莱茵河，从德国的美因兹到科布伦茨，路程不长，却足够深刻。

也是那次，她觉得晕船竟是一种浪漫的眩晕感。晕眩很重，浪漫很少，就像莱茵河上的波光粼粼，闪耀、美好，但是捞不起来。

现在她就有这种感受。

江为风就像那一片波光粼粼，而张俊涛则是河面下的水鬼。

美好和丑恶，撞了个满怀。

她如何睡得下。

第二天，林绛起得也早，一上午沈宴打来两个电话，第一通电话打来的时候，她正带着学生上课，便挂掉了来电，第二个电话是在课间。

“忘记你今天有课了，中午什么安排？”

“你要没事儿，我过去找你？”林绛回。

中午两个人约在沈宴公司附近的川菜馆子，林绛趁着上菜前的空当，给他说了电台的事儿，沈宴研究了一番后说靠谱。

随后，两人有一搭没一搭地聊起闲天，看起来都有心事的样子。

林绛挑了颗鱼眼给沈宴，他没客气，吃了之后又把剩下的那只夹给了林绛。林绛也没客气，边夹起来边问：“那姑娘如何？”

沈宴愣了一会儿才反应过来她说的是谁，又愣了一下才回她：“约了明天看电影。”

林绛听罢点了点头，说道：“真好。”然后又夹了块回锅肉放进嘴里，连同昨日遇见张俊涛的事儿一块咽进肚子。

也是这样一个正午，蓝天深邃得像海，云朵像岛，太阳是一座着陆的宫殿。

江为风被阳光刺得睁不开眼，站在树荫下抽出烟盒里的最后一根烟，才大跨步进了餐厅。

和他吃饭的是杂志社的主编，她一直欣赏他，他是知道的。

早先他为某个青春片剧组摄过一组照，使电影一举出圈，不仅省了一波宣传费，还赚了一波票房。那期杂志是那年的销量冠军，也是他入行以来的第一个高光时刻。

这次，主编感谢他救场，还想卖他个人情——大台综艺，季度主推，顶流常驻，偏偏摄影团队未定。

今天一早，原本他已经订了机票飞青城。

这顿饭局，是意外，这个资源，则是意外之喜。

但他没有立刻接下。

江为风问：“去多久？”

主编想了想：“也就拍半个月，官博用图而已，活虽重却也并不难。你做好了，日后还怕没有其他合作机会？”

他蹙着眉。

“怎么，家里有什么放不下的啊？”主编几乎一眼就看穿了他的心思。

江为风闻言笑了，却避过这话题：“这事多谢，我一定争取。”

从餐厅出来，日头正烈，才五月底，已经热得快把人融化了。

江为风站在路边等车，趁着这工夫给顾翔打了个电话，让他拿上东西到机场集合，末了又提醒他买包烟，要软玉溪。

结果这小子买了黄鹤楼的峡谷柔情，江为风抽不惯，甚至觉得没有奇景好抽。

或许是因为这个，一路上江为风没怎么理顾翔。

一下飞机，也没停歇，一行人回了公司开会。江为风把综艺这事儿说了之后，张益嘉和顾翔难得统一战线，说必须去。

他还是没拿定主意，先一步离开公司了。

出门的时候，有雨滴三三两两打下来，沁爽了不少，他打电话给林绛。

过了好久，林绛才接。

“我刚刚睡迷糊了。”她的声音是很迷糊，还带着一丝茫然的憨气，懒懒的。

他莫名笑了，同她闲聊几句。耐心等着姑娘慢慢把困意都消散，他才提起综艺那事儿。

她惊叹道：“你真厉害。”

“前段时间，我去搜过你的微博，才知道原来你拍的很多东西我都看过，甚至保存过。”她慢吞吞地说，还起床给自己倒了杯水。

“那，一去半个月，甚至更久……我怕你舍不得我啊。”他故意调笑，听着那边的声音，幻想她的动作，然后缓缓道出此通电话的目的。

她没有一丝迟疑：“那也要去。”

她并没说“舍得或不舍得”，但他已然收到答案。

他满意得要命，掏兜去拿烟，第一次抽峡谷柔情有了别样的意味。

“那一会儿见一面吗？”他问道。

她抱歉地说：“不行，我爸公司谈了个大单子，今天要庆祝。”

江为风点点头：“行，正巧我也回家看看郑姨和我爸，那明天见？”

“嗯……明天陪外公复检，可能下午才有空。”

她那边声音忽远忽近的，听着是开了免提。

这时雨也大了起来，嘈嘈杂杂的，可江为风每个字都听到了。

第二天，人民医院，林绛拿着体检单想要去缴费，江为风制止了她。

“我去吧，你留下来陪外公。”

他说完就一声不吭地离开了。

外公笑意深沉：“林绛，你有眼光。”

林绛愣住了，旋即红了脸：“这都哪儿跟哪儿啊？”

“哈哈哈，害羞了？害羞了好，害羞了就说明动心了，看来你爷爷要输喽。”

后半句话林绛没听清，因为江为风很快就回来了。

“怎么这么快？”林绛吃惊。

“刷脸。”

他可没撒谎，坦坦荡荡地瞥了林绛一眼，特平静地甩出这句话，惹得外公又一阵哈哈大笑。

林绛咬了咬嘴唇，第一次丢了个白眼给他。

江为风差点没接住。

这天折腾了一上午。

做完最后一项检查的时候已经 11 点多，大夫嘱咐外公的饮食起居的注意事项，林绛在一旁特仔细地听着，再三确定了一番外公的身体状况，确保没大碍了，对大夫表示了感谢。

临走前，林绛扶着外公，江为风先一步给他们开门。

外公走到门口的时候又扭头，堆笑着对大夫摆手：“谢谢大夫啊，我是不想再进医院来了，不来喽，不来喽……”

大夫便笑：“老爷子身体底子不错，只要家里看顾好点，别磕着碰着，我看起码十年不用进医院。”

外公听罢，笑得眼睛都眯成一条缝：“哎呀，怪我自己爱折腾，其实这帮孩子倒都孝顺，对我上心着呢。”说到这儿，外公顿了一下，去拉江为风的手，“尤其是我外孙女婿，可贴心呢。”

话一落，林绛便尴尬得想找个地洞钻进去。

可还不算完，老爷子说着，竟将她的手抓过去，放到了江为风的手心里。

# 第九章　/ 铁树

恋爱就是做一大半俗事，再做一小半浪漫的事。

【45】

这是，第一次牵手。

原来他们的体温是这样的相近。

手掌相贴的那一刻，她和他对视了一眼，然后他先她一步移开视线。

林绛感受到了，他的手心湿湿的。

因为闹了这么一出，回家的路上两个人都没说话。

到了香江城门口，林绛扶外公上楼，许是觉得麻烦江为风太多，外公说什么都不让他再下车。

江为风只好在车里等，眼见着女孩的背影渐渐匿入绿植丛中。

外公在拐过灌木丛的下一刻顿住：“我不要你送了，我自己上去。”

“您这又是怎么了？”林绛拖着老人的胳膊不肯放手。

外公佯装生气：“我虽然年纪大，却还没有老糊涂。我刚刚当了一路的电灯泡，你俩都没好意思说话……

“人家小江平时不爱讲话，看着是酷酷的，但以外公的经验来看啊，这孩子一看就是脸皮薄，不爱表达，刚刚我老是逗你俩，他肯定害羞了，你快回去哄哄人家啊。”

这……

她哄他？

十分钟后，林绛若有所思地坐在副驾驶上，盯着车窗前那朵摇头晃脑的花出神。

江为风不动声色地用右手牵起她的左手。

林绛愣了一下，旋即面红耳赤。

“你干吗？不好好开车？”

“害羞了？”

“……”

江为风字典里怎么可能出现“脸皮薄”和“害羞”的字眼呢？他那份或许早在一开始就丢进她的字典里了。

要不然，怎么只是牵个手，她便脸红如发烧。

“这两天有空吗？”他问道。

林绛缓了缓心神，迟钝地想了想：“不一定，怎么了？”

“郑姨想喊你回家吃饭。”江为风扭头看她。

林绛回望过去：“郑姨……知道了？”

“知道了。”谁知话音未落，他就抢先回答她。

他没什么表情，仿佛在说一件极平常的事：“她是第一个知道的。”甚至，在你之前。

林绛咬了咬唇。

“怎么？你又不是没见过她，也不是没一起吃过饭，还不好意思？”他心情肉眼可见的好。

林绛低了低头，好半天也稳不住心神，但嘴巴反应总是快一分：“没有，我晚上一般都有空的。”

江为风听罢，侧过脸，默默地笑了。

林绛透过车玻璃，看到了他脸颊上的小酒窝。

这顿饭定在一周后。

倒不是林绛事忙，而是江为风的综艺节目敲定，还需要公司开会，反复对接工作。

这两天，林绛的日子过得按部就班，但因有个约定在，心里总挂着个念想，那心情大抵如《小王子》里讲的那样：你下午四点钟来，那么从三点钟起，我就开始感到幸福。

第二天一早，林绛接到视频电话。

“行啊，这个江为风，背着我干了这么大一事儿。”

成明昊开门见山，咬牙切齿。

林绛笑了：“你怎么跟小孩子一样？”

成明昊那边大约是傍晚七点多的样子，他在街边的比萨店吃饭，灯光照得他的侧脸像一幅剪影，颇有艺术气息，可他一开口，这些就全崩了：“我不管，到时候你们结婚，我要去抢亲的。”

林绛笑得眼睛都眯起来了：“好，欢迎你把江为风抢走，让我一个人结婚。”

成明昊愣了两秒：“好吧，你是被他带坏了！我呢，也算是输给你们了。等我这边的事情忙完后，你俩要好好给我讲讲你们的故事。”

林绛说：“没问题。”

她想了想又加上：“我有故事，还有酒，都管够。”

成明昊在那边笑得岁月静好。

挂了电话后，林绛约了王佳倩看电影。

《加勒比海盗5》还在上映，林绛对这类片子一向没有太大兴趣，王佳倩却看得津津有味，吃了大半桶爆米花。

电影散场后，她们两个姑娘坐扶梯去四楼买奶茶。排队的时候，王佳倩去一旁打电话，林绛则如临大敌地盯着徐名娟刚发过来的轰炸短信：【你和那位姓江的朋友到底是怎么回事？】

不用猜就是外公又多嘴了。

林绛装没看到，把小票给店员，打包奶茶。

她喝杨枝甘露，王佳倩喝的名字太长她记不住。

下楼的时候，王佳倩心情不错，说是某个App的广告位谈下来了，省了10%的宣传费，末了还不忘关心她：“你和‘听见’签约了吗？”

这事儿不说林绛倒是快忘了。

“签了，和编辑聊了不少，也通过几次电话，合同从北京寄过来，大概这两天就到。”

王佳倩听罢，忙说：“我姐妹儿就是厉害。”闹着让林绛请客。

“怎么就是我请客？你广告位谈下来不值得庆贺？”林绛哪里肯中这个圈套。

“拜托，你这事儿可比我这事儿值得庆祝多了！”

两个人像学生时代爱斗嘴的少女，“吵”得不可开交。

直到有车子朝她们按了喇叭。

闻声，林绛和王佳倩都将目光投过去——秦照一身西装，显然是刚应酬完，他一只手臂正抵在车窗上，探出身子叫她们。

“你们两个好姐妹还吵架啊？”秦照问道。

“好姐妹才吵架嘛，是不是？”王佳倩坐在副驾驶上，扭着身子向林绛撒娇，显然没把刚才的事儿放心上。

林绛故意装腔，疑惑地瞪着眼睛：“谁呀？谁跟你是好姐妹呀？这车里没别人了呀。”

惹得秦照哈哈大笑：“好了好了，这请客嘛，我来请好不好？林绛，你想吃什么？”

透过后视镜，林绛正对上秦照的眼，对方正看着她，眼里袒露笑意，却不知为什么令她有些想闪躲开。

“你什么意思啊？”王佳倩的话语声拦截住秦照的目光，“你就只请她啊？”

秦照又看了眼后面，目光很快移开，笑嘻嘻地拉住王佳倩的手：“我还没说完呢，你们肯定都去啊，再叫上周婉，保准你们吃饱。”

“这还差不多……不过才不要你请呢，花你的钱，不就是花我的钱啊？”王佳倩哼了一声，撒娇似的。

……

林绛只听前面二人一唱一和的，暗自摸出手机，点开微信，置顶有消息未读，她忙点进去。

J：【到家了吗？电影好看吗？】

她不知道为什么立刻踏实起来。

她回复：【马上到，好看。】

江为风正开着会。

张益嘉在白板上画着箭头，把内容复盘，给大家理思路，定任务。

桌面上的手机忽然“嗡”的振动了一声，大家都往江为风那边看过去。他没什么多余表情，勾勾手示意大家继续，拿起手机一看，嘴角不自觉勾起来，回了个：【等我电话。】

这几个动作完成下来，不过10秒。

待他回过神，赫然发现所有人的目光都定在他身上。

“我脸上有字的话，你们就继续看。”江为风抱胸，转头看白板。

张益嘉玩味地笑：“铁树开花了？”

话一落，惹得底下的人都笑起来。

“错！”笑得最大声的顾翔高呼，“风哥这是名花有主！哪是什么铁树开花，会不会用词啊？”

“你会不会用词啊？这叫名草有主。”有人碰了碰顾翔手臂。

江为风看着几个人胡说八道，面上一直冷淡严肃没多余表情，就这么沉默着不给反应，惹得几个没心没肺开玩笑的人，慢慢察觉出气场不对劲。于是偌大个会议室，一下子就静默了下来。

江为风用余光看了眼手表，知道工作流程细则基本敲定，于是收拾了东西，起身便走。

进了办公室，他又点出微信来看，对方还没回消息。

他不知道怎么了，又想起刚刚会议室里几个人调笑他的样子，蓦然低头笑了声。

都说笑一笑十年少，江为风乐了，谈恋爱真是延年益寿。

他打电话给她时都挂着笑。

秦照准备先送林绛回公寓，很快就到达目的地。他把车子停在马路另一边，林绛下车说再见的时候，有电话进来。

她想都没想就按了接听，边过马路，边听江为风讲："工作敲定了，23号开工，分两批录制，第一批通告到7月3号。"

他交代得事无巨细，林绛听得也仔细。

最后，他说："晚上我给你带夜宵回去。"

林绛说："好。"

挂上电话的那刻，林绛想起徐名娟和林伟，从前林伟出差时也是这样，会将要去哪里出差，见什么人，什么时候回来，都一一念给徐名娟听。徐名娟便有一搭没一搭地回话，还叮嘱他要带哪件衣裳，配哪条领结。

事实上，平凡日子烟火气，生活中的俗事夫妻，大多不常言爱，却能够变着法子告诉人们什么是幸福。

徐名娟和林伟是。

郑萍和江河也亦然。

去江为风家吃饭那天，林绛准备了很久，但折腾半天，最后也只是化了个淡妆。

后来江为风开车来接她，她却还是怕妆太浓，紧张了一路。

江为风家在地段很好的老小区。

林绛刚到门口就闻到饭香，江为风刚打开门，还没来得及讲话，两位长辈便从厨房一前一后出来，围裙上都是一模一样的可爱熊。

"你说你来就来了，还带这么多东西做什么？"两个人讲的，也是一模一样的话。

这大抵是所有人第一次登门拜访的开场白。

林绛把几个礼盒放在一旁，忙说："没带什么东西，您别客气。"

客套了几句，郑萍去厨房看菜，林绛便跟着江为风进屋坐。

江河要倒水，被江为风制止了，说她不爱喝这个，又从冰箱里掏出两罐可乐来，开了盖，放在她手里。

这期间，林绛一直在打量这间屋子。

江为风家是典型的中式装修风格，客厅温馨且干净，墙壁上挂着古香古色的梅兰竹菊四幅壁画，靠近里面的柜子上摆着玉器、红珊瑚和檀木挂件。靠近窗的位置还有扇屏风，后面是煮茶的茶几。

林绛喝了两口可乐，小声对江为风说："还好我没买洋酒过来。"

江为风笑道："你那茅台，说实在的……"比洋酒还让我爸下不去嘴。

林绛问："什么？"

"没什么，就是忽然有了压力，以后结婚了怎么养得起大小姐啊。"江为风笑得特不正经。

林绛伸手就捶了他一下。

"吃饭了，"郑萍端着一盘炒菜放在餐桌上，又去喊两个人来吃饭，恰好看到林绛的拳头捶到江为风胸口，一时无措起来，笑问，"我是不是喊得不是时候？"

林绛哪听得了这样的话，脸不自觉便红了，忙起身去帮郑萍摆碗筷。

这一顿饭吃得也极不自然。

两位长辈倒是极好的，没有同她之前设想的那般问东问西。

可问题就出在江为风那儿……

【46】

江为风倒也老实，坐在她旁边一直默默地吃饭，嚼得极慢，对长辈们与她的对话没什么兴趣的样子。

可江河和郑萍每说一句"多吃点，别客气"，江为风就一声不响地往她碗里夹一次菜。偏偏对面的两个人还乐得看这种场面似的，一直不停地劝道："别停筷，就和自己家一样。"

最后将她喂得直不起腰。

好容易吃完了一顿饭，林绛说什么也要帮郑萍洗碗，争执了两句对方倒也没再客气。

进厨房后，郑萍说什么也不让林绛沾水，于是林绛便在一旁接过洗好的盘子擦净。

郑萍有一搭没一搭地同她讲话："他到底还是把你追到啦。"

"你不知道，为风他很少要我过问他的事情的，更别提帮忙了，但你是例外，"郑萍洗碗的动作没停，"他是真的对你上心了。"

林绛擦拭盘子的手顿了顿："他找您帮忙？"

“他没跟你说过吧？”郑萍说着话，扭头对林绛一笑，“我一猜他就没跟你提。”

郑萍洗好最后一个碗，又去拿筷子：“别的不说，就你家那地址，就是他托我打听的。”

林绛呆在原地。

她紧抿着嘴，半天都没说话，只觉得鼻腔酸酸的，她忙仰头，抑制眼泪流出来。

屋里的灯是橙色的，打在人身上，莫名有种眷恋感。

林绛在厨房帮郑萍收拾，江为风则跟着江河去客厅给花浇水。

过了一会儿，两边都忙完了，江为风领林绛去他卧室坐。

江为风的卧室不大，大物件只有床、衣橱和一张并不算大的桌子，但男孩子的玩意儿不少，滑板和篮球都堆在一角。

江为风关上门，走到林绛身后，紧紧抱住她。

好像只有拥在一起，才能真实地感受到彼此真的存在于身边。

林绛心都麻了。

“刚刚和郑姨都聊了什么？”

她听见他这样问，却不打算回答他。

林绛身上有好闻的香味儿，这令他眷恋无比，他凑近狠狠嗅了一下，闭着眼睛特腻歪地笑了，悠悠地说：“你心跳好快啊。”

林绛被他圈得动弹不得，闻言更是害羞，忙挣开他。

她兀自往前走了几步，坐到床沿上，才哼哼唧唧地开口：“你还好意思和我开玩笑。”

此话一出，轮到江为风怔了：“怎么了？”

他在原地一动不动看向她，谁知她竟然抬头瞪了他一眼：“你自己想。”

这一眼颇有撒娇的意味。

江为风乐了，走过去坐到林绛身边，长臂一伸又揽住她：“让我想想啊……”

他故意做出冥思苦想的模样，半天才说：“哎呀，想不起来。要不我补偿你？”

林绛伸手又要去捶他，被他先一步制伏，三下五除二就推倒在床上。

“江为风。”林绛脑海里有一秒的空白，第二秒她瞬间明白过来自己的境地——又是如此被动，被他居高临下审视、试探、哄骗着的地位，于是，她叫了一声他的名字。

然后，他真的停了。

“不闹了。”江为风说着，翻身与她并排躺下。

好一会儿，他们都没什么动静。

又过了一会儿，江为风起身，关上灯放了音乐，然后又躺在之前的位置上。

窗外的光照进狭小的一隅，灯上的琉璃被照开了花，窗棂的阴影和玻璃折射的光仿佛时光的琥珀，照到他们脸上。

林绛轻轻碰了碰他：“什么歌？”

江为风说：“Moon River。”他讲英语还是那样好听。

“好听。”

这首英文歌很短，只有两分钟的样子，结束之后放的是郜肇玫的《墨绿的夜》。

“你墙上怎么都没有贴海报？”林绛转头问江为风，“我记得你们爱篮球的人，总爱贴个艾弗森或者科比在墙上。”

江为风闻言皱了皱眉：“是吗？可我不爱打篮球。”

林绛顿了顿：“可你打得很好。”

她记忆里的篮球场，总少不了他这道风景的。有时候借口去超市，从球场路过，但凡是他在，总有女生扎堆，时不时进一个球，呐喊声响得足够掀起地皮。

他体育好，打篮球更好，几乎整个年级的女生都知道。

“还行吧，水平也就那样，比沈宴好一点点而已。”江为风看似漫不经心。

林绛整个人都僵了一下。

他感受到了，于是笑了笑，还往她身边凑了凑：“刚刚为什么生气？”

“还不是你……撑死我了。”林绛嘟囔一句，颇有孩子气。

惹得江为风笑出了声：“这样啊……”

林绛面一热，知道他又要调笑自己了，忙扯开话题：“那叔叔和你聊什么了？”

江为风扭头看她，没说话。

可就在林绛以为他真的不打算回答的时候，他又转身换了个姿势侧卧在床上，脸凑在她肩窝处，手搭在她身上：“他还能说什么，夸我眼光好呗。”

林绛被他的呼吸弄得痒痒的，许是因为这个她才笑了：“我们是不是太快了？”

“嗯……”他卖了个关子，又朝她那边凑了凑，“怎么讲？”

“我们在一起还没多久，我就上你家来了。”林绛说话时乖得像只小狗狗。

江为风吻了吻她的头发：“你现在才想到这个问题是不是太晚了？”

江为风顿了顿，林绛抬头，等他继续说下去。

“时间不该这样算，”他很耐心地解释，“从动心的那刻起，我就该带你回家了，所以你说你让我等了多久？”

林绛眼一热，心都不会跳了。

这会儿，她呼吸变慢了，可刹那间，又变快了。

原本相爱就是超越时间的事情才对，可林绛哪有心思再去做计算题。

她正这样暗自想着，谁知他却将手臂搭到她身上来。

林绛一下子就慌了，手足无措之下，她胡乱抓过他的手臂，试图把他赶走，忙说：“太快了。”

他坏笑着说：“还没到快的时候。”

她立刻明白过来他的意思，羞得直咬嘴唇：“你这人怎么这样？”

他的声音像睡着一般，又或许是被歌声冲淡：“要是这么躺到地老天荒该多好。”

“谁要和你躺一起！”林绛羞答答地小声说。

“你说，年轻的时候躺在这里听歌，到七老八十了，翻个身都难的时候，还这么拥在一起躺着听歌，到时候心情会不会不一样？”

江为风喃喃地说。

林绛没想到他会突然这么问，让她愣住了，有一股暖流划过胸口，林绛忍不住朝他靠了靠：“心情会不一样，但人是一样的。”

就像月光每一天都是新的，可月亮还是那个月亮。

一首歌唱完，他便拉她起来了，打开灯，她的神色被他尽收眼底。

春色不掩，羞涩未褪，但很安然。

他摸了摸她的脸颊，说道：“你放心。”

林绛静静听他说下去。

“你不同意，我不会乱来的。”

林绛发现，最近她好像真的很爱脸红，闻言她就悄悄红了脸。

这抹红一直被带到回家的路上。

林绛从包包里取出小镜子看了看自己的脸色，问江为风：“刚刚郑老师他们没看出什么吧？”

江为风认真盯了她两眼后才说：“悬。”

林绛呆了两秒，在看见江为风侧脸若有似无的酒窝后，笑了。

【47】

一路上，两人就这么闲聊着。

到万达附近时，林绛忽然想吃荔枝了，便叫江为风停车，她下去买。

她对着新鲜的瓜果垂涎欲滴，问老板到晚上了，荔枝能不能便宜些。老板操着方言说不讲价，又说她手上拿的是下午才到的新鲜货。

林绛这个人生活经验匮乏，哪里看得出老板有没有诓她，只好装作在挑拣的样子，浪费了些时间才说那我要一点儿吧。

付钱的时候，她遇到了沈宴。

林绛拎着袋子，站在榴梿区，沈宴则站在果切区，而他身后的女孩，正巧站在她刚刚站的位置选荔枝。

林绛想了想，走过去，叫了一声："沈宴。"

女孩比沈宴先回头。

林绛目光一滞，与女孩四目相对，互相打量。

然后，沈宴无意错身，挡住了这两股视线。他面向林绛，说道："好巧。"

林绛没接话，而是看向女孩，笑着问："你女朋友啊？"

沈宴明显噎了一下才点头："是啊，没给你介绍过，这就是我之前给你说过的张骄骄。"他笑了，笑意却未抵达眼底，"骄骄，这是我……邻居兼发小，林绛。"

那时候林绛以为张骄骄的"骄"字是娇媚的"娇"，还以为她是人如其名，长了一张略带稚气却娇媚的脸。她留着齐刘海扎高马尾，不笑时很像个脾气不好又爱恶作剧的小女孩儿，笑起来却又莫名有股小女人的气韵，直勾人。

张骄骄伸出一只手来，招财猫似的同林绛打招呼："你好。"

林绛淡淡笑了笑，点点头说："那我不打扰了，先回去了。"

沈宴没多问什么，而是说："好。"

张骄骄还是摆出那股子娇艳欲滴的笑："姐姐再见。"

林绛回车里的时候，江为风正在打电话，听话音是顾翔。林绛知道顾翔是他经纪人，于是静静等他把电话打完。

林绛想着张骄骄的脸，莫名觉得眼熟，却怎么都想不起来是在哪里见过。

她收回心思，慢悠悠地剥了颗荔枝，第一颗自己先吃了，尝了很甜，于是又剥了一颗送到江为风嘴边。

今年的夏季好像比往年热，才六月上旬，烈日却能把人烤化一般。

林绛是在六月十一号这天收到"听见"的签约合同的，第二天周一，她上完课，下课去附近的打印室扫描文件，随后又邮递了一份出去。

做完这一切，她便去门口的树荫下等江为风来接。

她拿手机给沈宴发短信：【什么时候有空？见一面？】

沈宴秒回：【最近有个案子比较棘手。】

林绛一时没想好回什么，正对着手机删减语句时，一辆黑色的雷克萨斯停在了她面前。

林绛一开始以为是搭讪或黑车司机，也没抬头，便往后退了一下，谁知那车的窗户摇下来，有人准确无误地叫了她的名字。

“林绛。”

林绛蓦然抬头。

见到来人，林绛眨了下眼：“程云川。”

这不是时隔多年的第一次再遇，林绛又看了一眼面前女人的紫色衣衫，想起那天午后在商场的匆匆一瞥，那时候她还以为自己看花了眼。

“好久不见，你好像没什么变化。”程云川淡淡地笑着，双眸一直盯着她。

林绛闻言低下头，再抬头的时候，不自然地笑了笑：“你倒是变得更漂亮了。”

“你客气了，”程云川拨弄了一下头发，叹了口气，“在等人？”

林绛点点头，看到了程云川手腕上清晰的抓痕。

程云川仿佛察觉到了，忙放下手说：“不小心弄的。”

林绛目光愣愣的，“嗯”了一声。

“嗯……可以加一下微信吗？”程云川问。

林绛有一瞬间以为自己听错了，心神稳了又稳，才说：“抱歉。”

程云川听她这样说，静静盯着她好几秒，后来倒也没坚持，大方地笑了笑，说道：“没事，那有缘再见。”

成年人就是有这点好处，界限分明，进退有度。

可是为什么。

林绛却觉得如鲠在喉。

中午吃饭的时候，林绛想了又想才把遇见程云川这件事说给江为风听。

江为风正小口吃着饭后冰激凌，没什么反应。

林绛努努嘴，也学他那样吃起来。

他一看，眉开眼笑。

真是冤家。

吃完饭，江为风回公司。

林绛要到香江城去。

徐名娟打了好几个电话催她回家，她实在避无可避了，明知道是枪口，也要视死如归地撞上去。

林绛一回家，徐名娟电视也不看了，就拉她进卧室，搞得外公和爷爷面面相觑。

徐名娟搬了林绛的椅子坐下来，抱胸好整以暇看着她。

林绛顿时就投降了，只得如实说道："我和江为风谈恋爱了。"

徐名娟听完，没什么多余的表情，轻轻点了点头，问道："谈多久了？"

"二十二天。"

徐名娟沉默了一阵子："你郑老师知道了吗？"

"知道的，江为风一早就说了。"林绛乖乖的，就像做错事等着罚站的小朋友。

徐名娟闻言，淡淡地笑了："看样子你们是动真格的了？"

林绛心一跳，抬眼又敛眉，坚定地点头。

徐名娟没多说什么，站起来拍了拍她的肩膀："行，改天领回家吃个饭。"

林绛站在原地，忽然觉得未来清晰又明朗。

然而，静谧温柔的气氛维持了不过两秒……

徐名娟一拉开门，忽然"啊"的一声尖叫起来，惊得林绛头发都竖起来了。

"爸！你们干什么？！那么大年纪还听墙脚！想吓死谁？"徐名娟女士暴怒了。

惹得两个小老头面红耳赤，互相指责。

"我都说了嘛，老林，不要听不要听，你非不听呢……"

"什么意思啊，徐大壮，明明是你自己要来听的！"

徐名娟闻言攥紧了拳头，狠狠一跺脚，又是一嗓子："够了，你们全都给我去客厅老实待着！"

两个小老头憋着话，想说，张张嘴又委屈地闭上，最后只好死心地跟着徐名娟的步子走去客厅。

林绛眼看着这一幕，只觉得眼睛发热。

林伟说："俗话说一物降一物，你妈降万物啊！"

林绛"扑哧"一声笑出来，果然懂老妈的唯有老爸。

六月中旬，青城又开始进入台风期。

小时候，林绛以为青城从来没有过台风，长大后才知道，台风来时不刮风，而是下雨。

这几天暴雨时来时歇，刚刚才停，这会儿远处又响了个闷雷。

她坐在电脑旁认真工作，前两天编辑审核过的稿子又发给她二改，于是一坐就是一下午。

傍晚时，王佳倩打电话来，说周婉从外地出差回来，问林绛要不要约。

三个人在步行街碰面吃路边摊。

夏日最少不了烧烤和龙虾，周婉又做主开了三瓶冰镇雪花，热辣的烟火气和啤酒花碰撞，最抚慰人心。

因为这一处附近有学校，旁边还有不少学生过来聚会。

林绛给王佳倩指斜前方那桌。

王佳倩看了两遍，问道："怎么了？我没见着有多帅的小弟弟啊！"

林绛恨铁不成钢地敲了下王佳倩的头："你看最右边坐着的男生。"

王佳倩眯着眼，没看出来，又放下手里的烤串去拿手机，点相机放大了看，最后却还是被周婉捷足先登："真够甜的啊，手腕上戴着的草莓头绳，是给他旁边那姑娘扎头发用的吧？"

林绛激动了："没错没错，还是你懂我！"

这么一说，"醋王"王佳倩女士不乐意了："这有什么特别的，谁年轻时候没谈过这种甜甜的恋爱啊？你们盯着人家小鲜肉看害不害臊啊？"

林绛闻言忙投降："别，我还真没谈过。"

周婉乐了，对着王佳倩一个奸笑："嘿，那我倒是想听听你以前甜甜的恋爱故事……"

王佳倩瞪着眼睛吐了吐舌头，装晕了。

林绛被这俩活宝笑得肚子疼，正想和周婉一起拿王佳倩开涮，手机就响了，她忙接听。

"在哪儿呢？"江为风的声音里带着笑。

林绛报了地名，又左右搜寻了一遍，才看到店名："灰太狼烧烤。"

这名儿把江为风逗得更乐了："那我岂不是要赶快去解救小绵羊？"

林绛笑了："那我等你来啊。"

挂了电话后，林绛毫不意外地被面前两个女人犀利地审视。

"林绛，你电台稿里的暗恋故事，可还没给我交代呢。"王佳倩开始同林绛算账。

林绛听完就忙投降："等会儿你们就知道了！"

为了这句话，王佳倩和周婉觉得手里的串儿都不香了，好不容易等到林绛的电话又响起，她们赶紧激动地拉着林绛去烧烤摊门口，作迎宾小姐状站立着，露出假模假式的笑。

看清来人后。

两个姑娘嘴角僵了。

林绛特不好意思，并排站在江为风旁边，像小学生念课文那样，把他们互相介绍了一遍。

周婉花痴状，机器人一样对江为风打招呼：“嗨。”

王佳倩则傻愣在原地一动不动。

不只是她，刚刚和江为风一起下车的人，此刻也像是被钉在地上一样，挪不开步子。

林绛干咳了声，对周婉说：“那个，忘记介绍了，这位是顾翔。”

周婉倒抽了一口凉气，背过身装作整理头发，却在只有林绛和王佳倩能看到的方向，做了个激动的鬼脸，一副吃瓜的样子。

最后还是王佳倩先给顾翔打了招呼，无比尴尬地寒暄了两句。

上车后，林绛问江为风这是怎么回事儿。

江为风一笑：“他非要来见嫂子，我成全他呗。”

林绛暗暗吐槽江为风太坏，被他耳朵尖听到了，不依不饶地闹了一番。

最后，林绛红着脸从车里下来。

日子缱绻又温柔。

江为风在6月22日早晨5点出发去北京。

因为时间太早，头天晚上，江为风说不要林绛送，林绛说好，结果江为风第二天出门的时候，却发现她拎着早点在门口等他。

他一下子就笑开了，话里却还是责备：“你快回去睡觉，我有车，不要你送。”

或许是因为最近太忙，睡得太少的缘故，江为风早起，脸有点肿，却因为这样，少了些玩世不恭，笑起来可可爱爱的。

美色面前，林绛心都化了，走上前挽住他的手臂：“得了，再晚赶不上飞机了。”

一路上，江为风都紧握林绛的手。

林绛说：“你抓着我怎么吃东西啊？”

他大剌剌地反问：“你说呢？”

林绛只好用空出来的手喂他吃早餐。他乐得自在，故意吃得很慢，林绛却一点不着急，只希望他能吃得再慢点。

待江为风登完机，林绛又静静站了好一会儿，才往外走。

刚到等车区，一个熟悉的车牌号闯入眼帘。

林绛顿了顿，上了沈宴的车。

“我送老板出差。”沈宴解释。

林绛“嗯”了一声，随后大半天两人都没再继续讲话。

“前两天爷爷一直给我打电话。”沉默了一路，沈宴终究还是开了口。

林绛疑惑了：“找你做什么？”

“老爷子问我有没有去找你，”沈宴笑了笑，“看来，他还不知道你已经名花有主了。”

“你都知道了？”林绛有些惊讶。

沈宴抿嘴笑了一下：“你妈给我妈说的呗，我妈跟我说这事儿的时候还叹气呢，还想着咱俩的娃娃亲。”

林绛闻言，面上淡淡的，没什么表情地笑了笑。

车行一路，掠过高楼与行人。

在快到沈宴事务所附近的地铁站时，林绛叫他把自己放路边。

他拐弯的时候，林绛偏头看他：“沈宴，我想起张骄骄是谁了。”

“她就是我女朋友。”沈宴盯着林绛的手腕，再开口时声音有些沙哑。

林绛今天戴着他送的绿色手表，那时候他说这寓意时间。

果然，有些事儿早随着时间，在不知不觉中改变了。

“你爱她吗？”林绛问道。

“林绛，这是我的事儿，”沈宴强调，“你能不能别问了？”

林绛苦笑：“沈宴，她和她爸不一样，把她扯进来，事情不见得就有结果。”

沈宴的嘴抿成一条直线。

过了好一会儿，他才说道：“你放心。”

这场对话无疾而终。

把林绛送走了之后，沈宴又兀自在车里坐了好一会儿，随后他去包里掏手机，准确无误地找到一个号码打出去。

屏幕上，“骄骄”两个字闪烁着。

【48】

江为风参与的这档节目是一档有 CP 设置的闯关类节目，这里的 CP 自然不是指恋爱 CP，设定是明星要和节目组“选”出来的异性粉丝组 CP 闯关，以此获得一期一个的淘汰和约会资格。

说是“粉丝”，实则里面有各大公司塞进来的练习生，还有明目张胆砸钱进来追星的富二代。

江为风团队一到北京就直接去台里开会，摄制组在此之前已经开过三轮大会了。

开完会之后，导演又喊住江为风，交代他下午嘉宾到了之后，先去拍一组宣传照。

这期间，顾翔一直在和不同的人打交道，待导演和江为风聊完之后，他走过去递给江为风一根烟："咱们导演什么来头，你知道吗？"

"说。"江为风拒绝了这根烟，拿着东西进电梯。

"孙平，男，45岁，新闻节目出身，"顾翔说得两眼放光，"后来他转做娱乐，摸爬滚打十几年，去年做了一档选秀节目，终于爆了。"

江为风掏出手机发微信，闻言"嗯"了一声："刚刚聊了几句，感觉挺专业挺严谨的，下午拍摄应该会跟着一起过去。"

顾翔"啧啧"了两声："那你下午表现好点。"

江为风嗤笑："哥们什么时候差过？"

没等顾翔继续接话，他又三两下摁了下屏幕，自顾自打起电话来。

电话响了有一会儿，林绛才接。

出了电梯，顾翔去叫车，他便靠在门口的石柱前，听她好听的声音。

"我在洗澡，等一下打给你。"

"大中午的洗澡？"他抬头看看天，太阳把他照得眯起眼睛。

林绛点头："倩倩她们非要给我庆祝……脱单，我就简单收拾收拾。"

江为风问道："你们在哪儿吃饭？"

林绛甩了甩身上的泡沫，说道："在'在水一方'吃鲁菜，怎么？你还查岗？"

江为风听她虽然嗔怪，却还是事无巨细地报备着，就笑道："嗯，怕你被拐跑。"

"你是想夸我好看吧。"和他熟起来以后，林绛学会了厚脸皮。

可姜还是老的辣："夸你笨。"

明明不是好话，可他说出来，她还是低低地笑了。

林绛还想和他说什么，可还没张口，就听到那边有人在喊他："别打了，快点上车了。"

林绛揉了揉眼睛，说道："那我挂了，你快去忙。"

江为风说好："你快去冲水，小心着凉。"

林绛挂了电话之后，忙去冲掉泡沫。

尽管洗了个澡，但林绛还是比周婉和王佳倩提早到餐厅。

隔了好一会儿，周婉进来了，还没坐下，先灌了自己一杯水："这地方下次不来了，停车位这么难找。”

“倩倩还在停车啊？”林绛往玻璃窗外瞥。

周婉放下包，拿菜单看：“她怕你等急了，先让我进来了。”

林绛摇头失笑，也拿过菜单准备点菜。

两个人要了几个招牌菜，还点了份煎饼卷大葱，等都确定好了，王佳倩进屋了。

她站在门口双目含笑，目光狡黠：“林绛。”

“你不进来，也不要站门口不关门好吗？屋外大厅的烟味儿都进来了。”周婉抗议。

林绛附和：“加一。”

王佳倩哼了一声，咬牙切齿地说：“行。”她又转头对着屋外没头没脑讲了一句话，“大哥，这个别送了，屋里的人拒签了。”说完，“啪”一声关掉门。

包间里，周婉和林绛面面相觑。

周婉离门近，挠着头，疑惑地往门口走，想看看王佳倩葫芦里卖的什么药，一打开门，就惊呆了。

“这……”周婉嘴角抽了抽，“林绛！”

林绛忙过去一探究竟，一下子傻眼了。

“林绛女士，江为风先生给您订的花，您签收一下。”

林绛一脸蒙地接过笔，写字的时候，差点忘记“绛”字怎么写。

好不容易才写完，关上包间的门，林绛抱着花转过来。

只见周婉和王佳倩抱胸看着她，齐声道：“林绛女士，江为风先生给您订的花，您签收一下。”

说完，两个人又不约而同地捂起脸颊，说道：“真酸！”

林绛看着怀里的花束，一滴泪飞快地从眼眶挣扎着落下，像一颗露珠一样挂在花瓣上。她顺着泪落的弧线看过去，只见这花丛中还藏着一张四四方方的卡片。

她来不及回到座位上坐下，当即打开看。

绛：

你是我身后的桃花源。

江

林绛几乎要控制不住自己，眼眶里像住了一片海，风来了，把海搅翻了，水要溢出来。

幸好这时候王佳倩握了握她的手臂，问道：“林绛，这是绣球花吧？好多颜色啊，什么花语来着？”

“希望、缘分和美满。”周婉早一步举着手机，念出来。

林绛低头笑了，然后给江为风发微信表示感谢。

江为风迟了好一会儿，连续回了她好几条。

林绛打开后，一愣：【给我转账干吗？】

【这顿饭我请了。】

林绛心里又是甜，又是酸，有说不清道不明的感觉：【花我收到了，这一个就够啦。】

消息发出去后，江为风隔了一会儿才回了几大段语音，林绛借口上厕所去听完。

“林绛，你别觉得我庸俗，我就是想给你花钱。

“谈恋爱什么样啊？不就是吃饭的时候转个账，节日时发个红包送个礼物，偶尔逛街，你去试衣服我累得要死还要夸好看，然后心甘情愿为你刷卡。这不是大多数情侣都会做的事吗？

“可恋爱是这样，又不全是这样。恋爱还应该是一起去品尝更多的美味，无论是法国高端的餐厅，还是胡同深处的苍蝇馆子，应该是节日时忽然的一个想念和惦记，是有一天我无意路过一个橱窗，觉得一套衣服特别适合你，于是迫不及待买下来逼你试给我看。

“恋爱就是做一大半俗事，再做一小半浪漫的事儿。我就是个平凡的男人，你也是个平凡的女人，我们一起过平凡但不庸俗的日子。我觉得这就是我做梦都会笑醒的生活。”

这一段话，如果单独写出来，估计会是很真挚的情话。可讲话的人语气淡淡的，像在自我对话、自我思考，听着压根没有一丝甜气。

可就是这样乍听温暾，随后回甘的话语，最戳心。

林绛听罢，点了接收。

做完这个小动作后，眼泪已经盈满眼眶。

眼眶里的海，汹涌澎湃了。

江为风刚发完语音，顾翔恰好推门进来，见状问道：“又在和林绛说话呢？”

江为风从鼻子里哼出一个“嗯”字，他刚午睡醒，懒懒地换了件衣服，接着又去收拾包。

“上回我和倩……王佳倩聊了两句，你俩的事儿震惊的不只是我，她这么爱吃瓜的人居然一点都没察觉，整个人都傻了。”顾翔一聊王佳倩就乐，合不拢嘴。

他这样子被江为风看在眼里，江为风背着包路过他时狠狠捶了他一下：“你是不是男人？喜欢就追。”

顾翔疼得脸都皱了，闻言自嘲地笑了笑：“人家名花有主了。”

“又没结婚。”江为风说道。

“那我总不能去插足吧？”顾翔讶异。

“少婆婆妈妈给自己留遗憾。”江为风挑眉。

顾翔说：“你说得轻松，那万一林绛之前也谈了，合着你为了一己私欲，还去拆散？”

江为风闻言顿住脚，静了片刻后，他转过脸对着顾翔笑了一声。

“不会。”

“就是嘛，说风凉话不腰疼啊？”顾翔头一回占上风，笑得特不屑。

“我是说她不会喜欢别人，因为啊——”

江为风卖了个关子，笑得妖孽无比，顿了一下才特轻飘飘往下说：“我就是最好的。”

顾翔忍不住竖起大拇指。

下午的拍摄，江为风提前半个小时到达场地。

顾翔和莉莉安去找工作人员对流程，江为风走过去和导演打招呼，走近了才发现导演手机上正放着新出的调查栏目《新闻周刊》。

“导演来得好早。”江为风勾唇。

导演这才察觉他到了，忙关上手机：“小江，挺早啊。”

“嗯，每次团队打理布景和光线，我一般都会提前过来盯着。”江为风说道。

导演起身，拍了拍他的肩膀：“我看时间还早，他们这会刚开始搭呢，不如你跟我去化妆室先跟几个嘉宾打招呼？”

说着，他便领江为风先去几个艺人化妆室，这组艺人一共六个，四男两女，其中两个顶流，剩下几个也都算三线以内。

这其中有位女歌手之前拍摄封面就是请的江为风。去她化妆室的时候，几个人便多聊了一会儿。

从她那边出来之后，导演笑说：“她平时走性感风，没想到私下嗲嗲的，可以做反差综艺效果。”

江为风从不关心工作范围之外的事情，只是礼貌地附和了几句，旋即跟着导演进了最后一间素人化妆室。

进去的时候有两个素人正换衣服，助理一看导演来了，就对着换衣间喊：“玲玲、思意快出来。”

两个女生忙在里面应声：“来了。”

那个叫玲玲的女生先出来，另一个女生紧随其后，两个人脸上都挂着标志性的练习生流水线笑容，还没看清楚来人，就先对着导演 90 度鞠躬。

再起身时，两个人的表情完全不一样了。

玲玲还是那样标志性的笑，但是她身边的赵思意，嘴角一寸寸垮下去，呆呆地、木然地瞪大眼睛。

【49】

导演问道：“思意，你准备好了吗？”

赵思意没有回过神来。

助理叫了一声：“思意？赵思意你怎么回事？导演问你话呢。”

赵思意这才回过神，嘴角却怎么扯都扯不上去了，只好胡乱编了个理由：“真不好意思，我这会儿忽然有点低血糖。”

助理听罢，忙和导演道歉，又让身边的玲玲扶她坐下：“这孩子可能是为了上节目，减肥过度了，回头我说她。”

赵思意捂着胸口坐在一旁的椅子上大口喘气，用余光去看导演身后的男人，再三确认，就是他！

她激动得指甲都嵌进肉里！

他却好像没认出来她似的，只在助理介绍她的时候，极其礼貌地回了一句：“你好，江为风。”

就像回复其他人那样。

除此之外，一个多余的目光都没给到她。

他站在那边，神色淡淡的，印象里的他很少出现这种淡然的神色，他的脸就像罩了一张陌生的面具。

赵思意觉得自己的世界都崩塌了。

直到去棚里拍片，她都还很不自然。

要当着江为风的面，做出一些表现力极强的镜头，对赵思意来说，是种磨难。

拍了十分钟左右，江为风的脸色就已经很差了。

“要不你下一个拍吧，先对着镜子找找感觉。”他一点都不客气，没留一点面子给她，和那些专业的、尽职尽责的摄影师没有半点区别。

这让助理狠狠骂了赵思意。

顾翔在一边听得直皱眉头，走过去，对正调光圈的江为风小声叹气：“你俩什么破缘分？”

江为风闻言冷冷瞥了顾翔一眼，没说话。

顾翔又说：“你说这事儿林绛知道了会怎么想？”

江为风拿相机的手顿了下，舔了舔嘴唇才说：“这事儿你不许多嘴。”

“我能多什么嘴啊，我和林绛也不怎么联系，倒是你，别再旧情复燃了。”顾翔声音里透着紧张，不知道是在担心林绛，还是担心江为风。

江为风冷笑了声：“你找抽？”

顾翔举手投降，做了个拉锁动作，把嘴闭上。

单人宣传照拍了两个小时，随后嘉宾去换装，换景拍合照宣传。

江为风趁着棚里换背景的工夫，出去抽了根烟。

他掏出手机，看到林绛在朋友圈晒了那束绣球花，点了个赞又退出来，去翻两个人的聊天记录。

最新的那页对话，是他要她收钱，她不肯，然后他长语音轰炸。

那几段语音，具体说了什么他其实不太记得了。

中午，他实在太乏了，就眯了一会儿，结果就这么短暂的工夫却梦见她了，醒来后又发现自己在一个陌生的地方，愣了好久，怅然了好久。

不知道她收到那些语音会是什么反应，但他还是不敢相信自己居然会讲这么多。

要不怎么说，爱情这玩意醉生梦死呢。

这还没怎么着呢，他两样都占了。

正这样想着，身后有人喊了他的名字。

江为风太阳穴一跳，没回头。

那人也不在意，兀自绕了个弯，走到他前面，笑了笑说：“好久不见。”

江为风点点头，摁灭烟头：“你不进去准备？”

赵思意捋了下头发：“不急，这不第三组才到我嘛。”

江为风淡淡“嗯”了一声：“那我进去准备了。”

“江为风，”赵思意急忙叫住他，“嗯……这几年你还好吗？”

江为风原本想走，这会儿目光一闪，又改了主意，顿住了步子，继而回过头，笑了：“还行，也就那样吧。”

赵思意被他的笑晃了一下神，然后听他继续说：“反正就……和普通人一样恋爱工作生活。”

这话简短，可重点不难捕捉。

赵思意如坠冰窖。

江为风没空去理会身后人的感受，进了屋又是一通忙。拍完第一组，艺人整理衣服的时候，莉莉安从一旁给江为风递了杯水，顾翔则从另一边钻出来："我刚才看赵思意进来的时候眼睛红了。"

"顾翔，"江为风喊了他一声，声音里颇有威胁意味，脸上却是挂着笑，"你很闲？"

顾翔又一次闭上嘴巴。

这一天，过得忙碌又缓慢。

晚上摄制组的人聚餐，组里年轻人居多，加上第二天就要投入拍摄，并没有许多奇怪的酒桌文化约束着。

插曲是在快吃完的时候发生的。

助理领着几个新人过来敬导演酒，不知道是谁提了一嘴："不公平啊，灯光老师摄影老师都在这桌，怎么就只敬导演？"

这样说着，助理忙叫新人们把这一桌轮了一圈。

江为风坐导演右侧第二位，轮到他的时候，几个女孩子已经喝得眼冒金星了。

赵思意敬酒的时候，说话都咬不清字："江……江老师，您的作品我看过，拍得很好，这次拍摄也拜托您了。"

她说完，咬了咬唇，一饮而尽。

江为风眼看着女生力不从心还要强装欢笑的样子，双眸深了深，笑着将自己杯中的酒如数吞下，旋即礼貌又客气地回了句："您放心，我会尽工作本分。"

"你就不能委婉点？"晚上，顾翔回忆他这句话的时候，直拍大腿，"赵思意听完你这话，手晃得差点没把酒杯摔了。"

旁边正翻看第二天工作流程的莉莉安闻言后大吃一惊："老板和赵思意？"话一出，就被江为风一个狠厉的眼神逼得闭上了嘴巴。

江为风回到酒店时已经是夜里十一点了。

他本想给林绛打电话，可在点开语音通话的时候又顿了顿，继而打了行字发过去。

J：【睡了吗？】

谁知道对方秒回：【睡了。】

江为风笑了笑：【做梦还想着和我发微信？】

深夜里，寂静的卧室唯有几丝月光穿透玻璃照射进来，手机屏幕忽然亮了，照亮了林绛白皙柔和的面庞，她看清内容后笑了笑，在键盘上飞快敲下几个字。

J：【系统自动回复。】

发完之后，林绛在床上打了个滚，不知道为什么，想着能这样和他逗趣就忍不住乐呵。

两秒钟之后，微信电话提示音忽然响起来，惊得林绛忙从床上坐起来。

明知道他看不到，她还是理了理头发和衣裳才开口："喂？"

"系统自动接听？"江为风笑着问。

林绛笑得眼睛都弯起来，顺着他的话说："您猜对了，请问有什么事情吗？"

江为风"嗯"了一声，像在思考："那你帮我转告林绛，就说我给她布置了个任务，希望她每天都能早点睡觉，顺便再做个能梦见我的梦。"

林绛闻言绷不住了："肉麻，我才不要转告。"

"你个机器人，还有脾气了？"江为风逗她。

"哎呀，不闹了不闹了。"林绛忙投降。

江为风早已经笑出了声："怎么还不睡？不是说好了不能熬夜。"

林绛叹了口气："明知故问。"

"哦……"江为风拖了个长音，仿佛恍然大悟，"想我想得睡不着？"

"才没有好不好！"林绛"哎呀"了一声，急得不知道该哭还是该笑，"我只是在等你联系我。"

她的话说完，江为风就低声笑起来。

林绛这才觉得不对劲，咬了咬唇，恨自己傻兮兮地往坑里跳。

"行了，快睡觉吧，不许熬夜。"好在江为风没继续为难她。

林绛稳了稳呼吸，知道他今天肯定累了，便说道："好，你也快休息。"

快挂电话的时候，江为风又忽然叫住她："林绛。"

"嗯？"

"晚安。"他说。

林绛愣了愣，扬嘴笑了："晚安。"

六月下旬。

青城时不时下雨，北京却连着都是晴天。

林绛和江为风分隔两地，他会在忙碌的间隙联系她，她手机自此没静过音。

6 月 30 日那天是周五，林绛上完课下楼，和几位学生说再见的时候，恰好碰见郑萍来找成老师。

郑萍又要请林绛去家里吃饭，林绛哪里好意思，直说等江为风回来之后一起去拜访。

成老师自然是早就知道林绛和江为风这事儿的，忙说两个人很配，末了又念叨起成明昊，嫌他飘在外面，也没个对象。

三个人站在楼下聊了一会儿，林绛才匆匆打了个车回家去。

还是徐名娟给林绛打电话，说是外公非要回家，店里忙不开，使唤她去送外公。

林绛到家的时候，外公已经收拾好东西，装进一个不大不小的包里。

林绛问道："怎么回事儿？在这儿住得不舒坦了？"

外公没有半点掩饰的意思："金窝银窝不如我自己的狗窝，我在这儿住着我憋不死，我的老伙计就快想死我喽，老李老蔡给我打电话打了好几次了！"

林绛不置可否，又问道："那你就忍心让我爷爷一个人住在家里，忍受你女儿的管束啊？"

一听这话，爷爷忙从阳台的摇椅上站起来："要不怎么说这糟老头子狠心呢？我给你说，他好了没三天半还要去折腾，说要去泰国看人妖！"

"哎哎哎？你太不地道了老林！怎么揭人底呢？"外公大惊失色，又小孩子似的赌气，"我知道你就是打赌打输了跟我怄气！"

爷爷一听，声音都高了几分："谁怄气？是你自己吵着要打赌，我可不会拿我孙女的幸福和你打赌！"

"你俩打赌？"林绛一脸蒙。

"你怎么还反咬一口呢？"外公叉着腰，像是和爷爷理论上了，"不是你说林绛喜欢沈宴的吗？我说林绛看上的是小江，你还和我吵吵？"

"我……我可没有！"爷爷坚决反对。

"你！你颠倒黑白！"外公气极了，"上次沈宴中午来咱家送饭，还是你打电话叫的呢！还有上次林绛带你去林伟公司参观，不也是你打电话让沈宴去送的？还有……"

"哎哟，心口疼！"爷爷一看外公气焰太盛压不住，忙捂着胸口，皱着脸装作难受的样子。

外公这才消停。

这俩活宝，可把林绛累得够呛。

林绛先是安抚爷爷的情绪，又送外公回家，路上接着听外公倒苦水。

要不怎么说老人和小孩一样，是要哄的呢！

# 第十章　/前任

每个人都有一段悲伤，想隐藏却欲盖弥彰。

【50】

江为风3号结束拍摄，4号回家，林绛在日历上标了一个醒目的红圈。

这段日子，他和她都很忙。

学生们放暑假，课表改了，周一到周五上午都有课，加上和“听见”合作的栏目差不多要敲定了，她这几天一直在写稿子、录录音。栏目那边给她配了个编辑专门对接工作，对方很敬业，有时候林绛稿子的配乐总会拿不定主意，要换好几次，编辑常加班剪辑完再给她发过来试听。

这天中午，林绛一边和编辑发着语音，一边在购物中心楼下的星巴克取杯。

有人忽然叫住了她。

林绛回头，有片刻的错愕。对方又喊了她一声：“林绛，来坐。”

两个人的距离只有两三步的样子，可林绛就是挪不开步子。

她站在原地，抓着包包的带子，笑得僵硬：“我不过去了吧，我拿完东西就该走了。”

程云川听她这样说，顿了一下，又起身说：“林绛，你在逃避我？”

“我没有，”林绛忙否认，又在脱口而出的这一刻觉得自己太刻意，于是笑着舔了舔唇，“我就是等下还有事儿。”

程云川闻言轻“呵”了一声，眼里是堆不下的自嘲与落寞，但讲话的语气还是极好强的：“你逃避我也是应该的，你多清白勇敢啊，我比不上。”

林绛闻言死死地攥住了拳头，看着面前这个化着精致妆容，却遮不住眼底青灰色的女人，面上还是很镇定：“你误会了。”

“是吗，那我们加个微信？”程云川扯出一个灿烂无比的笑。

这笑容让林绛冒了冷汗，好在这时候轮到她取单，她佯装淡定地说：“我要先走了。”

林绛取了单，走到门口，程云川拎着包在身后喊她：“去哪儿？我送你。”

林绛脚步微顿，转过头，有些看不清程云川的表情，于是眯起眼睛：“不用了。”

听罢，程云川歪了歪头，好像是笑了。她不急不慌地走到林绛身前站定，还是维持那个灿烂却令人不舒服的笑容：“张俊涛说，前段时间好像见到你了……”说着，她抬眼去看林绛的反应，又慢慢道，“就在万达。”

林绛脸色唰一下白了。

明明是38度高温的天气，她却只觉得周身寒凉，好像浑身的力气都被抽走。

都到这个份上了！

林绛心里忿忿地恨，可是她反倒镇定了。

林绛稳住自己，说话之前，脸上先挂起了笑：“程云川，刚刚有句话你说对了，你确实没我清白勇敢。”

这话就像烈日灼心，程云川显然没想到林绛会这样讲，身子一晃，朝后倒退了半步。

林绛却来不及关心程云川的情绪，再次开口，声音悲凉又慈悲：“别再往下陷了。”

林绛讲完这句话，不再过多停留，转身便走。

程云川则在原地站着，一动不动，泪流满面。

身边来来往往路过的人以奇怪的目光审视、打量着她，过了一会儿，有个十七八岁的女孩递了纸巾给她。

女孩说：“姐姐，再好的化妆品也经不起你这么哭的。”

程云川摸了摸自己早已花了妆的脸，愣了愣，又笑了，笑出了更多眼泪。

城市森林里车水马龙，路人行色匆匆。

外面日头很毒，林绛坐在充满冷气的车里，还是有一阵阵汗浸在后背上，她强迫自己不要想东想西，可不仅脑子混乱，连身体都不听她的——肚子开始一阵阵抽疼。

她强忍着到家，才知道是来例假了。

林绛自小就有痛经的毛病，她从前满世界跑，唯有在经期才会停下来歇一歇。回到青城之后，徐名娟领着她去看过中医，这几个月也一直喝着药，调理过后，好很多了。

谁知道这次又疼起来。

就像有人拿着刀子在肚子里搅，直痛得胃都抽搐起来，吃了止痛药还是不管用，又跑去厕所吐了一次。

过了好一阵子，止痛药才发挥作用，身体好受了很多，可她的情绪和体力早就被耗尽，直接倒在床上睡熟了。

不知道过了多久，林绛是被一阵敲门声惊醒的。

林绛强撑着身体去开门，打开门看清楚来人后，整个人都呆住了。

她揉了揉自己凌乱的头发，还没来得及反应，就被劈头盖脸一顿骂。

“林绛！你干什么呢？打电话不接，微信不回？！”

徐名娟女士咆哮的一嗓子，直接震亮了十米开外楼道的声控灯，也把林绛脑海里最后一丝困倦震碎了。

“林妈妈，您别急，孩子这不是好好的吗，这就放心了。”说话的人是郑萍。

这着实让林绛更意外：“郑老师，您怎么也来了？”

郑萍看了看徐名娟，又看了看林绛，淡淡地笑了：“这不是为风嘛，说打你电话打不通，着急……”

林绛听着面上一红，心就化成了一摊水。

这边，徐名娟的气也消了大半，听郑萍这样讲，蛮不好意思地说：“真不好意思啊，让你们担心了。”

“我就是身上来事了，比较倦，就睡着了，”林绛觉得很抱歉，忙解释，“现在几点了，郑老师您怎么来的？”

“哦，江河开车送我来的，既然你没事，我就下去了，他等着呢。”郑萍笑着拍了拍林绛的手。

徐名娟看郑萍要走，又是一通抱歉，说要和郑萍一起下楼。

徐名娟临走之前没忘记来的目的，叮嘱林绛明天林伟出差回来，让她记得回家吃饭。说完后，徐名娟又絮絮叨叨让她多喝红糖水，别着凉。

徐女士说这番话的时候还是带着气的，但不妨碍内容暖。走到电梯口了，她又探出半个身子，提醒道：“别忘记给人家小江回个电话。”

林绛哪里会忘呢。

她回屋第一件事就是打给江为风，而对方在第一声铃声响起的时候就接了起来。

窗外月明如水，林绛抬眼看了看墙上的挂钟，晚上十一点已过半。

男人温柔而安心的声音从听筒那头传来，很快让林绛的情绪恢复平静。

布洛芬能解决生理上的疼痛，在情绪的镇痛上，他的声音，比布洛芬有用。

他们是在通话1分20秒时挂断电话的。

江为风站在阳台上，手边的烟灰缸里，有整整二十个烟蒂。

远方霓虹点点，抬起头看不到星星，但他的心莫名安定了许多。

7月4日，江为风上午去台里和导演又对了一遍成片，然后坐下午3点的航班从北京飞回青城。

飞机五点到，林绛早一个小时就到机场等着了，为了显眼些，她特意穿了酒红色的连衣裙来。

江为风果然没辜负她这一番心思，在她还在到处搜寻他的身影时，他就早一步看见她了。

他从看见她那刻开始，眼睛就没从她身上移开过。

他直直走过去，站到她面前，静静看着眼前女孩的目光从不确定变为确定，而后变为惊喜，再一点点羞涩起来。

这种微妙的变化显然取悦了他，江为风勾勾唇，问道："穿这么美？"

林绛抿了抿唇，扬起脸，没笑，而是羞涩地回了一句："为了配你啊。"

"哎哟哟，隔老远我就看见这抹红了，还寻思是哪位大美女啊，原来是林绛，"旁边站着的顾翔沉不住气了，走到江为风跟前，指着林绛，笑得那叫一个贼，"各位，你们眼前看见的美女就是咱风哥的媳妇，你们嫂子。"

言毕，身后几个小伙子哄笑着叫了声："嫂子好。"

"原来嫂子这么漂亮啊。"团队里就一个女性，此刻大着胆子站最前面，笑嘻嘻地盯着林绛。

林绛则盯着女孩耳垂上的蓝色耳钉入神，想起来之前在江为风车里看到的耳钉和这枚一样，立刻意识到眼前的人大概就是莉莉安。

林绛不好意思地捋了捋头发，笑了。

"看够了吗？"江为风看向顾翔，替林绛解围，"你不用回公司？"

顾翔呸了一声："德行。"又堆着笑看林绛，"那我不打扰你们俩了，我们先回去放设备。"

林绛笑着说："辛苦了，再见。"

江为风的车就停在停车场，他去开车之前念叨饿了，林绛便去必胜客买汉堡和比萨。可等他回来的时候，赫然发现林绛手上还多了份冰激凌。

江为风驱车去机场附近的河边，一路上眸子都暗暗的，连林绛喂他吃东西都一副冷冷的样子，像在赌气。

五分钟后，车子平稳地停在河边一棵正对着夕阳的树下。

林绛似乎是察觉到什么了，看了眼冰激凌，又看了眼江为风，最后咬咬牙说：“那好吧，我不吃就是了。”

江为风闻言偏头看她：“甜着呢。”

“你这是让我吃，还是不让啊？”林绛不明白了。

“那个走了吗？”江为风问道。

林绛脸一红，轻咳了一声：“没呢。”

“那不就得了？肚子不疼了？好了伤疤忘了疼？”江为风夺命三连问。

到最后，林绛简直无地自容了。

“你好凶。”林绛鼓着腮，低着头，不看他。

江为风看她这样子，傻傻的，可怜兮兮的，心情难以形容：“真想吃？”

林绛飞快看他一眼，嘟囔着：“不吃了！”

“我有个办法……”

林绛难以置信地抬眼看他，只见他淡淡地笑着：“我把冰激凌暖暖再给你吃。”

“暖暖？”林绛像个孩子听大人讲故事一样，觉得他讲的话很神奇，“那岂不是都化了？”

江为风深深地看了她一眼，轻声说：“不会。”

然后，林绛就眼睁睁看着他把正在融化的冰激凌咬了一口下来。

林绛第一个念头就是被耍了，没想到这人这么抢食，想要骂他是骗子。

可下一秒，有人堵住了她的话语声——

他吻了上来。

【51】

香草的气味带着沁凉和甜香，就这么随着他的舌根，绕到她的舌尖上，有奶油落在唇畔，又被他不动声色地舔去。

林绛蒙了。

她闭上眼睛不敢动弹，只因为心里面那只小鹿又开始拿鹿角顶她，撞得她的心“扑通扑通”就要跳出来。

她想到一个词：

相濡以沫。

傍晚金色的阳光穿透玻璃照到他们身上，她被他亲得软成了一摊水。

“在想什么？”江为风放开女孩，只见她闭着眼睛，便笑了，“还有好多呢，不吃完？”

林绛闻言，瞪了他一眼，小声骂了一句：“流氓！”

她这样不咸不淡地骂了他一句，在江为风心里就像是给他挠了个痒，惹得他低声笑出来。

然后，江为风不再闹了，和她坐在车里看夕阳西下，看河水荡漾，吃着汉堡和比萨，两个人有一搭没一搭聊着天。

江为风吃完最后一口冰激凌的时候，林绛转过头，回忆道：“之前啊，我在多伦多吃自助餐，那种哈根达斯球看着就好吃，可是一人要领一个小纸杯子，一次只能拿一个。”

江为风便问：“还没问你，之前为什么出去好几年都不回来？”

江为风问这个问题的时候，林绛刚掏出手机来拍车窗外的风景，闻言她手抖了一下，照片模糊得不成样子。

她收回手机，舔了舔嘴唇：“就是贪玩呗。”

江为风试图与她对视：“你可不是贪玩的人。”

林绛看了他一眼，笑了：“我怎么就不能是贪玩的人了？”

江为风伸手把她胸前的一绺碎发拨到后面：“林绛。”

他只是叫了她一声，林绛抬起头，与他对视上。

“这几年，我们之间是空白的，有太多事你不说我就永远不知道，说实话，我不太喜欢这种空间和时间上的双重落差感。”他这么说着，声音没什么起伏，“那些事，我等你对我讲，无论什么时候，都可以。”

林绛闻言，心上那根弦，差点就崩了。

她看着窗外静静的河水，在夕阳的光芒下染上胭脂，像是醉了。

那一刻，她觉得自己错了。

江为风才不像什么虚无缥缈的波光粼粼，他是淹人的水，是飞蛾必扑的火，是无往不利的风。

“喂。”林绛带着不自知的委屈小声叫住了他。

“嗯？”他正想驱车离开，手抓在方向盘上。

“我觉得……”她顿了顿，又鼓起勇气，“我觉得我有必要郑重问你一次，你到底为什么喜欢我啊？”

江为风摸了摸下巴，笑了：“这题好难。”

林绛抓住他的胳膊：“嗯……说说呗？”

“那你为什么喜欢我？”江为风想了想，朝她身边凑了凑，反客为主。

林绛紧抿着唇，没什么表情。可江为风感知到了她的紧张，她抓着他手臂的手正微微用力。

“其实……“林绛看了他一眼，又很快把头低下，偏向别处，再开口时语气很快，像在逼迫自己下决心，“我就是 38.6℃。”

江为风嘴角的笑瞬间就凝固了，心里有什么情愫作祟，不断地涌动着莫名的情绪。

他看着她，透过她的头顶，可以看到远处的飞鸟扑棱着翅膀掠过天空，没有留下痕迹。

身边的女人一直很安静。

然后，他捧起她的脸，狠狠吻上去。

先是唇舌相抵，然后又从眼角到眉梢，从脸颊再到嘴角，他把自己的气味一点点渡给她。

金风玉露一相逢，便胜却人间无数。

不知道吻了多久，他才放开她，两个人的眼神撞到一处。

林绛先移开眼，很是不好意思："你就没什么想问我的？"

谁知道他淡淡笑了："我都知道。"

这下轮到林绛愣了。

"你都知道？"她愣愣地问。

他偏头看她，用大拇指的指腹摩挲了一下她的嘴角："不然你回来之后，我为什么死乞白赖非往你身边凑？"

林绛傻傻看着他的侧脸，忽然就笑了，笑着笑着默默流出眼泪来，她又默默拭去，不让他发现。

江为风驱车赶往市区。

远处的霞光慢慢下沉，街道两旁的灯骤然亮起，到家停车时，江为风单手点了根烟，烟头的橙色像路灯一样。

林绛静静收拾刚刚吃完的食品包装袋，随手将袋子放在一边，然后两手紧紧抓着安全带，对他讲话更轻声细语了："走吗？"

江为风却不着急，眸光深深地看着她的右手："其实我还有件事，没告诉你。"

林绛闻言便看着他，一副疑惑的表情。

只听他悠悠笑了："安全带其实没坏，像这样，一下子就能解开。"

只见他把暗扣往左再往上轻轻一提，再摁下解锁按钮，果然一下子就能解开。

林绛半天都说不出话，最后倒也认输了，只说了一句："讨厌。"

说完，她就推开车门气呼呼下车。

她这话说的就是字面意思，可落在江为风耳朵里，倒像是在撒娇了，他笑了笑，跟着她下车。

停车场的灯光很亮，他的影子就落在她脚下。

两个人缓步走回家。

夏风静静吹着，日子鲜活而热闹。

这次回来之后，不知道是不是因为有些事挑明了，所以两个人距离更近了。

江为风更是有家不回，明目张胆地往林绛家里蹿。

起初，她不大好意思，可后来见他真的老实，便默许了这一切。

林绛下午没有事，基本都窝在卧室里写稿子、录音。江为风一般晚上才从外头回来，他常常会带些好吃的，像今天，他买的是香港街那家有名的炸鸡和啤酒。

江为风回来之后先去洗澡，林绛就坐在沙发上对着投影仪找电影，有时候他洗完出来了，她还没找好，一般这时候总是随便找个好看的老电影凑活。

这次林绛放的是《史密斯夫妇》。

她最喜欢开头史密斯夫妇坠入爱河那一段。

有一场戏是他们在跳舞、喝酒。热闹过后，笙歌散尽，而这时候又下起雨，女人就坐在男人的身上，他们共饮一瓶酒。

在林绛心里，那场戏无论从摄影角度，还是情感角度来看都很美。落雨、湿发、有点狼藉的现场、朦朦胧胧的夜、暧昧的酒……就算不看后面的内容，也知道他们接下来注定会去爱。

江为风就是在演到这一点的时候，吹干了头发出来的。

他站在沙发后边，抱胸看着镜头，神色晦暗。林绛似乎能感受到身后灼热的目光，于是转过头，看到他玩味地笑了。

“撩我呢？”

“才没有。”林绛转身不理他。

江为风往前走了两步，旁边的料理台上传来手机振动声，他又返回去拿手机。

随后，他边打着字，边坐到林绛旁边，一手揽着她的肩膀，另一只手仍在打字。他似乎挺忙的，没有再动其他坏心思。林绛意识到这点的时候，往他嘴里塞了一小块炸鸡作为奖励。

电影里，史密斯先生发现了史密斯夫人的真实身份，而与此同时，史密斯夫人也正目光锐利地盯着电脑屏幕里的男人，配乐正紧张时，江为风才收回手机。

“他输了。”他盯着屏幕静静看了一会儿，忽然开口。

“为什么？”林绛问道。

“不告诉你。”他卖了个关子。

林绛叹了口气不去理他。

过了一会儿，江为风又有电话进来。他去阳台上接电话，两分钟后又进屋，对她说：“林绛，我明天又要出去。”

“又有拍摄行程了？”

“嗯，”他走过来，坐到她身边，“舍不得？”

林绛换了个坐姿，头发散下来，遮住了她的脸：“没有。”

他挑眉去撩她的头发，笑了：“这答案不对，换一个？”

她伸手想拿开他的手，又被他反抓住。林绛彻底投降，她不声不响地往他身边挪了挪，靠在他身上，这动作完成之后她才慢慢开口：“的反义词。”

江为风一下子就僵住了，慢慢才伸手去揽她的肩膀，轻轻抚着她的手臂。

他眸子温柔，声音也是：“林绛。”

她尾音上扬“嗯”了一声。

“接吻吧。”他说。

此刻电影正演到关键点，男主角问女主角：“我们刚认识时，你是怎么想的？”

女主角回道：“你先说。”

男主角笑了笑：“你看起来就像是圣诞节的早晨。”

林绛在心里默默念了一遍男主角的台词，然后点了点头，却没有说好，而是大着胆子钩住江为风的脖子，先吻了上去。

江为风一愣，而后加深了这个吻。

第二天天没亮，江为风就去赶早班机。那时候林绛睡得正熟，他出门前都没敢俯身吻她。

这次出发去北京是拍杂志内页，为某产品带货。通告时间不长，就一天的工夫，他嫌折腾，只带了莉莉安和另一个刚毕业的新人。

到拍摄地的时候，模特还在不远处的酒店弄妆发。

江为风就等着，不一会儿，模特助理堆着笑来喊他：“江老师，可太巧了，您说我们思意第一个综艺就是您拍的，这第一本杂志也是您拍的，这是什么缘分哪？”

江为风眉头微拧。

下一秒，助理身后走出一个人，笑了笑向他问好：“您好，江老师，我是赵思意，您还记得我吧？”

【52】

江为风不动声色地看了面前的女人一眼，随后淡淡地说：“先拍摄吧。”

他路过她，赵思意身边就掠过一阵风，她的头发被这风吹得撩了起来，她微不可见地勾了勾嘴角。

这边，林绛睡到十点才醒。

她抱着枕头，睡眼蒙眬地看着卧室里的一切，不知道为什么心里空落落的，直到进了卫生间去洗脸，看到洗漱台上灰色的牙刷，才反应过来是什么原因。

她简单收拾了一下回家，一路上司机都在循环播放《痴心绝对》，不知道受了什么情伤。

林绛回家跟徐名娟说这事儿的时候，徐名娟正拿着勺子把保温盒里的排骨粥往外盛，闻言便笑了：“我想起一首歌。”

林绛问道：“哪首？”

徐名娟看她一眼：“《白月光》。”

每个人都有一段悲伤，想隐藏却欲盖弥彰。

林绛忙问：“老妈也有故事？”

徐名娟勾了勾嘴角没说话，把碗放下又去叫爷爷。老头正窝在卧室里和外公视频通话呢，外公一瞧见画面里徐名娟推门进来了，忙喊她：“过来给你妈打个招呼。”

徐名娟走近一看，老爷子胸前挂着一块刚买的崭新怀表，打开却是泛黄的亡母遗照。

她哽了一下，面上还是如常：“玩玩玩，成天就知道玩，我妈要知道你这么折腾，今晚就得托梦骂我呢。行了，大中午的别晒着，快点回屋，注意安全！”说着就挂了电话。

“赶明儿，等我身子好利索了，我也出去玩玩。”爷爷从卧室出来就一直念叨。

徐名娟把碗放到他跟前，说道：“先吃饭。”

徐女士做饭三流是一家子人都知道的事儿，这排骨粥是徐名娟特意叮嘱店长要厨师做的，肉炖得很烂，爷爷吃了好大一碗。

谁知道刚放下碗，静姨又上来送藕盒。

林绛忙去拿碟子来盛，静姨则在一旁问林绛：“听你妈说你谈朋友了？”

林绛愣了愣，腼腆地笑笑：“嗯。”

“哎哟，那我家沈宴没戏啦！”静姨推了下徐名娟的肩膀，笑着责怪。

爷爷闻言笑道：“她静姨，说实在的，我还是看好阿宴。阿宴不仅长得帅，人品好，而且还上进。最重要的是，咱们都是老熟人了，知根知底的。”

徐名娟忙嗔怪：“爸，咱就别操心小孩的事儿了。”说着又剜了一眼林绛，“这丫头，自己有主意着呢。”

静姨笑了笑：“不过孩子们自己都有主意，沈宴从家里搬出去之后，十天半个月才回来一趟，我都不知道他天天忙的什么。”

徐名娟“哎哟”一声：“该不会是谈对象了吧？”

“这我哪儿知道呢？”静姨又看林绛，“阿绛，你和他关系好，知道他最近忙什么吗？”

林绛闻言脑子一团乱，抿了抿唇，不得不搪塞道：“我最近也忙呢，回头我去看他，给您刺探刺探军情。”

静姨笑说：“好。”

下午，徐名娟在沙发上看老剧《转角遇到爱》，林绛则和沈宴发着信息，对方回得很慢。

五点过后，林绛约沈宴吃海底捞，正好徐名娟要去店里，就载了她一起出门。

那是下午六点一刻。

江为风恰好完成最后一组镜头。

为了拍出品牌方要求的“易碎感”和“迷离感”，一共换了三组主题，最后这组模特隐匿在透明薄膜之后，灯光打出五六种光，流光溢彩全泼在身上。

在拍摄的时候，模特和他都很专注，高效率高质量地完成了工作。

最后这个景没浪费，顾翔催他发微博催了一周了，恰好利用上。

江为风发完微博，刚想收回手机的时候，不知道怎么了，又掏出来自拍了一张照片，打开微信，找到置顶的“J”，发了过去。

完成这一系列动作再回神，江为风才发现身边站了个人。

“晚上有安排吗？”赵思意搓着手指，低头喊他。

江为风闻言散漫地打了个哈欠：“我女朋友晚上要和我视频。”

女生被噎了一下，愣了一秒，很快又恢复如初：“你女朋友管你很严？”

江为风闻言乐了：“你想多了，是我黏她。”

他说完就作势要离开，临走前冷笑着看了她一眼，不忘问候一句：“回去歇着吧。”

赵思意礼貌回笑，没人看到她手指甲都嵌到掌心里。

另一座城市，烟火浓烈处，香飘四溢。

林绛点开手机，看到置顶有消息未读，打开一看，是一张比耶的自拍。

她瞬间就笑开了，忙掏出手机拍了张涮火锅的照片发过去。

“发给江为风？”

林绛抬眼只见沈宴一动不动看着她，于是放下手机，夹了颗丸子吃，借着手上的动作掩盖了表情，说道：“是啊。”

沈宴静静地不说话了。

林绛干咳了一下，笑了笑：“怎么啊，你小女友没给你发消息？”

沈宴顿了顿：“我静音了。”

林绛一时之间不知道该怎么接话。

“我过两天要去她家吃饭。”沈宴倒了杯柠檬水，咬着杯子看她。

林绛没什么表情地“哦”了一声，继续慢吞吞捞肉吃。

沈宴咽了口口水，放下杯子又问：“你喊我出来就为了吃饭？”

“静姨说你很久不回家了。”林绛眼盯着锅底。

沈宴“嗯”了一声：“最近是比较忙。”

林绛专注于牛肉和蔬菜，没有马上搭话。

沈宴捞了只撒尿牛丸来吃，咬第一口的时候汁水溅出来，着实烫了他一下，可好在这一烫，又把他的思绪唤回来了。

“他……对你好吗？”沈宴问道。

林绛倒了杯水给他：“好。”

沈宴喝了口水：“那就好。”

林绛听罢，夹菜的手顿了顿，扯出一个笑：“那她呢？人好吗？”

沈宴愣了愣，像是在思考答案，又像是在考虑该不该说真实答案，最后他还是答了个：“不知道。”

面前的番茄锅和麻辣锅咕噜咕噜冒着泡，热气腾腾的，有引人垂涎欲滴的香味不断往鼻腔里涌。

林绛把火关得小了一点，静静看了沈宴两秒，随后笑得更深了：“沈宴，我见到程云川了。”

沈宴微愣，不小心碰掉了筷子。

海底捞的服务员素来热情，一看有人筷子掉了，还不等沈宴弯腰就递过来一副新的，末了又捡起旧筷子，连说了几句客套话才走。

沈宴很感谢服务员的出现，短短一分钟，却足够让他冷静下来。

“其实，我也见到她了，”沈宴说着还看了眼林绛的脸色，“她居然还在张俊涛身边，可气的是骄骄一点都不知道这件事，见到她还兴冲冲去打招呼，还以为她只是张俊涛的徒弟。”

沈宴又顿了顿：“她……加了我微信，想让我帮忙联系你，她说……愿意做当年没做的事儿。”

林绛心里升起一股难以名状的感觉，只见沈宴的嘴巴一张一合，可那些话组合在一起，又全然陌生。

好像心里有什么被打翻了。

就像热辣的锅底忽然掀翻一样，心里火烧火燎地冒着气，可一时之间，却不知道该从何打扫。

“沈宴。”林绛强迫自己听完他的话，才去叫了他的名字。

沈宴安静了，手肘撑在桌面上，一直看着她，只见对面的女孩眸子清亮，仿佛有火烧在宇宙的边缘。

“沈宴，你放心，我会好好想想的。”

她静默了几秒，才开口说话，淡淡地笑着，然后又拿筷子往锅里放菌菇。

两个人都静静地不再讲话，认真吃起饭来。目光所及之处，似乎只有他们用着吃西餐的节奏吃火锅。

最后往锅里煮面的时候，沈宴已经饱了，林绛还在吃。她今天穿的圆领衣裳，露出两道线条写意的锁骨。

沈宴看着眸子就暗了：“怎么那么能吃，也没见你长肉？”

林绛闻言笑了：“你这话，当着我的面说就行，不然可太拉仇恨了。”

沈宴抿着嘴笑了，静静看着她吃饭。

她好像是真的饿，大口大口地往嘴里塞食物，甚至发出了小小的咀嚼声。可她的眼神又是这样空，只盯着某一处，一点表情也没有，如果不是还在做着不断填鸭的动作，就会让人误以为她在发呆。

沈宴只觉得那一刻时间静止，他心里闪过无数个念头，一直找不到一个准确的词去形容自己的心情，最后才想起两个熨帖的字：心疼。

有话一直在嘴边呼之欲出，但他顿了顿，却拿起筷子，把锅里剩下的面和肉丸一并捞出来盛在碗里，学她那样大口大口吃起来。

林绛“哎”了一声：“你怎么抢食？辣锅底都不放过？”

沈宴轻哼：“小样，我还吃不过你？”

林绛半晌没回话。

那是仲夏夜。

北方的夏季暑气熏蒸，燥热滚烫。

汗珠落下来，很快就蒸发了，就像很多心间事，被炙烤着，也被遗忘着。

江为风从北京回来没几天，又收拾行李出发。

他走的那一天，青城下大雨，说什么也不允许林绛下楼去送。林绛假装在乖乖睡觉，等他关上门又赤着脚，站在阳台上远远望他。

雨被风吹到阳台上，她穿着吊带睡裙，皮肤上湿湿凉凉的。没一会儿，他从楼里出来，因为楼层很高，她只能看到他的伞，圆圆的像一片浮萍。快走到视线盲点的时候，他好像是察觉到她的视线，忽然停住，把伞拿开，仰头对她招手。

林绛忙踮起脚尖来摆手，笑望着他。

这样的动作持续了三五秒，林绛手心振动了一下，翻开掌心看到手机屏在闪烁，她点接听，男人的声音懒洋洋的："我怎么觉得我有罪恶感？"

"怎么了？"她的声音被风吹乱。

"从这样的角度看你，觉得你像留守儿童似的。"他凌乱地笑了。

林绛鼻子痒痒的，忍不住打了个喷嚏："没有吧……"

他却不再继续和她辩："回去，别冻着。"

林绛恍然意识到他还站在雨幕里，心一跳，几乎是秒闪回屋的。随后，她透过窗帘一看，男人似乎还在看她这边，她忙收线说："再见。"

不想看他再淋雨。

【53】

江为风一去北京，林绛的生活又回到白开水的状态。

温暾，平凡，没什么新意。

除了代课之外，她基本都在家鼓捣电台，签约之后很多事情都变复杂了，除了平台稿之外，还有公众号要打理。这还不算什么，官方的微博号也刚刚开通，以后抖音号头条号也少不了。

七月快结束的时候，编辑打电话说要和她聊新节目上线的音频直播和推广事宜，要求她去北京一趟。

临走前一天，她还在和江为风通话，男人问她第二天干吗，她撒谎说和周婉约好去看房，他叮嘱不许太晚回。

江为风挂了电话后和导演聊天，导演抽了根烟递给他，随后他帮两个人都点上火。

“你女人？”导演笑着问。

江为风勾了嘴角：“是。”

导演又问：“漂亮吗？”

江为风表情没变：“那还用问？”

导演顿时就乐起来：“那你把媳妇放家里，放心啊？”

江为风闻言想起前两天的一张火锅照片，放大了之后，他清晰地看到对面男人的手。他笑而不语。

“不过，她也应该不放心你，你长得可不比那几个男明星差，”导演掸了掸烟灰，“我瞧剧组好多小姑娘平时私底下聊你呢。”

江为风笑了声：“您夸张了。”

“哪有啊，你这脸，我要是小姑娘我也得春心萌动呢！你媳妇应该管你管得严吧？之前我做新闻的时候，遇到不少人的感情纠纷都是媳妇管得严出的事儿。不过女人嘛，都黏人，这不，我刚才忙得喘不过气，没回我媳妇消息，正冷我呢……”

江为风深吸了口烟，安静听导演说话。

晚上，他打电话给林绛，开口就问：“你就不怕我在外面拈花惹草？”

林绛正往脸上擦精华，闻言愣了：“没想过……”然后慢慢思考了一下，又问，“你会吗？”

江为风“啲”了一声，按了按太阳穴：“那可说不准，你管得太松了。”

林绛停下了手上的动作，不吭声了。

江为风叫了她一声：“哑巴了？”

林绛轻轻地笑了：“那我以后管严点。”

这一通电话更坚定了林绛要给他一个惊喜的想法。

到北京之后，林绛先去公司和工作人员碰面，随后开了几个小会，三点多有个直播，晚上节目上线。

她忙完这一切已经到晚上七点多，又马不停蹄地赶往江为风的拍摄地。到目的地联系上顾翔的时候已经晚上九点，而那时候江为风还没收工。

录制正好进行到最后一个环节，搭档互说心里话，总归是半分真心半分假的场面话。江为风懒得去听，找好角度拍了些照片，就在一旁站着等结束。

然后在导演喊卡的时候，有人轻轻拽了下他的衣角。

他回过头，整个人都傻了。

顾翔从他身边走过，拍了下他的肩膀，小声说道：“兄弟我只帮你到这儿了啊。”

林绛这天穿着迪奥的宽吊带小黑裙，搭配同色系点缀水晶的高跟鞋，整个人一副名媛淑女样，江为风差点迷了眼。

林绛羞羞答答地笑：“不认识啊？”

江为风的眸子深得像一片不见底的海，直愣愣的，半天没说话。

只听旁边有人笑喊：“风哥媳妇来啦！”

于是，大家七嘴八舌起来：“风哥媳妇来查岗啊？”

“风哥，你媳妇真俊哪！”

他还是站着不动，就这么和她间隔一米远，看着她，目光深深。

然后有人叫了一声：“林绛？”

江为风往发声的地方看过去，恰好对上赵思意的一张笑脸，他不知道林绛是什么表情，但是赵思意叫了这一声后，他就走到了林绛身边。

林绛愣住了，她原本笑着，见到来人，笑就凝在嘴角，一时之间失了话语声。

赵思意大声说：“你是叫林绛吧？我记得你，你也应该还记得我吧？我是赵思意。”

赵思意的笑像是明晃晃的刀子，狠狠刺伤了林绛。林绛站不稳，往后退了半步，撞到江为风的肩膀。

林绛抬头去看江为风。

男人则眯着眼看赵思意，没什么表情，语气也淡淡的：“我们该回去了。”

赵思意笑得更深了：“也是，不叙旧了，你也累了一天了，快回去吧。”

赵思意说完直勾勾看了两眼林绛，发现林绛一直没什么表情，然后就笑着去卸妆了。

林绛抿着唇，江为风低头去看她，被她不动声色回避开，然后他笑了，不管不顾把她拉进车里。

一路上，林绛闷闷的，不理他。

“吃醋了？”江为风显然心情不错。

“没有。”林绛看着前面的车灯。

江为风空出来一只手去挑她的下巴，明知故问：“真没生气？”

林绛别过脸：“真没生气。”

江为风突然笑了：“他们说，女人都爱说反话。”

林绛没说话，偏头枕在车窗上。江为风眸子暗了暗，不再跟她闹。

进了酒店，林绛乖乖跟在他后面，他刷卡开门后，她先进了门，只听门“啪嗒”一声关上了，与此同时，有人从身后抱住她。

灯还未开，男人的气息铺天盖地涌过来，她转头去看他，发现他的眸子比灯火还亮。只顿了一秒，他就摁着她的后脑勺吻上去。

她自然是要躲的，可她一躲，他就凑上去，她越朝里缩，他就进攻得越猛烈，直逼得她无路可走。

然后，她不再挣扎了，任由他把气味染到她身上。

江为风似乎察觉到她的木然，吻由深转浅，最后只是轻轻地、疼惜地啄了她两口："还生气呢？"

林绛偏过头说："没有。"

"那接着来？"他笑着去抓她的手，但触摸到了一片冰凉。

"你哭了。"江为风声音都颤了两分。

他去摸她的脸，她偏过头就是不让他碰。他急着要去开灯，她又抓住他，说："不行！"

可惜已经晚了。

灯光骤亮，照得她的泪莹莹亮，就像两道蜿蜒的银河。

林绛忙蹲下来挡住脸。

江为风心都化了，他恨得直抓头发，忙又把灯关上，蹲下来抱住她。做完这个动作后，女孩抽噎得更厉害了，像只可怜的小猫。

江为风静静地抱着她。

过了好一会儿，林绛止住了哭，用平静的语气问他："以前，他们都说你是因为她才转的学。"

江为风身子僵了一秒，黑夜里他去找她的眼睛，淡淡地说："假的。"

这么多年了，林绛发现有些事原来从未真正忘怀过、放下过。

可他这么说，她还是本能地点了点头，表示相信。

江为风便俯身吻了吻她的眼睛，又说道："高二暑假，她请我爸补英语，就这么认识了，但我是转学过来之后才和她当朋友的。"

林绛好半天都咬着唇没吱声，江为风没得到她的反应，就接着解释："别看我表面上不在意，却也容易触景生情。"

他顿了顿，又补充道："我妈以前和我爸一起在东校教书，我在东校老是想起我妈，就转学……"

林绛忙捂住他的嘴。

"嗯？"江为风低声询问。

"我信你。"林绛不想逼他回忆过去。

江为风满意地低笑："那你现在快起来，地上凉，去冲个热水澡。"

林绛忙起身，不好意思地说道："还是你先，我把眼泪鼻涕都蹭你身上了。”

江为风闻言刮了一下她的鼻尖，促狭地笑起来：“要不一起？”

林绛忙开灯，推他进盥洗室。

浴室里很快传来淋浴声，他在里面问她：“你来北京干吗？”

林绛正卸妆，发现自己的眼睛都有点哭肿了，慢了半拍才回道：“工作上的事儿……嗯，以后有机会再跟你讲。”

浴室里的水声停了又响：“合着你还有事情瞒我？”

林绛擦脸的手顿了顿：“也没有，就是现在刚开始，我想等有点起色再讲的。”

她还是想成为那种不声不响，却什么都做得很好的人。

江为风“嗯”了一声，浴室里好一会儿也没有动静。

过了一会儿，他又喊道：“林绛，我忘记拿浴巾了，你快帮我拿一下，就在柜子里，你一眼就能看到。”

林绛听他说完，怔了半秒，觉得不对劲：“可是……”怎么那么像小说情节里的圈套啊。

“你就站门口递给我，怕什么？”江为风笑了，“再说了，光着的是我，你不吃亏。”

林绛只好边叹气边去拿他的浴巾，慢吞吞走到浴室门前，透过玻璃看到他赤着脚站在一门之隔的半米外。她蹑手蹑脚推开一条缝，偏头把手伸进去：“给你的……”

下一秒，林绛忽然趔趄了一下，撞进一个湿湿热热的怀抱。

林绛从他的背脊看过去，一排酒店专用的浴巾浴袍摆得整整齐齐。

遭暗算了。

【54】

那一夜漫长也短暂，她还和往常一样枕在他臂弯里，同他说一些家长里短的废话。

没一会儿，疲惫的两个人都睡熟了。

第二天，江为风早起开工，她窝在被窝里只露出一双眼睛，见他显然没睡醒，一边拿手揉乱头发，一边又去拉窗帘。外头的光顿时洒满了屋子，仲夏的晨光明艳，让拍摄时不需要外界光源的补充。

因此打在他身上很好看。

他见她醒着，坏笑着问：“好看吗？”

林绛忙缩回被子里不敢露面。

外头窸窸窣窣响了一阵，水声响了又停。他再出来时头发滴着水，一看就是对着水龙头粗暴地洗了个干净。

林绛就这么不吭声躲被子里，露出一双眼看他忙活。没一会儿，有人来电话催他下去，他一点不着急，咬着烟装东西，随后又不慌不忙地过来吻了她一下才走。

林绛立刻就陷入贤者时间。

她随后起床收拾，打算飞回青城，等他回家。

可没想到的是，刚走到酒店大厅，就收到一个微信好友申请。

她点开看，那人的网名让她眼睛发涩，旋即又点开头像，只觉得指尖都麻了，瞬间蔓延到了整个身子。

是赵思意。

她网名简短，只有两个字，却力重千钧——

想象。

这两个字，是林绛少女时期无数次点开后又退出的欲语还休，更是“江为风”这三个字的另一层含义。

可赵思意居然也叫这个名字。

这还不够，林绛点开赵思意微信的头像，她笑意盈盈地比着耶，身后是粉色的背景板和装饰，还有被灯光打得色彩斑斓的薄膜，与江为风前段日子发给林绛的照片一模一样。

赵思意的好友申请上只留了个地址：晚上 9 点交道口北二条 8 号对照记见。

她甚至都没有介绍自己是谁，就这样大剌剌地找上门，仿佛是正宫约谈见不得光的小三。

林绛在原地踌躇了一会儿，片刻后，又坐在大厅沙发上，盯着手机出神。

是真的过了好一阵子，她才深吸一口气做出决定——她点开屏幕输入解锁密码，截图，发给江为风。

做完这件事，她突然感到轻松。

晚上在绿岛，推杯换盏之后，林绛对王佳倩和周婉讲了这个小插曲。

周婉一口酒没咽下去，朝她伸了个大拇指，声音含含糊糊：“可以啊林绛，比王佳倩行。”

“怎么就扯上我了？”王佳倩伸手给了周婉一下子。

周婉撇撇嘴，道：“那你前段时间不还和秦照的‘异性朋友’互加微信了？”

王佳倩嗔道：“都说是异性朋友了嘛，林绛这位可不一样。你就真放心回来，把江为风丢给她？”

林绛闷闷地“嗯”了一声：“我没想那么多。”

“前两天我遇见顾翔，寒暄了两句，聊起你俩的事儿了，你猜他怎么说？”

周婉比林绛还着急，问道：“怎么说？”

“他说啊，‘怎么就是林绛呢，赵思意都比她有可能啊，毕竟这么些年，疯子从赵思意之后就没谈过’。”王佳倩模仿顾翔的口气，惟妙惟肖的，惹得周婉忍不住起哄。

林绛却脑子嗡嗡的，就像不远处驻唱歌手调试设备，不知道动到哪根线，音箱发出的刺耳噪音。

那个时间段，江为风正坐车里打了个电话给顾翔。挂断后过了五分钟，顾翔给他发微信语音：“人给你叫来了。”

语音刚听完，就有人走近，拉开了另一侧的车门。江为风靠在车座上抽烟，用手指了指后面，随后那人钻进后座。

江为风从后视镜里去看赵思意，车里烟雾缭绕的，有一瞬间，他不太能记清她以前长什么样，然后他冷冷地笑了：“赵思意，现在电视剧都不这样演了。”

“你都知道了？”静默了几秒后，赵思意苦笑。

江为风摁灭了烟头，问道：“你想干吗？”

“没看出来她也是会告状的人啊，之前你那事儿，不是嘴挺严的吗？”赵思意声音很小，但每个字都说得很用力，“也看不出来，你倒是还挺在乎她。”

江为风听着她的话，眼神一分分变阴鸷：“你没资格提当年。”

或许就是这句话，让赵思意一下子崩溃了：“就因为那时候我不够勇敢，没站出来替你说话？所以你这么烦我？以至于这么多年过去了还是对我爱搭不理？

“可是江为风，你不是不知道我当时的处境啊，那时候我妈管我很严，我从小到大已经习惯那个模式了，我很难反抗……”

赵思意的情绪像开了闸的洪水，眼泪也是。

她擦了把泪：“我还记得最后一次见你，就是让林绛带的话，那时候我鼓足了勇气去见你，我不是没有勇敢过，我那么卑微地问你还能不能做朋友，只要你同意我就坚决不出国。可你呢？你转头就走。”

江为风一直只是听她说。

赵思意觉得泄气了：“你知道吗，我经纪人帮我接了个戏，是个为了推动角色而伤害女主角的小配角。剧本里面有一段我记得很清楚，在挑衅女主之后，男主去找小配角，然后是大段的羞辱……那段戏如果真的拍出来，应该会很好看吧，毕竟很解气。

“我现在就在想，你是不是也要这么对我？”

夏日的暑气被风卷着一股股传来，不远处剧组正收工。

江为风认真地听完赵思意的话，才回道：“你想多了。”

赵思意大口地喘着气，慢慢让自己变平静，然后淡淡笑了：“我刚刚是不是话太多了？我看过的那些剧本里，配角只有在快杀青的时候才会有那么多话可以讲。”

江为风闻言转过身子和她对视，神色淡淡的：“咱俩的事儿，无论如何，都算我错。”

他很认真地跟她讲了这句话，随后又将身子转回去，目视前方：“我先跟你说声抱歉，接不接受在你。但我对你，也只有一句‘对不起’，仅此而已了。”

话已至此……

竟像那首歌里唱的那样——“越有礼貌我越害怕”。

赵思意眼泪又流下来：“真不是缘分吗？”

如果不是缘分，为什么还会遇到？可如果是缘分，为什么还是改不了结局？

赵思意胡乱抹去泪花，苦笑着说：“罢了，我的梦想是做女主角，不是当配角。”

说完，她极快地推开门，飞奔出去。

多年后的赵思意还是和当年一样，追爱的方式一点儿也不高明，只知道用拙劣的方式不断试探。

她还是会对同一个人动心，就像年少时写习题，明明做错过一次，但过个三五天再做，她还是会选择之前选过的错误答案。

但现在的她更拿得起，放得下。

江为风烦躁地撩了把头发，想了想，他又拿出手机给顾翔打电话：“你跟着她。”

晚上，林绛一直在等江为风的来电。

到了快 11 点，他终于打过来了。

她很快接起来，他和往日一样同她说话，她怀着心事讲起一些小事时，他还会时不时低笑两声。

直到快挂断时，他才突然说：“你放心。”

这似乎抵得过千言万语。

# 第十一章　/伤疤

当你需要个夏天，我会拼了命努力。

【55】

江为风收工回来是在一个晴朗的午后。

林绛正在家里鼓捣饭菜，那是她特意向徐名娟餐厅的厨师们请教的，都记在一个本子上，想着江为风回来做顿饭，给他个惊喜。

可当江为风拎着行李开了门——

满屋子油烟味儿混着葱姜蒜和干辣椒的刺鼻味道，往前走了两步，甚至还能闻到煳味。厨房里叮叮当当的，还有热油的“刺啦”声，他忙放下箱子去看，只见林绛一手拿着锅盖在前面当作“盾牌”，一边拿着锅铲，有一下没一下地往锅里铲着。

有油花噼里啪啦炸开，她吓得一跳，尖叫了声，被呛得鼻涕眼泪横流。

江为风原本舟车劳顿，看这情景，一下子就不累了，笑得那叫一个舒坦，忙去把她抱到一边，关了火开窗通风。

他说道：“油放多了。”

林绛恨不得当场找个缝钻进去。

他还是不依不饶：“算我求你，以后咱家的饭我包了，成吗？”

林绛知道他会做饭，别的不说，家常小炒是够味儿的，可听他这么说，她一时有点委屈，可再一琢磨他的话……她只羞得摘下围裙，丢到桌子上就进了卧室。

才进了卧室，徐名娟就打电话来，问道：“小江回来了吗？”

林绛说：“回了。”

徐名娟笑了：“那正好，你爸的老同学送了几只澳洲龙虾来，我让林厨做了，晚上你叫他一起来店里吃。”

“可是……”

林绛还想说什么，奈何徐名娟先一步挂断，再打过去就是占线，于是她只好去喊江为风。

江为风特意回家收拾了一番才下楼敲门，他换了休闲的白色 POLO 衫和黑长裤，比平时板正，但又没有很刻板考究。

徐名娟一向对穿着上仔细，见他之后，倒很满意。

林伟则一直在夸林厨的手艺，还不厌其烦地重复了步骤：“用芝士酱把煮熟的意大利面加入炸好的培根粒拌匀，垫在盘底，面上摆上炸好的龙虾块，上浇芝士酱，撒上碎芝士条，入烤箱 280℃烤 15 分钟取出，上桌即是一道美味。”

徐名娟则剜他：“说得头头是道，也没见你做过一次。”

林伟忙喝白葡萄酒，笑笑闭嘴。

这一顿饭吃得满足。

从餐厅出来的时候起风了，江为风礼貌地跟林绛爸妈道别。徐名娟忽然想起手机没拿，便让林绛进屋把她落在桌上的手机拿过来。

三个人目送林绛进了屋。

江为风定定地站着，淡淡地笑了，道：“阿姨叔叔，你们放心，我会对她好的。”

他率先开口，神色认真。

那是人在郑重许诺时才会有的表情，林伟和徐名娟都舒了口气。

林伟说：“好孩子，有你这句话，比什么都强。”

徐名娟却认真地看着江为风：“不是好好对她，是要好好爱她。”

风吹乱了衣衫头发，江为风的眼睫似乎也被什么扯动，他张嘴却没说话。

直到林绛回来，和江为风上了车，夫妻俩低头往车窗里看时，江为风才探着身子小声对徐名娟说：“阿姨，你放心。”

车灯亮起来，随后又匿入黑夜。

徐名娟和林伟站在原地目送，好一会儿没说话。

不知不觉，孩子已经大了。

时间就像飞快路过的路灯，一闪而过。

林绛坐在车里，偏头看着忽闪而过的景色，没一会儿绿灯变红，他停下车，去摸她的头发。

林绛却一动不动看向窗外——

张骄骄揽着沈宴的手臂，笑成星星眼。沈宴则低着头，把冰激凌喂到她嘴里。

她顽皮，贪心地咬了一大口，冰得直蹦跶。沈宴见状，笑成一副表情包。

林绛不由得看入迷了，江为风却拿手挡住林绛的眼睛。

她伸手推开，被他在脑袋上假模假式地弹了一下。

“坐我车上，还看别的男人？”

林绛气笑：“没有啊，我只是觉得好巧。”

江为风却忽然凑过来了，她本能往后缩了一下。

他问道：“有事瞒我？”

她愣了几秒，扯开话题：“绿灯了。”

他眸光闪了闪，没说话，起身去开车。

林绛又转头去看刚才的地方，早已空无一人。

一路车水马龙，霓虹遍地，江为风车子开得飞快，一直侧着脸没说话。

林绛察觉出他的小脾气，忙伸出手拉他的袖子，却被他别扭地闪开。

林绛哪里会哄人，这样轻言软语了一路，他还没消气，她就先泄气了：“我还没说你呢，赵思意怎么和你的网名一样？”

这下轮到江为风吃瘪，于是解释：“我马上换。”说着就掏出手机，“你给我取一个。”

这话一出口，周遭顿时静了，连呼吸声也听不见。

江为风一愣，旋即明白自己说错话了，只见林绛傻傻地愣着，没什么表情。

这事原本林绛是不知道的，这下忽然被无意间戳破，搞得她心里很难受，下车后，说自己困了就进屋去了。

江为风站在原地，目光凝视着她背影消失的方向，心里有说不清道不明的堵。他掏出手机，点开自己的 QQ，把网名替换成“J”。退出来后，心里有其他念头闪过，于是又点开微信。

林绛是第二天早晨才看到江为风朋友圈的。

在此之前，她和王佳倩、周婉的小群消息已有 99+，她点进去浏览了一会儿聊天记录，才颤着手点开江为风的头像。

他的朋友圈背景换成了她睡熟的侧脸。

林绛一眼认出那是在北京拍的，当时她还套着他宽大的 T 恤，酒店灯光光线温柔，她眉目舒展，一切都岁月静好。

林绛眼眶潮湿。

往下又看到他昨晚发的朋友圈。

那是他唯一一条动态，她难以相信，配图竟然是他们的合照。

这张照片的存在，她居然一点也不知道，放大后仔细想了想才记起来，那是学生时代，顾翔过生日他们相聚 KTV，后来玩游戏，江为风输了要选个姑娘亲一下，他故意使坏往她那边走，后来坐到她身边才说谁也不选。

相片拍的就是那一刻两个人的表情，他眼角眉梢都是笑意，她则呆呆的像只玩偶。

他配字：【J 是绛的意思。】

林绛看着，眼泪不受控地流下来，又被她悄悄抹去。

她发消息给他：【其实 J 也是江的意思。】

他秒回：【开门。】

她心都快跳出来了，不管不顾地朝外面奔去，到门口时急刹住脚后才打开门。他就站在晨光熹微处，看到她，张开了双臂。

她没有任何思考，直接撞进他怀里。

爱情是什么？

后来，林绛在录一期以此为主题的电台时，认真思考了爱情的意义。

她在最后这样念道：

“比起每日大张旗鼓地秀恩爱，我更希望几十年后你的爱人还是我；

“比起特意为纪念日而买的礼物，我更希望某天逛街，你突然看到一条裙子，眼前一亮，说好适合我，像个孩子似的拿它在我身上乱比画，又说‘好看，咱买了’；

“比起落在旁人眼里的甜蜜，我更希望你是半夜在我睡得迷迷糊糊时，替我掖被子的人。”

“希望你对我是偏爱的，而爱着你时，我不会羡慕任何人。爱情就是一起在庸碌的生活夹缝里找糖，让琐事日常也能闪闪发光。”

日子总是很缱绻，很美好，不停歇滴答滴答地往前奔走。

8 月底是王佳倩的生日。

秦照帮她定在香港街的“繁花小筑”办生日宴，林绛和江为风赶到的时候，现场已经热闹得不成样子。

林绛去给王佳倩送礼物，刚塞一个盒子给她，江为风又忙不迭递上第二个。

王佳倩挑弄眉眼：“行啊，你们还给我准备两份礼物，破费了破费了。”

江为风闻言一笑：“翔子说了，你要是说谢啊，他就让我告诉你，甭客气，应该的。”

王佳倩顿时蔫儿了。

恰好秦照西装革履地过来招呼：“怎么都在这儿聊呢？大家可都等着寿星呢。”

王佳倩努努嘴，说道：“那我先过去。”

秦照拍了拍林绛的肩：“阿绛，你也快过去玩啊。”说完，还不忘礼貌地对江为风笑着点了个头。

江为风眸子冷得冻人，看着秦照的背影说：“王佳倩什么眼光？”

林绛耸耸肩，问道：“顾翔真那么对你说的？”

江为风不动声色地拿手揉了揉林绛刚刚被秦照拍过的肩膀，说道：“一半一半。”

别客气是真，应该的是假。

这场生日派对，玩到夜里十一点才结束。

散场的时候，秦照已经喝得不成样子，东倒西歪地靠在王佳倩娇小的身体上。

最后还是江为风开车，先送周婉回去，又绕了个弯送王佳倩和喝醉的秦照回家。

路上秦照一直有电话进来，林绛问王佳倩：“要不要接了？别再有要紧事？”

王佳倩含混地说：“就是他的一个朋友，我认识，应该没什么事儿。”

林绛偏头不再问话，又过了两个红绿灯，才到达目的地。

那会儿秦照已经酒醒了几分，虽然还是蒙，但被王佳倩扶着倒也能走成直线了。

林绛问王佳倩要不要江为风上去送，王佳倩说不必，忙扶着秦照上楼。

秦照临转身时，嘴里还含混地喊：“林绛，走，进屋坐坐……”

林绛忙摆手让王佳倩赶紧拉秦照走。

目送二人进了单元楼，林绛才又回车里。

说巧也是真巧，顾翔的电话就是在这时候打进来的，江为风一边倒车，一边接听。刚倒完车，林绛眼尖看到后座上放着部手机。

她忙扯江为风的袖子示意他停车，又拿了王佳倩的手机，要去送。

江为风打着电话，用口型对她说：“快去快回。”

这是个老小区，楼层最多只有六层，王佳倩家在第三层，不高不低，林绛很快就爬上去。

她刚想敲门，却发现门虚掩着，没关上。

她还是礼貌地敲了敲门，试探地喊了两声，没人应，进屋才听见浴室有水声，她抬脚走过去，刚路过卧室，门忽然开了。

林绛吓得一激灵。

秦照生得高，站在她面前遮住了大片光线，他似乎是出来找水喝的，一直皱眉说渴。

林绛忙叫王佳倩。

谁知，秦照忽然用力拽住她，一把把她拥进卧室里。她整个人趴着倒在地上，疼得倒抽气。

林绛又听门被关上锁住了，可还没来得及做其他任何反应，就有人从身后拉她的脚，把她翻了个身试图欺身上来。

【56】

林绛吓惨了，本能地一通乱踢，情急之下掉了一只鞋。

秦照的脸却越来越近，他整个人都扑上来。林绛使出全力挣扎，眼泪不受控制地流了满脸，可是喉咙就像糊了灰一样，怎么都叫不出来，有些记忆像碎片一样割伤了她，铺天盖地向她涌来。

秦照眸光闪烁，像一匹终于觅到食的饿狼，笑得让人不寒而栗：“林绛，今儿是做梦吧？”

说着，他就要上来撕扯她的衣裳。林绛往后缩，退到窗户边，退无可退。

恰好有风吹进来，让林绛恢复了一丝理智，电光石火之间，她拼命冲着窗户大喊：“江为风！救命！”

这短短五个字，像呕了心血，已然用完她全部的力气。

这惹恼了秦照。

他最后一丝怜惜之意也消失殆尽，把她拉过来，扬起巴掌就要打过去。

“秦照！”王佳倩推开门，瞠目结舌。

她吓得立刻就哭了，却还是勇敢地走过去，用尽全力拉着男人：“你醉疯了？这是林绛！你快给我松开！”

秦照一把推开王佳倩，刚刚没来得及落在林绛脸上的耳光，“啪”一声就落在王佳倩脸上，他癫狂地吼道：“我知道是林绛！”

“你浑蛋！”

江为风正打着电话和顾翔胡侃，忽然听到楼上有人凄厉地叫了一声，他反应过来后发着狂跑上楼进屋。

刚进来，他就听到这样一句话。

肮脏的、侮辱的、诛心的话。

他静了一秒，看到躺在床上目光空洞的林绛，顿时红了眼。

江为风二话不说，跨步走到秦照面前，一拳砸到他脸上，稳准狠。

秦照顿时蒙了，还来不及反应，只见江为风目光阴狠，紧紧咬着牙，对着他就是第二下、第三下、第四下……

林绛被拳拳到肉的声音惊得心跳不已，眼看着秦照已经满脸是血，她用尽全力喊了一句："江为风！"

然后，江为风喘着粗气停下。

她起身走到他面前，抱住他说："我想回家。"

江为风心疼地抚了抚她的头发，又偏头看了一眼坐在地上直流泪的王佳倩，拨通了个电话说："给你个地址，立马滚过来。"然后小心抱起林绛一步步离开。

一路上，林绛都在颤抖，到了幸福公寓，江为风停好车又将她抱上楼。

后来，她说要洗澡，足足在浴室待了两个钟头才出来。

江为风趁这个工夫熬了点粥。

林绛吃了两口，说困了，江为风便抱着她躺下，她呼吸很轻很轻，像是用完了所有力气，半夜又做了噩梦，后来一直没有睡着。

江为风就这么抱着她，一夜没敢换姿势。

第二天，江为风早起，想要去厨房弄点吃的，却被林绛抱住胳膊。

江为风瞬间就心软了，俯下身去亲她："林绛，我不走。"

林绛这才松了松手。

"可是你要吃点东西，"江为风拿指腹摩挲她的嘴角，"和我一起去厨房？"

林绛呆呆愣着，几秒后点头说："好。"

和林绛好上之后，江为风常耍赖不回自己那儿住，林绛家里的勺子放哪儿他都知道得一清二楚。

他进了厨房，驾轻就熟地热了牛奶，又烤了吐司，端过去给她的时候，发现她还在发愣。于是，他又拍了拍她的背，轻轻把她头发撩到耳背，低下身子喂她吃东西。

林绛咬了两口吐司，眼泪又不争气地流下来了。

江为风又是心疼又是焦急，忙抱住她，说道："没事了，都过去了。"

后来又安慰她许久，她才睡着。

江为风拿着手机，到浴室用凉水冲了把脸，镇定下来后，打电话问顾翔："怎么样了？"

顾翔声音也冷："王佳倩吓惨了，哭了大半宿，现在还没醒。"

"他呢？"

"我没敢送医院，你说怎么办？"

"查查他，我接触不多，但凭印象……他这个人显山露水惯了，总能找出错的。"

有水从发梢滴下来，江为风盯着镜子里的自己，目光里的厉色不掩。

从来没有过这样漫长的一天，江为风一直坐在床沿，细数秒针的步伐。

林绛这一觉睡得很久，只是一直眉头紧锁，江为风抚了好几次也没能抚平。到下午的时候，她醒了，睁开眼睛就对上江为风的脸。

他憔悴了很多，下巴上的胡楂泛青，可眸光依然是亮的。

他见她睁眼，笑了："醒了。"

语气淡淡的，甚至尾声带点上挑的笑意，就像以往几次同宿，他先起来了，等洗完脸后才发现她正瞧他，仿佛什么都没发生过一样。

林绛深深呼了口气："几点了？"

"不到六点呢。"

她撑着身子坐起来："刚刚我做了好长的一个梦。"

江为风把枕头竖放，扶她靠上去："要是没我，我可就不听了。"

她笑了笑："我也不知道是不是梦，总之就是一些以前的事儿，很久没仔细回顾一遍了，现在觉得很不真实。"

江为风静静看她几秒："我想听。"

要从何说起呢？

林绛沉默了一会儿，直到外头天色将晚，太阳的光由刺目变得柔和。

这期间江为风很有耐心地等待着面前的女孩开口。

林绛咽了口口水，开口之前先组织了一下语言："你不是问过我，之前为什么满世界乱跑吗？"

林绛说着，看了眼江为风，舔了舔嘴唇继续道："年少时，我很喜欢三毛，总是幻想她走过的那些千山万水是什么样的。后来我遇到了无法面对的事情，就干脆去流浪，算是自我放逐。"

江为风坐在床沿上，拉着她的手。

她的声音轻缓却绵长："那时候有知道我去向的同学，都说很羡慕我。"

她顿了顿，笑笑说："毕竟那个年纪，大家不是刚步入社会，就是还在念书嘛。"

讲到这里，林绛忽然沉默了。

江为风感受到自己手上传来一阵疼，是她用力地抓着他，像在做最后的决定。

“张俊涛，你知道吗？嗯……郑姨应该认识的……大四那年，我跟他实习，他……对我做了昨天秦照做的那种事。”

江为风的眼睛瞬间红了。

那种感觉很不好形容，像是慢慢被夺走呼吸，又像是被什么刺了一下，是一种迟钝的、反应过来却万劫不复的难受。

林绛却还在笑，神情淡淡的，像一朵温室里的小白花：“不过我不知道我算是运气好还是不好，两次遇到这样的事情，可两次都没让对方得逞……”

她缓慢地说着，语气温柔，就像在讲一个动人的睡前故事那样，把自己的遭遇一个字一个字讲给他听。

江为风一直蹙着眉听完，差点就忍不住要冲出门。

他狠吸一口气，抱住她，不让她看见自己发颤的嘴唇。

林绛却反过来安慰江为风了，有一下没一下地抚摸他的后背，就像三年前，她将这件事告诉沈宴时那样。

林绛从他怀抱里挣开，捧起他的脸与自己对视：“这段时间我一直在想这件事，今天倒是让我决定了。”

“什么？”江为风紧紧盯着她，仿佛下一秒她就会不见。

林绛偏头笑了：“面对。”

人在受伤之后，只有两条路可走，一是逃避，二是面对。

逃避她试过了，不管用。

只能面对。

要想痊愈，没有选择。

江为风深呼了口气，举起她的手吻了吻，也学她的口气：“一起。”

林绛笑着，眼睛里有星星点点在闪亮，她点头说：“拉钩。”

小拇指钩上的时候，天边最后一丝余晖散尽。

很快夜深人静。

江为风走出幸福公寓的时候，正是夜最浓的时候，四周静得风声可闻，顾翔的车就停在不远处。

他开门坐进去时，顾翔正点烟，见他来了又扔给他一根。打火机亮起来的那刻，两个男人都看到了彼此脸上的黑眼圈。

“王佳倩说秦照这件事，她处理。”顾翔咬着烟说话。

江为风一直盯着手机，屏幕亮了，1点37分，他闷闷开口：“她打算怎么办？”

“这丫头说她有秦照做假账的证据，”顾翔说着还吐了个烟圈，“秦照这小子桃花债惹得多了，小三都加上王佳倩微信了，那小三发了不少东西给王佳倩。”

“可靠吗？”江为风问道。

顾翔嗤笑：“要不怎么说这丫头做生意做精了，没白长岁数呢。她一直逃避是不假，但还是留了个心眼把那些证据留下来了，这事一出，她就让周婉去查了。”

江为风嘴上的烟头明明灭灭，好半天没说话，直到抽完了一根烟，才开口：“我记得王佳倩的店铺是网红店，那个周婉粉丝还不少。”

顾翔一听江为风的话音，心里隐隐有些激动，忙掏手机搜了搜：“微博12万粉，抖音34万。”

“足够了，”江为风摁下手机，屏幕又亮起来，1点40分，他起身要走，“努力又漂亮的女企业家被合伙创业的男朋友欺骗感情和财产，这个故事，你说会不会爆热搜？”

江为风笑了，露出两个深浅不一的酒窝，在黑夜里显得残忍又温柔：“再找些营销号带带节奏，舆论发酵，你说他除了要付出法律代价外，还会怎样？”

有那么一会儿，顾翔反应慢了半拍，看着眼前这个他自小一起玩到大的朋友，忽然觉得有点恍惚。直到指尖的烟星烫了他的手，他才想起来问：“你想怎么弄？”

“你听过一个词吗？”江为风俯身下车，闻言又弯着身子看向顾翔。

“什么？”顾翔几乎忘记呼吸。

只见江为风笑得很深，一字一字告诉他：“社会性死亡。”

月光静悄悄的，不远处的街道有救护车呼啸而过，发出熟悉的鸣笛声。

“可王佳倩如果不愿意呢？”顾翔问道。

“不可能。”

“怎么讲？”

江为风背过身子，微不可见地扯动了嘴角，没说话。

【57】

风吹动树叶，一路上夏虫唧唧，江为风在1点47分推门进屋，那会儿林绛还沉睡着。

日子一分一秒地过。

林绛向成老师告假一周，理由是身体不适。

江为风为了陪她，也不怎么去工作室，让林绛心里很过意不去。有一次，她去洗手间，出来时无意间听到有人给江为风打电话，听话音是张益嘉，语气估计不善，因为江为风的回话带刺。

那晚吃饭的时候，她问他："不去没事儿吗？"

他特无所谓地笑道："能有什么事。"

林绛还想说什么，他揉她的头，特理直气壮地说："老子是老板！"

林绛就不再提这事儿了。

接下来的日子安静闲适。

新闻是在 9 月的第一天冲上热搜的。

林绛当时刚洗完澡，正一边擦头发，一边刷微博，看到热搜第 34 位上赫然写着：周婉。

她想都没想就点进去，第一条就是周婉的微博，她默默看完，一时间惊心动魄。

那是一条极长的文章，文中出现了两个人名，一个是"秦照"，另一个是匿名的"倩"，全文都在控诉秦照对王佳倩的欺骗和伤害，且在最后配上证据截图。

林绛一字不落地看了两遍，才掏出手机打给王佳倩。

对方试探地问了一句："喂？"

林绛一听她的声音才终于绷不住，眼泪倾泻，宛如瀑布："谢谢。"

王佳倩静了几秒，笑了："谢个鬼啊，那个渣男罪有应得。而且，我这也是帮我自己，你是没看见今天周婉那粉丝噌噌地涨，我那店铺销量也是噌噌地涨啊。"

王佳倩说着，还模仿起相声演员的语气，让林绛破涕为笑。

林绛从那晚后和王佳倩就没联系过。

王佳倩多么沉不住气的一个人都没主动找林绛，肯定有她自己都不能面对的，所以林绛不敢先主动。

"对不起啊，阿绛。"王佳倩听见林绛笑了，自己又哽咽了。

林绛吸吸鼻子："不会。"

挂上电话后，林绛兀自对着镜子发了会儿呆，做个了决定。

没一会儿，江为风从外头回来，他刚刚去街对面的炸鸡店排队，还买了半个西瓜上来。

林绛看他穿着人字拖，大裤衩和 T 恤松松垮垮地挂在身上，一副不修边幅却自如的样子。

她走过去帮他拿盘子，轻轻叫了他一声。他正捏一块炸鸡吃，鼓着腮帮子瞧她。林绛倏然眉目舒展：“我想到三个字。”

江为风闻言也笑起来，忙不迭吞下炸鸡块，含含混混地说：“怎么着？给你买炸鸡感动啦，表白啊？”

林绛直冒黑线，拧了他一下：“那我不说了。”

“你敢？”他又不依了。

林绛深深笑了，回答他：“烟火气。”

江为风先是小愣了一下，反应过来后，扯了个岁月静好的笑。

烟火气。

这三个字放在一起，怎么看都有一种和谐的安适感。

他把西瓜最中间的那一口挖出来送到她嘴里。

林绛口中西瓜汁四溅，她想了想，提议道：“想去郊外看星星。”

江为风没迟疑：“今天天气正好。”

择日不如撞日。

城市夜晚的灯光总是格外亮，但钢筋水泥密布，总是难见到星星。江为风开车载着她至郊区，河岸边有三三两两的灯光装饰，遍野的草和树被朦胧的月光笼罩着。

江为风把车座放平，又打开天窗。林绛趁着这短短几分钟的时间，从旁边的月季花圃摘了几朵花来。

外面蚊子多，他们只好缩在狭小的空间里，平躺着，仰着头，抬眼就是星河滚烫。

林绛有一瞬间想起那首她曾经一度单曲循环的歌：

怎么去拥有一道彩虹
怎么去拥抱一夏天的风
天上的星星笑地上的人
总是不能懂不能觉得足够……

那时候她还只有十七岁，偷偷欣赏着一个人，就像爱上一颗星星。

后来她高中毕业，独自去南京听了五月天的演唱会，当《知足》旋律响起的时候，她泪流满面。

“在想什么？”江为风朝她身边凑了凑，声音低低的。

林绛笑了笑：“你呢？”

江为风深呼吸，把手插到她头发深处：“这花真香。”

林绛顿了顿，反手抱住他，枕在他肩膀上。

江为风身子立刻僵了："宝贝，这边花花树树多，咱不能玩火。"

林绛笑了："谢谢。"

两个人贴得很近，江为风没敢动，闻言低了低下巴："嗯？"

"这段日子，谢谢。"黑夜里林绛眸光闪闪。

江为风闻言抱紧了她："这俩字不许对我讲。"说完还觉得不够，又低头在她肩上咬了一口，"讲一次我咬一口。"

林绛痒痛得缩了一下，半天没敢动。

他仰起头认真看星星，她则望着他的侧颜出神，拿手去描他的眉眼。

他很乖，没有动，说道："林绛，我想起一首歌。"

然后，她就兀自唱起来：

"你给我一个秘密，让我触摸到星星

"在一个夏日夜里，走入了你的森林……"

也是五月天的歌。

江为风只哼了这几句，就不唱了："嗐，我唱歌不好听。"说着又转身拥她更紧，"但就是想唱给你听，不唱就难受。"

在林绛的印象里，江为风性格高冷。当然，那不是真的冷漠，而是一种散漫的随意和简单，讲话也是极简短，很少大段大段地说，也总是不会逗趣。

但这段时间他似乎常常说很多很多话，又爱碎碎念，连煎牛排放多少黄油也得问她。

更让林绛觉得动容的，便是刚刚他唱歌，还说"但就是想唱给你听"。

林绛静静地抿着唇，不知道如何回应。

然后，她捧起他的脸，亲了他一口。

江为风愣住了。

林绛脸红得像远处河岸上的灯。

"那件事，你是不是做好决定了？"江为风声音传来的时候，林绛屏住了呼吸。

她偏头看他，发现他完全变了个样子。

深夜里，神色不明的他和刚刚满嘴情话、笑意促狭的他，似乎是完全不一样的人。

可又确实是一个人。

林绛淡笑："你猜到了。"

江为风问：“你打算怎么面对？”

林绛舔了舔唇，看他神色认真，觉得有点安心，向他慢慢说完。

这个夜注定是特别的。

林绛坚定而缓慢地诉说着，江为风不动声色地听，但是不得不承认，他觉得很难过。

就是字面上的意思，唯有用“难过”两个字可以描述的难过。

回程的时候，他仔仔细细回忆了林绛的每一句话，她的每个字都像刻在自己脑海里那样。

第二天，他不得不去工作室上班，开会时也还是在回想她讲的话。

张益嘉刚开始还提醒他几句，到最后干脆甩了脸子。

江为风自知理亏，对张益嘉说：“抱歉。”

但说完还是不改。

中午，江为风开车去接郑萍做体检，路上郑萍问他：“你和林绛怎么样了？”

江为风怀着心事，答道：“好着呢。”

郑萍顿了顿，继续问道：“你俩年纪也不小了，没想过进一步发展？”

江为风手指敲着方向盘，答非所问：“问你个事儿。

“你认识张俊涛吗？”

郑萍想都没想：“那当然了，老同事，低头不见抬头见的，怎么可能不认识？你打听他干吗？”

江为风瞥她一眼，不动声色地问：“他人怎么样？”

郑萍皱眉：“接触不多，但应该蛮好的吧，人很大方，几次吃饭都是他买单的。”

江为风没说话。

中途，郑萍下车去买水果，路边的理发店在放苏打绿的歌——

当你需要个夏天，我会拼了命努力。

这个词儿写得真好，江为风想。

整首歌快放完了，郑萍才从店里出来，她买了些橙子和枣。

上楼之前，她叮嘱他记得带林绛回家吃饭，秋天到了可以做螃蟹吃。

江为风笑意不掩，叫了她一声，然后回答了她上个问题：“想。”

而后驱车离开。

【58】

九月了，秋高气爽，谁能不爱九月。

这天下午，林绛和两个好姐妹相聚，在周婉狭小的出租房里，三个人喝酒，大笑，流泪，再喝酒，再大笑，再流泪。

王佳倩哭得眼线都花了，流出两道无比哥特风的泪痕。

周婉笑得憨憨的，骂这是什么破品牌的眼线。

王佳倩就说："这还是春天在海南，秦照给我买的呢。"

周婉听罢"呸"了一声："还提那王八羔子干吗？"

林绛抱着酒瓶子笑，拿脚踢王佳倩，问道："秦照后来有没有找你说什么？"

王佳倩皱着眉一挥手："反正他自知理亏！一直求我！"

此话一出，林绛和周婉笑成一团。

林绛吸吸鼻子，坚定地看向两个女孩："说真的，很感谢你们。"

周婉挠挠头，忽然想起什么，抬抬下巴问林绛："说起这事儿，林绛，我们要谢谢江为风。"

林绛问："这话怎么讲？"

"这事儿刚开始倩倩没想到网络控诉这方面，后来我和顾翔去核实秦照的那些龌龊事，倩倩正觉得不解气，江为风就出了这主意。说真的，他办事够麻利的，打点营销号、搜罗证据找律师，公关能力真的一绝。还有啊，我发的那篇长微博，他两个小时就写完了……"周婉说着，打了个酒嗝，"唉？你们以前是同学，他是不是语文特好？"

林绛蒙了："那篇微博是江为风写的？"

"你不知道？"周婉疑惑。

王佳倩叹气："我小学生文笔你又不是不知道，再说了，那事儿一出，我真的对你很愧疚，也没法面对自己，哪有心思去规划这些。"说着又忍不住抹泪，声音温柔了几分，"还好顾翔一直鼓励我，不然我真崩溃了。"

林绛只觉得酒气一直从胃里往上翻涌，胸闷闷的，又眩晕又喘不过气。

王佳倩走过来抱住她："别的不说，江为风写的那篇微博，可不是发泄情绪就行啊，既要陈述事实，又要煽动网友情绪，有些词一个用不对就不成……你啊，替我好好谢谢他。"

林绛听完，又灌了两口酒。

仔细想想，那一周她情绪不太好，他就也不去工作，专心陪着她。尽管他极力避免在她面前通话和回微信，但还是有好几次她都撞上了。

那时候，她以为他只是在处理工作上的事。

原来……

山前水后，幸而与之相逢。

林绛下定决心去见程云川，找到程云川的联系方式并不难。

林绛打电话给沈宴时，他甚至没多问，就把微信号给了她。

沈宴末了才说：“我和你一起见她吧？”

林绛拒绝了他的好意：“我总得自己面对的。”

沈宴没再坚持：“加油。”

和程云川见面的时候，青城即将下阵雨，雷声从天边滚过来，像天公在生闷气。

程云川穿大红色的波点连衣裙，让林绛想起高中时期程云川的样子——红色、热烈、张扬、明媚。

她们定了包间，进门之后，程云川很久都不讲话，林绛便坐在她对面默默组织语言。

过了一会儿，服务员上了酒，程云川灌了自己一整杯才说：“我给你看样东西。”

然后，她掀起雪纺布料的衣裳，腰腹往上，露出狰狞蜿蜒的抓痕和针眼，是那种原本艳丽的红色混上乌黑后暗淡的、沉郁的颜色。

林绛倒抽一口气。

程云川却见怪不怪，把衣角放下，又给自己倒了杯红酒：“这点伤，冰山一角。”

林绛咬牙：“他就是个变态。”

程云川喝了口酒，垂下眼睫，看不出情绪：“你怎么忽然愿意和我坐下来谈谈？”

林绛顿了顿：“我听沈宴说，你很早就想脱离他？”

程云川自嘲地笑了：“哪能不想啊，从一开始就想，没停过。可那时候我觉得自己没能力面对，你也知道，他根基深厚，而我就是一个刚刚转正的小新人……反正就是懦弱呗，结果遭了这么多年的罪。”

说着，程云川又喝了口酒稳了稳自己的情绪：“再说，我妈妈当年正要升职，她好不容易爬上来的，我很怕自己一着不慎，最后什么都没了。”

林绛胸口闷闷的，说道：“你少喝点酒。你说的这些我都明白，你不用解释的。”

“你看我刚刚那些伤，我心里的伤不会比身上的少半分，”程云川脸色有些发白，“不过也是我自找的，有什么因吃什么果。”

林绛犹豫了一下，然后才握住程云川的手，示意她稳住情绪。

程云川摇头笑了笑：“没事儿，我吧，之前也和沈宴说了，把我手上的证据都给他，让他帮我打官司。我会站出来面对他，不用你出面。”

林绛低下头沉思片刻，再抬头时，眼里有光：“你知道我不在乎这个的，我们本来就没错，所以不该感到羞耻。”

“林绛，对不起啊，”程云川红了眼眶，“当初要不是我，你也不会扯上这些事，现在我却还要你再拉我一把。”

林绛对程云川笑了笑：“我来找你就想好了，过往的一切一笔勾销，我们一起面对。”

程云川闻言，眼泪就像断了线的珠子一样滚下来。

远处的暴雨从北面一路朝南侵袭，没一会儿，干燥的水泥地就湿了一片，外面的人们慌忙逃窜。

林绛看看天，灰蒙蒙一片，好像很重，垂垂欲坠，仿佛下一秒就会砸下来。砸下来了，有些秘密便就此毁灭。

谁也不知道这种毁灭究竟代表着脱离苦海，还是永世不得超生。

两周之后，程云川正式起诉张俊涛。

相比法律上的对峙，公关战才是无比艰难的。

程云川在自己微博上讲述了自己近些年的遭遇——

大体讲述了自己是如何被迷奸，随后因张俊涛的视频和裸照威胁，而不得不忍受他的折磨。

这期间他时而会给她一些她不想要却不能拒绝的好处，比如利用关系帮她打点工作，可这只是为了她能随叫随到。

他有时脾气很好，甚至会亲自下厨做饭给她吃，但有时又多次对她使用暴力……

随后，江为风点了转发。

几个小时后，许多博主相继转发，在微博上发布不到二十四小时，就已经有三十多万点击量。

林绛滑着评论一条条地看，前排大多是鼓励和气愤，滑到第十几条的时候有质疑的声音出现。热门转发里，有一条“谨慎吃瓜”。

她把手机给江为风看的时候，江为风正收拾行李。

这段时间，他为了这件事一直在打点关系，推了不少拍摄通告。顾翔告诉她，张益嘉为此发了好几次火了。

这次出门是有女星拍广告，导演恰是之前合作综艺的孙平，张益嘉说什么也不同意他推辞。

江为风看了眼手机，没什么反应："有质疑很正常，毕竟张俊涛这么些年也不是白混的。"

林绛愁眉紧锁："有人说张俊涛对程云川的做法，有巴掌也有枣，有威胁也有恩赏，掌控人性，满足私心。"

江为风从身后抱住她，把下巴抵在她肩膀上："别多想，见招拆招。"

林绛握住江为风的手："刚刚程云川给我打电话了，她说她妈妈看了新闻。"

江为风闭着眼，像快睡着了："嗯？"

"她妈妈知道之后，就打了她一巴掌。"

江为风睁开眼，顿了一下："然后呢？"

"然后……"林绛声音哽了哽，"她妈就抱住她哭了，问她受那么大罪，为什么不告诉妈妈。"

江为风闻言也忍不住叹气。

"她之前怕她妈妈怪她，但是哪有妈妈会在自己孩子受伤害的时候，反而责怪孩子呢？恐怕心疼都来不及，"林绛艰难地讲着，"我怕我妈要是知道这事儿，会崩溃。"

"不会，"江为风搂紧了她，坚定地说出四个字，"为母则刚。"

林绛鼻子酸酸的，忙仰头平息，又转头和他对视："等你回来，和我一起回家见他们行吗？我怕我一个人……"

"当然好。"江为风截断她的话。

林绛长舒一口气："谢谢。"

江为风双眸深邃，低头咬了一下她的嘴唇，看她嘤咛一声，忍不住笑了："你这是逼我。"

林绛忙推他，说道："我帮你接着收拾，看看还有什么要带的。"

江为风箍住她不让她动弹："想带你走。"

林绛想了想："把我放你心里，走哪儿都能带着。"

不知道怎么了，江为风听见这话就不行了。

林绛忙投降："强词夺理，我才没有那意思。"

江为风见林绛脸红了，也不再闹了："行，等我回来再收拾你。"

林绛忙去给他收拾衣衫。

江为风一走，她便打电话给沈宴。

因为有张骄骄这层关系在，这段时间，沈宴才是最不好过的，林绛心里知道，所以千般万般感激。

突兀的铃声划破寂静的空气，电话响了几声，沈宴直接摁掉，而后开了飞行模式。

张骄骄就坐在对面，偌大的办公室有一面宽大的落地窗，阳光倾洒下来，她脸上的每一个细微表情都被他尽收眼底。

张骄骄语气生硬地问他："沈宴，玩够了吗？"

沈宴比她语气还冷淡："对不起我已经说过了，你走吧。"

"你不是不知道，我初中我妈就没了，我是被我爸一个人辛辛苦苦带大的。我是他女儿，会有人比我更了解他吗？他是个正人君子，他不会做那些事儿的，沈宴。"张骄骄嘴唇发颤，眼底是一片灰，像有什么东西正在死去。

沈宴这才皱了皱眉，看着张骄骄紧绷着的脸，叹了口气："程云川的微博你也看了，律师函你也看了，为什么不相信？"

"所以你接近我，根本就是为了害我爸？"讲完最后几个字，张骄骄咬着唇。

沈宴很快否定："不是。"他顿了顿，"你听过一句话没有？正义会迟到，但不会缺席，是我害他，还是他害别人，法律会证明一切。"

听到这句话，张骄骄突兀地笑了："我这么瞒着我爸，眼巴巴来找你，可不是为了听你冷冰冰地向我普法。"

沈宴的唇抿成一条直线，他不去看她，手在发颤，被他紧握成拳头。

张骄骄笑意锋利，像漫画里走出来的："你欠我的债，法律上有没有说怎么还？"

沈宴张张嘴想说什么，却发现喉咙像落满灰一样，怎么都发不出一个字。

在他的沉默中，张骄骄站起来，转身就走。

或许是知道等不到什么答案了，又或者怕等到比预期更可怕的答案，张骄骄步子走得很快，最后到门口是跑着离开的。

她走后，沈宴整个人都瘫在座椅上。

人生中总会遇到各种人，有人是软肋，有人是例外，因此生而为人，总有些不得已。

他到底是负了她。

【59】

绿岛酒吧的天台上，林绛叹了口气："他到底是负了她。"

她说话的声音极低，就像是一股清风。

王佳倩没听清，问道："你说什么？"

林绛摇摇头：“我是说沈宴，他不好过。”

王佳倩拿手拍了拍林绛的肩：“万一沈宴没对张骄骄动真感情呢？”

“你不知道，”林绛叹了口气，“沈宴这个人，什么时候欠过谁？”

王佳倩静了，旋即也低落起来：“是啊，沈班长好像从不犯错，可是……”王佳倩顿了顿，试图给林绛信心，“这事儿归根结底是张俊涛浑蛋！沈宴只是选择了他心里的正义。”

林绛喝了口酒，胃里冰冰凉凉的：“都是因为我……感情债，不好还的。”

听林绛这么说，王佳倩忙抱住她：“不许你自责！”

林绛只觉得自己后背湿了。

王佳倩声音断断续续地传来：“你发生这种事，身为你的朋友谁能沉得住气？谁能眼睁睁看你受伤？”

林绛霎时心软得一塌糊涂，忙拍了拍王佳倩起伏的后背。

王佳倩哭了一会儿，又推开林绛，自己抹眼泪：“我啊，不要你安慰我，这是你的事儿，你反过来安慰我算什么啊？还有啊，你自己扛着这事儿这么多年，一句话不说，拿不拿我当朋友？你知道那天你告诉我这件事我什么心情吗？我就觉得自己太没用了！我要是能帮到你，你说不定就告诉我了……但比起气自己，我更生你的气，周婉也生你的气，你抱我也没用！”

林绛想起那天告诉俩姑娘这事儿时的场景，王佳倩顿时就哭了，周婉也傻了，说什么也不敢相信，难受得直踱步。

林绛听完王佳倩这一顿数落，还是抱了抱她：“谁说你没用啊？就是因为你们，我才决定面对呢。”

经历秦照这件事，林绛就像掉了一回枯井，她无助地坐在黑漆漆的井底，抬头却看到大家都伸出手，想齐心拉她出来。

她又怎么能不尽力往上爬？

她从来没有任何时刻，比这时候更有勇气。

张俊涛在程云川微博发布两天后，站出来在微博上发声：

【大家好，我是张俊涛。

很抱歉因个人私事占用公共资源，关于我本人近日的争议和传闻，我在此郑重声明：我与程女士是恋人关系，在此前的确有感情纠纷，仅此而已，其他内容均为捏造，已交给律师处理。

本人坚决相信正义和法律，在事情水落石出之前，希望大家不信谣不传谣。】

此声明一发，这件事立刻冲上了热搜。

林绛浑身战栗来来回回看了五六遍，才恢复理智准备给江为风打电话。

像是心有灵犀，江为风先一步打给她，问道：“看了？”

林绛颤着声儿说：“我看了，都上热搜了。之前程云川那条微博转发都有三十万了，硬是上不去，怎么到他这里这么容易？我看……风向都有点变了。”

江为风安慰她：“别急，有我呢。”

林绛恹恹地说：“好，那我先挂了，等下要打给程云川。”

江为风挂了电话后又给莉莉安打了个电话，三两句简单又准确地交代了微博的事宜。

“你说衣冠禽兽四个字，是不是就为了他发明的？”顾翔在旁边刷着微博，正气得牙根痒痒。

江为风声音寒凉：“我不会放过他。”

顾翔对他有信心：“不过，我就怕这事儿，杀敌一千自损八百，毕竟这种事，女人还是最吃亏的，何况张俊涛和秦照不一样。”

江为风双眸晦暗，顿了顿，旋即扯了个冷冷的笑，淡淡地问：“是吗？”

那就试试看。

“当初秦照那事儿，你笃定王佳倩愿意发声，是看准了她对林绛的歉意，加上证据确凿，我们胜算大，秦照是强弩之末……”午后的树荫罩在顾翔半张脸上，他看了眼面前不动声色的江为风，问道，“那张俊涛呢？名利地位都在眼前，他凭什么输？”

这个问题，让江为风好一会儿没动静。

这时候是中午，大家都去休息了，摄影棚外，只剩他们两个站在一角，被阳光倾洒，也被树荫遮挡。

顾翔忽然觉得江为风像个谜。

准确来说是谜底。

那个正确答案就在嘴边要呼之欲出，却怎么都想不起来的熟悉谜面。

他就是那个谜面的谜底。

然后，顾翔听见江为风说：“翔子，我愧对林绛。”

“她那时候那么难，我一点都不知道，以至于现如今，再怎么努力都无法窥见她过去的千分之一。”江为风敛眸，看不出情绪。

但顾翔一下子就怔住了，从小到大，他见过各种样子的江为风，可是他从没见过这样的他。

非要形容，顾翔心里想的，也不过是秋日午后的云。

江为风笑意深深：“你说他凭什么输？因为我必须赢。”

有这么几秒钟，他卸下了一点点的自我，变得不确定起来，但下一秒，他再抬眼去看顾翔，眼神又变得如豹子一般狠利：“这事，在我这儿只有两个结局。”

顾翔问：“什么？”

“他败。”江为风笑道。

“还有呢？”

江为风目光幽深：“还是他败。”

“二者之间，只是时间差别。”

远处的云朵一大团一大团地聚集，有光从它背后迸发出来，有种披甲上阵的孤独感。

顾翔拿拳砸了江为风一下：“反正，哥们儿挺你。”

江为风伸脚对着顾翔腿肚子就是一踹，偏头不让顾翔看清脸上情绪，幽幽吐了俩字：“德行。”说完就要走。

顾翔疼得龇牙咧嘴还不忘问：“你干什么去？”

江为风摆摆手，没回头。

想想看，他这个人骨子硬，从来没求过谁。

那天和林绛一起从郊外看星星回程的时候，他车上放着《Making love out of nothing at all》。

林绛忽然问他：“那天看电影，你说史密斯先生输了，为什么呀？”

他答道：“因为他爱她，所以会为她低头。”

可随后林绛想了想，说道：“不对。

“因为为爱低头并不是输啊。”

江为风大概永远忘不掉那天林绛的样子，那样平和、安然，可说出的话却像致命的刀。

温柔刀。

他心思一直在动，就像一盏烛火，不断被风吹动着。然后，他进棚，走到导演面前，问道：“导演还没忙完？晚上什么安排？要不一起吃个饭？”

导演敬业，收工的时候大家都去吃盒饭了，他还得再检查一遍广告镜头。

像是没想到江为风忽然要请客，他有些诧异地扬起脸：“你小子不是从不应酬的吗？”

江为风忙摇头，语气认真：“和您吃饭，不算应酬。”

导演闻言乐了：“行啊。”

江为风笑了，像窗外灿烂的阳光。

同一时间，林绛以最快的速度赶到程云川的住处。

还没到门口，她就听到打砸东西的破碎声和女人歇斯底里的叫喊声。

林绛想也没想，忙跑进屋，一进门，整个人如坠冰窖。

程云川披散着头发，跌坐在满是狼藉的地上，正拿着一块碎玻璃抵向喉咙，有血从她手掌心蜿蜒而下，滴到衣服和地板上。

她看到林绛，又急又慌，额头上的青筋暴起："林绛，你别过来！"

可林绛挪不动步子。

因为房里还有另一个人。

张俊涛转过头，见来人是林绛，笑了，温文尔雅的："哦，原来是林绛，这么多年不见了，你还好吗？"

他说话的声音很柔和，就像电视机里他做公益节目时，慰问福利院的孩子们那样，甚至带着一点点慈爱。

林绛拼命从喉咙发出声音："你来干吗？"

张俊涛闻言推了推鼻梁上的眼镜，笑容维持不变："我和云川吵架了，今天我就是来看看她。"

"你不要这样叫我！"程云川几欲崩溃，"你滚！"

张俊涛闻言摇了摇头，一副"拿她没办法"的宠爱样子，对林绛扯出一个微笑："看样子还生我的气呢，也罢，我先走，改天再来看她。"

说着，张俊涛朝程云川走近了两步："那我走了？有事记得打给我。"

程云川不断向后缩，玻璃片擦伤了白皙的颈部，张俊涛不甚在意，笑了笑起身往外走，路过林绛的时候顿了顿："林绛，前段日子我好像见到你了，就在万达。"

林绛紧紧握着拳头，强迫自己勇敢地和他对视："是吗？那真巧。"

张俊涛个子中等，身型板正，看外表也颇有涵养，怎么看都是一副人畜无害的样子，甚至很有亲和力。

他听林绛这么说，便露出一个很温暖的笑："没想到你和云川还能有联系。"张俊涛拍了拍林绛的肩，"真好，我真羡慕。"说完便笑着，不紧不慢地离开了。

听见关门声后，林绛再也支撑不住，腿立刻软了，扶着墙才没有瘫倒在地。她使劲揉了下刚刚被张俊涛触碰过的肩膀，试图擦掉他的痕迹。

屋子那端，程云川崩溃大哭："他怎么可以装作什么事儿都没发生的样子？他怎么可以这么光明正大地来找我？怎么办？这件事好像压根没影响到他！可是我的私信里，已经有好多人来骂我了！”

她抱膝痛哭，很难想象她曾经是一个多么勇敢、坦率的姑娘：“怎么办，我们是不是真的斗不过他？”

程云川的话像针扎一样，让林绛保持着最后一丝理智打电话给沈宴。

沈宴接听完之后立刻赶过来。

“他怎么会不急呢？不急就不会来见你。要是他真的光明磊落，就会全权交给律师了。”沈宴给程云川分析。

林绛帮程云川包扎好伤口，也安慰她：“是啊，他现在就是想看我们急，我们不可以中他的计。”

程云川整个人都像丢了魂：“可是我好怕。”

林绛安慰：“你放心，必要时我会站出来发声的。”

沈宴闻言皱了皱眉：“你别慌，咱们一点点来，他想让我们急，咱们也让他急。”

一语惊醒梦中人。

程云川死死咬住嘴唇，眼底慢慢染上坚毅的光。

【60】

林绛从程云川那儿回来就病了。

因为这件事，她已经很多天没有睡个好觉，加上见程云川受了那么大的刺激，她又急又怒，沈宴送她回家之后，她就瘫在沙发上，差点起不来。

晚上睡得迷迷糊糊的时候，爷爷打电话给她，问她要不要回家吃饭。

林伟做了糖醋鱼和红烧肉，爷爷打电话的时候精神头很好，乐呵呵地拿话馋她，说满屋子都是香味儿，闻着就流口水。

电话那头不时传来徐名娟唠叨林伟的声音。

林绛强撑着精神，笑道：“和倩倩正吃着呢！”没说两句就赶紧挂了，怕自己的哭腔被察觉。

江为风是在走后第三天的下午回来的。

他风尘仆仆地进卧室时，林绛睡眼惺忪地问：“我是做梦，还是真的？”

江为风看她迷迷糊糊的样子，心软得不行，他立刻脱鞋上床，二话不说拥起她。

一吻，可解千愁。

吻到快喘不过气来的时候，林绛推开他：“我刚退烧。”

江为风拿唇去碰她的额头试温度：“怎么回事儿？”

“反正你离我远点，别传染给你。”林绛又推推他。

江为风只松开了一点点，身子还是箍紧她，笑道：“晚了。”

看着林绛懵懂的眼神，他低低沉沉地笑了：“我已经烧起来了。”

唉，这一夜。

林绛第二天睡到十点才醒。

她迷迷糊糊去卫生间，一打开门正好看到江为风站在淋浴下，浑身泡沫地洗着头发，困意刹那一扫而光。她关门，气不过，装模作样却极没气势地凶了他一句：“真把这儿当自己家了。”

说完后，她又躺回床上，掏出手机看，没一会儿就眉头紧锁。

江为风恰好披着浴巾从卫生间出来，见她发呆，问道：“怎么了？”

“程云川她……昨晚把自己被打的照片放出来了。”林绛目光空洞。

江为风忙走过去：“然后呢。”

“这次张俊涛反应很快，今天一早就否认了……”林绛艰难地咽了口口水，“你看他的发文。”

江为风眉头紧蹙，只见张俊涛微博这样写道：

【对于程女士昨晚在社交平台公布的照片，我表示难以置信。在法院出结果之前，我有必要进行一些澄清，以避免我的家人受到伤害。

首先，本人妻子已于10年前去世，我确实和程女士为情侣关系，我与她双方自愿恋爱，绝无其他隐情；其次，照片为伪造，一切法院见；最后，程女士两次发文的“性侵”和“暴力”均不是事实，我与她相处快四年，如果真如她所言，请问一个常人如何忍受四年？

除却台前的光辉，私下里我也不过是个普通人，为人子为人父，真相大白前，我尽量避免争端，但绝不会让人污蔑。】

张俊涛的这篇长微博，可谓滴水不漏，最后甚至配上了几张他和程云川的亲密合照。

一时之间，微博舆论风向大变，网友们一拥而上，对着程云川极尽辱骂，就连之前为程云川发声的博主也全部沦陷。

江为风反应快：“收拾一下，叫上沈宴，先去程云川家。”

一路上，江为风开得飞快，林绛不断拨打程云川的电话，怎么都打不通。

他们和沈宴同时到楼下，飞奔上楼之后，怎么都叫不应门。沈宴忙着要下楼叫物业，刚转身下了几个台阶，江为风后退，咬牙朝门踹过去。

还好是老小区，门锁不是很紧，没费太多力就踹开了。

一进门，只见房间窗帘紧闭，满室没有一丝光线，程云川就缩在墙角。林绛忙走过去，近了才发现她把嘴唇都咬破了，身子直发抖。

林绛抱住她："你放心，还有我呢。"

程云川几乎要失去理智，只是强撑着信念，倔强地说自己没事。

沈宴见状，打电话叫来了程云川的母亲。

程妈妈赶到之后，林绛一行人才告辞。

在路上，林绛告诉他们自己的决定："博文我一早就编辑好了。"

沈宴几乎想都没想就制止："他这是引蛇出洞，你冷静点。"

林绛却摇头："我早就想好了，只是时间问题而已。沈宴，我也是受害者，我不该害怕。"

沈宴："可是……"

"好，"江为风缓缓开口，声音里满是坚定，他对她扯了个如沐春风的笑，"按你的来，其他的有我。"

林绛眼眶红红地说："好。"

这世上人来人往，有人住在高楼，有人陷于深沟，可这世上必然会有二者共存。就像光明之下的阴影，鲜艳红裙下藏着的伤痕。

这世上多的是受了伤永不结痂的人。

因此，这不是一个人的对抗，所以不该只有一个人孤军奋战。

林绛在当天发了微博，用她做电台的大号。

林绛做电台大半年，影响力是有的，只是粉丝群不在微博上，她的微博也是在团队协助下刚刚开始经营，仅更新两条，因此刚发出之后没什么太大水花。过了一会儿，程云川转发了她的微博，骂声顿时淹没了支持的声音。

然后，江为风发了条长微博，公开自己和林绛的关系，顺便对林绛微博发声发表支持言论。

江为风粉丝快两百万，博文一发，这件事没多久就冲上了热搜榜末，江为风打了个电话给顾翔，没一会儿，热搜冲到第四位。

这个举动，是深思熟虑，更是不假思索。

微博发出去没多久，林绛就接到了编辑的电话。

新媒体行业，最求变，最怕的也是变，林绛这件事着实让整个团队陷入忙碌中。

林绛事先就想好了，如果平台方为难，她可以解约，承担违约金及一切损失。

江为风的手机也一直没停过。

张益嘉问道："你是摄影师，不是愤青！网络上的恩恩怨怨和你有什么关系？"

江为风忍着怒气，说道：“我回头给你解释。”

张益嘉听不进去：“别，我哪配得上你给我解释。之前停工还给个通知，现在直接公布恋情卷入社会新闻……”张益嘉喘着粗气，“别的不说，弟弟，你和那姑娘才谈多久？人家谈了七八年的还难说知根知底呢，你想过万一是假的该怎么办吗？”

江为风闻言攥紧了手机，目光厉色不掩，开口冰冷，不留余地：“散伙吧。”

“什么？”听筒那边的人以为自己听到了笑话。

“我退出，一分不要你的。”

“……”

挂上电话后，他对上一双雾蒙蒙的眼。

林绛显然是听到他的谈话了，顿了顿才开口：“为风，我想辞去‘星星点灯’代课的工作。”

“哦？我失业了怎么你也想失业？”江为风笑着问。

“反正你养我啊，”林绛耸耸肩，说完又努努嘴，“不对，你好像也快养不起我了。”

江为风走近两步，搂住她：“后悔了？”

“这……”林绛笑着从他怀抱里钻出脑袋，看着他，“为了表示我没后悔，带你见我爸妈怎么样？”

或许是早就预料这一天不会太晚到，江为风闻言没什么太大反应，他单手揽过她的肩，掌心的温热穿透布料抵达肌肤，直至血液深处，像在给她注入一股能量。

他说：“走。”

有些话不必多讲。

就像人自然而然地会根据空气的温度选择衣服的厚度，季节的变换那么顺理成章。

江为风半路下车去买礼盒，林绛打开车窗，任凭凉爽的风铺满皮肤，有一片半黄的法国梧桐树叶落到窗边，颤颤巍巍跌到她的腿上，林绛才恍然想起秋分到了。

白露秋分夜，一夜冷一夜。

江为风下车的时候没穿西装外套，只穿着一件单薄的短袖，就像年少时的冬天，她裹着笨重的长款羽绒服路过球场，总是能看到他穿着T恤在满场跑。

少年永远不会冷，而不再是少年的他，也依旧热血难凉。

可徐名娟就不一样了，刚到小区门口，就见她围着暗红色花纹的披巾，站在一旁和保安聊天。那披风是林绛之前在意大利给她买的，以林绛的年龄来看，用来抵御秋风的凉意还为时过早。

徐名娟大概是特意出来迎两人的，一见林绛从车上下来，就从远处走了过来，看到江为风拿礼盒的时候，徐名娟出声责怪：“来就来，还破费干吗？”

可林绛知道，徐名娟心底是藏着笑的，因为刚刚离得近了，林绛看到在家从不化妆的徐女士眼皮上竟涂了眼影。

回到家才发现，重视江为风首次登门的不止徐名娟一人——林伟和外公在厨房忙活得热火朝天，直到他们进门都还没炒完菜，爷爷则不慌不忙地摆碗筷，一见人来了，忙冲进厨房叫人。

这一幕，让林绛心里好不容易建立的勇气轰然崩塌。

好在当她站在门口寸步难行，泫然欲泣时，江为风握了握她的手。

“都在呢？那我介绍一下，这是江为风。”林绛勉强笑道。

“叔叔阿姨好，外公爷爷好。”江为风一一问好，又把带的礼品交给徐名娟。

“你说你们来得太突然了，我们都没准备，快快，进屋坐。”一番寒暄。

没多久，屋子里就热闹起来了，大家都围坐在一张桌子上，长辈们活跃气氛，小辈们三两言答话，少了些客套与审视，多的是实打实的真心。

这种热闹，让林绛想起以往过春节，一家人围在一起看烟花的场景。

轰轰烈烈，风风火火，然后在最美的时候戛然而止，所有绚烂转瞬即逝。

就像现在。

林绛打断了闲话家常的场面，她努力让自己的面色不那么凝重，问道：“爷爷外公，你们能领江为风到小区转转吗？”

屋里顿时静了。

愣了两三秒，外公忽然笑起来，说道：“好啊，正巧小区鱼池新买了鱼，我领他去看看。”

支走了三个人之后，没等林绛开口，徐名娟就问：“什么事儿啊，还要把老爷子支走？”

“我确实有事要讲，”林绛正色道，“但你们不要担心，也别生气。”

徐名娟睨着林绛：“怀孕了？”

“哎呀，没有！”林绛忙解释。

“那就没什么大事儿。”林伟听罢，放心地笑了。

然后，林绛深呼了口气：“爸妈，我给你们看一下我微博。”

尘封近四年的秘密，忽然被掀开的时候，封布上飞扬的灰已然先令人喘不过气，而深埋的秘密，更加令人窒息。

徐名娟和林伟脑袋挨着脑袋，三百多字的微博，足足看了十分钟。

再回神时，二人面如死灰。

# 第十二章 / 等风

17 岁的林绛，等不到的风，就是没有等到。

【61】

林绛深呼吸，终于向自己至亲至爱的人，讲起过去那些像刺一样扎着她的事情，那些让她流浪两年半，有家不敢回的事情。

全部的肮脏黯淡，全部的自我挣扎，一千多个日夜的伪装，终于被一一刺破。

这些事情，令徐名娟和林伟面色惨白，久久难以回神。过了好一阵子，徐名娟失声号叫，歇斯底里地痛哭，她狠狠捶着自己的胸，以至于林绛和林伟抱住她都没办法让她冷静，她喉咙像是被撕裂了，一直在喊："我的孩子！"

只有这四个字。

却生生震碎了林绛的五脏六腑。

不知道过了多久，徐名娟才将大哭转为抽泣，她哭得妆都花了，眼影也晕了，又因为擦泪抹了满脸，她就顶着这样的脸，一动不动地盯紧林绛，喉咙沙哑："你爸你妈活了半辈子，认的是'人在做，天在看'的理。你去维权，去争理，该去就去！如果不做，我反而看轻你。"

林伟眼眶也通红，更坚定地说："这事咱绝对不能退让！你放心去做，需要我和你妈的地方，我们绝不含糊，不会让任何人伤害你！"

林绛闻言，泪水瞬间就湿了满脸。

后来临走，徐名娟和林伟下楼送二人。

车子快开的时候，徐名娟单独叫住江为风。

路上，林绛问道："我妈妈说了什么？"

江为风脑子闪过一长段话——"小时候看她生病，现在看她受伤，以前觉得照顾好她就行，现在才明白个人痛苦终究还是要个人承担，父母子女一场，也不能避免……"

江为风舔了舔唇，神色暗淡，最后还是只告诉林绛最后一句：“阿姨说，‘为风，保护好她’。”

林绛听罢，忍不住仰头控泪。

情绪太多了，没法一下子全部宣泄，也来不及宣泄。

林绛接到沈宴的电话：“林绛，骄骄想见你。”

还是熟悉的黑白灰极简色调，暖黄的灯光使沈宴的办公室平添了几分柔和之意。

但这并没有让气氛变得更好一点。

张骄骄跷着二郎腿，双手抱在胸前，挺着背仰着头，马尾高高扎在头上，眼睑向下，目光轻蔑地扫在林绛身上。

然后，她说：“你们都出去，我和她单独谈。”

人都走了，张骄骄看着林绛，渐渐露出乖张病态的笑：“来吧，把你们编的故事再给我说一遍。”

张骄骄笑意张狂，落在林绛眼里，却有些悲凉。

这是林绛第一次从头到尾把事情回忆一遍：

“当初我在省台实习，张俊涛也就是你爸爸，一开始很照顾我。结果有一次，我无意间撞见他和我同学，也就是你所知的程云川在……我当时吓傻了，不敢出声，可就在我转身要走的时候，程云川看见我了。我记得特别清楚，她的那一眼就像一道雷击中了我一样，我特别特别恐惧。那天回家后，我什么都没说，也没吃饭就回屋了，当时我妈问我怎么回事，我撒谎说我痛经。”

林绛哽咽了下，接着说道：“后来，我一直尽力避开张俊涛和程云川，但我那时候年轻，不懂得掩饰，他们应该是感觉到我的异样了，所以后来有一天，程云川才会突然约我吃饭，说想和我解释那件事……我本来不想去的，但她一直缠着我，加上吃饭那地儿确实也是公众场合，我就跟她去了……”

林绛讲到这儿，声音已经开始颤抖。

而张骄骄的脸也正一分分垮下来，可饶是如此，张骄骄还是咬牙说：“继续。”

“我只想到吃饭的地儿没问题，结果在路上，程云川递给我一瓶水……我明明喝之前检查过的，没有开封，但喝完之后就不省人事了……然后我就被她带到一个公寓，你父亲拿来做坏事的……公寓。”这一段话，林绛缓缓说着，断了两次音。她狠狠深呼吸，仿佛被困在透明的塑料袋里，氧气被一点点抽走。

张骄骄看着她，目光很复杂。

“不过还好有沈宴。在出发之前，我留了一个心眼，让沈宴悄悄跟着我，后来他见我被带到公寓，就编了个理由，让保安和他一起上去找我。还好他来得快……”林绛吸吸鼻子，扯了个笑，“剩下的你都知道了。”

张骄骄嗤笑了一下，盯着林绛，还是嘴硬：“那你为什么几年前不站出来？”

林绛叹气：“你知道为什么程云川会帮他给我下药吗？你知道为什么程云川宁愿忍受痛苦，也没勇气逃脱吗？因为他手上有她很多视频和裸照用来威胁她！当年我本来都打算站出来面对了，可程云川跪下来求我，说如果我透露一个字，他就会把那些全都发出去！”

张骄骄眼圈红了。

“你知道程云川以前是怎样的人吗？骄傲嚣张不亚于今日的你。你能想象她这样的人跪下来求人的情景吗？”林绛站起来走近张骄骄，紧逼着她，“但是比起身体上的，心理上的折磨才是杀人诛心。她是受了多少罪，才这么不管不顾把曾经最害怕示人的照片公布，想鱼死网破？”

张骄骄面色惨白，有点像夜间出没的亡魂。

然后，她再也听不下去，绷着脸，夺门而出。

林绛看着她的背影出神，又见沈宴进屋拿了车钥匙出去追她，后来江为风进来了，抱住了林绛。

林绛讲完了一个故事，仿佛耗尽了生命，但从头到尾都没掉一滴眼泪。

江为风吻了吻她的头发，说要带她去吃云边馄饨铺的馄饨。

林绛也不推辞，说正好饿了。

林绛相信能量守恒。

外公常说人是铁饭是钢，无论出了什么事儿，都得先吃饭。吃饱了饭，就有了劲儿，有劲了就不怕想不出办法。

林绛熟记于心，深信此理，吃了一大碗馄饨。

江为风也深谙此理。

第二天，他还带她去滑滑板。

江为风告诉林绛：“刚开始会摔，但滑起来之后，很爽。”

林绛抿抿唇没说话，而是接过板子，放在地上踩上去，左脚用力蹬了两下，随后飞驰而去。

她甚至在长板上做了几个平滑动作。

那是她自少女时代起就熟悉了的步法，哪里该用力，怎么控制速度，她都一清二楚，仿佛有了肌肉记忆。那时候，她摔过无数次，也站起来无数次，但只要一想起他在滑板上飞驰的样子，她就似乎也拥有了自由。

滑了一圈，她稳稳刹在他面前，笑着问：“怎么样？”

江为风心里暗潮涌动，眼底眸光深邃：“不愧是我的女孩。”

江为风直到三个小时后，坐在张益嘉的办公室里，都还在回味她的动作。

乍看像翩翩起舞，没什么速度和技巧，实则干净利落，不拖泥带水。

果然是他的女孩。

张益嘉敲了敲桌面，问道：“你想好了？文件签了就没回头路了。”

江为风回过神，他没有任何犹豫地握笔，在合同上签上了他的名字。

张益嘉显然被他淡淡的，甚至有点漠不关心的态度刺激到了：“真舍得？”

“都给你，”江为风一副云淡风轻的样子，“结清就好。”

张益嘉笑道：“当初我拉你一起创业，是真心看中你的才华，想和你一起把梦想做大的。

“不过，我这两年也是看出来了，不是你不对，也不是我不行。错就错在，咱哥俩不是一路人。得了，江湖再见。”

江为风勾唇笑，起身离开，头也不回地朝张益嘉摆了摆手。

门外，莉莉安和顾翔一人抱着一个纸箱子等着他。

“哥，我就想跟你干，工资多少我不管，和你能学到东西。”莉莉安笑着说。

顾翔说：“这事儿你同意也得同意，不同意也得同意，因为哥们我已经答应她跟着咱一……嗷！”

话未说完，顾翔皱脸叫了一声，疼得缩起小腿在原地直跳。

“你怎么这样？没见你爱踢足球啊？怎么老踢人？”

这晚，江为风和顾翔在绿岛喝酒。

很久都没聚了，这回是庆祝失业快乐。

“你今儿怎么有空出来了？”顾翔问道，“不在家陪媳妇？”

江为风一开始喝得有点猛，这会儿晕晕的，皱着眉说：“她去程云川那儿了，程云川她妈妈病了。”

顾翔皱眉：“这怎么事赶事啊？程云川本来情绪就不行，她妈妈怎么还病了呢？”

“林绛说，她没像程云川经历那么多，但她妈妈就已经撕心裂肺了，更何况程云川的妈妈呢？”江为风喝多了酒，话变得多了一点。

顾翔叹气：“听王佳倩说，程云川她妈妈是机关单位的，当初正升职政审期，程云川当初隐忍，多半也有这个缘故吧？所以她妈妈想到这层，应该更难受。”

江为风不置可否，又仰头灌了小半瓶酒。

顾翔忽然有点恼："看张俊涛人模狗样的，心怎么能扭曲成这样？"

"总有软肋的。"江为风喃喃，声音小到只够自己听到。

他整个人都倦极了，面色也极沉郁，可眼睛却在昏暗的灯光下闪着光，那是在林绛面前从不表露的恨意，而这浓烈的情绪，一半是对自己。

"林绛微博发出去也有一阵了，那人渣是不打算回应了？"顾翔问道。

江为风："……"

话未开口，就被一阵铃声打断。

【62】

江为风看了眼顾翔，才按下接听键。不过二三十秒的样子，顾翔只见他下颌线紧绷，似一根欲断的弦。

江为风低着头，顾翔看不清他神色，只听他声音彻骨地凉："张俊涛回应了。"

顾翔几乎没有一点迟疑，忙不迭掏手机看，只扫了一眼，攥着酒瓶的手指尖泛白颤抖，几乎要把酒瓶捏碎。

在林绛发布长微博，证实程云川所说的种种，并讲述自己差点被性侵的经历，足足 31 个小时后，等到了张俊涛律师发布的声明：

【张俊涛就林绛发表的不实言论，以诽谤罪自诉。】

随后，有人带话题 # 林绛骗子 #，发布林绛过去几年在全球各处旅游的照片和专栏稿。

网络风向彻底偏向张俊涛。

【为什么一个口口声声说自己差点被侵害，且遭受心理折磨的人，还有心情到处游山玩水啊？】

【这难道不是利用女性自己的弱点来博同情？大家以为女性不会拿自己的清誉开玩笑，结果呢？我只看到林女士有钱有闲，到处旅行，甜蜜恋爱，而程女士完全就像个被男人抛弃的怨女啊。】

……

看到这里，林绛没勇气再看下去，泪水啪嗒啪嗒掉在手机屏幕上，她在医院的楼梯间独自静坐了一会儿，还和沈宴通了个简短的电话。

收线的时候，在角落抽闷烟的一个大哥问："是家里人不乐观，还是没钱治病？"

林绛抹去眼泪，没回答，勉强扯出了个笑。

大哥便露出朴实的笑容，安慰道："都难，咱都加油。"

林绛愣了愣，笑着说："谢谢。"随后拐弯去病房。

程云川坐在病房门口的椅子上等林绛。

“我妈刚睡着。”程云川说。

林绛点头，看了她一眼，问道：“微博看了吗？”

程云川呼了口长气说：“当然。”没有过多的情绪波动。

这反而让林绛更担心，忙抓住程云川的手问：“没事吧？”

程云川摇头，露出一个释然的笑：“倒是连累你了，几年前就是我对不起你，现在又欠你人情。”

林绛细声安慰：“别这么说，这不是你一个人的事儿。”

程云川笑得凄凉：“刚刚看到我妈愁眉紧锁地睡着了，我就忽然觉得……我不该这么懦弱……你看啊，曾经的懦弱让我吃了这么多苦，我都已经经过这个教训了，可现在我为什么还那么懦弱呢？林绛，我刚刚想了很多，我有点气我自己……”

程云川说着，眼底渐渐露出她从前才会有的神采：“但经过这些天，我的骨气好像又回来了，到今天这个地步，我不仅为我自己，还为我妈，为一直帮我的你们。”

林绛看向她，心底也更加坚定起来：“刚刚沈宴给我打电话了，我决定反诉张俊涛了。”

程云川愣了一秒：“可他就是算准了你没什么关键性证据。”

林绛歪头看向程云川，眼底也有着与她一样的光彩，笑着说：“管他呢，沈宴可不是吃素的。”

“也是，”程云川也笑了，“毕竟，你身后可不止一位骑士。”

程云川朝林绛身后扬了扬下巴。

林绛转过头，只见江为风站在不远处，正定定望着自己，目光深深，不掩温柔。

“真好，年少时喜欢的人，兜兜转转也喜欢上了你，”程云川敛眸掩盖住眼底深处那丝落寞，“你知道吗？当初知道你俩在一起，说实话，我没想象中的那么惊讶。”

林绛笑着问：“怎么讲？”

“我要是说，我从高中那时候就直觉你俩会有故事发生，会不会显得马后炮？”程云川笑着低下了头，咬了咬嘴唇，“不然那时候我也不会眼巴巴去广播站堵你。”

林绛回忆到那时候，有点感叹：“都多久的事儿啦。”

程云川抿唇，笑道：“反正你家江为风可是我年少时的崇拜啊，虽然……

不过啊，我现在可不会跟你抢，因为，你配得上他的爱。”

程云川扯了扯林绛的手：“怪我，拉着你说个不停，你还不快过去？”

林绛点点头：“好。”然后慢慢地朝江为风走过去。

林绛一步一步朝江为风走近，闻到他身上烟草气混着酒味儿，很奇怪，不仅不令人反感，甚至令她眷恋。

“聊什么呢？晾我这么久？”江为风伸手把林绛揽在怀里。

林绛想了想才回答他：“聊你呢。”

“聊我什么？”两个人一起往电梯走。

林绛没有明着答：“江为风，你还记得那次我去北京吗？”

江为风想都没想：“忘不了。”

“那次其实我是去参与‘听见’App的电台活动，一直没对你讲，是因为……那个电台的内容我一直不太敢让你知道，”林绛边说边去看江为风的反应，“前两天，我说我失业了，就是因为电台方因为我擅自发文想和我解约。”

江为风顿了顿，随即收紧揽着她的手臂，笑着问：“那现在敢让我听了？”

“嗯……”林绛咬唇，“当然啦，我怕过段时间下架了，你可能就听不到了。”

林绛停下脚步，转过身与江为风面对面站着，她撒娇似的把自己的手圈到他腰上，仰头看他：“但你要保证，听完之后，不要发表意见好不好？什么话都不要说。”

她什么都怕。

她试想过他知道后的反应，可无论是心疼还是感动，她似乎都不再需要，也不想得到。

因为此时此刻，她拥有他最完整的爱。

可17岁的林绛，等不到的风，就是没有等到。

她不遗憾，因为那是属于少女时代的结局，她很满足，因为迟来的欢喜也是欢喜。

秋意浓，晚间尤其。

江为风喝了酒，没有开车，好在医院离香港街不远，他和她步行过去买栗子吃。

那时候已经晚上10点钟，可香港街上还是充斥着烟火气，恰好是晚自习放学的点，不少学生都在这边吃夜宵。

排队的时候，江为风挠她的手心：“刚刚还没说，为什么不让我发表意见？”

林绛正思绪满满地看着不远处的网吧，闻言愣了下才回道：“反正就是不许。”

江为风笑了：“如果说我一早就知道呢？”

林绛闻言看了他一眼，几秒后耸耸肩表示不信。

她的心思都在不远处的网吧上，扯开话题：“你看这个网吧，已经有十年了吧，还在呢。”

江为风朝那处瞥了一眼，这时候，店家喊了一声，江为风扫码付钱。

林绛忙去拿栗子，再抬头时，见江为风眸色深深：“拿过去的事儿噎我呢？”

林绛一僵：“就是忽然想到了。”

江为风突然说：“昊子后天回来。”

林绛闻言一惊：“他……也知道了？”

江为风摸摸她的头：“嗯，知道了。石头前两天还问我来着，毕业之后我们联系就少了，他听说你的事后，气得骂了半个小时。”

林绛拿出手机来看：“白天何莱也给我打电话了，她在香港，不怎么刷微博，知道这件事就马上打电话来问我要不要介绍律师，这丫头还是那么仗义。不过她后来说我不够意思，没告诉她咱俩的事呢。”

两个人就这样边走边聊，林绛把剥好的一颗栗子塞进江为风嘴里，问道：“甜吗？”

江为风嚼了两口说：“酸。”

林绛听罢，便甩给他一个百转千回的眼色，佯装生气，吃起独食。

江为风才不急——

回去后再收拾她，不怕她不求饶。

亲密时，他不知道抽什么风，忽然郑重其事地叫了她一声：“林绛。”

林绛：“嗯？”像猫叫。

“别怕，别硬扛，你还有你男人我呢。”

林绛有片刻的失神。

因为那一刻她好像什么都怕，又好像什么都不怕了。

爱让人胆小，也让人伟大。

窗外夜深露重，屋内一帘幽梦。

【63】

成明昊乘坐的飞机是在下午1点落地的，洗尘宴是在江为风家吃的。

中午12点一过，江为风就开车带成老师去接人，林绛则在厨房帮郑萍打下手。

说是打下手，其实林绛帮不上什么忙，她自小没怎么做过家务，只能在一旁做一些不添乱的活。

林绛很不好意思地说："郑姨，我实在是太笨了。"

郑萍露出意味深长的笑，看了她两眼，又低头切菜，问道："你和为风看起来感情越来越好了。"

林绛浅笑："嗯，他待我很好。"

郑萍叹气："你应该知道吧，我其实和他爸爸是再婚。我第一次见他之前，心里紧张得要命，当时他爸爸说他贪玩嘛……"说着郑萍笑了笑，很温柔的样子，"我见他之前还以为他是新闻里那种，嗯，校霸？或者小混混类型的。不过了解了之后，才发现他比那些孩子好多了，这孩子虽然乖张，但不堕落，待人也真诚。"

林绛顿了顿，问道："郑姨，我还真想听听他小时候的事儿。"

郑萍切菜的手停顿了一下，她抬眼看窗外，思绪飞远："你知道他为什么转学吗？"

郑萍偏头看向林绛的时候，林绛忙摇头。

郑萍把切好的菜放进盘子里："江河和为风妈妈其实在他初三的时候，就因为感情不和离婚了，就是怕影响他成长，所以打算等他高考后再说，谁知道为风高一那年，她被查出有子宫癌……

"江河这人重感情，尽管那时候已经和我在一起了，还是拿出全部身家给她治病。为风妈妈临走前，怕为风接受不了他爸和我之间的事儿，就把事情的前因后果都告诉他了。"

林绛听完，心里有一股说不清道不明的沉闷感，就像厨房里的某个罐子在她心里被打翻。

"当时我们都以为他知道这事儿会大闹，结果他什么都没做。后来没过多久，他就要求转学，"郑萍偏头叹了口气，"他当时没说原因，但我和江河心里都知道，因为他妈妈和江河以前都在三中东校教书，以往都是一起送他上学的，他就是怕触景生情。"

"其实他很长一段时间都接受不了我，虽然他没做什么出格的举动，但我还记得他青春期那会儿，但凡提起他妈妈，他总要拿话呛我，"郑萍像是在回忆一件有意思的事儿，"不过你别看这孩子平时对谁都冷冷淡淡的，看似不怎么在乎，但其实他内心很柔软，谁对他好，他都记在心里的，这么多年虽然他没叫过我妈，但该有的关心没少过。"

林绛听完，暗暗叹了口气。

郑萍这边讲了一大堆话，又开始忙活着开火倒油，炒菜炖汤。林绛则一直在旁边递盐递糖递醋，两个人一个说，一个听，回忆过去的故事。

在江为风即将回来的时候，郑萍将最后一盘菜端上桌，忽然正色对林绛讲：“林绛，你有没有和他进一步的打算啊？”

林绛忽然蒙了，绞着手指不知道怎么回答。

郑萍继续说：“为风这个孩子，不缺爱他的人，缺的是完整的爱。”

这话无疑有着穿透人心的力量，林绛站在原地愣了好一会儿。

这时，门铃声正好响起。

直到成明昊大叫：“林绛呢？”

林绛这才回神，忙往门口走，一见到人，就被对方热情地抱在怀里。

成明昊头发剪短了，露出一张酷似十八岁的少年脸，他除了黑了些之外，没什么变化，连那股赤子之情都没变——

“想死我了，林绛！”

“我也想你！”

江为风闻言，不动声色地从二人面前走过，刚路过成明昊，成明昊脸色“唰”地垮了。

他疼得龇牙咧嘴，咬牙切齿道：“不就是抱一下吗？有必要踢得这么狠吗？”

成老师忙笑嗔：“没个正形的，快来吃饭！”

雁子南去时，天涯游子归。

这一顿饭吃得其乐融融。

快吃完的时候，江为风接了一通电话，再回来时，他把林绛单独叫到卧室讲话。

林绛悬着一颗心，问他：“和张俊涛有关？”

江为风点点头：“不过是好事儿。之前我不是跟你讲过，我认识一个做新闻出身的导演吗，我托他帮我办了个事儿……总之现在他找到了被张俊涛侵害过的其他女性。”

林绛捂住嘴，又惊又喜，难以置信：“你这么说，意思是我们现在赢面更大了！是不是？”

江为风见状，低头吻了她一下，把她抱在怀里：“我们从没输过。”

林绛激动得眼泪都淌出来了：“这下子舆情和证据都有了，我得把这件事告诉沈宴，我还要去找程云川一趟。”

“我和你一起。”江为风说。

“不用，”林绛反对，“成明昊刚来，你陪他，我自己去。”

江为风想了想，没再坚持：“那你随时和我联系。”

林绛说：“好。”

她出门对成老师和郑姨告辞时，成明昊猜出七八分，说道：“回头再聚。”

郑萍让他们三个人先吃，自己起身送她，林绛推脱不下，到单元楼门口，林绛说什么都不让郑萍再送了。

郑萍没坚持，而是拉过林绛的手说：“好孩子，那事儿……你放心去做，我们都支持你的。”

林绛顿时哽咽，转过头之后，两滴眼泪狠砸下来。

林绛打车去医院见程云川，路上给沈宴打了三个电话也没人接。

沈宴手机响动的时候，他正一动不动站在自己的出租房里，他的窗户外面有一棵硕大的树，阳光把树影照得支离破碎。

铃声停止的时候，有人问他：“多少钱，你才愿意放弃这个案子？”

沈宴答道：“这不是钱的事儿。”

“我可以给你三倍的律师费。”那人声音平稳，似乎胸有成竹。

沈宴笑了：“张俊涛，你不怕我录音吗？你不怕你女儿知道这些事吗？”

闻言，张俊涛推了推鼻梁上的金丝眼镜，也笑了：“第一，我突然拜访，你没有录音的时间；第二，你不配提骄骄，你和她一点关系也没有。”

沈宴眼底闪过浓浓的鄙视：“看您的微博声明，不是挺胸有成竹的吗？怎么还来找我？心虚？”

张俊涛面色不改：“沈宴，你是律师，你应该知道程云川手上的证据在法律面前真正能被称为‘证据’的有多少，而林绛嘛，完全没有任何证据证明我做过那些事。”

沈宴板着脸，难以理解地看向张俊涛，最后气极反笑：“我不明白，你放着名誉地位不要，为什么要做这种社会渣滓才干的事儿？你不怕骄骄知道伤心吗？”

张俊涛没把沈宴放在眼里，听他提问，倒也不摆神秘的谱，用理所应当地语气说：“谁还没个爱好？大家都是凡夫俗子，天经地义。”

“好一个天经地义！”门口骤然传来一个女声。

沈宴见到张骄骄的时候眼皮都忍不住跳了两下。

她一直都有沈宴公寓的钥匙，而刚刚或许是因为手机铃响，开门的声音就被掩盖了。

张俊涛看到张骄骄的时候，面色瞬间变得惨白，他嘴角抽搐着，有很长时间都不知道是该先笑一下，还是先组织语言解释。

“你……不是去看你妈了吗？”张俊涛头上冒出了虚汗。

张骄骄举着手机，死死盯着张俊涛，似乎想把他看透，她笑着哭：“我是去问问我死去的妈，你是不是真的像她们说得这么浑蛋！”

张俊涛喘着气，目光涣散，强撑着笑：“骄骄，你听我……”

“但我半路突然改变主意了，我觉得这不该问我妈，该问你。我不仅要亲自问你，还要拉着沈宴一起问，让他亲耳听到你的清白！”张娇娇眼眶血红。

张俊涛彻底慌了：“爸爸……爸爸什么都没做！你相信爸爸。”

“张俊涛！”张娇娇吼叫出来，声泪俱下，“我刚刚已经把你说的话全录下来了，你不要再一错再错了！”

说完，张骄骄转身就走！

张俊涛张着嘴，目光空洞，好半天才反应过来，忙追了出去。

张俊涛出门前，把门重重砸下来的那一刻，沈宴的心像被震出了一个大口子。

【64】

命运的齿轮轰隆隆地转。

在下一个节点到来之前，江为风选择先饮下一口酒。

卧室内，江为风和成明昊赤着脚坐在地上，一人一罐青啤，碰杯的那刻恍若回到了青春期。

一半的酒下肚，成明昊啧啧两声：“还是想念中国制造。”

江为风目光一闪，没说话。

成明昊朝他跟前凑了凑，问道：“你和林绛，谁追的谁？”说完又忙制止他，一拍脑门，“别，先别回答！我想想……不对啊，林绛那时候欣赏的人，不会就是你吧？”

“你知道？”江为风吞酒的动作顿了下，挑眉问。

“这么些年，我太清楚林绛了，她心里一直住着一个人，那人要不是你，你哪能这么快得手？”成明昊又开始发挥他一惊一乍的习惯，“这什么事儿？老子追那么久的女人，最后惦记的是我兄弟，还成了我嫂子？”

江为风闻言摸了摸下巴，玩味地笑了：“你有完没完？是我先追的她。”

“什么意思？”成明昊一愣。

“就允许你一个人看上她？”江为风笑骂。

成明昊倒抽了一口气：“合着你俩是互相惦记啊？这素材我都能拍电影

了，题目就叫《三个人的电影我却不能有姓名》。”

“德行！”

“嘁，不怕贼偷就怕贼惦记。”成明昊觉得很委屈。

江为风闻言，作势又要踹他。

这回成明昊有所准备，忙不迭闪开了：“别动手，说正事儿，林绛刚刚出去是因为那件事吧？”

气氛陡然凝重了不少。

江为风微不可闻地应了声：“嗯。”

成明昊情绪转变很快，看江为风这样，他叹了口气，完了竟抱着江为风矫情起来：“我知道我从国外回来可能也帮不上什么，也知道你肯定能照顾好她，但我还是来了，哥们说什么也得和你们一起并肩作战，你们有什么用得着我的地方，可一定别客气。”

房间里的时钟有规律地滴答响着，成明昊说完这话的时候，忽然打了个酒嗝。

江为风推开成明昊，有些嫌弃：“跑不了你的。”

久违后的相见，久违后的长谈。

两个小时过后，房间里多了七八只歪歪扭扭的空酒罐。

送走了成明昊之后，江为风又站在阳台上和孙平导演打了会儿电话。

不久前，他和导演吃饭，饭局上他一直有意无意问导演从前的工作。

导演起先没多想，真情实感地回忆了不少关于当年跑新闻、做节目的事儿。

吃到后半段的时候，导演咬了口鲷鱼烧，问道：“你小子有事儿吧？”

江为风目光微动，没再拖延，道出了目的。

他缓缓地说，对面原本含笑的导演脸色便一分分变凝重。

最后，江为风问道：“导演，还想做新闻吗？”

没想到这一问，竟让这事有了关键性的进展。

导演刚从另一位早先受到张俊涛侵犯的女孩家里回来，在讲话的过程中，江为风发现导演周围的声音一直在变，最后他大概是进超市了，超市里一直在放歌，导演的声音不怎么真切：“放心吧，这事儿我心里有数。”

江为风点头：“多亏你了，导演。”

闻言，导演就笑了：“客气什么，我之前不是说过了，我做这事儿也是圆自己心愿。”

江为风记得的，导演之所以改走娱乐，就是因为早先做了个“情感大于理智”的片子，导致在真相出来之前，当事人不堪其扰，选择跳海。

情感大于理智，在新闻里是大忌。

导演遗憾懊悔，但既成事实，便无法改变，他只好选择逃避。

因此，导演答应江为风调查这事，不全是因着江为风和他那浅淡的君子之交。

但无论如何，江为风都是感谢他的，忙说事情结了要请喝酒。

导演随性，大笑着说：“当然好。”

江为风挂断电话的时候，导演那边的超市正切歌，旋律熟悉——

你知道当你需要个夏天，我会拼了命努力。

他昨晚听林绛的电台，才发现第一期节目就是用的这歌做插曲。

想到这里，江为风的眸光亮了亮，就像烟头上被风吹起的闪烁星火。

随后，他打给林绛。

林绛那时刚从病房出来。

程爸爸去楼下办理出院手续，程云川要帮忙收拾东西，没出来送她。

张俊涛事件闹得沸沸扬扬，尽管程云川整天都戴着口罩，但还是免不了被认出来。首先就是病房里，隔壁床的小姑娘竟然偷拍了她们一家，发上了抖音。

林绛把江为风告诉她的好消息说给程云川听的时候，程云川愣了很久，然后露出了一个明媚的、像太阳花一样的笑容，笑着笑着，有眼泪落下来，又被她胡乱擦去。

林绛接通江为风电话的时候，给他讲了这事儿，江为风笑着答她四个字：“否极泰来。”

林绛顿时就觉得不那么累了。

虽然辛苦，但没有刚开始那种拳头打在棉花上的无力感，若说还有担心的，也就只有沈宴了。

晚上回香江城，徐名娟还叮嘱她，打这种官司最累了，要多感谢沈宴。

林绛是想关心，可电话打了一天也打不通。

她不知道，那个时段，沈宴正接受着最严峻的考验。

张骄骄和张俊涛相继夺门而出之后，沈宴兀自在房间里发了一会儿呆，然后不知道过了多久，张俊涛原路返回。

他看起来有些狼狈，与平日里那个永远不慌不忙，带着如沐春风的亲和力的人，完全不一样。他话都说不顺溜了：“你知道我女儿能去哪儿吗？”

张骄骄，跑不见了。

沈宴一言不发，夺门而去。

最后，他是在外环东路的废弃轮胎厂找到张骄骄的。

在找到她之前，沈宴辗转了五六个地方，才逐渐往市中郊驶去。

沈宴的心里一直有种莫名的感觉，如果非要形容，就像秋日微凉而宁静的夜——从前他没注意过，原来两个人去过那么多地方，有过那么多回忆。

那个轮胎厂是张骄骄带沈宴去过的，她说自己心情不好的时候，总爱过来坐坐，这地儿虽然破旧，但有种颓废美，很适合拍照。

当时，她问他："你会拍照吗？"

沈宴沉着脸说："不会。"

江为风会的事情，他不会。

然后，张骄骄"嘁"了一声，显然兴致缺缺。

不过没过多久，她又不知道想到什么，忽然停下步子，转身笑意深深地望着他，一脸精明的样子："那你会脸红吗？"

沈宴愣了一下："我为什么要脸红？"

张骄骄眸光流转，邪佞一笑，二话不说就扑进他怀里，勾着他肩膀吻下来。

那一刻，沈宴整个人，从头发丝到脚指甲，没有一处不僵的。

随后，她铆足了劲儿在他身上撩拨，点火，他腿都软了。

或许心也是。

然后，她停了，笑道："你脸红了。"

看着他手足无措的样子，她开心得不得了："你好纯啊。"

想到这里，沈宴淡淡地扯了个笑，可等见到张骄骄，他又笑不起来了。

她坐在一个大轮胎上，头发披散，红唇烈焰，见到他，轻轻地问："你来啦？"

沈宴说："你爸在找你。"

张骄骄叹气："我在这儿坐了三个多小时了，想了很多。"

"你别胡思乱想，你爸和你……不一样。"沈宴敛着眸，话说出口，不知道是在安慰她，还是在对自己强调。

张骄骄眼睛晶晶亮，笑了："沈宴，我知道你接近我目的不纯，但这段时间……你有没有一点点喜欢上我啊？"

就像夏日晚上，在海边燃起的烟花棒，无数细小的火花闪动着，发出噼里啪啦的声响，每一声都炸在他心尖上。

那火花的光在夜色里也特别扎眼，逼得沈宴低下头。

他拼命抿着唇，不回答。

张娇娇的笑意慢慢僵在嘴角："是林绛吗？"

沈宴猛然抬头，嘴唇颤抖着，说不出话。

他看不清她的神色，只听她又问了一句：“你心里的那个人是她，对吧？”

烟花棒燃烬了，灰吹进了喉咙里，沈宴说的每个字都很艰难：“太晚了，天冷，跟我回去。”

张骄骄死死盯着沈宴，然后倏然笑了，眼角有泪，她任由它落下来。

张骄骄正对着沈宴走过来，眼睛还是盯着他的，只是路过他的时候，她没停下步子。

沈宴听到她的声音在身后传来：“想走就快点啊，啰唆。”

沈宴咬牙跟上去。

回程，一路无言。

【65】

日子一天天地过。

十月份，迎来了林绛的生日。

往年这时候，她总是在家过的，今年不一样，有成明昊在，热闹就少不了。

成明昊声势浩大地包了个场子，林绛进门的时候，大吃一惊，酒水装饰不算，屋里正对着门摆了上千枝玫瑰花，光这个就够烧钱的。

成明昊一见林绛脸色，就知道她满意，忙笑道：“就知道你喜欢！今天哥哥我请客，你对象付钱，咱们使劲造！”

这话一出，遭顾翔一通怼，王佳倩在一旁添油加醋地叫好。

搞得成明昊投降：“顾翔，你太不兄弟了，刚复合就飘了！”

顾翔一副我乐意的样子：“怎么，有本事你也谈一个？”

王佳倩说：“要不周婉咋样？”

周婉正低头玩手机，莫名被点到，投来一个杀人的眼神。

林绛坐在沙发上，笑嘻嘻地看他们乐，端起桌子上的酒，朝沈宴的杯子碰了一下。

沈宴被吓得一激灵，回过神，见林绛看着自己笑：“怎么了？”

林绛摇了摇手臂：“沈宴，说实话，这么多年了，我还是喜欢你送我的这块表，你今年送的口红，颜色实在是……嗯，好看得我有点 hold 不住。”

沈宴抿了口酒笑：“我看骄骄总涂那牌子……”

话还没说完，骤然止住。

沈宴舔了舔唇，目光暗暗，仰头把剩下的酒喝完。

林绛见状，张了张嘴没说什么，陪着他一饮而尽。

没一会儿，江为风上厕所回来，成明昊又提议玩真心话大冒险，虽然老套，但永远玩不腻，输的罚钱罚酒。

刚开始玩得还挺好，后来不知道怎么了，酒瓶子一直往江为风面前转，一看就是使了手段的。但江为风这天却出奇的好脾气，一点也不恼。

于是，成明昊更得寸进尺了：“波多野结衣还是苍井空？”

江为风答道：“友田彩也香。”

“噗。”一旁看热闹的顾翔先喷了。

成明昊激动了：“最讨厌林绛哪点？”

此话一出，满屋子人大气不敢出，林绛吃着瓜子，一副不在意的样子，实则屏住了呼吸。

江为风皱了皱眉，认真思考了一番，笑了：“睡觉总喜欢压着我，算吗。”

“呦……”成明昊做了个惊恐的表情，“我不该问啊，现在有点被虐到怎么办？”

“活该。”王佳倩哼声。

林绛在一旁悄悄红了脸。

生日就是这样过的，好友欢聚一堂，抛去所有的伪装，陷入热闹里。

他们每个人都冲着尽兴玩，一来是压抑久了，二来是前面还有许多未知的事情等待着他们。

整个十月，林绛都处于极度紧张的状态。江为风到处打点关系，一方面要关注舆情，另一方面他和导演谋划的深度调查也在进行。

而沈宴则是没日没夜地收集证据，梳理案件。

而他们的对手张俊涛，一直没什么动静。

十一月，青城下初雪那天，是开庭的日子。

外公和爷爷也特意来到法院给林绛打气，两个老头为了图个好兆头，甚至戴上了红帽子红围巾，模样像极了魔法故事里的老顽童。

当然，除却爷爷和外公，其他人也一个不落地全都到场。

郑姨说：“林绛，我们给你撑腰。”

徐名娟说：“别紧张，我亲眼看着你赢。”

一群人互相鼓励，给彼此力量，但其实不难看出，他们都比当事人还紧张。

可是，就在做了那么多的准备和心理建设之后。

事情出现了逆天的反转——

张俊涛委托律师发表声明，对程云川和林绛所控诉的种种供认不讳，并表示愿意公开道歉，并承担一切后果和法律责任。

得知这个结果后，林绛谁都不想见，把自己关在江为风的车里，痛哭了一场。

哭的是得来容易，更是得来不易。

江为风就靠在车边，等林绛平复情绪。

导演打电话问："咱们调查的纪录片还发吗？"

江为风心思转了又转，抽了口烟说："发。"

挂上电话后，他开门上车，见林绛还在抽泣，说道："我们回家。"

然而车子刚到幸福公寓门口，林绛就见到门口那个熟悉的身影。

江为风也一眼认出了那个人，问道："我陪你下去？"

"不用。"林绛盯着那姑娘的背影，解开安全带下车。

林绛步子走得从容又坚定。还没到张骄骄身边，张骄骄却察觉到她的靠近，转身后愣了一秒，旋即露出微笑。

"你怎么来了？"林绛问道。

张骄骄瘪瘪嘴："来见你呗。"她走近两步，望着林绛，"还好你及时赶到，不然我就要闪人了，我等得起你，飞机可等不起我。"

林绛恍惚了一下："你要走？"

张骄骄牵起她的手，声音里有一丝丝撒娇："对啊，临走前……替他对你说声抱歉，会不会有点晚？"

林绛忽然不知如何是好。

"你可以不原谅，但我还是要说的，对不起啊。替我跟程云川也说句抱歉。我不知道算不算晚，但知道事情真相之后，我一直在努力让他认罪……算是，勉力偿还。"

林绛听她这么说，心里就像下起了大雪，白茫茫一片。

林绛看不得张骄骄的这种笑，于是低下头："沈宴知道吗？"

这下轮到张骄骄沉默了。

但这沉默只维持了几秒，随后，张骄骄又笑起来："他知不知道有什么要紧的？我和他又有什么关系。"

那一刻，林绛不知道为什么特别想抱抱她，事实上这个念头一出，林绛就这么做了。

林绛拍着她的背，说道："祝一切都好。"

张骄骄任凭林绛揽着，一直没什么动静，等林绛松开后，又定定地看着林绛："林绛姐，你知道沈宴喜欢你吗？"

林绛呆住了，明明是最简单不过的中文，但组合在一起，却让她皱起了眉头："你是不是有什么误会？"

张骄骄笑而不语，耸耸肩，向林绛摆手告别。

看着女孩的背影，林绛恍然想起四年前的一个午后——

她辞职那天，张俊涛曾叫住她，想“叮嘱”她一些“小事”。而张骄骄恰好来找张俊涛，她记得很清楚，那天女孩穿的是嫩鹅黄色的裙子。

正是因为那个女孩的出现，令林绛免于遭受更多的羞辱。

林绛一直都记着，今后也不会忘。

那年生日，沈宴送给林绛一块绿色的表，他说那意味着时间。

时间极美，就在于它必然的流逝。

我们每个人都在掐着点过日子，在不同的时间上标上刻度，然后一点一点地转到下一个节点，再一个节点，不停画着圆。

而每到一个节点，就注定要迎来送往。

张骄骄走了，沈宴在次年春天飞往日本，临走前林绛单独去送他。

沈宴问道：“林绛，什么是爱啊？”

林绛想了想：“当有人问这个问题时，想到的第一个人就是爱吧。”

沈宴思忖了一下，旋即露出了个无比眷恋温柔的笑：“那我这次去找她，是对的。”

那一刻，林绛觉得从前那个满是能量的沈宴回来了，于是她说道：“祝你幸福。”

而成明昊，则在沈宴之前就飞往大洋彼岸。

林绛问：“非走不可？”

成明昊说：“要么衣锦还乡，要么啊，客死他乡。”

成明昊在写给江为风的新年寄语里说：【我想拍关于美国西部的电影，我觉得我能成功。你呢？】

江为风因为想这个问题，不知道抽了多少包的烟，就像几年前刚毕业那会儿，他纠结是依附大平台，还是自己创业。

当年他选了后者。

如今，还是一样。

在春暖花开的时候，他终于打点好，准备开始新一轮的挑战。

年初的时候，“听见”曾经带过林绛的小编又私聊她，问她能不能重新回来。

林绛和江为风商量了一下，还是决定自己做自媒体。

但是先不急，因为啊，她最近正学做羹汤。

徐名娟给餐厅林厨涨了工资，要他一周抽出两个小时教教林绛，林绛潜心学了一个月，才敢把炖好的罗宋汤端上桌。

结果，江为风满心欢喜地一尝，当场吐了出来，一点面子都没给她。

林绛不信，舀了一口喝，脸色也垮了，最后很艰难才咽下去。

“我不记得我有放那么多盐啊。”林绛皱眉。

江为风眸色一沉：“你不记得的事儿多着呢。”

林绛问：“有吗？”

江为风却不再接话了，岔开话题道：“我饿着呢，你说怎么办？”

“我这就叫外卖。”林绛忙去料理台拿手机。

谁知刚走没两步，她就被人从后面抱起来，压在了桌子上：“我现在就要吃。”

“我现在就去给你订。”林绛推他。

他却低头咬了口她的耳垂：“麻烦，这不就有现成的？”

林绛这才反应过来，顿时窘得满脸通红。

温存过后，林绛问他：“你工作室，为什么叫那个名字？”

江为风绕着她的头发笑，明知故问：“哪个名字？”

“就……38.6℃啊。”林绛说得很轻，不想让听到的人知道她在意。

可江为风闻言就笑了：“明知故问。”

林绛心扑通扑通的：“你听过电台了？”

“一期不落，”江为风喃喃，“不过这名字不是因为电台。”

林绛脑子转不过来：“什么意思？”

“你知道，”江为风哼笑，从床上起身去扳她的肩膀，给了她一个吻，“我也什么都知道。”

林绛的心都化了：“你……”

江为风自认从未比这更真心。

他自认自己从不轻易承诺，但一旦认定就是一生。

他愿意做她的掩护，也愿意做她的草原和她身后的桃花源。

【66】

江为风求婚是在 2019 年的春天。

那天是 38.6℃创办一周年的日子。

本来江为风是打算在聚会上说的，谁知道中途顾翔掏出戒指先跪下了，磕磕巴巴对王佳倩好一通表白。

实在不好喧宾夺主。

回家的路上，江为风满心琢磨着怎么把戒指送出去。

而林绛一直在笑，拉着他聊东聊西，说王佳倩和顾翔的良缘来之不易。

杂七杂八说了一堆话，她才问出自己想问的："刚刚我看顾翔对倩倩表白，忽然想起以前程云川对你表白了。"

江为风满心都是戒指还送不送和怎么送，于是敷衍扯了个笑："记不清了。"

林绛撇嘴表示不信："你不知道，其实我喜欢你这件事，程云川早就知道了。"

江为风闻言没什么表情地点了点头，转动方向盘，左转弯进入另一个街区。

林绛伸手拉了拉他的袖子："我还以为这世界上，除了我就只有她一个人知道我对你的心思，可那天你说，你早就知道，那为什么不早点对我说？"

江为风闻言，一不小心就晃了个神。

"先带你去个地方。"

几分钟后，车子停在三中西校的操场旁。

林绛看着熟悉的操场，愣了愣才问："都是围栏，怎么进去？"

江为风停好车子，伸手去牵她。

林绛老老实实跟着他走，往前走了六七米，拨开灌木丛，居然有个小门。

"运动员专用门，平时我们都从这儿走，我还配过这门的钥匙。"

林绛乐了，像爱丽丝第一次到达异世界那样，露出好奇、惊喜的神色。

那是三月中旬，料峭春风吹酒醒。

江为风手牵着她从小门进入操场，昏暗灯光下，依稀看到红色跑道上有三两个人在慢走，估计是趁着晚自习跑出来透气的学生。

然后，江为风和林绛二人悄悄地跟在他们后边，不紧不慢地走着。

江为风问道："冷吗？"

林绛紧了紧自己灯芯绒的小外套："不冷。"

然后，江为风笑了笑，把自己的外套脱下给她穿。

林绛看了眼他单薄的衬衣，制止了他的动作，揽紧了他的手臂："暖着呢。"

江为风握了握她的手，比自己的热，于是没坚持。

他掏出手机，递给林绛一只耳机，同一根线牵引着他们，让他们听完一首又一首相同的歌。

随后两个人都没再讲话了。

此时无声胜有声。

也不知道绕了几圈，怎么绕的，最后两个人并肩在涂鸦墙前停下。

林绛看到墙面忍不住笑，又跑到距离更近的地方，指着正中央偏下方画的樱桃小丸子给江为风看：“你看这个，居然还在呢。”

江为风见林绛笑，就也想笑：“这……画得果然很像中学生水平。”

林绛闻言便撇撇嘴，嗔道：“我看着画得挺好的呀，你不知道这是当年李凯画的李娜，体育生画成这样还不错吧，多可爱。”

江为风握着戒指盒的右手紧了紧，旋即伸出左手，上前拉住她，带她往墙右边走，不断在墙面上寻着什么。

晚上光线暗，找了一会儿似乎是没找到，他皱着眉开了手机手电筒，又仔仔细细找了一遍，然后视线定格在一点，笑了：“你看这个，居然也还在呢。”

林绛抽出被他紧握的手，绕到另一边凑近了看，江为风手机的光刺眼，以至于她眨了眨眼才确定上面的文字——【林绛，高考顺利。】

然后，她呼吸一滞，眼眶马上红了。

她眼里噙着盈盈水光，冲他莞尔一笑：“你写的？”

“你说呢？”江为风得意地挑挑眉，“字有点丑，没发挥出我的水平。”

谁让那天太急了。

最后那节体育课，班里不少女生都围在这儿写高考祝愿，石头那帮人就在一旁嘻嘻哈哈调侃，最后被学委带头追着打。

他就是在那时候不知道怎么生出了念头，捡起地上砖红色的石子，把这句话，一笔一画刻在墙上。

林绛顿时心软得一塌糊涂。

她走近两步，低头拉住他的手，问道：“你还没回答我之前的问题。”

江为风望着她，眼底情绪翻滚：“那时候我太浑了。”

“嗯？”

“我怕我给不了你一个好结局。”

忽而此刻，万千尘嚣瞬间归静。

月光盈盈落下来，照得人面庞柔和，又是一个春风沉醉的夜晚。

很多事，只有月亮知道。

林绛淡淡地说：“其实我去找过你。”

大二上学期放寒假早，林绛回家之前先拎着箱子奔赴江为风大学所在的城市，就像一个浑身装满风月的人，带着一身霜，奔赴山海。

然而奔波多时，最后也不过是在他的校园里走了走。

再无其他，却已经心满意足。

江为风眼底盛满了她看不懂的情绪，他淡淡笑着，爱怜地把她被风吹乱的头发拂了拂：“我也找过你。”

而且不止一次。

Z传食堂二楼的黄焖鸡米饭比一楼好吃、女生宿舍楼下种了一排丁香花、教学楼离操场有点远……这些，他都知道。

但，没一次碰见过他想见的人。

可那又怎样。江为风低头看着面前的女人，岁月都变老了那么一点儿，可她还没有变。

人间枝头，各自乘流，好在相爱的人殊途同归。

江为风又握了握口袋里那个四四方方的盒子，刚想拿出来——

“你们是哪个班的？”

忽然有手电筒的光照射过来，思绪被突然打断。

江为风和林绛同时转过头，拿手挡住刺眼的光，往光源处看，等人走近了才发现原来是熟人。

岁月催人，校工老了一些，头发花白，眼睛似乎也有点花，眯着眼睛朝他们这边来。

离得近了，校工才又问：“你们在这儿闲逛什么？”

口齿也不算清晰。

林绛忙说：“我们这就走。”

校工好像是没听到林绛讲话，弯着腰走近了几步，又打量了江为风两眼：“你是什么人啊？没事到学校来干吗？再不走我叫保安了。”然后又转身对着林绛，“姑娘，你是哪个班的？”

林绛闻言，差点没憋住笑。

果然，再看江为风，一脸无语，毫不服气。

这边校工还在念叨：“别的娃娃都在屋里学习，你们这样影响多不好……”

好在这时候打起了下课铃。

最后还是林绛拽着江为风的衣角从北门逃走。

他们跑的时候衣角生风，丝毫没注意有个四四方方的小盒子从江为风的上衣口袋掉了出来。

那会儿才刚放学，门口只有三三两两的学生背着鼓鼓的书包出来，江为风牵着她，显得特另类扎眼，就像学生时代不服管束的男同学，大剌剌地牵着小女友招摇过市。

走到门口的时候，江为风却忽然停住，他紧张地摸了摸上衣口袋，而后脸色微变。

他松开林绛的手，神色慌张：“我要回去一趟。”

他想好了，没什么时间比“现在”更合适。

饶是再好的黄道吉日，都抵不过。

“怎么了？我和你一起。”林绛脱口而出。

江为风低头在她眉心吻了下：“我很快回来。”

林绛便真的乖乖站在原地等他。

恰好徐名娟打电话过来，说外公去南山玩，钓了好些鱼来，要她叫上江为风明天回家吃饭。

还没说几句呢，林伟就抢过电话：“闺女啊，后天我出差，明天你一定回来哈。你爷爷钓的鱼真不赖，等你来了，我给你做鸡汁鱼汤吃。”

林伟说着还激动起来：“你是不知道，在锅里倒进上汤，煮沸后下拌好的鱼肉切片，还有火腿丝和蘑菇片，最后煮好盛出来，再沏上一杯龙井茶，吃之前将茶倒入汤中，那叫一个香。”讲到这里，林伟忽然压低声音，“啧啧，不来可是吃亏了，你妈啊当年就是馋这口，才……”

听筒里忽然传来徐名娟的一声吼，林伟急忙解释。

惹得林绛直笑。

关于徐名娟和林伟的往事，林绛从前隐隐约约听徐名娟透露过一些给她，但始终未能得知全貌，想来也是一段可以暖着酒，边喝边静静听完的故事。

林绛想起来，就觉得心里有暖流划过。

而就这么一通电话的工夫，林绛想江为风了。

可往门口看了看，他还没回来。

路旁有穿着校服、素面朝天的小姑娘站在她不远处等人。

过了一会儿，其他几个姑娘的家长都来接了，只剩下最后一个女生没有走，那女生腼腆地对林绛一笑，问她：“姐姐，你也等人吗？”

林绛闻言抬起头，透过那小姑娘的侧脸，看向她身后——他正背着手，一步步朝她款款走过来。

林绛忽然想起一首老歌：

流水它带走光阴的故事
改变了一个人
就在那多愁善感
而初次等待的青春……

你看啊，光阴流水。

此时此刻，在这世界上，有孩童刚刚出生，有少女刚经历初潮，有老人刚阖上双眼。

人们生长着，死亡着，也经历着，感受着。

有些地方狂欢聚会，有些地方战火纷飞；有人围炉夜话，有人颠沛流离；有人得到一个吻，有人得到一滴泪。

人世百态，各有活法。

林绛庆幸，她十七岁时喜欢的男孩心里也有她。

爱情有厚爱她。

于是，林绛对上女孩身后的那双眼睛，笑着回答：“等风。”

- 正文完 -

# 番外一 / 过去 未来

她说她叫张骄骄。

沈宴闻言点了点头，定定看着她，说道：“是挺娇。”

她勾了勾唇，轻呵了一声：“是骄傲的骄。”

娇俏，桀骜，又光芒万丈。

随后，她问：“你是沈宴？”

见沈宴点头，张骄骄便叹了口气：“我哥说你挺老实一人，可我听你讲话，怎么觉得不像？”

沈宴愣住了。

张骄骄笑了：“我哥和我打赌，说我铁定看得上你，但就是拿不下你。”

沈宴嘴角抽了抽。

张骄骄也不管他答不答，只顾接着说：“可我觉得他输了。”

沈宴抬眸，眼底有一团雾似的：“为什么？”

“终于有点反应啦？”张骄骄拨了拨垂在胸前的头发，“因为啊——”

她故作神秘地朝前倾了倾身子：“他前半句说对了，我看上你了，对，就是一见钟情。”

张骄骄笑意盈盈。

沈宴太阳穴突然跳个不停。

“我张骄骄从不单恋，我看上的人，必须心里有我。”

她笑得像窗外刺眼的太阳，透过彩釉玻璃照进来，不讲理地泼了沈宴满身。

故事就是这样开始的。

说实话，刚开始的时候，沈宴挺烦张骄骄的。

张骄骄自以为是的自信，没眼力见地叨扰他。

这些都远不如林绛。

青梅竹马无嫌猜，林绛总是能猜中他的情绪，从而在他情绪变化的前一秒做出反应。林绛也骄傲，但她的骄傲不聒噪，是一种沉下来的力量。

可张骄骄不。

她特喜欢那些无聊的冷笑话。

有一次她问："你知道吗，世上只有两种人不会游泳。"

沈宴问道："谁？"

张娇娇笑了笑："你妈和我。"

沈宴瞬间反应过来，看她眼巴巴地望着自己，但那又怎么样，他只可能救妈妈。

她总是会在夜里两点打电话问他要不要去蹦野迪；会在他开会的时候打他的电话说"宝贝哥哥我想你"；她还喜欢往他身上喷些乱七八糟的香水，说相爱的人必须气味相投。

最过分是有一次，她在他公司聚餐的时候突然找上门，没羞没臊地揽着他的肩膀秀恩爱，事后他甚至不能生气，因为她又要缠着他问"我对你这么上心，是不是很感动"。

沈宴不仅不感动，还特别想骂脏话。

但又能怎么样呢？

都是他自找的。

如果不是为了林绛，沈宴敢保证，自己绝没有这样的好脾气。

可要说这丫头真没一点优点也不至于。

不然为什么会在吃他做的方便面时，感动得脚指头都蜷缩在一起，两腮鼓鼓地笑？

李静说过，对食物保持热情的女孩子，内心总是装着更多的光。

还有那次，他得知林绛和江为风在一起之后，和自己伙计去喝酒，回来的时候已经夜里两点，却发现她站在门口一直在等自己。

沈宴当时愣了，可反应过来之后是巨大的烦躁，她等了五个小时都没生气，他倒是骂起她来了。

可她很奇怪啊，他骂得那么凶，她也只是敛眸咬咬唇，随后从他外套里掏出他的钥匙把他扶进屋。

那夜他挺能折腾的，又是吐又是哭又是胃痛，她居然照顾了他一夜。

不是说好了十指不沾阳春水吗？

然后第二天，当他还因为酒精的后劲而头痛欲裂的时候，她又拉着他去她的秘密基地。

就是那个破旧的轮胎厂。

在那里，她话痨的毛病又犯了。

她说当年妈妈是怎么去世的，爸爸又是怎么辛苦把她带大的，情到浓时，还有点哽咽。

可沈宴没什么反应，他听到“张俊涛”三个字就想起林绛心里的苦，林绛心里苦，他也苦。

然后，她好像是发觉他情绪不高似的，转头问他：“沈宴，你会脸红吗？”

然后在他还未反应过来的时候，她赖皮地吻上来。

沈宴现在想想，都还能回忆起当时自己僵硬得像块石头，但偏偏也记得清楚，他的心跳有多快。

有时候沈宴甚至怀疑她是不是故意在折腾自己。

不然为什么他一边嫌弃她，一边又不忍心凶她？

是因为他的“任务”，所以必须要伪装，要对她好吗？

但既然如此，为什么他每天都担心手机里忽然冒出她的信息？只要超过半个小时没她的动静，就要频繁点开手机，再点开微信找到她的头像，看看那页没变化的聊天记录，再去确认她有没有更新的朋友圈呢？

张骄骄问过他为什么从不秀恩爱，也从不给她点赞。

沈宴说：“幼稚。”

张骄骄闻言就盯着他笑。

张骄骄长得有种“病娇美”，每当她这么笑的时候，沈宴都觉得头皮发麻。

后来，她得知自己是为了张俊涛才接近她的时候，她也这么笑，看着他，问他玩够了没有。

沈宴明明不该有什么负罪感的，毕竟在事情开始之前，他就已经给自己太多心理建设了。

可当她流泪的时候，沈宴的心也湿了。

沈宴从小到大都是正直的、蓬勃的，像一棵永远挺拔向上的树一样。

可张骄骄似乎是他意外生出的旁枝，任由它壮大，而后成为了身体的一部分。

后来，她问他：“你爱过我吗？”

沈宴答不出来。

可她远比他光明磊落，她说：“我爱你，沈宴。”

沈宴说不出一句话来，甚至连张张嘴都很艰难。

她一直断断续续地说：

“我从一开始就看上你了，因为你不老实，越是正经的人，越是不老实。

“我不怪你，沈宴，我觉得更爱你了。

“沈宴，我看上的就是你的纯。

“这年头，还有人会处心积虑地故意接近一个人，你不觉得这真的很纯吗？”

沈宴落荒而逃。

他从没有这样狼狈过。

她的三言两语，已经是生命里不可承受之重。

如果可以把痛分级，于他而言，最轻程度的痛苦是困，而最痛苦的是看张骄骄笑着哭。

沈宴意识到这一点的时候，就知道他好像爱上她了。

然后他去找她。

在去的那天，林绛来送他，两个人没说多余的话。但在飞机上，他给林绛写了一封简短的信。

信的开头是这样的：

【林绛，我必须告诉你，我爱过你。

因为此时此刻，我已经不爱你……】

日本有座富士山，陈奕迅有一首《富士山下》，沈宴第一次听林绛唱歌就是听的这一首，她唱粤语歌很好听，可沈宴喜欢的是《七友》。

张骄骄喜欢的从不是这种欲语还休的粤语歌。

她喜欢蹦迪，她就是有那种又纯又欲的气质，让沈宴欲罢不能。

见到她不是难事。

沈宴和张骄骄表哥在大学时认识，一直有联系，当沈宴问他要张骄骄联系方式的时候，他说：“这次如果不是好结局，你等着！”

“你等着”这三个字，没什么威慑力。

但沈宴还是郑重地承诺了：“我不会再伤害她。”

因为他爱她。

当沈宴这么对张骄骄说的时候，她哭了，又笑了，然后打了他一巴掌，说道：“滚。”

沈宴哪里肯呢？都已经抛下一切过来了，说什么也得问问她——

“那你还爱我吗？”

张骄骄原本是背过身的，闻言肩膀明显僵了一下，随后转过头，对他破口大骂：“你猪啊？不然我哭什么哭啊？你说呢？”

沈宴觉得如果这时候还不吻她，就太不是男人了。

然后，他抱住她，把他此生最娴熟的吻技献给她。

娴熟，自然是因为真情流露，既然真情流露，必然不满足于一个吻。

后来一夜旖旎。

事后，他看着张骄骄的脸，怎么都看不够似的。

张骄骄这样一个大胆的人，也经不住他这么盯，于是捂脸不敢看他。

沈宴笑着问：“你会脸红吗？”

张骄骄闻言便笑了。

原来会脸红的，不止他一个啊。

附信：

TO 林绛：

林绛，我必须告诉你，我爱过你。

因为此时此刻，我已经不爱你了。

现在我正飞往另一个国家，那里有我的爱情，在离别之前，你对我说，要幸福。

其实这也是我想对你讲的。

林绛，或许暗恋算不上爱情，但我还是把你当成我的初恋。

你还记得吗？咱们小时候一起偷吃冰激凌，因为怕被发现，躲在娟姨的衣橱里，结果冰激凌融化，滴得到处都是，我们又用娟姨的衣服擦，到最后竟是越弄越乱，我立刻就哭了出来。

你怕我哭，可手上又拿着冰激凌，就拿嘴巴堵我，就在你嘴巴碰到我嘴唇的那刻，娟姨和我妈循着声找到了我们。

打开柜子，娟姨立刻惊声尖叫。

不知道是可惜她抹满冰激凌的香奈儿连衣裙，还是因为看到两个接吻的小鬼。

也是那次，我妈说：“你亲了人家小姑娘，可要娶人家。”

那时候我以为我妈说“娶你”的意思是可以天天在一起。

我在一个星期六的早晨，穿上西装皮鞋，打好我的小领结，去找你，为了更有仪式感一些，我在进门等你的时候，偷偷拿了你家餐桌花瓶上的一枝玫瑰花。

我问你愿不愿意嫁给我，你穿着睡衣，揉了揉眼睛，还想了想才说可以。

然后你又说光有玫瑰花还不够，还得有戒指，电视里都是这么演的。

可是我没有戒指啊，于是我又从你家冰箱拿了一罐雪碧，把它打开，易拉罐拉环给了你，雪碧我都喝光啦。

现在想想，小时候真幼稚。

可是，也真好啊。

后来咱们渐渐大了，课业的繁忙让我们彼此没有小时候那么亲密，你也早就不是那个有男孩扯你辫子就告状让我去打的小女孩了。

你有更多的心事，也有更适合倾诉的朋友。

而我能做到的，也不过是好好学习。

我爸说，男人只有有本事，才能给自己爱的人一个好的未来。

然后我废寝忘食，努力拔尖。

高中最难的时候，我也会在桌子上贴标语，而我所设立的每个目标都有你，我幻想的每个未来里也都有你。

现在想想，我要谢谢你。

因为你，我才想要成为一个更好的人。

好的爱，真的会使人变成一个更好的人。

说实话，在我知道你和江为风在一起之后，我特别难受，那种难受倒不在于“你再也不会和我有可能”，而是我突然不适应不能再爱你的感觉，因为这么多年了，默默喜欢你已经成为我做得最久的一件事，已经成为我的习惯。

那天，我去喝了很多酒，还第一次耍酒疯了呢。

很傻吧，哈哈，但我知道你不会笑我，甚至，或许你看到这里的时候已经哭了。

林绛，不要哭。

就像歌词里唱的那样，爱过你我不后悔，我尊重故事结尾。

林绛，此刻我正在远行。

我决心跟你坦白，这个决定让我现在的内心平静无比。

我知道，只有对你说出这一切，我和你之间才算画上句号，我才能清清白白、坦坦荡荡地去爱骄骄。

而对你说出这一切，也是我替曾经的沈宴，唯一能做的一件事。

我还记得高考之后的暑假，有一天我们一起去吃火锅，吃完之后我去推车子，你在店门口的阴凉处等我。

后来我骑着车子过来，让你上车，叫你好几声你都没应。我循着你目光看过去，江为风正和石头站在路对面的台球馆门口。

你的目光里有一种深深的遗憾和无力感，当时我没读懂你的情绪，甚至直白地问你："那不是江为风吗？你怎么盯着他看？"

你当时像忽然被惊吓到的兔子，回过神后忙说："我就是在发呆，你不说我都没注意到江为风在那儿。"

我当时居然信了。

可现在回忆起来，你看向他的眼神和我看向你的眼神，是多么像。

林绛，如果我猜得没错，江为风确实是你喜欢多年的人。

那么，既然现在走到了一起，就好好珍惜。

我想他会对你好，如果没有，我依然会像小时候那样为你出头。

林绛，不说了。

最后郑重地祝你幸福。

沈宴

# 番外二 /
## 风的自白

她说她叫林绛，杨绛的绛，绛红色的绛。

她的解释完全多余。

不知道为什么，我第一次听她念她自己名字时，就觉得她就该是那个“绛”。

说实在的，记住她完全是因为她长得好看。

那天夜色不算深，沈宴介绍她的时候我对上她的脸，当时我就想，怎么会有人这么白，像月光的白。

有一种让人不忍心接近的感觉。

所以后来，我就把她“忘了”。

直到监竟宇那事之前，如果不是谁特意提起她，我真的已经完全忽略生命里还有个这样的女孩，曾与我擦肩而过。

那天黄昏，霞光把天空染成不同的红色，可没有任何一抹红，抵得过她为我挡住伤害时流的血色。

当时我是什么心情呢?

想不起来了。

但那抹红我一直记得。

后来，我和赵思意闹掰，她来找我时哭得梨花带雨。

说实在的，我很烦。

女孩缠起人来都一个样，她来找我，每说一句我就难受一下，每掉一滴眼泪我就厌烦一分。

事实证明，男生要是看不惯谁了，女生再低三下四也没用。

在她哭得最痛的时候，我转身下楼。

谁知道，一下子就撞上林绛了。

该怎么形容当时林绛那眼神呢，我词汇量贫乏，如果非要说一个，我大概会用那天的雨来比喻。

那天的雨真有股子忧郁气质。

后来，林绛频繁地出入于我的生活里。

那天翔子生日，她也来了，然后她唱了首粤语歌，那首歌后来也成为我第一首学会的粤语歌。

我觉得杨千嬅唱得都没她好听，而且不止我一个人这么认为。

那段时间，成明昊天天都单曲循环《少女的祈祷》，一有空就会念叨林绛。

成明昊说：“林绛长得好看，最主要是干净。我好喜欢林绛啊。”

“你说林绛会不会也喜欢我？”

原来少男也怀春。

我烦他的念叨，却好像被他洗脑一样，好像哪里都能见到她。

那天，我和几个哥们儿路过学校的时候，正巧看见沈宴带她从校门出来，她坐在沈宴后座上，抻着脖子同沈宴讲话，不知道说了什么，笑得看不见眼睛。

后来也总是遇见她。

我在天台偷偷抽烟，见她背着书包从班里走出来，一阵风吹起了她的裙子，露出细长的小腿，从那天之后她很少穿裙装。

还有那天，七班的小子找事，特幼稚地当面叫石头是肥猪，我和一帮兄弟过去和他“谈谈心”，正巧见她从打印店出来，她远远看见我了，定定站了一会儿，然后拐弯走了另一条路回学校。

我后来骂成明昊，能不能别老林绛林绛地叫，没出息。

彼时成明昊好像真的意识到自己碰壁了，抱着酒瓶叹气，问道：“你说林绛是不是真喜欢沈宴？”

我哪儿知道？

正因如此，为了兄弟少受点相思苦，我才去留意。

可留意到的都是些什么？

是她每天让沈宴带着上下学，还是沈宴脱下外套给她穿？

是她在球场被人问谁会赢的时候笃定选沈宴，还是她对沈宴毫无防备地笑?

细节是骗不了人的，她和他青梅竹马，两小无猜。

不然，为什么所有人都说沈宴和林绛真配?

不然，为什么当有人喊林绛“嫂子”时，沈宴从不解释?

然后，我开始对她没什么好感了。

可那时候毕竟年纪小，很多年以后我才知道，很多男孩的喜欢，都是从没好感开始的。

跨年夜那天，我把林绛惹哭了。

后来我心情也不好，和兄弟们约去光明广场玩滑板。可是当天广场有烟花秀，人越来越多，我们不得不提前回家，就在我挤开人群的时候，我远远看到了她。

她站在人群中，仰头看烟花，没一会儿又双手合十，虔诚许愿。

那一刻，我觉得好像世界上所有的嘈杂都不见了。

天地之间只有她一个人。

然后，我开始后悔自己刚刚对她的冷嘲热讽，因为她看起来好像根本没那么……坏。

我喜欢林绛，这件事谁也不知道，包括我自己。

这大概是世界上最愚蠢的行为。

因此当我看到郑姨手机上她的 QQ 号 ID 时，无异于天崩地裂。

天塌地陷、移山倒海、天崩地裂、天翻地覆、震大动地……这些词全都砸在我脸上。

这是青春抽我的巴掌。

而得知真相的那一刻，我的青春至此终结。

后来的几年，我的生活里，再也无关风月。

我的烟瘾更重了，其实是因为心瘾大。

我多想去找她。

我想亲亲她，告诉她我也看上她了！她可能会哭吧?

可我只敢做第一步。

去找她。

到她上学的城市，看看她宿舍楼下的丁香花，吃 10 块钱一份的黄焖鸡，再坐在操场的站台上看天。

没遇见她，但似乎也不为遇见她。

说实话，只有我自己知道，我身体里长着一些不稳定因子。

我统称它们为——没安全感。

没安全感，所以从东校转学到西校，这样就不用触景生情；没安全感，所以得知林绛可能喜欢沈宴时，第一反应是逃避和不在意，这样就不用接受她的目光从未流连于我身上的落寞感；没安全感，所以不敢在得知一切时，不管不顾地去找她。

你知道吗？

爱情有时候不仅仅代表勇气，还代表退缩。

就像我曾经看过的一本我忘记名字的书里面写的：【真爱的征兆在女孩身上是大胆，在男孩身上是胆怯。】

我江为风居然也有怕的时候啊？

我怕给不了她一个好未来。

那时候我太浑了。

人们只知道，浪子回头金不换，却不知道浪子回头有多难。

今天我得知林绛回国。

七年了，我和她一面未见，仅有的联系也不过是她装腔作势的“群发问候”。

我抽了一包烟，想了一夜。

我不该再等了，对吗？

什么叫成功？永远有比我更优秀的男人，即使我给不了她世上最好的东西，但能给她世上最好的爱。

多少年了，我才想通：

如果一个男人真的爱一个女人，那么即使当下一无所有，也会拼命给她创造一个好的未来，给她一个好结局。

因为真正爱一个人，怎么能眼睁睁看她选择别的人？

我做不到，我永远做不到祝她遇到一个更好的人，因为我就要做最好的那个人。

此刻是清晨五点钟，远方天际泛起鱼肚白。

我想去找她。

我必须去找她。

我欠她一个结局未给。
而她欠我一个故事未讲。
我想听她从头说。

# 番外三 / 38.6℃

林荫路的树影下，阳光透过梧桐的叶子照射在地上，仿佛将地板烫出了无数个小洞，风吹过来，暑热似浪潮，一股股往身上涌来。

路口有卖雪糕的，江为风一行人停下来，一人买了一根老冰棍，加起来才五块钱。

刚咬上一口，口袋里传来一阵嗡嗡的振动。

江为风看清来电，含混不清问了声："找你爹干吗？"

石头激动得舌头打结："你先别说话！听歌！"

听筒那边传来一阵遥远的广播声："只能像一朵向日葵，在夜里默默地坚持……"

江为风将手机拿远了一些看了一眼，又皱眉拿回来："什么意思？"

"有人给你点歌！"石头说。

江为风微愣，很快哼笑了一声，慢条斯理舔了舔雪糕，问道："谁啊？"

"38.6℃，"石头说，又补充，"匿名。"

江为风默念了一声那名字，没怎么上心："知道了。"

紧接着就把电话挂了。

他下午上课后到高新区帮兄弟站了下街，最后架没打起来，事儿说开了他也就回了。

他到学校的时候刚上晚自习没多久，校园里每个角落都是静悄悄的，他上了楼，从后门进教室，一坐下石头就砸了张字条过来。

【广播词是：希望他能永远像风一样自由。】

江为风愣了愣，小声说："小女生。"随手将字条捏成一团，扔进桌洞里，趴下睡觉。

下课的时候，赵思意来找他，支支吾吾半天。

他困得难受，干脆直说：“我不知道 38.6℃是谁，也没兴趣知道。”

赵思意佯装听不懂他在说什么，可眼底是浮着笑的，对他说：“今天我妈有事不回家，放学一起走吧？”

江为风不甚在意地笑笑：“行啊，难得你闲一回。”

晚上放学，赵思意想去广场逛夜市。江为风陪她过去，陪她套圈打气球，又吃了许多臭豆腐、烤面筋之类的小食，玩到夜里快十二点还精神十足。

到最后把他累得睁不开眼，第二天上课，江为风全程在打瞌睡，睡得正迷糊时，听到周围有同学在讨论事情。

“看见林绛那腿了吗，又细又直又长。”

“就是，人家是咋长的啊。”

“她裙子也好看，蓝色百褶裙……”

江为风从桌洞掏出耳机戴上，转了个身，接着睡。

晚上放学，郑萍来接他。

坐上车没多久，他看到路边一抹清丽的颜色——淡淡的蓝，像盛夏的天空。

她手里拿着栗子，剥了一个伸手给旁边的男生。那男生他也认识，叫沈宴。她递栗子过去，沈宴低头去含，正好旁边有汽车在按喇叭，一不注意，她手上的栗子掉了。

想起来了，她叫林绛。

她身上的蓝色百褶裙，让他想起一句歌词——

栀子花白花瓣，落在我蓝色百褶裙上。

淡淡的思绪很快消散，郑萍在同他说话，他无聊应着，在手机上飞快打字。

石头说：【明天下午。】

他回道：【不用带太多人，找两个靠谱的兄弟就行。】

第二天黄昏时，江为风一行人在新华书店找到了蓝竟宇，把他“请”到巷子里，还没动手，居然来了两个“不速之客”。

女生扎高马尾，穿着三中的校裤，上衣是一件露锁骨的圆领紧身白衫，勾勒出她纤细玲珑的身型。

两个女生到了，大家叽叽喳喳说了些话，然后石头忽然问：“咦？你不是 15 班的林绛吗？”

石头那眼神在林绛身上转呀转的，江为风看了直想踹他。

林绛倒是很腼腆的，讲话轻轻的，像柳叶拂过水面。

江为风见他们寒暄，便掏手机看。

忽然有人小声问了句："咱们不走吗？"

江为风愣了一下，寻声瞥了眼林绛，她低头没动。

王佳倩过来拍了拍她的肩说："行啊，咱俩先回去。"

她慢慢抬头，却不是看王佳倩，而是正对上他的脸："你们不走吗？"

看着小姑娘担惊受怕的样子，江为风忽然觉得她就像一枝任人摧折的柳条，有点意思，索性顺了她的意，说道："行啊。"

谁知刚走没几步，林绛忽然冲出来挡住他，下一秒，她就侧摔在地上。

江为风心里有什么轰然塌陷了一点。

她受了伤，江为风送她去诊所。

一路上她都很安静，这种安静很合时宜，随后他还送她回家。

路上，他接到赵思意的电话，不知她问了什么，他敷衍地答着，挂了电话，想不起自己说过什么。

挂了电话之后，他问林绛："你是哪个字？"

她的回答有点意思："杨绛的绛……绞丝旁那个绛，绛红色的意思。"

他看她那样子，觉得好笑，又蓦然看到她身上的伤痕，眼色暗下来，做了回好人，提醒她："你朋友说得对，下次遇这种事之前多想想，先看看自己能不能承受后果，万一别人能应对，你冲出来伤着自己了多不好。"

她回了几句客气话，下车后飞快地跑走了。

他再看她小区门口，发现有人在等她，是沈宴。

明白了她等不及要下车的原因。

他静静地看了他们几秒，对司机师傅说："去绿岛。"

再见面是在老师办公室。

蓝竟宇倒打一耙找上了学校，林绛是现场目击者之一，被老师叫到办公室。

她来的时候，他有点蒙，只是一瞬，旋即便被一股难以名状的心情掩盖。

他见她惶然站在那儿，不断绞着手指头，面色白白的，弱小得如一株孱弱的花。江为风双眸渐深，心想，她看着就胆小，肯定吓坏了，可吓坏了倒是其次，要是不会说话，给他添乱可怎么好。

刚开始的问话，蓝竟宇父母攻击性很强，一个红脸一个白脸。

江为风淡淡看着，对林绛的表现没有什么期待。

可谁知接下来的对峙，她完全出乎他的意料。

她条理清晰，思维敏捷，面对大人们的威逼利诱完全不为所动。

面对她，他忽然变得可鄙。

她底气十足的样子像是在法庭上的女律师，将江为风的嫌疑瞬间洗脱到最小。

反观赵思意才是怕极了的那个。

江为风并非不理解赵思意的胆怯，也深知他没权利要求别人为他做什么，可这件事发生之后，他知道他再也无法和赵思意当朋友，因为他们从来都不是一样的人。

之后，赵思意来纠缠过他，他记得很清楚，那天下了雨，广播里在放《下雨天》，歌声被雨声冲小了不少。

他很烦赵思意的这种纠缠，推拉了几下，他跑下楼，没想到正对上一个人。

他心一跳，见林绛头发塌在脸上，浑身是水，像一只湿漉漉的小鹿。

愣了一秒，他没多想，就接着下楼走了。

接下来江为风过得很平静。

国庆的时候他和顾翔见面，顾翔透过玻璃窗看到王佳倩了，拉着他过去找人。他一怔，注意到王佳倩旁边巧笑嫣然的女生。

进店聊了几句，才知道那天是她生日，他还没想好要不要说句“生日快乐”，她却忽然告辞。

他也没在意，随后他去广场滑滑板，和石头说着话，不知道怎么了，石头忽然提到那天林绛帮他的事，问道：“她是不是想和你做朋友？”

他心一跳。

从前他从来没有往这上面想过，这会儿一想起那姑娘的脸，更觉得不可能。

温室里的花和荒原上的草，本就不是一个世界的。

只是过两天，当他在晚自习打游戏的时候，石头忽然说林绛找他，他竟然一愣，弃了玩到关键的游戏，出门见人。

出门后才发现见到的人不是她，他没来由地心烦，回教室找石头算账。

石头不服：“怎么是林绛就行，是赵思意就不行？”

江为风说：“避嫌懂不懂，林绛和我又没什么关系。”

石头呸了一声：“谁信啊？”

江为风去掐石头后脖颈，认真地说：“老子对林绛一毛钱兴趣都没有。”

他没撒谎。

事实上，对林绛有意思的另有其人。

那天在KTV，林绛被起哄，便上去唱了首《少女的祈祷》。

她开始唱歌的时候，江为风出去接昊子，回来之后便见她双手拿着话筒，闭眼而唱，远远看去真的像在祷告，很虔诚的样子。

林夕的词总是动情，她唱得也动情，他看着她，觉得心里莫名淌过一阵异样，很轻，像羽毛拂过那样，却极痒。

他当时没细究这种感觉，注意力很快移到昊子身上。

原来昊子和林绛认识。

昊子在这晚见到林绛之后，几乎是瞬间就佩服得五体投地。

在成姨看管他这么严的情况下，他还能一两天来一次三中，不是给林绛送巧克力，就是给林绛送奶茶。

可人家姑娘显然不领情。

林绛身边的异性朋友不多，至少除了沈宴，江为风在学校里再没见过她与别的男生玩过。而她和沈宴偏偏还特别熟，每天一起上下学，打球的时候她还经常过来看沈宴，给沈宴送水。

不止如此，那天他和几个哥们儿路过学校的时候正巧看到沈宴带林绛从校门出来。她坐在沈宴后座上，抻着脖子同沈宴讲话，不知道说了什么，笑得看不见眼睛。

还有一次在球场上，有人调侃沈宴："林绛身上的哪一点你觉得最特别？"

大家都以为沈宴会说外表，结果他来了一句："她……馋。尤其是她吃我妈做的卤鸡爪时，一脸满足，让人看着就觉得治愈。"

话落，起哄声一片。

想到这里，江为风只想笑。

他对她的印象变得没那么好。

这是个非常突兀的转变，就像玩滑板时做的急转弯动作。

她就像一朵彩色的蘑菇，外表越好看，就越是有毒。她应该是把所有人都欺骗了，比如同人说话总是浅笑着，很有礼貌；比如她会很有心地在过节时"群发祝福"……

她太会人际交往那一套，没有攻击性，便以为她不会掠夺。

可谁说她不厉害呢，昊子被她惹得喝醉了好多次，就是最好的证明。

昊子问过江为风："为什么你总觉得她不好？"

江为风说："你靠想，我用的是看。"

这话说出口之后，他不知道为什么有点难受，他有片刻的迷茫，是啊，为什么会通过她和沈宴的关系，就否定她？

可能是了解得不够吧。

不过他也没什么接近她的想法，更没机会去了解她，因为她很快就离校去学艺体了，再见已是几个月之后。

那天是跨年夜，他按照江河的要求来到一家餐厅，无聊的饭局上说的都是些无趣的话。

他兴致不高，盘算着吃得差不多了就走，谁知道再抬头却看到了她。

见到她的第一秒，他眼前一亮，再一秒，他恍惚起来，不知道自己为什么因为她的出现而有了精神。

然后不知怎么，他就想起之前在KTV，他无意之间听到她和好友说要把昊子和沈宴同时收入囊中的话。

然后他变冷了很多，她向他问好，他回了句："不太熟。"

看她温柔的脸上泛起尴尬的神色，他恶作剧地又补充了一句："您哪位啊？"

见她慌忙离席，他嘴角泛笑，随后他也离桌，走到门口的时候嘴角紧绷。

他不知道自己刚才为什么笑，更不懂的是，现在他为什么不笑。

这感觉令人难受，有人喊他去看烟花秀，他本以为嘈杂的环境能驱散寂寞，谁知人潮越汹涌，他就越是觉得心里孤独，他从另一个维度理解了，什么叫作"结庐在人境，而无车马喧"。

挺没意思的，他转身回家，却在挤开人群的时候，远远看到了她。

她站在人群中，仰头看烟花，没一会儿又双手合十，虔诚许愿。

那一刻，他想起一个词——海市蜃楼。

他肚子里墨水少，可远远看着她的时候，他只觉得是幻觉，壮阔的幻觉。

天地之间只有她一个人。

那个时候的江为风，还完全不知道为什么自己总会被她吸引目光。

他自信于对她的感觉，以为她只不过是一个无关紧要的人，平时偶然遇到和会注意到她不过是因为昊子的关系，可平时见不到她也不会想起她，对她算不上很讨厌，但一定不能算喜欢。

她就像一个普通的女同学，毕业了就分道扬镳，几年后在街上遇见都不会回头的那种。

抱有这种想法的他，根本不知道有一颗种子，早就在某个他不曾察觉的日子里悄然埋进心里。

而当他看到郑姨手机上她的 QQ 号 ID 时，那颗种子破土而出。

从此心上荒草丛生，唯有那一朵花盛放。

他坐在南下的高铁上，倚窗看外面的天，蓝蓝的，但不深邃，挺拔的白杨树枝繁叶茂，大片的浓绿的玉米地，矮矮的山头……

万般滋味在心头。

然后他去搜百度，看到这样一段话——

当一见钟情发生的时候，人的体温会变成 38.6℃。

他翻了个身，不忍心再去看路过的风景，他到音乐平台去搜她曾经给自己点过的歌。

《孤单心事》《下雨天》《一直很安静》……

从前没有细究，现在想想，竟然全都是暗恋的歌。

他不知道在过往的岁月里，她经历过多少次张望和闪躲。

在去远方的列车上，他做了个梦。

仿佛看到高考前离校那天，她同他问好，他满脸不屑，于是她那双圆眼睛变得湿漉漉的。她一直在看着他，眼神温柔，他予以回视，却满是淡漠。

然后，她忽然笑了，对他说：“加油。”

讲完这句话，她后退两步，错过他，从他侧面径直离去。

他转身看到她的背影即将消失于视线里，想喊她别走，却发不出声音，想去拽住她，却在原地动弹不得。

最后眼睁睁见她消失于视野里。

一如曾经她无数次目送他消失于人海。

# 番外四 /
## 婚礼

2021 年 3 月 14 日，我从日本飞往青城，参加林绛的婚礼。

林绛和江为风的婚礼。

骄骄揽紧我的肩膀，问道：“伤心吗？”

我回答：“伤心。”

她拧了我一下。

我笑了：“伤心他们比我们结婚早。”

骄骄撇嘴：“他们要不是之前生小孩耽误了，估计更早呢。”

“那咱们也……”

我还没说完，她就捂住我的嘴，凶巴巴瞪了我一眼。

赶到小区，还没进林绛家门，热闹就扑面而来。

爷爷先看到我，忙喊道：“我的乖乖，一年多没见了。”

我同爷爷拥抱了一下，站在爷爷旁边的外公接着张开双臂，排队等下一个拥抱。我同老人们寒暄了几句，说我的事业和他们的身体，他们告诉我要上进，我叮嘱他们要健康。

骄骄这时忽然叫我：“快来看这小孩吃得多胖！”

娟姨忙着张罗客人，我妈比娟姨还忙，忙着照顾小孩。

我凑上前去逗他，我妈拍了我一下，嗔怪道：“你风尘仆仆的，不要离孩子太近。”又瞥了骄骄一眼，“人家林绛的娃娃都满十个月了，你们什么时候生一个，我趁着年轻，还能帮你们带。”

骄骄脸红着去里屋看新娘了，我紧跟着也过去。

林绛穿着淡紫色秀禾，大方温婉。

王佳倩挺着肚子在一旁给她摆弄头饰，却越帮越忙，最后还是骄骄过去帮忙将头饰扶正。

林绛看到骄骄，才发现我来了，冲着我笑了笑，喊道：“沈宴。”

我笑道：“新婚快乐。”

江为风打电话过来，说道：“还有十分钟到你家。”

林绛听完，喊了声：“妈，把小岛抱过来喂他吃点东西，江为风十分钟就到。”

娟姨应了声：“你静姨喂过了。”

听着他们的对话，我忽然觉得岁月真好。

没到十分钟，江为风便到了。

他长胖了一点点，显得比从前温和了不少，看林绛的目光仿佛能把她融化。

王佳倩仗着肚子大，将场子狠狠闹了一通。

江为风跪了榴梿，唱了歌，发了誓，被各种闹，最后好不容易才抱得美人归。

等到时间了，鞭炮一响，婚车发车。

娟姨抹抹眼泪，也张罗大家上车去婚礼现场。按以往的习俗，女方和男方是分开办宴席的，这次是依林绛的要求，才办到一起。

娟姨说：“我们两家本就是一家，当然要一起见证幸福。”

婚礼现场布置得很好，在露天的山庄举办，一进会场便见到处都是白玫瑰——林绛喜欢的花。

骄骄感叹：“他们日子选得好，阳历是‘爱你一生一世’，阴历是二月二龙抬头，偏偏还是周日，大家都有空，天气也晴朗，温度也舒服。”

我说：“是啊，这叫天公作美。”

举行婚礼仪式的时候，林绛换了一件大裙摆的一字肩缎面白婚纱，美得让人讲不出形容词。

林叔亲手将她交到江为风手里，司仪问父亲要说什么。

林叔声音发颤：“其实这不过是个仪式，我们早就是一家人了，我并没有把女儿送走，而是多了个儿子。”

台下掌声一片。

骄骄小声地哭了。

我知道她也想她爸爸了。

张俊涛在两年前因为顶不住压力，跳楼自杀，他没有对林绛和程云川正式地说对不起，更欠骄骄一个抱歉。

我攥紧骄骄的手，将她揽入怀中，用手掌摩挲她的肩膀，我知道此时无声胜有声。

台上的仪式还在继续。

到了播放 VCR 祝福这个环节了，第一个出场的是成明昊，他在美国紧急筹备一部公路电影，没到现场，可祝福却很有力量，“地久天长”四个字涵盖一切；其次是顾翔和王佳倩夫妇，这两个人话最多，还威胁“一个字都不许剪”，把台下的人都逗笑了；然后轮到我，我录视频那天刚打完一场官司，西装革履的，讲话也正式：“祝二位新人白头到老，百年好合。”

有点冷幽默。

视频放完，司仪邀请双方二老上台，由新人鞠躬敬茶。问到对新人的祝福时，郑萍笑得岁月静好：“日子长着呢，咱们好好过。”

说完话，父母们该下台了，江为风叫住郑萍，接过话筒，喊了声：“妈。”

郑萍刹那间泪如雨下。

江为风眼圈也红了：“妈，这是我第一次叫您妈，但在我心里，您早就是我妈了。”

林绛拿过话筒，继续说：“妈，小岛的大名叫江为屿，当初我们取名字时原本有别的备选，可为风说他是‘长风’，家里需要一个‘大地’，这也是圆您的一个念想。”

语毕，他们三个人拥抱在一起。

台下一片沉默，音响师换了个轻柔的背景音乐，有些感情就像水波，静静在空气中流淌、荡漾。

我也觉得感动，亲情的温度就像此刻的天气，那么暖却不灼烈，那么热烈，却不夸张。

接下来的环节更是将温柔发挥到极致。

新郎新娘互换戒指，诉说誓言。

江为风先来，他看向林绛，从口袋里掏出一张信纸，读信的时候手指颤抖：

“我现在经常能想到从前的你，你穿着朴素的校服，头发扎起来露出光洁的额头，看向我的时候眼睛湿漉漉的，像一只迷路的小鹿。还有那次，你闭着眼睛唱歌，孤勇的粤语歌词被你唱出了江南的哀愁，淡淡的，很快就化开，可那感觉我忘不掉。

“我从没有对你说过，高三跨年那天，我在烟花秀上遇到了你。你站在人堆里许愿，万簇烟花绽放在你的头顶，人潮紧紧包围住你，你却如此安静虔诚。如果再给我重来的机会，我会狠心地打破你的安静，问问你，你都许了什么愿望。

“那时候真好，我们真年轻。那时候你还不是谁的妻子，谁的妈妈，你只是你自己，当然，你现在也是你自己，在我这里，你永远可以做自己。我们现在也很好，尽管年长了那么一点。我们兜兜转转，还是找到了思念的人，我们很努力地工作，在热爱里奔忙，为了过上想要的人生，我们都全力以赴了，全力以赴地去爱，去忙，去感受。

“想起领证那天，我们在国旗下庄重宣誓——我们自愿结为夫妻，从今天开始，我们将共同肩负起婚姻赋予我们的责任和义务：上孝父母，下教子女，互敬互爱，互信互勉，互谅互让，相濡以沫，钟爱一生。

“那些话，就是我对你的承诺。今天，在天地万物，和神明亲友的见证下，我愿意娶你作为我的妻子，往后余生，无论是富贵还是贫穷，健康还是疾病，快乐还是忧愁，我都将爱着你、尊重你、珍惜你，矢志不渝，直到死亡把我们分开。”

我默然看着台上的他们，嘴角不自觉扯出了笑。

骄骄有点迟疑地问我：“你……什么心情？”

我拿起她的手吻了吻：“我怕到时候我说得不如他，你会生气。”

骄骄看着我，我们的视线交汇，都无声地笑了，然后我们同时转头去看台上。

江为风的信，把林绛念哭了，她无声地擦了擦眼泪，平复心情之后，她才举起话筒。

她的誓言很特别，是一首有名的诗——

“我如果爱你，绝不像攀援的凌霄花，借你的高枝炫耀自己；

“我如果爱你，绝不学痴情的鸟儿，为绿荫重复单调的歌曲；

“也不止像泉源，常年送来清凉的慰藉；

“也不止像险峰，增加你的高度，衬托你的威仪。

“甚至日光，甚至春雨。

“不，这些都还不够！

“我必须是你近旁的一株木棉，作为树的形象和你站在一起。

“根，紧握在地下；叶，相触在云里。

“每一阵风过，我们都互相致意，但没有人，听懂我们的言语。

“你有你的铜枝铁干，像刀，像剑，也像戟；我有我红硕的花朵，像沉重的叹息，又像英勇的火炬。

“我们分担寒潮、风雷、霹雳；我们共享雾霭、流岚、虹霓。

“仿佛永远分离，却又终身相依。

“这才是伟大的爱情，坚贞就在这里：

“爱，不仅爱你伟岸的身躯，也爱你坚持的位置，足下的土地。”

台下掌声雷动，我也在人群中为他们鼓掌。

我终于亲眼见到了她的幸福。

天朗气清，春风和煦，远处有一群白色鸽子飞过，舒缓的音乐进行着，这一刻，我的心里生出从未有过的安宁。

因为从她的幸福里，我看到了自己的未来。

我们都可以拥有幸福。

# 作者后记

那天和林子在上海坐地铁的时候，想起西贝的诗——

*可一想到终将是你的路人*
*便觉得，沦为整个世界的路人*
*风虽大*
*都绕过我灵魂*

我决定写一本书，打开手机备忘录，郑重地记下这件事。

这是我对一个人的告别。

青春期的时候，我曾经对他说过，我会写一本书给他。

于是在创作江为风的时候，我刻意加了很多他身上的细节，比如：英语很好，其他科不好，网名是“想象”，头像全黑，爱穿黑色衣服……

严格意义上来讲，我们已经六年不联系，这本书，是我对他最后的打扰，也是最后的温柔。

在这本书之前，我有在公众号上写过一篇文给他——

我有件事想讲给你听。

那天我走在街上，看到一个肥胖的卖鱼大叔在骂自己的妻子。他用尽了所有粗鄙的脏话，方言与普通话夹杂在一起，言辞激烈时，甚至动手去推搡。

那一刻，我忽然觉得有什么东西要从眼眶逼出来。我们没法说别人是不是幸福的，但是我们太会从别人的人生片段中想起自己的故事。

或许十年二十年之后，我也在过着路人看在眼里会觉得酸涩的日子。

或许我没有同理想中干净挺拔的温柔男子结婚，而是木讷的、平庸的男人，运气差一点，或许我会和不务正业的、爱哄骗女人的人结婚。我会老去，也许我会磨平棱角，甘心做下堂妻。

你知道的，没有人能左右自己的命运，连自己也不可以。

我无法预料到以后，但我可以确定的是，未来必定没有你的参与。

只是我很想问问你。

如果真的有那么一天，我变成了眼神混沌、丝毫没有灵气和神采的平凡女子，抱着自己的小孩，与你重逢在街头。

你看到这样的我，会不会觉得难过？

虽然现在看看那篇文章蛮矫情的，但是因为傻气而饱含真心。

在去上海之前，我一直过着电影空镜头般的生活——

傍晚橘红色的晚霞被风吹散，居民房里骤然亮起的夜灯，拉着父母衣襟的孩童，楼道里的油烟味，厚重温暖的毛衣，床单的褶皱，晾衣绳上的内衣裤，地板上的头发丝，书架上胡乱摆放的书，耳机里那支循环播放的歌单……

我知道“空镜头”这三个字的形容很奇怪，但我相信，看完上述片段，你一定不难理解。

那天我和林子在拥挤的步行街上赶路，乌泱泱的人群淹没了我们，有人站在路两旁高大的建筑物上俯瞰地面，那一刻我觉得人类真渺小。

回来之后，我写下一段话，后来这段话成为林绛的心理活动：

“此时此刻，在这世界上。有些地方狂欢聚会，有些地方战火纷飞；有人围炉夜话，有人颠沛流离；有人得到一个吻，有人得到一滴泪。”

林绛在心里念出这话的那刻，她终于理解了所谓的宿命感。

就像少女时期等不来的风，如今终于等到。

而之于我。

少女时期没等到的，终究还是没有等到。

我并不觉得可惜，因为世上还有别的风值得我去等待。

我不会有他的联系方式，不会收到他的婚礼请柬，不会再见到他。

我很久不再想起他。

因为岁月更迭，我早就不是一个孩子，也终于理解了世界之大。

——周晚欲

# 等风降临

周晚欲 著

17 岁的林绛初见江为风，是在一个“落霞与孤鹜齐飞”的黄昏。

他是肆意生长的野草，而她是一株温室的花，漫长的暗恋就此展开。

她只敢用 38.6℃的 ID 给他点歌，远远旁观，偷偷想念。

毕业来临，彼此没有一句告别，他们各自去往不同的城市。

收拾东西的时候，江为风看到手机上林绛的 QQ，昵称正是 38.6℃，青春至此终结。

久别重逢，江为风心机地创造各种机会，送她回家，请她吃饭，给她买花。

他把自己的网名改成 J，并配字：J 是绛的意思。

她回：J 也是江的意思。

故事的最后，江为风和林绛又一次回到校园。

他们讲到 38.6℃的含义，二人紧紧挽着手臂。

少女时代没有等来的风，现在终于降临。

上架建议：畅销 / 青春

ISBN 978-7-201-17555-3

9 787201 175553 >

大鱼文学

定价：42.80 元